KB271531

한국 현대시의 위상학

한국 현대시의 위상학

한국 현대시의 위상학

근대 자유시의 형성부터 하이퍼텍스트시의 출현까지

이 성 우

도서출판 역락

책머리에

근대 자유시의 형성으로부터 하이퍼텍스트시의 출현에 이르는 과정이 겉으로 드러난 한국 현대시의 위상 변화라면, 그 속에는 한자투성이의 문어체에서 출발해 모국어의 리듬과 비유를 거쳐 마침내 HTML이라는 첨단의 디지털 언어에 이르는 시어의 변천 내력이 고스란히 들어 있다. 이 책에 실린 글들은 그 변화의 특정 국면에서 포착한 한국 현대시의 위상에 관한 지속적인 탐구의 결과물들이다.

한 권의 책으로 묶으면서 통일된 체제를 지니도록 손을 보았다. 하지만 애초 앉은자리에서 몰아 쓴 글들이 아니어서 서술 층위는 조금씩 다르다. 이는 물론 단점일 수도 있으나 다른 한편으로는 오랜 기간에 걸친 궁리 끝에 언뜻언뜻 새로운 인식의 단층을 드러낼 것이라는 기대를 걸게 만든다. 단행본이라는 형식상의 체제가 동떨어져 보이던 각각의 글에 연속된 인식의 틀을 제공할 수 있다면, 저자로서 더 큰 기쁨은 없을 것이다. 이 책에 붙인 제목은 따라서 현실태라기보다는 가능태에 가깝다.

근대 자유시의 형성 과정에 모국어에 대한 지향이 태생적으로 관련되어 있음을 한 시인을 통해 실증적으로 깨달은 것이 논문 형식의 글을 본격적으로 쓰기 시작한 계기가 되었다. 당시로서는 이름도 낯설었고 연구 자료도 많지 않았던 최승구라는 시인의 작품과 삶을 더듬는 과정에서 근대 자유시의 형성 과정을 실증적이면서도 압축적으로 고찰할 기회를 얻었다. 최승구 시인의 경우, 주로 일본 유학 시절의 외래문화 체험을 통해 근대적 의식을 내재화하면서, 유소년기에 익힌 한문 문체와 새로운 국한문체 사이의 이중성을 모국어에 대한 자각을 통해 극복해 나간 경우로 판단된다.

식민지 현실에서의 한라산 등반이라는 전기적 사실과 정신의 상승이라는 문학적 견해를 결합하는 기존의 논의에서 벗어나 정지용의 「백록담」을 살핀 글이 그 뒤를 잇는다. 이 시에서 '백록담'은 혼탁한 현실 속에서 높고 맑고 쓸쓸하기만 했던 시적 자아의 내면을 비춰 준 거대한 거울이다. 그 거울 앞에서 어디로 더 나아갈 것인가를 스스로에게 묻는 일은 과거 정지용의 몫이었지만 지금은 우리들이 감당해야 할 몫은 아닌가 하는 생각을 떨칠 수 없다.

은둔에 가까운 생활 속에서 대부분의 시간을 동양 고전과 불경 번역 작업에 바친 채 문단 활동을 지속적으로 전개하지 않은 김달진 시인의 경우는 또 어떠한가. 그가 비록 표면적인 문단 활동을 펼치지는 않았으나 시인으로서 자신의 작업은 나름대로 일관되게 진행했다는 것이 나의 견해이다. 이런 맥락에서 김달진 시의 특질을 노장 사상의 측면에서 규명하고자 했다. 김달진 시의 문학사적 가치는 무엇보다 그의 작품들이 우리 현대시에서 흔치 않게 불교와 노장 등의 동양 사상을 높은 수준에서 시적으로 형상화했다는 점에서 찾아야 한다. 특히 그의 시는 이성과 자본의 논리가 횡행하는 현실에 맞설 수 있는 무위와 부정의 정신에 기반을 두었다는 점에서 현재적 의미를 지닌다고 생각한다.

완전한 모순의 존재가 현실에 있다면, 나에겐 서정주 시인이 그랬다. 그의 시를 읊조릴 때마다 뇌리로부터는 소름이 돋을 만큼 매혹적이었으나, 1980년대의 대학가에서 분명 그는 '용서받지 못한 자'였다. 그 모순에 매달릴 기회를, 하나의 연대를 격하여 석사학위 논문 작업을 통해 얻었다. 이런 저런 뒷얘기가 아니라 작품과 직접 대면하고 싶었던 것이다. 마침내 나는 현실성과 영원성이라는 두 매개항으로 그 모순을 해명하고자 했다. 서정주 시에서 뛰어난 작품들은 현실성과 영원성이 조화를 이룬 시편들이며, 특히 현실성을 바탕으로 영원성을 추구한 시편들에서 가장 뛰어난 시적 성취를 보여 준다. 이에 반해 현실성과 영원성이 괴리된 작품들은 영원성 추구에 치우친 나머지 현실과 역사를 초월해 버리거나, 현실 순응주의적인 개인사에 머무는 한계를 드러낸다. 서정주 시에서 현실성과 영원성이라는 두 길항 요소는 궁극적으로 시인의 시의식에 그 근원을 둔 것으로 보인다. 아울러 두 요소가 서로 길항하는 양상은 그의 시 작품을 이루는 주제적, 방법적 측면인 동시에 그의 시를 평가하는 하나의 기준이 된다는 것이 나의 결론이다.

　시세계를 통틀어 갈등이 미해결로 끝나는 경우는 어떻게 해석할 것인가. 윤동주의 작품들에서 내가 먼저 주목한 것은 갈등의 미해결이란 문제였다. 이에 대해, 시인 의식의 미성숙이라는 비판적 관점을 앞세울 수도 있을 것이다. 그러나 나는 작품을 통해 섣불리 관념적 해결책을 내놓지 않으려는 시인의 정직성과 외적으로 중단된 그의 삶에 초점을 맞춰 그의 시를 이해하려 애썼다. 그것은 일기 쓰기와도 같은 시 창작 행위를 통해 삶의 문제를 천착한 윤동주 시인의 개인적 특성과 관련된 문제라고 판단했기 때문이다. 일차적으로 윤동주 시의 가치는 식민지에서 태어나 식민지 시대를 벗어나지 못한 채 삶을 마감한 그가 부단한 자아 성찰과 그에 따른 갈등을 심미적 차원으로 끌어올렸다는 데 있을 것이다. 그런데 더 강조해야 할 것은, 그의 시 쓰기가 자아 갈등의 표현을 넘어 자아 갈등을 해결해 나가는 실제의 과정이었다는 사실이다. 이런 특성으로 인해 윤동주의 시와 삶은 자연스럽게 한자리에서 만나는, 현대 시사에서 보기 드문 경지를 이룬 것으로 보인다.

　폭압적인 현실에도 불구하고 이 세계를 다름 아닌 '꽃밭'으로 인식하려는 사람의 세계관이란 역시 심미적이기 십상이다. 그 세계관은 필연적으로 개인적인 이상의 영역을 상정해 두기 마련이다. 가령, 심미적 세계관을 대변하는 개인적 상징으로서의 '꽃밭'과 전쟁의 폭력을 각인시키는 공적 상징으로서의 '불'은 시인 이근배의 서로 다른 두 축을 이루는 것으로 파악된다. 이는 또한 시적 자아의 발현 양상에 있어서도 개인적 자아와 공적 자아가 구분되는 단초를 제공한다. 그간 선행 논의가 많지 않았던 이근배 시인의 작품을 텍스트 삼아 서로 다른 두 자아의 길항 관계를 고찰한 글을 실었다.

　신춘문예에 대한 나의 관심은 아버지께 물려받은 것인데, 처음 그 관심은 시인을 향하다가 대학원에 진학한 후에는 문학평론가 쪽으로 옮겨 온 것으로 기억한다. 이 책에 수록한 것은 1980년대의 신춘문예 당선시와 문학사의 관련 양상을 실증적으로 밝히려 한 글이다. 신춘문예 당선시와 동시대의 시사는 민중시 경향에 있어서는 뚜렷한 괴리 현상을 드러낸다. 이에 비해 실험시 계열에서는 양자 간의 다소간의 영향 관계와 함께 괴리의 일면을, 도시파 모더니즘 계열에서는 신춘문예 당선시가 시사를 주도하는 독특한 양상을 보여 준다. 그리고 서정시 계열에서는 기성 시인들의 새로운 서정시가 신춘문예 응모자들의 창작 방향에 큰 영향을 준 사실을 확인할 수 있었다. 신춘문예 당선시는 민중시 계열과 관련해 나름의 한계를 지니기는 하였으나 전반적으로는 동시대의 시사와 적극적인 영향 관계에 있었다고 평가할 수 있겠다.

　한국 현대시의 경우, 고전 전통과 현대시의 비교를 통해 현대시의 정체성을 확보하려는 노력은 연구자 누구에게나 외면할 수 없는 과제로 인식되어 왔다. 이때 먼저 해결해야 할 문제는 우리 현대시의 전통을 어디서 찾을 것인가 하는 점이다. 현대시 전통의 한 가능성으로서『삼국유사』의 수로부인 설화를 상정해 보았다. 현대 시인들의 작품 속에서 수로부인이 미녀, 고뇌하는 여인, 음탕한 여자와 창녀 등으로 다양하게 변신해 나타나는 작품들을 찾아 분석했다. 또한 이 글에서는 국문학자들의 연구와 시인들의 실제 창작 사이의 괴리 현상이 우리 문학 풍토에서 매우 심각한 상황에 처해 있음을 지적했다.

지난 1980년대가 자본주의와 사회주의 이데올로기 사이의 긴장과 떨림으로 추동된 변화의 시기였다면, 1990년대는 사회주의의 갑작스런 붕괴로 인한 이념의 아노미 상태에서 길 찾기가 거듭된 모색의 시기였다. 돌아보면 나도 그러했고, 아마 대부분의 동시대인들이 정도의 차이만을 지녔을 것으로 판단된다. 문학 연구자로서 내가 한 일 가운데 하나는, 골드만이 말했던 '비극적 인간'과 '숨은 신'을 떠올리며 박노해와 황지우 시인을 들여다보는 것이었다. 두 시인이 지금 정확히 어느 지점에 있는가를 단정하는 것은 물론 섣부른 일이다. 두 시인은 여전히 현실의 모순에 굽히지 않는 길 위에 있으며, 그들의 탐색과 변모는 아직 끝나지 않았다고 판단하기 때문이다.

마지막에 실린 논문은 이 시대의 '보이지 않는 손'이 된 디지털 기술에 대한 시문학사적 탐색을 시도한 글이다. 디지털 시대에 즈음한 현대시의 변모와 영역 확장의 가능성, 그리고 전도된 가치관에 대한 대응 양상을 현대시 작품과 최근의 실제 사례를 대상으로 고찰하면서 인터넷에 기반을 둔 새로운 형태의 문학공동체의 필요성을 제기했다. 디지털 시대를 맞은 현대시 연구에서 무엇보다 긴요한 것은, 디지털 기술이나 지식은 유연하게 받아들이고 공유하되 개인의 창조성은 최대한 보장하는 맥락에서 한국 현대시의 새로운 정체성을 모색하는 작업이라고 생각한다. 이 생각에는, 모든 형태의 새로운 시는 궁극적으로 전통적인 시에 의존한다는 나의 지론이 함께 들어 있음은 물론이다.

2007년 10월

이 성 우

근대 자유시의 형성과 모국어의 의의

최승구 시인의 경우

1. 1910년대 시인들의 고민과 모색

이 글은 지금까지의 한국 시사에서 큰 주목을 받지 못했던 소월 최승구 (1892~1917)에 초점을 맞춰 근대 자유시 형성기의 한 국면을 밝히려는 시도 이다. 물론 이 논의는 근대 자유시 형성기의 다양한 양상 가운데 한 시인만 을 다루는 한정성을 전제한 것이다. 하지만 최승구의 경우, 1910년대의 젊 은 시인들이 공유했던 고민과 모색을 대변할 뿐 아니라 근대 자유시 형성 과정을 압축적으로 보여 준다는 점에서 부분적 논의 이상의 의의도 기대할 수 있을 것이다.

여기서 근대 자유시라는 용어는 근대시 또는 자유시라는 어느 하나의 개 념만으로는 포괄할 수 없는 복합적인 의미를 내포한다. 근대시라는 용어가 근대라고 하는 시기 개념과 관련된 용어라면, 자유시라는 용어는 이전 시기 의 정형적 율격과 관습적 형식에서 벗어난 새로운 시라는 형태론적 관점을 함의하기 때문이다.[1] 이런 맥락에서 최승구는 주로 일본 유학 시절의 외래 문화 체험을 통해 근대적 의식을 내재화하면서, 유소년기에 익힌 한문 문체와 새로운 국한문체 사이의 이중성을 모국어에 대한 자각을 통해 극복해 나간 경우로 판단된다.

최승구라는 시인의 존재가 한국 시사의 영역으로 편입된 것은 1972년 5월 김학동의 자료 발굴로부터 비롯한다.[2] 최승구가 공식 지면에 발표한 글은 시 「쎌지엄의 勇士」(『학지광』, 1915. 2)와 산문 4편, 그리고 최근 김소월의 시로 잘못 알려졌던[3] 「긴—熟視」(『근대사조』, 1916. 1)가 있다. 여기에 1982년 시인의 미발표 유고 시 25편이 발굴되어 시집으로도 간행되었다.[4] 그러니까 현재까지 확인된 최승구의 작품은 시 27편과 산문 4편이 전부인 셈이다. 이처럼 발표 작품이 워낙 적었을 뿐더러 26세라는 젊은 나이에 요절했기 때문인지 최승구의 시는 한국 문학사에서 별다른 조명을 받지 못했다.

문학사의 범주에서 최승구의 시를 다룬 연구자로는 조동일과 오성호가 있다. 조동일은 『한국문학통사』에서 최승구의 시를 '신체시'의 범주에 넣어 다루는 가운데, 그의 작품들이 전반적으로 감상과 영탄, 아름다움에 대한 유미주의적 찬미에 그쳤다고 보았다.[5] 오성호는 『한국근대민족문학사』에서,

---

1 김성윤, 「한국 근대자유시 형성기 연구 : 1910년대 최승구, 김여제, 현상윤의 시를 중심으로」, 연세대학교 대학원 박사학위논문, 1999. 8, 4쪽.
2 「素月에 同名異人 있다」, 『동아일보』, 1972. 5. 4, 5쪽.
　「草創期 한국 文壇에 第2의 '素月'이 있었다」, 『주간조선』, 1972. 5. 14, 14쪽.
3 김동훈, 「金素月의 최초 詩 :「긴—熟視」」, 『문예중앙』, 1990. 여름, 264~267쪽.
4 김학동 엮음, 『崔素月 作品集』, 형설출판사, 1982. 다만, 이 시집은 최승구의 자필 유고와 대조할 때 몇몇 부분에서 오류가 발견된다. 따라서 이 글에서 작품 인용은 일단 정식 출판된 『崔素月 作品集』을 기본으로 하되, 원문에 차이가 나는 부분에 대해서는 시인의 사촌 동생인 최승만이 인하대학교 중앙도서관에 기증한 『최소월 詩集 : 親筆原本複寫本』(자필 원고 복사본)에 의거했음을 밝혀 둔다.
5 조동일, 『한국문학통사』 4, 3판, 지식산업사, 1994, 433~435쪽.

최승구의 시가 유미적이고 개인적인 서정 속에 좀더 안정된 자유시의 형식을 획득해 나갔지만, 다른 한편으로 그의 시는 현실과의 유대를 상실한 채 고립된 내면세계에 칩거하거나 비현실적인 유미의 세계로 도피했다고 지적했다.[6]

최근 들어서야 그의 시는 근대 자유시 형성기의 한 가능성으로 언급되기 시작했다. 정우택은 처음으로 근대 자유시의 형성이라는 시각에서 최승구의 시를 김여제, 현상윤 등의 경우와 함께 거론했다. 최승구의 시는 특히 '시적 거리'를 균형 있게 유지함으로써 미적 긴장감을 확보했다는 것이다.[7] 오선영[8]과 김성윤[9] 역시 새로운 근대 자유시의 모색이라는 관점에서 최승구의 시를 다루었다. 오선영은 국어로 이루어진 시적 발상이 정형률의 파괴로 나아갔다고 했으며, 김성윤은 최승구 · 김여제 · 현상윤의 작품에서 근대 자유시가 완성된 모습으로 나타났다고 보았다.

지금까지의 연구들은 대부분 주제론적 측면에서 최승구의 시에 접근하면서 그 특질을 단편적으로 언급하는 데 그쳤다는 아쉬움을 남긴다. 따라서 이 글에서는 기존의 연구 성과를 포괄하면서 최승구 시의 특질을 다각적으로 조명하려 한다. 우리는 먼저 최승구 시에 나타난 외래 문학적 요소를 살펴보고, 식민지 현실에 대한 인식 태도와 주제 의식의 내면화라는 특성을 검토할 것이다. 이어서 시인의 모국어에 대한 자각과 근대 자유시 형성의

---

6 오성호, 「세계의 광포성에 대한 인식과 소외된 자아의 절망감 : 현상윤 · 최승구」, 김재용 외, 『한국근대민족문학사』, 한길사, 1993, 244~257쪽.
7 정우택, 「근대 자유시 양식의 모색과 갈등 : 1910년대를 중심으로」, 민족문학사연구소 엮음, 『민족문학과 근대성』, 문학과지성사, 1995, 264~299쪽.
8 오선영, 「素月 崔承九 詩 考察」, 『연세어문학』 28집, 연세대학교 국어국문학과, 1996. 2, 111~123쪽.
9 김성윤, 「한국 근대자유시 형성기 연구 : 1910년대 최승구, 김여제, 현상윤의 시를 중심으로」, 연세대학교 대학원 박사학위논문, 1999. 8.

상관성을 해명하고자 한다. 이를 통해 우리는 최승구 시의 특질과 근대 자유시 형성기에 있어서 모국어 사용의 의의를 동시에 고찰할 수 있을 것이다.

2. 외국 문물 수입 주장과 외래 문학의 영향

경기도 시흥 출신으로 보성전문학교를 거쳐 일본 게이오대학 예과에 유학 중이던 1914년, 최승구는 당시 동경유학생학우회 기관지였던 『학지광』 편집에 참여하면서 자신의 글을 발표하기 시작했다. 이 잡지에 실린 다음과 같은 산문들을 통해 우리는 젊은 유학생으로서 최승구의 시대 인식 태도를 엿볼 수 있다.

> 鎖國時代에는 道德의 法則을 行하엿다할지라도, 門戶를 開放하야 異民族이 侵入하는 째에도, 固着한 道德만직힐수는업는것이며, 强하야 高位에섯는者가 平和를부른다고, 弱하야 低級으로써러진者까지 平和를차질수는업는것이다.
>
> —「너를 혁명하라!」 부분(『학지광』 5호, 1915. 5)

> 近頃에는, 社會改良에 努力하는이의게 '제것保存'과 '남의것輸入'의 二主見이잇겟다 하얏소. 이것에 對하야서는더욱, 實務에 當치안이한우리가, 無責任한論難을해보고저 함은안이오. [……] 나는 敢히, '남의것輸入'이 第一順序로잇슬것이라하오. 位置의交換 뿐만안이라, 速步的으로 實行이잇서야겟다하오. 富豪의 生活을 目睹함이안이면, 勤儉貯蓄하야 自己도 富豪되리라는 覺悟가, 强하게 生기지못할터이오, 博覽會를 實觀함이안이면, 文明의 生活制度가 얼마큼 欽羨한것이며, 自己네의 努力은얼마나 잇서야겟다는 決心이, 熱烈하지못할것이라하오. [……] 比較의 對象이잇서야, 自己의 强弱이나 長短을 알수잇는것이니, 新을아러야, 舊됨을알것이오, 他를알어야, 我의 如何함을 잘아는것과 갓치, '남의것輸入'은 文明을 增進하는 標本을 만드는것과 갓흔 同時에, 自他 文明의 程度를 比較하는 尺度라하오.
>
> —「不滿과 要求 : 鎌倉으로붓허」 부분(『학지광』 6호, 1915. 7)

앞의 인용문에서 주목되는 것은, 힘을 갖지 못한 국가는 진정한 의미에서의 평화를 누릴 수 없다는 현실을 최승구가 정확히 인식하고 있었다는 점이다. 이러한 인식을 바탕으로 그는 전 시대의 이른바 쇄국 정책이 결과적으로 일제의 침입에 대항할 힘을 기르지 못하게 만든 원인이 되었다고 생각한 것이다. 뒤의 글에서 그가 외국의 발전된 문명을 받아들이는 일이 무엇보다 우선시되어야 한다고 주장한 것도 이 같은 맥락에서 이해할 수 있다. 대부분 1915년에 씌어진 것으로 추정되는 그의 유고 시편 가운데 「幾重의 世界」에서도, "이 世界의 外에 더 複雜하고 더 珍奇한 世界가/一重二重 乃至 幾重으로 展開되엿슬 것이라./이것을 超越하여 追究思索하는 者라야/實노 世界의 生活者—智識家라 할지로다"라는 구절이 나온다. 이 역시 당시 그가 식민지 현실의 한계를 벗어나는 방법으로서 외국 문물의 수용을 적극 상정하고 있었음을 짐작하게 해 준다. 일본어(영문 음차)와 영어 등의 외국어를 시 본문 중에서 거리낌없이 구사하는 시작 태도 역시 이 같은 인식과 관련이 있어 보인다.

椿의 꽃—Tsubaki no Hana 아즉 심난하였는데, 櫻의 꽃—Shakura no Hana는 발서 봉오리 봉오리 웃는도다.

꽃마지하려 비둘기차저보려 鶴罔의 八幡에는 Tsuruoka no Hatjimarunmiya에 元氣조흔 土女의 떼는 떠들석하는도다.

— 「花羞」 부분

這松林은 나의님의 깃듸린곳—nest of love
　　나의 님의 그리움이어, 나의 님아!

籠中에든 나의 몸 自由로 나르지 못하노라.
　　這구름—wings of kiss으로 키쓰나 보낼게나.

— 「사랑의 보금자리」 부분

「花羞」의 경우에는 꽃의 종류를 좀더 명확히 분별하거나 현지의 지명을 원음에 가깝게 전달하기 위해 일본어 발음을 영문으로 표기하고 있다. 그러나 「사랑의 보금자리」에서는 굳이 영어를 사용하지 않아도 의미 전달상 아무런 지장이 없음에도 불구하고 영문 표기를 곁들이고 있다. 사실 이러한 표기법은 1910년대 중반의 최승구뿐 아니라 다른 시인들에게서도 적잖이 발견되며 그 이후의 시인들, 가령 1920년대의 정지용이나 김기림 등에게서도 눈에 띄는 공통된 현상이다. 이는 일면 유치한 이국 취향쯤으로 치부할 수도 있다. 하지만 그보다는 당시의 많은 시인들에게 외국어 표기는 피식민지 조선보다 더 근대화된 일본, 그 일본보다 더 앞선 것으로 보이는 서구 국가들의 문물을 상징하는 일종의 기호로서 받아들여졌다고 생각된다. 여기서 더 나아가 외래 문학적 영향 관계를 본격적으로 드러낸 최승구의 작품으로 「美」와 「乞食兒」가 있다. 이 가운데 「美」는 한 편의 시로서 뛰어난 작품이라 볼 수는 없으나, 오스카 와일드의 예술관을 염두에 두고 '미'의 개념 규정을 시도했다는 점에서 주의를 끈다.

> 美는 참으로 珍奇한 것이라
>   音樂으로 말하고
> 詩와 散文으로 쓰고
>   德으로써 行함이로다.
> ─世界의 가는 곳마다
>   萬人이 趨從하는도다.
>
> 美는 大神秘라
>   謎語와 갓치 難解로다
> 外觀뿐 表題로 하는者
>   公平한 解決업스나
> 神秘는 現實이오

非現實이 안이라

[……]

— 짧은 靑春의 恐怖라.
　靈肉頹廢의 滅亡이라.

—「美」부분

먼저 이 시의 화자는 음악이나 시의 본질은 미의 추구에 있으며, 미는 세계 공통의 가치가 될 수 있다고 말한다. 이는 곧 오스카 와일드의 유미주의적 예술관을 반영하는 것이다. 화자는 그러나 미를 신비하고 난해한 것으로 규정하면서도 그것이 현실의 법칙을 떠나지 않는 것이라고 진술한다. 이 대목에서 최승구의 미의식은 와일드의 그것과 갈라진다. 와일드는 예술의 초도덕적 성격을 강조하면서, 실제 삶에 있어서도 도덕의 테두리를 벗어나는 행동으로 심지어 유죄 판결을 받은 적도 있기 때문이다. 끝 연에서 최승구가 "靈肉頹廢의 滅亡"이란 구절을 더한 것은 결국 와일드의 예술관이 지닌 찰나적이며 관능적인 퇴폐성을 비판한 것으로 볼 수 있다. 외국 문물을 적극 받아들이면서도 자신의 현실이나 가치관을 잃지 않는 이러한 태도는 「乞食兒」에서도 마찬가지로 확인된다.

「乞食兒」는 시인이 직접 관여했던 잡지 『학지광』에 「乞食」[10]으로 번역 게재된 투르게네프의 산문시에서 모티프를 따온 것으로 보인다. 투르게네프의 「乞食」이 사람들 사이의 동정심의 중요성을 강조했다면, 최승구의 「乞食兒」는 거지 아이에게 돈을 건네준 후 겪는 시적 자아의 심경 변화에 초점을 맞추고 있다.

---

10 투르게네프, 「乞食」, 夢夢 옮김, 『학지광』 4호, 1915. 2, 50~51쪽.

　　"아아, 나의게는 나라업고 집업고 계집업고 所有업고 名譽업고 快樂업고 all
of the fortune of life—人生의 잇슬만한 幸福은 모두 나의게 업도다"
　　"아아 적은 나의 거지 兄弟오! 너의게는 窟이 잇고, 父母잇고 父母에게 듸릴
우슴잇고, 우름잇고, 父母의게서 밧을 우슴과 우름이 있도다!"
　　"너는 나보다 幸運兒로다!"
　　"거지가 거지가 同情을 表한다" 내가 말하였던 바이나, 實노 僭濫하지 안이
한가.

— 「乞食兒」 부분

　　일본의 한 여관에 머물던 화자가 일본인 거지 아이에게 10전의 돈을 주고
나서 절규하듯 토로하는 대목이다. 여기서 화자의 심리 상태를 단적으로 드러
내는 시어는 '僭濫'이다. 화자는 자신의 동정이 외려 분수에 맞지 않게 너무
과했다는 깨달음으로 심히 부끄러워하고 있다. 피식민지 출신인 화자가 지배
국 일본의 거지 아이에게 동냥을 베풀고 나서, 마침내는 화자 자신이 더 심한
의미에서의 '거지'라는 인식에 도달하는 과정을 이 시는 극적으로 보여 준다.
외국 시인의 작품에서 모티프를 빌려 오고 산문시라는 시 형식까지 모방하면
서도 시인은 자신이 처한 현실을 잊지 않았다. 이 점에서 「乞食兒」는 다음 장
에서 살펴볼 작품들의 현실 인식 태도와 유사하다. 하지만 이제 우리가 좀더
초점을 맞춰야 할 사항은 주제 의식을 형상화하는 방법에 관한 것이다.

3. 식민지 현실에 대한 인식과 주제 의식의 내면화

　　식민지 현실에 대한 시인의 인식이 온당하다고 해서 그 작품이 그대로 시
적 가치를 부여받는 것은 아니다. 최승구의 「쏄지엄의 勇士」와 「博士王仁의
무덤」, 「긴—熟視」 등이 근대 자유시로서의 가능성을 인정받을 수 있다면
그것은 식민지 현실 인식이라는 공적인 주제 의식을 효과적으로 내면화하

고 있기 때문이다. 이는 같은 시기의 대부분 작품들이 공리적 관념을 시인의 직접 개입을 통해 토로하고 있었던 양상과는 크게 구별되는 것이다. 1915년에 발표된 「쎌지엄의 勇士」는 당시의 현실 상황을 노래하기 위해 비슷한 국면의 외국 사례를 끌어오고 있다.

山嶽이라도 썩에지는
　　大砲의彈알에,
너의阿只는
　　발서碎骨이 되엿고.

野獸보다도暴惡헌
　　쩨르만의戰士의게,
너의愛妻는
　　恥辱으로 죽엇다.

인제는, 사랑허든
　　家族도 업서젓고,
너조차逃亡헐
　　길을 일허버렷다.

배불너도 더찻는
　　慾心꾸래기의게,
너의財産을
　　다밧처도不足이다.

[……]

쎌지엄의勇士여!
　　最後까지 싸홀쑨이다!

> 너의 엽헤
> 　부러진槍이 그저잇다.
>
> 쩰지엄의勇士여!
> 　쩰지엄은 너의것이다!
> 네것이면,
> 　꽉 잡어라!
>
> 　　　　　　— 「쩰지엄의 勇士」 부분(『학지광』 4호, 1915. 2)

이 시의 화자는 제1차 세계대전 때 독일군의 침략으로 유린당한 벨기에의 입장에서 노래하고 있다. 화자의 그러한 입장은 작품이 끝날 때까지 시인의 논평적 개입 없이 일관성 있게 유지된다. 아울러 화자의 진술 자체는 겉으로 감탄적인 웅변조를 띠지만, 그것은 피해자인 벨기에를 위한 인도주의적 차원의 진술에만 머물지는 않는다. 일제 식민지 현실에 대한 시인의 인식이 이 시의 밑바탕에 깔려 있기 때문이다. 예컨대 "배불너도 더찻는/慾心쑤래기"란 곧 독일, 일본을 포함한 제국주의 세력을 비꼬아 지칭하는 것으로 볼 수 있다. 또한 "네것이면,/꽉 잡어라!"라는 구절에서 '꽉 잡어라'의 목적어는 일차적으로 '쩰지엄'이지만, 전체적인 의미의 흐름을 고려하면 바로 앞 연의 '부러진槍'으로까지 그 지시 영역이 확대된다. '부러진槍'이나마 다시 거머쥐고 싸워야 빼앗긴 나라를 되찾을 수 있다는 시인의 생각이 이면에 담긴 것이다. 이 시는 표면적으로 느껴지는 시행 배치의 단순성과 웅변적 어조에도 불구하고, 그 이면에 시인의 의도를 적절히 숨겨 뒀다는 점에서 돋보인다고 할 수 있다.

4세기 후반 일본에 건너가 문화 발전에 크게 기여한 백제 학자 왕인을 등장시킨 다음 작품도 같은 맥락에서 살펴볼 수 있다.

발자최 멀니건네매
  더운바람 쏠님이여
    봄山이 香氣로운듯

王國의 거룩한 德이
  그대로서 빛남이여
    어둔밤에 달도든듯.

큰 使命을 傳한곳에
  恩惠의 비 뿌림이여
    讚頌노래 들녓노라.

[……]

利한 쟁기 것친 밧과
  마른논에 일함이여
    조흔收穫 이뤗스나.

먹서리 바굼이 들고
  덜에서 이삭 줍는者
    그대子孫 멧치던가.

記錄과 香花감추고
  이곳에서 절하는者
    그 얼골이 엇더턴가.

金바람이 簫瑟함에
  누른葉 떠러짐이여
    客의 꿈이 가늘도다

— 「博士王仁의 무덤」 부분

이 시에서 화자의 심정을 직접 진술한 유일한 구절은 "客의 꿈이 가늘도다"뿐이다. 이 진술 자체도 엄밀히 보자면 그리 직설적인 것으로 읽히지는 않는다. 그만큼 이 시의 주제 의식은 시행의 이면에 숨어 있다. 이를테면, "큰 使命을 傳한곳에/恩惠의 비 뿌림이여"라는 구절은 이 시에서 하나의 아이러니가 된다. 과거 왕인 박사의 행적은 분명 일본인들에게 큰 은혜였을 테지만, 지금 일본인들이 왕인 박사의 후손들에게 행하는 일은 결코 은혜랄 수 없는 것이다. 거꾸로 그것은 원한을 만드는 일이다. 따라서 "조흔收穫 이뢧스나.//멱서리 바굼이 들고/덜에서 이삭 줍는者/그대子孫 멧치던가"라는 구절은, 그 같은 상황에 대한 시인의 문제 제기라 할 수 있다. 아울러 왕인이라는 인물이 베푼 은혜가 원수가 되어 돌아오는 현실은 곧 "記錄과 香花 감추고" 전개되는 식민지 현실을 대변한다. 이 시는 결국 민족적 현실이라는 큰 범위의 주제를 다루면서도 직설적 진술이나 감정 과잉의 함정에 빠지지 않은 작품이다.

> 沙漠의 前日은 樂園이엿섯다. 붉은 薔薇, 흰 百合도 퓌엿섯고, 無窮花도 微笑를 가지고 自矜하엿섯다.
> [……]
> 長長한 밤이다. ……時間은 만히만히 經過된 模樣이다.
> 東便 하날―地平線 우흐로서, 멀즉이 曙色이 낫하나난다.
> 灰霧의 帳은 서서히 것쳐진다. 그 朦朧한 中으로서 這는 羊의 무리가 如前히 움직이는 것과, 露氣잇는 薄赤의 地面이 드러남을 본다.
> 這는 인제, 涕泣 더 하지 안이한다.
>
> ― 「긴―熟視」 부분(『근대사조』, 1916. 1)

이 시의 발표 연대를 고려한다면 우리는 어렵잖게 이 작품에 내포된 의미와 그 변별성을 파악할 수 있을 것이다. 민족 현실에 대한 자각을 직접적으로 표출하는 대신 '낙원→사막→이슬기 있는 땅(옥토)'이란 알레고리 구조를 채택한 이 시는, 확실히 전대 시에서 한 걸음 더 근대 자유시 쪽으로 다가서고 있다. 이 같은 주제 의식의 내면화 경향은 한편으로 일제의 검열을 피하기 위한 방편에서 비롯되었을 수도 있다. 하지만 일제의 검열은 하나의 변수일 뿐이다. 보다 중요한 요소는, 자신의 작품이 지녀야 할 미적 가치에 대한 시인들의 자각인 것이다.

4. 모국어에 대한 자각과 근대 자유시의 형성

최승구는 새로운 시 형식과 모국어에 대한 관심을 아울러 지니고 있었던 시인이다. 그는 무엇보다 시대의 변화에 적응하지 못하는 예술 양식은 필연적으로 몰락할 수밖에 없음을 믿고 있었다. 그가 「山村의 滅亡」이란 작품에서 "原始的의 天然, 時調打令 ─ 古藝術의 自滿도 滅亡"이라 말한 것은 그 좋은 예가 될 것이다. 그는 또한 글을 쓰고 읽는 데에서 모국어의 중요성을 자각하고 있었다.

> 詩는 吟咏하는데서 興味가 津津하고
> 論文은 朗讀하는데서 眞理를 透徹할 수 잇는 것이라
> 自國語의 巧妙한 筆法과도 綜合된 文學은
> 吟讀함으로 形喩치 못할 超越한 趣味가
> 汗肉에 滲入하며 非凡한 氣勢가 心魂을 飄蕩케 하나니
> 여긔서 自國語에 대한 愛情도 흐를 것이라.
>
> 翠竹軒의 「弔伯夷叔齊」詩를 읽을 때에 漢字로만 썼던 것을 恨하며
> 루소의 에밀 ─ Émil을 읽을 때에 自國語의 飜譯이 업는 것을 恨하노라.
> ─ 「文章의 노래」 부분

인용문의 핵심은 모국어를 통해야 비로소 음독의 즐거움을 느낄 수 있다는 것이다. 이를 시에 적용하자면, 모국어를 사용해야 운율적 측면에서의 가능성이 실현될 수 있다는 말이 된다. 그가 한자나 프랑스어 같은 외국 문자로 된 작품을 읽을 때 느꼈던 안타까움은 단순히 의미 해석 차원의 문제가 아니었던 셈이다. 이러한 사정은 흥미롭게도 최승구 시의 두드러진 특징과 연관된다. 최승구의 시 작품 전체를 일별하면, 그의 작품들이 전통적인 한시를 방불할 만큼의 한문 문체 위주로 쓴 작품들과 그 당시로서는 두드러질 만큼 국어 어휘를 효과적으로 활용한 작품들로 크게 나뉜다는 점을 발견할 수 있기 때문이다.[11] 그런데 이러한 양상은 최승구 개인에게만 국한되지 않는다. 예컨대 일본 유학 당시 최승구도 관여했던 동경유학생학우회 기관지 『학지광』(1914. 4~1930. 4)에 발표된 시 작품 전체를 분석한 결과에 따르면, 이 잡지에는 전통 한시 형태의 작품들이 자유시 형태의 작품과 대등한 비중으로 게재되었다는 것이다. 이는 당시 일본 유학생 가운데 상당수가 이미 한학을 습득한 후 신문학을 배웠다는 시대상과 함께 그때까지도 광범위한 한시 독자층이 형성되어 있었음을 말해 주는 것이다.[12] 이로 미루어 볼 때 한문 문체와 순수한 국어 어휘가 함께 존재하는 최승구 시의 특성이 단순히 개인적 성향이나 통계적 차원의 문제에 그치지 않음을 알 수 있다.

------

11 최승구의 작품을 처음 발굴한 김학동도 최승구의 시를 한자 어휘의 사용 빈도에 따라 '일반적 어휘의 예'와 '한자 어휘의 예'로 구분한 바 있다. 이 가운데 '한자 어휘의 예'에 속하는 작품으로는 「秋成熟」, 「夜色長」, 「痴笑 ― 嘆息 ― 涕泣」, 「喇叭」, 「秋夜靜」, 「海의 夕照」, 「幾重의 世界」, 「文章의 노래」, 「海已醒」, 「山村의 滅亡」, 「果實」 등이 있다(김학동, 「素月 崔承九論」, 『韓國近代詩人研究』 1, 일조각, 1974, 46~47쪽). 지금까지 알려진 최승구의 시 작품이 모두 27편에 불과함을 감안하면 한자 어휘 작품의 비중이 상당히 높다는 점을 확인할 수 있다.
12 조창환, 「『學之光』의 詩文學史的 意義」, 『논문집』 8집, 아주대학교, 1986. 2, 121쪽.

> 月明하니 夜色長이라
> 　漁火는 點點燈이오
> 　　星宿은 斑斑珠로다.
>
> — 「夜色長」 부분

> 天은 高하고 野는 黃하야 秋色이 正히 半熟이라.
> 長空을 劈하고 一條靑堤 兩條線에 戛戛然 駛走하는
> 一 火車, 其聲이 殷殷 夜雷轉과 如할 뿐
>
> — 「秋成熟」 부분

> 朝曉의 波濤聲에 나의 木枕이 不安하도다.
> 推窓起하니 海已醒矣로다.
> 海神이 擎旭日 涉東天에 海色이 已拱乳白之懷로다.
>
> — 「海已醒」 부분

세 작품의 경우, 한글을 모두 지워 없앤다고 하더라도 의미 이해에 큰 지장을 받지 않을 만큼 한문 문체 위주이다. 문장의 종결 어미도 모두 '—이라', '—로다', '—도다'처럼 예스런 표현으로 일관하고 있다. 특히 「海已醒」에서는 단정·한정의 뜻을 나타내는 한문 어조사 '矣'와 함께, "擎旭日"이나 "涉東天"처럼 '술어＋목적어' 구조의 한문 문장을 그대로 사용하고 있을 정도이다. 최승구가 시 창작에서 한문 문체를 이렇게 많이 사용한 것은 그의 전기적 사실을 통해서도 뒷받침된다. 그는 이미 13세 때 사서삼경과 『삼국지』를 뗄 정도로 한학에 통달했다는 주변의 증언이 있기 때문이다.[13] 그러나 이와는 대조적으로 「步月」과 「鍾」, 「潮에 蝶」 등의 작품은 국어 어휘 사용이 부쩍 증가한 경우에 해당한다. 이들 시편에서 우리말 어휘 사용이 늘어난 것은 시인의 자각적인 노력은 물론 국한문체 성행이라는 당시의 시대상과도 관련이 있어 보인다.

---

13 「草創期 한국 文壇에 第2의 '素月'이 있었다」, 『주간조선』, 1972. 5. 14, 14쪽.

널리 알려져 있듯이 조선조의 문자 생활은 두 층위로 나누어져 있었다. 한문에만 의존한 상층과 순수한 언문에만 의존한 하층이 그것이다. 이 두 층위의 중간에 이것들에 비해 뚜렷하지는 않았지만 두 개의 중간 층위가 존재해 있었다. 그 하나는 상층의 하단을 이루는 중간층으로서, 서리, 衙前 등의 계층이 사용하던 吏讀文이다. 다른 하나는 하층의 상단을 이루는 중간층으로서, 언문에 한자를 섞어 쓴 언한문이다. 조선 사회에서 중간 층위를 이루던 이 두 문체, 곧 이두체와 언한문체는 문자 생활에서 빈번하게 그리고 광범위하게 사용되지는 못하였었다. 개화기에 들어와 문호가 개방되어 사회, 문화에 급격한 변동의 바람이 일어나자 문자 생활에도 변화가 생겨났다. 그때까지 문자 생활의 적은 일부만을 담당해 오던 언한문체가 새롭게 다듬어져 國漢文體라는 이름으로 부상한 것도 그러한 변화의 일부이다.[14]

이 시기의 국한문체는 조선 사회의 중간 층위 문체였던 언한문체가 전통 문화와 서구 문화의 교차 공간에서 다듬어져 등장하게 되었다는 것이다. 비록 국한문체의 성립이 지배층인 사대부 계층과 중인 계층의 결합 과정에서 비롯한 '위로부터의 문체 개혁'이었으며 그것이 일본 문체와 직결되었다는 점으로 인해 일제 침략의 지름길을 놓았다는 평가[15]도 있지만, 국한문체의 성립이 격심한 시대 변화에 대한 문체상의 대응이었다는 측면에서는 마땅히 의미가 부여되어야 한다. 물론 우리가 여기서 강조해야 할 것은 최승구 시에서 국어 어휘의 사용 증가가 결과적으로 시 형식의 변화를 이끌었다는 점이다. 그 변화는 주로 생동감 있는 이미지와 정형화된 율격의 탈피라는 양상으로 나타났다.

　나를 생각하는 나의 님
　　這구름에 나를 생각

---

14 권오만, 『開化期詩歌研究』, 새문사, 1989, 78~79쪽.
15 김윤식, 「開化期의 文學樣式」, 『한국근대문학양식논고』, 재판, 아세아문화사, 1990, 189쪽.

차츰차츰 건일며
　　這달에 나를 빗최려
微笑로 울어러봄에
　　검음으로 애를 태우고
누름으로 나를 울니라.

　빽빽한 運命의 줄에
　　에워싸인 나를 우는 나의 님
따듯한 품속에 나를 감추려
　　그 깁흔 솔밧으로 오르리라.

— 「步月」 부분

깨끗하고 바람 從容한 가을날에
　　나홀노 七葉樹 그늘에서 逍遙하노라
主日 告함의 敎會鍾소래 멀니 울니매
　　幸福의 音波는 입새에 依支한 단꿈을 지나서
따뜻한 나의 가슴에 가만이 숨이도다.

잉잉, 너르게 널니 大氣에 둘네저서
　　牛이나 마른 잔듸위에 恩惠로운 呼吸 주어가며
한마리 솔개는 그 榮光에 思慕하여
　　소슨 塔을 依戀不舍, 半空中에 빙빙도라
烟花의 都會는 永遠의 平和에 잠기도다.

— 「鍾」 전문

　「步月」에서는 구름과 달, 검음과 누름의 이미지가 대를 이루며 배치된 가운데 그 이미지들을 서술하는 우리말 어휘의 사용이 두드러진다. 그것을 한데 정리하면, '구름 : 생각(하다) = 달 : 비추다'와 '검음 : 애를 태우다 = 누름 : 울다'라는 비교적 잘 짜인 이미지 구조가 드러난다. 이때 국어 서술어의 활발한 사용이 한문 문체로부터의 탈피를 유도하는 것은 물론이다. 다만

이 시에서는 비슷한 음절수와 통사 구조를 반복한 데 따른 정형적인 율격이 느껴진다는 점과 국어 어휘 사용이 서술어에만 집중되었다는 한계를 지적할 수 있다. 이에 비해 「鍾」에서는 교회당 종소리의 울림과 솔개의 빙빙돎이 교묘하게 겹쳐지는 뛰어난 이미지 구사와 함께 보다 더 자유로운 율격을 느낄 수 있다. 이 작품에서는 무엇보다 국어 어휘들이 서술어뿐 아니라 묘사구나 의성어, 의태어 등에 폭넓게 사용되면서 기존의 정형화된 율격의 구속으로부터도 자연스럽게 벗어난 것으로 보인다. 다음에 살펴볼 「潮에 蝶」의 경우, 제목에서 풍기는 한문 투에도 불구하고 빼어난 시구들을 포함한 것도 이 같은 맥락에서 이해할 수 있다.

> 南國의 바다 가을날은
> 아즉도 따듯한 볏을 沙汀에 흘니도다.
> 저젓다 말넛다 하는 물입술의 자최에
> 납흘납흘 아득이는 흰나뷔
> 봄 아지렝이에 게으른 꿈을 보는듯.
>
> 黃金公子 꾀꼬리 노래에
> 梨花紛紛 這의 춤을 자랑하던
> 三春의 行樂이 잇치지 못하여
> 묵은 꿈을 이어보려
> 깁흔 수풀 너른 덜노 헤매다가
> 지난밤 一陣의 모진 바람과
> 맵고 찬 쓰린 이슬에 것치러진
> 옛봄의 머무럿든 터만 記憶하고
> 이 바다로 내림이라.
>
> 珊瑚珠 시골에 들너오는
> 먼 潮水의 香내에 醉하여

> 숲바람의 압수레에 부듸처
> 허엿케 이러나는 적은 물결을
> 前에 놀던 곳으로만 역여
> 납흘납흘 춤추며
> 天涯먼곳 無限한 波濤로.
>
> — 「潮에 蝶」 부분

몇몇 눈에 거슬리는 한자 어구가 남아 있기는 하지만, 이 시에서 국어 어휘의 사용은 앞의 작품들보다 더 두드러진다. 거의 완전한 국문 문체로 된 묘사구와 서술어는 물론 부사어, 의태어의 사용도 활발하다. 이런 이유로 이 시를 천천히 읊조려 보면 국어 어휘가 주된 부분에서는 매우 자유로운 율격을 느낄 수 있으나 한자로 표기된 어휘 지점에서는 음독이 멈칫거리는 현상을 쉽게 감지할 수 있다. 특히 시인은 이 시의 첫 연에서 바닷가 모래톱으로 들락날락하는 바닷물에 '물입술'이란 새로운 이름을 붙였다. 순수 모국어로 된 '물입술'이란 시어는 현재의 시점에서 보아도 매우 빼어난 명명으로 판단된다. 국한문체에 바탕을 둔 모국어 사용과 근대 자유시 형성 사이의 관련 양상을 극명하게 보여 주는 대목이다.

아울러 이 시에서 특별히 관심을 끄는 것은 '바다와 나비' 이미지의 친연성이다. 비슷한 시기에 '바다와 나비' 이미지는 이상화의 「가을의 풍경」(1922. 5)에서 먼저 보인다. "묵어워가는나비날애는, 듬을고도衰하여라,/아, 멀리서부는피소랜가! 하늘바다에서, 헤염질하다".[16] 하지만 여기서는 바다와 나비 사이의 대조 관계가 선명하지 않다는 점 때문에 최승구의 「潮에 蝶」과는 구별된다. 최승구의 경우처럼 존재의 불안을 상징하는 나비와 현실의 광포함을 상징하는 바다의 이미지군과 좀더 친연성을 갖는 작품은, 김기림의

---

16 이상규 엮음, 『李相和詩全集』, 정림사, 2001, 22쪽.

「바다와 나비」(1939. 4)이다. "아모도 그에게 水深을 일러 준 일이 없기에/흰 나비는 도모지 바다가 무섭지 않다"[17]로 시작되는 김기림의 이 작품은 최승구의 예와 동일한 시적 발상을 보여 주고 있다. 아쉬운 것은 최승구의 이 작품이 공식 발표되었다는 기록이 없으므로 두 시인 사이의 직접적인 영향 관계를 상정할 수는 없다는 점이다.

5. 시인의 짧은 삶과 작품의 영원한 삶

1910년대 중반, 최승구는 동시대의 현상윤, 김여제 등의 경우처럼 근대 자유시 형성의 한 부분을 담당한 시인이다. 비록 그가 26세라는 젊은 나이에 요절했고 공식 발표 작품 역시 극히 한정되어 있으나, 그의 유고 작품들은 당시의 시적 수준에 비겨 매우 중요한 위치에 있음을 부인할 수 없다.

최승구는 일본 유학 등을 통해 근대 의식을 익히면서 외래 문학적 요소들을 자신의 작품에 주체적으로 받아들였다. 또한 그는 식민지 현실에 대한 인식을 작품에 내면화하는 시적 특질을 보여 주었다. 이는 당시의 많은 시인들이 직설적인 어법의 작품을 양산하고 있었던 사실에 비추어 볼 때 매우 값진 시적 성과라 할 수 있다.

특히 그는 유소년기에 익힌 한문 문체와 당시 새로 대두한 국한문체 사이의 이중성을 모국어에 대한 자각을 통해 스스로 극복해 나갔다는 점에서 크게 주목된다. 실제로 그의 시편들은 전통적인 한시를 방불할 만큼의 한문 문체 위주로 쓴 작품들과 그 당시로서는 두드러질 만큼 국어 어휘를 적극적으로 활용한 작품들로 크게 나뉜다. 가령 「海已醒」이나 「夜色長」에서는 한문 어조사 '矣'와 함께 '술어+목적어' 구조의 한문 문장을 그대로 사용했

---

17 김학동·김세환 엮음, 『金起林 全集』 1 : 詩, 심설당, 1988, 174쪽.

으며, 문장의 종결 어미도 '−이라', '−로다', '−도다'처럼 예스런 표현으로 일관하고 있다. 이와는 대조적으로 「鍾」과 「潮에 蝶」의 경우에는 거의 완전한 국문 문체로 이뤄진 묘사구와 서술어는 물론 부사어, 의태어 등이 활발히 사용되면서 기존의 정형화된 율격의 구속으로부터 자연스럽게 벗어나는 양상을 보여 주었다. 주목할 것은 최승구 시의 이러한 특성에 내포된 의미가 개인적 성향의 문제나 한자 어휘의 사용 빈도라는 통계적 차원에 머물지 않는다는 점이다. 왜냐하면 당시에 대두하기 시작한 국한문체와 그것에 바탕을 둔 모국어 사용은 근대 자유시 형성과 밀접하게 관련되어 있기 때문이다. 아울러 그가 남긴 작품 가운데 「潮에 蝶」이나 「鍾」 같은 시편에서 보여 준 빼어난 언어 감각은 그의 시 세계가 더 오래 지속되지 못한 데 대한 아쉬움을 증폭시킨다.

최승구의 시가 동시대의 독자들에게는 거의 알려지지 않았다는 점이나 동시대와 그 이후의 다른 시인들과의 직접적인 영향 관계를 상정하기 곤란하다는 사실은 그의 시 세계에 따라붙는 어찌할 수 없는 한계이다. 여기서 우리는 시인이 죽은 후에야 비로소 작품들이 빛을 보고 그 시인 또한 시인으로서의 가치를 인정받은 윤동주의 경우를 떠올릴 수 있다. 윤동주의 예처럼 최승구도 동시대를 지나 그 이후의 독자와 연구자들로부터 비로소 인정받는 시인이 될 것으로 보인다. 시인의 짧은 삶과 그가 남긴 작품의 영원한 삶이라는 문학사의 역설 속으로 시인 최승구 역시 한 발 더 다가서고 있는 셈이다.

참고문헌

1. 기초 자료

최승구, 『최소월 詩集 : 親筆原本複寫本』, 자필 원고 복사본, 인하대학교 중앙도서관 소장.
김학동 엮음, 『崔素月 作品集』, 형설출판사, 1982.
이상규 엮음, 『李相和詩全集』, 정림사, 2001.
김학동·김세환 엮음, 『金起林 全集』 1 : 詩, 심설당, 1988.
『學之光』 3~76호, 1914. 12~1915. 7.
「素月에 同名異人 있다」, 『동아일보』, 1972. 5. 4.
「草創期 한국 文壇에 第2의 '素月'이 있었다」, 『주간조선』, 1972. 5. 14.

2. 논문과 단행본

권오만, 『開化期詩歌研究』, 새문사, 1989.
김교봉·설성경, 『근대전환기 시가 연구』, 국학자료원, 1996.
김동훈, 「金素月의 최초 詩 : 「긴―熟視」」, 『문예중앙』, 1990. 여름.
김성윤, 「한국 근대자유시 형성기 연구 : 1910년대 최승구, 김여제, 현상윤의 시를 중심으로」, 연세대학교 대학원 박사학위논문, 1999. 8.
김윤식, 「韓國近代文學과 투르게니에프의 관련 樣相」 1~2, 『시문학』, 1977. 9~10.
김윤식, 「開化期의 文學樣式」, 『한국근대문학양식논고』, 재판, 아세아문화사, 1990.
김학동, 「素月 崔承九論」, 『韓國近代詩人研究』 1, 일조각, 1974.
김학동, 「浪漫과 個我의 抒情性 : 素月의 詩」, 『韓國開化期詩歌研究』, 시문학사, 1981.
김학동, 「최소월의 시와 산문 : 서지적 접근」, 『현대시인연구』 2, 새문사, 1995.
김흥규, 「부서진 세계 안의 自由와 絶望 : 1910년대 시의 한 局面에 대한 主題史的 檢討」, 임형택·최원식 엮음, 『전환기의 동아시아 문학』, 창작과비평사, 1985.
심재기, 『국어 문체 변천사』, 집문당, 1999.
오선영, 「素月 崔承九 詩 考察」, 『연세어문학』 28집, 연세대학교 국어국문학과, 1996. 2.

오성호, 「세계의 광포성에 대한 인식과 소외된 자아의 절망감 : 현상윤·최승구」, 김재용
　　　　외, 『한국근대민족문학사』, 한길사, 1993.
유종호, 「시와 토착어 지향 : 한국시의 자기 정의」, 『세계의 문학』, 1981. 가을.
이성우, 「근대 자유시의 형성과 모국어의 의의 : 소월 최승구론」, 『어문논집』 45집, 민족어
　　　　문학회, 2002. 4.
정우택, 「근대 자유시 양식의 모색과 갈등 : 1910년대를 중심으로」, 민족문학사연구소 엮
　　　　음, 『민족문학과 근대성』, 문학과지성사, 1995.
조동일, 『한국문학통사』 4, 3판, 지식산업사, 1994.
조창환, 「『學之光』의 詩文學史的 意義」, 『논문집』 8집, 아주대학교, 1986. 2.

식민지 현실과 높고 쓸쓸한 내면의 거울

정지용의 「백록담」

1. 전기적 사실과 문학적 통념을 넘어

「白鹿潭」에 대한 지금까지의 분석은 식민지 현실에서의 한라산 등반이라는 전기적 사실과 정신의 상승이라는 문학적 견해를 결합하는 지점에서 크게 나아가지 않았다. 김우창이 이 시에 대해 "한라산 등반 기록이면서 동시에 정신적인 상승에 대한 상징을 내포하고 있다"[1]고 말한 것이 그 결정적 계기가 된다. 그러나 이 시에서 시적 주체의 등반 과정을 따라 그의 정신이 일관되게 상승하는 것을 읽어내는 일은 무리에 가깝다. 그럼에도 불구하고 한라산 산정을 향한 발 옮김이 그대로 정신의 상승으로 인식되어 온 것은 무엇보다 문학 영역에서의 틀에 박힌 관념이 지나치게 앞에 나섰기 때문이다. 대신 이 작품에서 우리가 주목해야 할 것은 백록담에 이르는 길에서 마주치는 온갖 대상들이 사실은 시적 자아의 내면을 비추는 거울로 작용한다

---

1 김우창, 「韓國詩와 形而上 : 하나의 觀點 — 崔南善에서 徐廷柱까지」, 『세대』, 1968. 7, 324쪽.

는 점이다. 이 작품의 시적 자아가 관심을 둔 것은 외부 세계의 여러 대상들에게 자신의 내면을 비추고 또 그 대상들을 통해 자신의 내면을 읽어내는 일이었다. 정신의 고양이나 상승이라는 과도한 의미 부여는 이 시를 있는 그대로 읽지 않고 연구자가 전제한 선입관을 작품 분석에 무리하게 적용시킨 결과일 뿐이다. 우리는 아홉 단락으로 짜인 이 작품이 백록담의 푸른 물을 거울로 전이하는 부분에서 마무리된다는 사실을 주시해야 한다. 백록담이라는 이름의 그 거울은 높은 곳에 위치해 있으나 고결함 그 자체를 상징하지는 않는다. 백록담은 이 시에서 실구름 하나에도 쉽게 흐려지는, 쓸쓸한 내면의 거울이다. 백록담은 다시 말해 시적 자아의 내면을 비춰 주는 커다란 거울인 셈이다. 정지용이 초기 ‘바다 시편’의 감각적 선명성을 지나 「長壽山 1·2」의 정신적 탐색을 거쳐 마침내 도달한 「白鹿潭」을 통해 그의 내면을 들여다보자.

2. 시적 자아의 내면을 비추는 거울

첫 단락은 운율적 측면에서 볼 때 짧은 문장과 긴 문장을 교차시켜 호흡을 조절하고 그를 통해 시의 인상을 강렬하게 만들고 있다. 이처럼 문장의 길이를 엇갈리게 배치해 산출된 리듬은 궁극적으로 이 단락의 이원적인 의미와도 맞아떨어진다.

1

絶頂에 가까울수록 뻑국채 꽃키가 점점 消耗된다. 한마루 올으면 허리가 슬어지고 다시 한마루 우에서 목아지가 없고 나중에는 얼골만 갸옷 내다본다. 花紋처럼 版박힌다. 바람이 차기가 咸鏡道끝과 맞서는 데서 뻑국채 키는 아조 없어지고도 八月한철엔 흩어진 星辰처럼 爛漫하다. 山그림자 어둑어둑하면 그러

지 않아도 빽국채 꽃밭에서 별들이 켜든다. 제자리에서 별이 옴긴다. 나는 여긔
서 기진했다.

도발적으로 제시된 첫 문장은 이 시 마지막 단락의 끝 문장과 호응을 이
루면서 전체적 의미를 함축한다. 한라산의 해발 고도가 높아질수록 그에 적
응하려는 식물들의 키가 작아지는 것은 상식에 속하는 일인데, 시인은 그
상식에다가 자신이 처한 상황을 중첩시킨다. 한마디로 그것은 육체와 정신,
더 나아가 현실과 이상 사이의 아이러니라 할 만하다. 시 창작의 내면적 동
기 또한 이런 맥락에서 이해할 수 있다. 땅바닥에 박힌 무늬처럼 바짝 줄어
들었던 꽃 이미지가 다음 순간 별 이미지로 전이되는 것 역시 지상과 천상
이라는 이원적 구조에 바탕을 둔다. 이때 꽃이 별로 변용되는 것은 한라산
이 백록담으로, 산이 물로 굴절되는 작품 전체의 구조와 더불어 지상적 심
상이 천상적 심상으로 치환되는 겹의미 생성의 과정[2]이라 볼 수도 있다. 시
인은 여기서 또한 지리적으로 대칭인 "咸鏡道끝"이란 말을 사용함으로써
거리의 차원에서도 대립적인 이미지를 구축한다. 백록담은 이제 '현실과의
거리'라는 상징적 의미도 함께 내포하게 되는 것이다. 시적 자아가 기진할
수밖에 없는 것은 이와 같은 시적 설정에 말미암는다. 산을 오르는 데 따른
육체적 피로나 한라산의 경치에 취해서 뿐만 아니라 그보다는 앞서 제시된
여러 대립 요인들로 인해 시적 자아는 기진할 수밖에 없다. 따라서 다음에
이어지는 죽음과 소생의 이미지 역시 과장된 수사가 아니다.

    2

    嚴古蘭, 丸藥같이 어여쁜 열매로 목을 축이고 살어 일어섰다.

---

2 오탁번, 『韓國現代詩史의 對位的 構造』, 고대민족문화연구소 출판부, 1988, 99쪽.

3
白樺 옆에서 白樺가 髑髏가 되기까지 산다. 내가 죽어 白樺처럼 흴것이 숭없
지 않다.

'嚴古蘭'[3]이란 시어에서 바위를 뜻하는 '嚴' 자와, 그 뒤를 잇는 '丸藥'이
란 단어가 환기하는 것은 딱딱한 고체 이미지다. 그 이미지가 "목을 축이
고"라는 구절을 거치면서 액체 이미지로 전이된다. 이 과정을 통해 시적 자
아는 "살어 일어섰다"는 것이다. 굳이 '살어'라는 구절을 포함시킨 것은 무
엇 때문일까? 바로 앞 단락에서의 기진 상태를 은연중 죽음과 같은 것으로
만들기 위해서일 것이다. 삶과 죽음을 분별 못할 만큼 정신적으로나 육체적
으로 극한에 다가서고자 하는 주체의 욕망이 드러나는 대목이다. 백화와 해
골의 이미지를 겹치게 배열한 것도 극한 상황에 대한 암묵적 배려이다. 현
실 상황이 여의치 않을 때 관념으로나마 스스로를 끝간데까지 내몰려는 의
식이 잠재된 상태라 할 수 있다. 그러면서도 시적 자아는 스스로에 대해
"내가 죽어 白樺처럼 흴것이 숭없지 않다"고 진술한다. 반성적인 자의식이
남아 있는 것이다. 실제로 시인은 이 시기의 정황을 이렇게 밝히고 있다.

『白鹿潭』을 내놓은 시절이 내가 가장 정신이나 육체로 피폐한 때다. 여러가
지로 남이나 내가 내 자신의 피폐한 원인을 지적할 수 있었겠으나 결국은 환경
과 생활 때문에 그렇게 된 것이었다.

---

3 '嚴古蘭'은 '嚴高蘭'의 오기이다. 정지용의 산문 「歸去來 : 多島海記 6」(1938. 8)에 보면 "高山
식물 岩高蘭 열매(시레미)의 달고 신맛에 다시 입 안이 고이는 것입니다"라는 구절이 나온
다. 암고란(嚴高蘭)은 시로미(crowberry)과에 딸린 고산식물이다. 한국에는 백두산을 비롯
한 북한의 높은 산과 제주도 한라산의 정상 부근에서 자란다. 키는 25cm 정도이며 땅 위를
기면서 자란다. 자줏빛 띤 검은색으로 익는 열매는 장과로서 둥글며 지름이 1cm쯤 되는데,
먹을 수 있으나 다소 신맛이 난다. 『브리태니커 백과사전 CD IX』, CD-ROM, 한국브리태
니커회사, 2007, '시로미' 항목 참조.

　　그러나 모든 것을 환경과 생활에 책임을 돌리고 돌아앉는 것을 나는 고사하고 누가 동정하랴? 생활과 환경도 어느 정도로 극복할 수 있는 것이겠는데 친일도 배일도 못한 나는 山水에 숨지 못하고 들에서 호미도 잡지 못하였다. 그래도 버릴 수 없어 시를 이어 온 것인데 이 이상은 소위 '國民文學'에 협력하던지 그렇지 않고서는 조선시를 쓴다는 것만으로도 신변의 협위를 당하게 된 것이었다.[4]

　　정지용이 처한 상황은 매우 암담한 것이었다. 친일도 배일도 못하고 그렇다고 어디 숨거나 농사일을 하지도 못하는 처지에서 시에만 매달렸으리라. 그러나 그 시마저 조선어로 발표하지 못하게 된 상황에서 정지용이 얼마나 낙담했을 것인가를 짐작하는 일은 어렵지 않다. 어쩌면 그는 현실 상황에 대한 두려움마저 느꼈을지 모른다.

　　4
　　鬼神도 쓸쓸하여 살지않는 한모롱이, 도체비꽃이 낮에도 혼자 무서워 파랗게 질린다.

　　산길 모퉁이에 피어 있는 도깨비꽃을 시적 자아는 이렇게 옮겨 놓고 있다. 외부 풍경의 묘사에 그치는 것이 아니라 시적 자아의 내면을 외부 사물에 비추고 있는 것이다. 귀신도 쓸쓸해서 살지 않는 곳이란 설정은 이 작품보다 앞선 「九城洞」(1938. 8)에서의 "꽃도/귀향 사는곳"이란 구절과 접맥된다. 스스로를 귀양 보내거나 유폐시키려는 잠재의식이 드러난다. 그 다음 부분은 더 문제적이다. 귀신과 도깨비꽃을 자연스럽게 연결시키고, 귀신도 살지 않는 모퉁이에 꽃이 혼자 피어 있으니 무서워서 파랗게 질린다는 표현이 재미있어 보인다. 하지만 그 번뜩이는 재치의 이면에 담긴 현실 상황에 대

---

4 정지용, 「朝鮮詩의 反省」, 『散文』, 동지사, 1949, 85〜86쪽.

한 두려움을 읽어내지 못한다면 이 구절의 의미는 반감된다. 여기서 귀신과 도깨비꽃의 연결이 자연스럽게 느껴지는 것은 "도체비꽃"이란 기표에서 '꽃'뿐 아니라 '도깨비' 쪽에도 의미론적 관심이 환기되기 때문이다. 도깨비는 잡된 귀신의 하나라는 점에서, 끔찍할 만큼은 아니지만 그 역시 무서운 존재가 아닐 수 없다. 그럼에도 그 '도깨비'가 무서워서 파랗게 질린다는 표현은, 무서운 존재와 무서워하는 존재 사이의 넘나듦을 지시한다. 중요한 사실은 '도깨비'가 이처럼 무서움의 대상이면서 동시에 무서워하는 주체가 된다는 점이다. 이쯤에서 우리는 이 구절과 이상의 「烏瞰圖」(1934. 7) 가운데 한 대목을 비교할 필요가 있다.

13人의兒孩는무서운兒孩와무서워하는兒孩와그렇게뿐이모였소.
(다른事情은없는것이차라리나았소)

그中에1人의兒孩가무서운兒孩라도좋소.
그中에2人의兒孩가무서운兒孩라도좋소.
그中에2人의兒孩가무서워하는兒孩라도좋소.
그中에1人의兒孩가무서워하는兒孩라도좋소.

(길은뚫린골목이라도適當하오.)
13人의兒孩가道路로疾走하지아니하여도좋소.

— 이상, 「烏瞰圖 : 詩第一號」 부분

이상의 「烏瞰圖」에서 강조되는 것은 13인의 아해가 도로를 질주하든 질주하지 않든, 길이 뚫렸든 막혔든 상관없이 13인의 아해들이 모두 무서운 아해와 무서워하는 아해라는 점이다. 이때 무서운 아해와 무서워하는 아해 사이를 편가르는 것도 무의미하며, 결국 중요한 것은 모든 아해들이 무서움의 주체이면서 동시에 객체가 되는 상황 그 자체이다. 이상의 「烏瞰圖」와 정지용 시의 한 구절의 놀라운 일치가 개인적 성향의 문제에만 그칠 수 있을까? 적어도 그것은 그 당시의 시인들을 짓눌렀던 외부적 상황을 고려하지 않고서는 명쾌히 해명될 수 없는 문제이다. 이상은 물론 정지용이 처한 현실 역시 개인적인 노력만으로는 타개할 수 없는 성질의 것이었다. 정지용이 현실 법칙이 지배하지 않는 높이와 거리를 확보하기 위한 한 방편으로 한라산을 찾았다고 이해할 수 있는 것도 이런 맥락에서 비롯한다.

3. 현실 법칙을 벗어나는 높이와 거리

이어서 나타나는 '海拔六千呎'이란 시어는 사람들이 정한 현실 법칙이 통하지 않는 시적 공간을 설정한다. 사람을 대수롭잖게 여기는 말과 소들이 서로 거리낌 없이 어울리는 모습은 시적 자아에겐 분명 신선한 충격이었을 것이다. 범상하게 보자면 그럴 수도 있으나, 시적 자아의 내면이 이미 그러한 외부 세계를 곧이곧대로 받아들일 수 없는 정황에 처해 있기 때문이다.

> 5
> 바야흐로 海拔六千呎우에서 마소가 사람을 대수롭게 아니녀기고 산다. 말이 말끼리 소가 소끼리, 망아지가 어미소를 송아지가 어미말을 딸으다가 이내 헤여진다.

> 6
> 첫색기를 낳노라고 암소가 몹시 혼이 났다. 얼결에 山길 百里를 돌아 西歸浦로 달어났다. 물도 말으기 전에 어미를 여힌 송아지는 움매— 움매— 울었다. 말을 보고도 登山客을 보고도 마고 매여달렸다. 우리 색기들도 毛色이 달은 어미한틔 맡길것을 나는 울었다.

말과 소들이 사람을 대수롭잖게 여길 수 있는 것은 그들이 사람에게 얽

매여 있지 않은 상태이기에 가능한 일이다. 주체의 의식이나 몸이 거부할 수 없는 어떤 존재에 속박되어 있다고 인식할 때 이 시의 시적 자아는 강한 연민을 드러낸다. 세상에 나오자마자 어미를 잃은 송아지에 대한 안쓰러움 이, "우리 색기들도 毛色이 다른 어미한틔 맡길것을 나는 울었다"라는 구절 로 연결되는 것도 이 때문이다. 또한 여기서 '毛色'이란 단어가 사람에게 그 대로 적용되는 것은 소와 인간 사이의 정서적 친밀성을 고려할 때 비로소 이해할 수 있다. 이 경우, 「琉璃窓 1」(1930. 1)은 좋은 비교 대상이다.

> 밤에 홀로 琉璃를 닥는것은
> 외로운 황홀한 심사이어니,
> 고흔 肺血管이 찢어진 채로
> 아아, 늬는 山ㅅ새처럼 날러 갔구나!
>
> ― 「琉璃窓 1」 부분

「白鹿潭」에서의 송아지와 「琉璃窓 1」의 산새가 모두 떠남이라는 모티 프를 두고 인간 세계를 은유하고 있다는 점에서 공통적이다. 송아지는 제 어미를 떠나보냈으며, 산새는 부모를 두고 다른 세상으로 떠났다. 두 경우 모두 시적 자아가 근본적으로 해결할 수 없는 현실 상황이다. 시적 자 아가 할 수 있는 일이란 '외로운 황홀한' 상태에서 견디거나(「琉璃窓 1」), 우 는 행위(「白鹿潭」)뿐이다. 후기작인 「白鹿潭」에서 오히려 감상을 제어하지 않는 것은 이채롭다. 시적 자아의 내면이 그만큼 피폐해진 탓일까? 아마 그 울음은 송아지뿐 아니라 시적 자아 자신을 향한 것이라 보아야 할 것 이다. 때문에 시적 자아가 허둥지둥하다가 길을 잃는 다음 단락에서, 외 부 세계의 모습은 보이지 않고 향기와 소리가 어지럽게 틈입하는 것은 눈물 흘리는 시적 자아를 상정할 때 비로소 그 시적 효과가 살아난다.

7

　風蘭이 풍기는 香氣, 꾀꼬리 서로 불으는 소리, 濟州회파람새 회파람부는 소리, 돌에 물이 따로 굴으는 소리, 먼 데서 바다가 구길때 솨— 솨— 솔소리, 물푸레 동백 떡갈나무속에서 나는 길을 잘못 들었다가 다시 측년출 긔여간 흰 돌박이 고부랑길로 나섰다. 문득 마조친 아롱점 말이 避하지 않는다.

8

　고비 고사리 더덕순 도라지꽃 취 삭갓나물 대풀 石茸 별과 같은 방울을 달은 高山植物을 색이며 醉하며 자며한다. 白鹿潭 조찰한 물을 그리여 山脈우에서 짓는 行列이 구름보다 壯嚴하다. 소나기 놋낫 맞으며 무지개에 말리우며 궁둥이에 꽃물 익여 부친채로 살이 붓는다.

　일곱 번째 단락에서 자연의 소리가 청각을 통해 반복되면서 시의 리듬을 형성하지만, 그 리듬은 한편으로 불안하게 느껴진다. 무엇보다 시적 자아가 아직 자연의 일부로 자연스럽게 동화되지 못한 까닭이다. 한 차례의 울음을 통해 또 그로 인한 길 잃음을 거쳐서야 비로소 화자는 자연 속으로 편입된다. 얼룩말이 그를 보고도 피하지 않는다는 진술은 이런 사정을 가리킨다. 그런데 그 진술을 뒤집어 보면, 시적 자아가 비로소 얼룩말 같은 외부 대상에 대한 경계를 풀어 버렸다고 이해할 수도 있다. 다음 단락에서 많은 고산 식물의 이름이 열거되고 그것을 먹고 또 취하는 장면은 다분히 주술적이다. 직접적인 접촉이나 먹는 행위를 통해 대상과 일체화되려는 시적 주체의 욕망이 전제되기 때문이다. 특히 "白鹿潭 조찰한 물"이란 구절은 시적 자아의 의식이 지향하는 바가 무엇인가를 단적으로 암시한다. 이때 시어 '조찰한'에 대해서는 몸과 마음이 깨끗하다,[5] 또는 가톨릭에서 죄를 씻고 닦다[6]란 풀이

---

5 김재홍 편저, 『한국 현대시 詩語辭典』, 고려대학교출판부, 1997, 908쪽, '조찰히' 항목.
6 국립국어연구원, 『표준국어대사전』, **CD-ROM**, 두산동아, 2001, '조찰(澡擦)' 항목.

를 참조할 수 있다. 하지만 이 시어의 의미를 제대로 파악하기 위해서는 정지용의 다른 작품 「長壽山 1」(1939. 3)의 다음 대목을 주목해야 한다.

웃절 중이 여섯판에 여섯번 지고 웃고 올라 간뒤 조찰히 늙은 사나히의 남긴 내음새를 줏는다? 시름은 바람도 일지 않는 고요에 심히 흔들리우노니 오오 견듸란다 차고 兀然히 슬픔도 꿈도 없이 長壽山속 겨울 한밤내—

— 「長壽山 1」 부분

"조찰히 늙은 사나히"에서 '조찰히'란 시어는 단지 '깨끗하다'는 의미 영역에 머물지 않는다. 여기서 '조찰히'는 적막과 무욕을 자기화하려는 사람의 심리적 정황을 나타내는 말로 보아야 할 것이다. 시름이나 슬픔, 꿈 따위의 현실적 조건들에 크게 흔들리지 않음으로써 겨울 같은 현실을 견디면서, 홀로 우뚝한 장수산의 경지를 제것으로 삼으려는 시인의 의지가 '白鹿潭 조찰한 물'로 표현된 것이다. 이 '조찰함'이야말로 「白鹿潭」의 시적 자아가 지향하는 의식의 지표라 할 수 있다. 따라서 노끈을 드리운 듯 굵고 곧게 내리쏟아지는 소나기를 그야말로 놋낱같이[7] 맞거나, 자신의 신체 일부에 고산식물의 꽃잎을 이겨 붙이거나, 자신의 몸이 소나기에 불어났다고 진술하는 것은 모두 '조찰함'에 대한 화자의 강한 지향을 표출하는 셈이다. 이어 화자는 한라산의 정상, 백록담을 눈앞에 두게 된다.

---

7 시어 '놋낱'의 의미에 대해서는 다음 자료들을 참조할 수 있다.
　김학동, 『정지용 연구』, 민음사, 1997, 309쪽.
　홍신선, 「시 읽기의 이론과 실제 : 좋은 시 읽기는 왜 필요한가」, 『현대시』, 1999. 9, 212쪽.

4. 그 거울 앞에서 어디로 더 나아갈 것인가

마지막 단락에서 백록담의 푸른 물을 하늘에 연결한 것은, 첫 단락에서 꽃 이미지를 별 이미지로 전이시켰던 것과 짝을 이룬다. 그것들을 곧장 의식의 상승이라고 단선적으로 이해하기보다는 지상과 하늘, 현실과 이상 사이의 거부할 수 없는 거리에 대한 시적 자아의 인식으로 보는 것이 더 타당할 듯하다. 이러한 내면 갈등의 공간을 상정할 때 비로소 뒤에 이어지는 구절들에 대한 해석이 더욱 다채롭게 개진될 수 있기 때문이다.

> 9
> 가재도 긔지않는 白鹿潭 푸른 물에 하눌이 돈다. 不具에 가깝도록 고단한 나의 다리를 돌아 소가 갔다. 쫓겨온 실구름 一抹에도 白鹿潭은 흐리운다. 나의 얼골에 한나잘 포긴 白鹿潭은 쓸쓸하다. 나는 깨다 졸다 祈禱조차 잊었더니라.

가령 "不具에 가깝도록 고단한 나의 다리"는 산행에 뒤따르는 피로감 탓만이 아니다. 그것은 현실을 헤쳐 나갈 수도 거부할 수도 없는 상태에서 '견뎌내야' 하는 시적 자아의 내면을 암시한다. 소가 화자의 다리를 돌아갈 만큼 자연물의 일부가 된 상황에서도, 백록담과 구름이 완전히 조화를 이루지 못하는 것도 같은 이유 때문이다. 물론 이에 대해 실구름 하나가 지나가도 그 흔적이 남을 만큼 백록담이 더없이 맑다는 해석도 가능하다. 이때 백록담은 '영혼을 비추는 거울'[8]로 부각된다. 하지만 이 경우에도 백록담의 맑음은 오히려 시적 자아의 내면의 쓸쓸함을 더 강조할 수 있다. 한라산 정상에서 자연과 시적 자아가 이룬 하나됨의 상태는 완결된 조화로움의 세계가 아니라, 지극히 인간적인 수척한 광경을 이룬다는 해석[9]이 나오는 것도 이

---

8 최동호, 「長壽山과 白鹿潭의 세계」, 『現代詩의 精神史』, 열음사, 1985, 320쪽.

런 사정에 연유한다. 그런데 여기서의 쓸쓸함이나 수척함이 일회적이 아님에 우리는 또한 주목해야 한다. 「白鹿潭」보다 뒤에 발표된 「비」(1941. 1)에는, "종종 다리 깟칠한/山새 걸음거리.//여울 지여/수척한 흰 물살"이란 구절이 나온다. 이 구절을 면밀하게 분석한 한 연구자는 이 작품에서 시인의 "수척한 정신의 세계"[10]를 읽어낸 적이 있기 때문이다. 이런 맥락에서 보더라도, 깨다 졸다 기도조차 잊었다는 이 시의 마지막 문장을 시적 자아와 외부 세계의 완전한 합일을 지시한다고 읽는 것은 자연스럽지 못하다. 시적 자아는 자연과 인간, 외부 세계와 내면 세계의 경계에서 일시적인 자기 망각을 경험하고 있는 것으로 보인다. 아울러, 백록담이라는 내면의 거울이 명징해질수록 그 거울에 비친 시적 자아의 모습은 더욱 수척하고 쓸쓸해진다는 점은 몇 번이라도 더 강조될 필요가 있다. 이숭원[11]이 섬세하게 지적한 것처럼 시인은 어쩌면 그 쓸쓸함에 의지하고 있었는지도 모른다. 결국 '백록담'은 현실 앞에서 높고 맑고 쓸쓸하기만 했던 시적 자아의 내면을 비춰 준 거대한 거울이다. 그 거울 앞에서 어디로 더 나아갈 것인가를 스스로에게 묻는 일은 과거 정지용의 몫이었지만 지금 우리의 몫이기도 하다.

---

9 김신정, 「정지용 시에서 '감각'의 의미」, 『정지용 문학의 현대성』, 소명출판, 2000, 174쪽.
10 최동호, 「정지용의 「비」와 「구성동」의 세계」, 『시 읽기의 즐거움』, 고려대학교출판부, 1999, 231쪽.
11 이숭원, 『정지용 시의 심층적 탐구』, 태학사, 1999, 203쪽.

참고문헌

국립국어연구원, 『표준국어대사전』, CD-ROM, 두산동아, 2001.

김신정, 『정지용 문학의 현대성』, 소명출판, 2000.

김우창, 「韓國詩와 形而上 : 하나의 觀點 ― 崔南善에서 徐廷柱까지」, 『세대』, 1968. 7, 314
～337쪽.

김재홍 편저, 『한국 현대시 詩語辭典』, 고려대학교출판부, 1997.

김학동, 『정지용 연구』, 민음사, 1997.

오탁번, 『韓國現代詩史의 對位的 構造』, 고대민족문화연구소 출판부, 1988.

이성우, 「높고 쓸쓸한 내면의 거울 : 정지용의 「白鹿潭」」, 최동호・맹문재 외, 『다시 읽는
정지용 시』, 월인, 2003, 201～212쪽.

이숭원, 『정지용 시의 심층적 탐구』, 태학사, 1999.

최동호, 「長壽山과 白鹿潭의 세계」, 『現代詩의 精神史』, 열음사, 1985, 310～324쪽.

최동호, 「정지용의 「비」와 「구성동」의 세계」, 『시 읽기의 즐거움』, 고려대학교출판부,
1999, 225～238쪽.

한국브리태니커회사, 『브리태니커 백과사전 CD IX』, CD-ROM, 한국브리태니커회사, 2007.

홍신선, 「시 읽기의 이론과 실제 : 좋은 시 읽기는 왜 필요한가」, 『현대시』, 1999. 9, 207～215쪽.

무위의 세계와 무한의 상상력

김달진 시와 노장 사상

1. 불교적 사유와 노장 사상의 합류

시인 김달진(1907~1989)에 대한 생전의 문학사적 평가는 대부분 그가 1930년대 '시원'이나 '시인부락'의 동인이었다는 사실을 언급하는 정도에서 그쳤던 게 사실이다. 그가 1940년에 첫 시집 『靑柿』를 발간한 이후 작고할 때까지의 작품 활동은 문학사에서 소외되어 온 셈이다. 이렇게 된 가장 큰 이유는 김달진 시인이 첫 시집 간행 이후에는 문단 활동을 지속적으로 전개하지 않은 채 은둔 생활 속에서 대부분의 시간을 동양 고전과 불경 번역 작업에 바쳤다는 데 있을 것이다. 하지만 그가 1974년 장편 불교 서사시 『큰 蓮꽃 한 송이 피기까지』를 냈으며, 1983년에는 시전집 『올빼미의 노래』를 간행하고 그 이후에도 몇 편의 신작시를 발표했다는 사실을 우리는 또한 거론해야 한다. 그는 비록 지속적인 문단 활동을 전개하지는 않았지만, 시인으로서 자신의 작업은 나름대로 일관되게 진행해 왔던 것이다. 이런 맥락에서 우리는 김달진 시의 특질을 제대로 규명해야 할 필요성을 느끼게 된다.

김달진의 시는 시인이 작고한 1989년 이후에야 비로소 다시 조명받기 시작했다. 그의 시에서 주된 논점이 되어 온 것은 불교적 사유와 노장적 세계관이다. 예컨대, 김선학은 김달진 시에서 불교적 가치관과 노장 사상이 병존함을 언급했으며,[1] 김재홍은 김달진 시의 특징 가운데 하나로 노장적 세계관을 거론했다.[2] 또한 최동호는 김달진 시의 근본 지향점이 노장 사상에 있다고 지적했다.[3] 최동호에 따르면 김달진 시는 불교적 사유와 노장 사상이 합류하는 지점에 놓이지만, 보다 엄밀히 말해 그의 시는 삶과 죽음을 '苦'라고 설파한 불교의 집착마저도 떨쳐 버리고 생사일여의 노장적 세계로 나아갔다는 것이다.[4] 한편 송영순은 무위자연과 소요유의 측면에서 김달진 시와 노장 사상의 관련성을 살핀 바 있다.[5] 이 글에서는 그간 다소 단편적으로 언급되어 온 김달진 시의 이러한 노장적 특성들을 노장 사상의 핵심이라 할 '자아와 대상의 일체화[萬物齊同]', '무위' 등의 개념을 중심으로 더

---

1 김선학, 「열치매 나타난 달처럼 : 金達鎭의 문학과 삶」, 『문학사상』, 1989. 8, 148~152쪽.
2 김재홍, 「無爲自然과 隱者의 정신」, 『서정시학』 1호, 1990. 6, 166~193쪽.
3 최동호, 「金達鎭 시와 無爲自然」, 『현대문학』, 1991. 3, 348~363쪽.
4 여기서 불교와 노장 사상 사이의 관련 양상을 확인해 둘 필요가 있다. 불교와 노장 사상의 관련 문제는 인도 불교가 중국에 전래된 초기뿐만 아니라 유·불·선 삼교의 조화가 불교계의 중심 논제로 떠올랐던 송명 시대에 이르기까지 계속 거론되었다. 노장 사상은 인도에서 전래된 불교가 중국 사회에 토착화하는 데 매개를 제공하여 '중국적 불교'를 창출하는 토대가 된다. 특히 중국 선종 형성의 사상적 배경에는 노장 사상, 특히 장자의 영향을 간과할 수 없다. 장자의 사상을 정신적 풍토로 함으로써 중국의 선종은 인도 불교의 반야·공 사상을 중국적으로 변용하여 형성되었다는 것이다(모리 미키사부로, 『佛敎와 老莊思想』, 오진탁 옮김, 경서원, 1992, 37~58쪽 참조). 신라 선덕왕 때의 法朗이 당나라에 유학해 중국 선종 4조인 道信의 법을 이어받아 귀국함으로써 시작된 한국의 선종 역시 이러한 역사적 전개 과정에 그 뿌리를 두고 있다.
5 송영순, 「현대시와 노장 사상 : 김달진 시를 중심으로」, 『국어국문학』 126호, 국어국문학회, 2000. 5, 283~304쪽.

욱 분명히 밝히고, 더 나아가 김달진 시에서 욕망의 절제와 미시적 공간 설정이 상상력의 확대와 맞물리는 시적 특성을 고찰하고자 한다. 이를 통해 우리는 궁극적으로 김달진 시에서 노장 사상이 갖는 시적 의미와 그 문학적 의의를 아울러 규명할 수 있을 것이다.

2. 자아와 대상이 하나 되는 경지

시 작품에서 시적 자아와 외부 대상의 일체화가 가능한 것은, 감정이입이나 의인화 등의 기법을 통해 시적 자아와 외부 대상 사이에 상호 교류가 가능하다는 시적 설정 때문이다. 이때 시인은 자신의 감정이나 사상을 전달하는 하나의 수단으로 그와 같은 기법이나 시적 설정을 사용하는 것이 일반적이다. 그런데 김달진 시에서 이러한 일체화는 시적 자아의 정감을 드러내는 수단에 머무는 것이 아니다. 그의 시에서 외부 대상과의 일체화는 그것 자체가 하나의 목적이 되는 것으로 보인다. 이것이 바로 김달진 시의 두드러진 특징 가운데 하나이다.

> 물 우에 떨어진 기름발처럼
> 지구가 옥색 공기 속에 동글동글 떠도는 날
> 작은 개울섶을 게을리 따라올라
> 마른 풀대 좁은 길 山峽을 지내다가
> 눈섶 끝에 흐르는 아즈랑이 어즈러워
> 나는 그만 아즈랑이 속에 서서
> 마른 풀대와 함께 바람 앞에 흔들흔들 흔들리었다
> 머리 우에 새소리가 은조각을 뿌렸다

— 「立春」 전문[6]

이 시의 첫 부분에서 우리는 거대한 지구가 물 위에 떨어진 기름 한 방울로 치환되는 시적 공간으로 인도된다. 이러한 상상력을 바탕으로 봄날을 맞은 시적 자아의 특별한 체험이 이 시의 주조를 이룬다. 여기서 시적 자아의 체험은 만물이 다시 살아나는 봄에 외부 대상물들과 감정을 교류하는 수준에 그치는 것이 아니다. '마른 풀대와 함께 바람 앞에 흔들흔들 흔들리었다'라는 체험은, 시적 자아와 '마른 풀대' 사이의 감정 교류의 차원을 뛰어넘는다.[7] 그것은 외부 대상과 직관적으로 일체가 되는 체험의 순간을 나타낸다. 또한 그것은 감정이입이나 의인화 등의 시적 방법을 필요로 하지 않는 경지이다. 서구의 이론에 근거한 시적 해석의 틀로써 김달진 시를 논리적으로 규명하는 것이 어려운 이유가 바로 여기에 있다. 이런 사정은 김달진의 시가 서구의 문학 이론이나 방법론이 우세한 우리의 현대시 연구에서 주목받지 못한 중요한 하나의 이유가 되었을 것이다.

이 시에서 김달진 시인이 근거하고 있는 것은 바로 노장적 세계이다. 먼저, 우리가 살고 있는 지구를 기름 한 방울로 보는 무한한 상상력은 『장자』에서 찾아볼 수 있다. 즉, "천하에는 털끝보다 더 큰 것이 없는 동시에 태산이 작은 것이 될 수도 있다"[8]고 장자는 말했다. 『장자』에서의 태산과 털끝이 김달진 시에서는 지구와 기름 방울로 바뀌었을 뿐이다. 또한 외부 대상과 조건 없이 일체가 되는 경지 역시 일찍이 장자가 설파했던 것이다. "천지는 나와 함께 오래 살고 만물은 나와 하나가 되어 있는 것이다. 이미 하나가

---

6 앞으로 특별한 표기가 없는 경우의 작품 인용은 모두 『김달진 시전집』(문학동네, 1997)에 의거한 것이다.

7 이와 유사한 시적 상상력을 보여 주는 작품으로 「유월」을 더 들 수 있다. 그 한 부분을 보이면 다음과 같다 : "깊은 숲 속에서 나오니/유월 햇빛이 밝다/열무우 꽃밭 한귀에 눈부시며 섰다가/열무우꽃과 함께 흔들리우다."

8 「齊物論」, 『莊子』, 김달진 역해, 고려원, 1987, 42쪽. 天下莫大於秋毫之末, 而大山爲小.

되었으니 거기 또 무슨 말이 있을 수 있겠는가?"[9] 외부 세계의 만물이 이미 주체와 하나라는 노장 사상을 전제로 할 때 비로소 위와 같은 김달진 시에 대한 이해가 가능해진다. 아울러 위의 작품에서 "눈섶 끝에 흐르는 아즈랑이 어즈러워/나는 그만 아즈랑이 속에 서" 있다는 구절 역시 주목할 필요가 있다. 시적 자아가 봄날의 아지랑이를 보면서 어지럼을 느끼다가 '아지랑이 속에 서서' 흔들린다는 것은, 노자가 '道'의 특성을 설명하면서 거론했던 '恍惚'의 경지와 견주어 볼 수 있다. "종잡을 수 없는 그 가운데 물상(物象)이 존재하는 것이다. 황홀한 가운데 만물이 존재하는 것이다."[10]라는 노자의 말은, 우리들이 심미 체험의 황홀한 상태에서 이전에는 경험하지 못했던 것을 체험하는 상태를 가리키기 때문이다.[11]

또한 김달진 시에서 시적 자아와 외부 대상 사이의 일체감이 확연히 드러나지 않는 경우라 하더라도, 시적 대상은 시적 자아의 정감을 드러내는 매개체에 한정되지 않는다. 여기서 시적 대상들은 시적 자아에서 독립한 그 스스로의 존재로서 의미를 지닌다.

묵은 책장을 뒤지노라니
여기저기서 기어 나오는 하얀 버레들
나는 가만히 그들에게 이야기해봅니다 ―
고독과 적막의 슬픈 사상을

그들은 햇빛 아래 빛나는 이 세상 人情의

---

9 같은 곳. 天地與我竝生, 而萬物與我爲一. 旣已爲一矣. 且得有言乎.

10 「제21장 虛心」, 『노자』, 김학주 옮김, 을유문화사, 2000, 172쪽. 惚兮恍兮, 其中有象. 恍兮惚兮, 其中有物.

11 이택후 · 유강기 주편, 『中國美學史』, 권덕주 · 김승심 옮김, 대한교과서주식회사, 1992, 261~262쪽.

더욱 쓰리다는 것을 잘 아는 나의 어린 동무들입니다.

— 「고독한 동무」 전문

이 시에는 시적 자아가 세상을 살면서 느끼는 '고독과 적막의 슬픈 사상'이나 '세상 인정의 쓰라림'이 드러나 있다. 그러나 이 시에 내재한 의미는 문면에 드러난 그 사상이나 감정에 국한되지 않는다. 우리가 주목해야 할 것은 이 시가 초점을 맞추고 있는 대상이 시적 자아가 아니라 '하얀 벌레들'이라는 점이다. 이 시의 제목이 그 벌레들을 가리키는 '고독한 동무'로 설정되어 있는 것도 이러한 사정을 반영한다. 그 벌레들은 어떤 대상이나 수단이 아니라 '나의 어린 동무'로서의 시선을 확보하고 있다. 이때 유의할 것은, '나의 어린 동무'라는 구절이 어떤 의미를 지시하기에 앞서 외부 대상에 대한 시적 자아의 시선이나 태도를 드러낸다는 점이다. '동무'라는 우호적 관계가 중요한 것이 아니라, '동무'라는 대상으로 독립되어 존재한다는 사실 자체가 더욱 중요한 것이다. 이런 맥락을 전제해야 비로소 시인이 또 다른 작품에서, "나는 그만/그 실낱 같은 빨간 벌레가 되다"(「벌레」)라고 진술하거나, "엉거주춤 뜰귀에 선 채/꽃수풀 속의 작은 버레가 되어 울어보다"(「산장의 밤」)라고 했을 때 대상과 자아 사이의 일체감이 해명될 수 있을 것이다.

마루 끝에 조으는 고양이 부러워
나도 그 곁에 나가 가만히 앉아본다
새까만 삐로―드 등솔기에 햇볕을 쪼이며
첫겨울의 따뜻한 하루를 한껏 맛보아본다

머리를 드니
먼 하늘 끝은 맑고 트이고
나와 고양이의 주고받는 꿈을 실은 구름이 떠간다.

— 「첫겨울의 한낮」 전문

이 시에서 "새까만 삐로—드 등솔기에 햇볕을 쪼이며/첫겨울의 따뜻한 하루를 한껏 맛보아본다"라는 문장의 주체는 과연 시적 자아일까 아니면 고양이일까? 이때 '새까만 삐로—드 등솔기'를 시적 자아가 입고 있는 옷의 한 부분으로 해석한다면 이 문장의 주체는 당연히 시적 자아이다. 그런데 이 시에서 문제는, '새까만 삐로—드 등솔기'가 고양이의 윤기 흐르는 검은 털을 동시에 연상시킨다는 사실이다. 그렇다면 이 문장의 주체는 고양이가 될 수도 있다. 그런데 시의 후반부에서 고양이와 시적 자아가 서로 구별 없이 '꿈을 주고받는다'는 시적 설정을 감안한다면, 우리는 구태여 이 시에서 이 문장의 주체가 누구인가를 분별하는 일이 부질없음을 알게 된다. 결국 이 시가 지향하는 것은 '나는 고양이요 고양이는 나'라는 분별없음의 경지이기 때문이다. 이는 일찍이 장자가 다음과 같은 우화를 통해 언급한 적이 있다.

지난 어느 날, 장주(장자)는 꿈에 나비가 되었다. 펄펄 나는 것이 확실히 나비였다. 스스로 유쾌하여 자기가 장주인 것을 몰랐다. 그러나 조금 뒤에 문득 깨어 보니 자기는 틀림없이 장주였다. 장주가 나비가 된 꿈을 꾼 것인가? 나비가 장주가 된 꿈을 꾼 것인가? 그러나 장주는 장주요, 나비는 나비로서 반드시 분간이 있을 것이니, 이를 일러 만물의 변화라고 하는 것이다.[12]

장자가 여기서 말하고자 하는 내용은 주체와 대상은 때때로 서로를 구분할 수 없는 융화, 통일의 상태에 이르게 된다는 것이다. 주체는 자기 스스로 대상이 되어 대상과 불가분의 상태에 놓인다. 장주가 나비가 되었다는

---

12 「齊物論」, 『莊子』, 김달진 역해, 고려원, 1987, 48쪽. 昔者莊周夢爲胡蝶. 栩栩然胡蝶也. 自喻適志與, 不知周也. 俄然覺, 則蘧蘧然周也. 不知周之夢爲胡蝶與, 胡蝶之夢爲周與. 周與胡蝶, 則必有分矣. 此之謂物化.

것은 나비처럼 자유자재로 즐거움 속에서 自得함을 의미한다. 이는 김달진의 시에서 시적 자아가 마루 끝에서 햇볕을 쪼이며 졸고 있는 고양이를 부러워하다가 마침내 서로의 꿈을 주고받는 상태에까지 이르는 것과 본질적으로 다를 바 없다. 장자가 말한 물아일체의 세계가 김달진의 시 속에 담겨 있는 것이다.

3. 욕망의 절제와 무위의 세계

김달진 시에서 인위적인 욕망에 대한 절제와 경계는 시적 자아의 삶을 지탱하는 중요한 원칙으로 작용한다. 가령, "너무 포만했읍니다/이 밥부대, 포만해/숨통이 막힐 것 같습니다"(「飽滿」)라는 김달진 시에서 우리가 감지하는 것은, 자아의 발전을 위한 것이 아니라 자아를 파멸로 이끄는 무절제한 욕망이다. 다음 작품 역시 같은 맥락에서 이해할 수 있다.

> 오늘도 저 인수봉에는
> 흐린 구름 나직히 떠돌겠구나.
> 오랜 병 앓아 누워
> 창 밖의 찬 빗소리 혼자 듣나니……
>
> 죽을 때 미리 안다 무엇이 대단한가
> 선 죽음 앉은 죽음 그 무슨 자랑이랴
> 그런 이 한데 모아 먼 섬으로 보내자.
>
> — 「앓아 누워」 전문

병으로 오랫동안 앓아누워 있는 화자의 작은 소망이라면, 자신의 힘으로 일어나서 인수봉에 나직이 걸린 구름을 쳐다보는 일일 수도 있다. 첫 연 마지막 행의 줄임표는 화자의 이러한 욕망을 슬쩍 드러내 준다. 그러나 둘째 연에 이르면 그와는 다른 차원의 욕망이 화자를 지배하고 있음을 알 수 있다. 그 욕망은 뜻밖에도 옛날부터 고승들이 자랑삼던 죽는 방법에 관한 것이다. 자신이 죽을 날을 미리 예언한다든가, 서서 죽거나, 앉은 채로 죽거나 하는 남다른 죽음의 방식들이 욕망의 대상이 되어 버렸던 것이다. 이에 대해 시적 자아는, "그런 이 한데 모아 먼 섬으로 보내자"는 말로써 자신의 부질없는 욕망을 경계하는 모습을 보여 준다. 이는 곧 자연스러워야 할 죽음마저 인위적인 욕망으로 인해 왜곡되는 상황에 대한 비판이다. 다음 인용문에서 알 수 있듯 장자 역시 인위적인 욕망이나 집착이 소인은 물론 성인에게까지 그 본성을 해치게 했음을 비판한 바 있다.

> 저 하·은·주 삼대 이래로 천하는 모두 외부의 사물로 제 본성의 진실과 바꾸지 않은 이가 없었다. 소인은 이익을 위해 목숨을 걸고, 선비는 이름을 위해 목숨을 걸고, 벼슬아치는 나라를 위해 목숨을 걸고, 성인은 천하를 위해 목숨을 바쳤다. 이들은 서로 한 일이 다르고 명성도 달랐지만, 그 본성을 해쳐 몸을 죽인 점에서는 매한가지였던 것이다.[13]

이 같은 인위적인 욕망이나 집착에서 벗어나 자연의 법칙에 순응해야 오히려 자신의 뜻한 바를 이룰 수 있다는 것이 바로 노장 사상의 핵심 개념인 '無爲而無不爲'이다. 이는 곧 자연 생명의 활동은 형성, 성장, 변화의 과정 속에서 결코 목적성을 띠지 않음에도 불구하고 항상 합목적적이라는 역설의 진리를 드러내는 것이기도 하다. 따라서 노장 학파에서 상정한 이상적인

---

13 「駢拇」,『莊子』, 김달진 역해, 고려원, 1987, 129쪽. 自三代以下者, 天下莫不以物易其性矣. 小人則以身殉利, 士則以身殉名, 大夫則以身殉家, 聖人則以身殉天下. 故此數子者, 事業不同, 名聲異號, 其於傷性以身爲殉, 一也.

인간이란 '무위'함으로써 인간이 지닌 인위적인 욕망이나 제약으로부터 자
유로워진 사람을 말한다. 이런 무위의 경지를 추구하는 인물은 김달진 시에
서 다음과 같이 형상화되어 있다.

> i) 내 으레 하는 버릇
> 이른 아침 자리에서 일어나면
> 새벽빛 받는 불암산을 보려고
> 담배 피워 물고 베란다로 나간다.
>
> 그러나 오늘 아침
> 비안개에 아득히 묻혀
> 그 산이 안 보인다.
>
> 나는 그만 憮然히 섰다가
> 그대로 들어온다.
>
> — 「불암산」 전문

> ii) 비 온 뒤 산에 올랐다가
> 아무것도 없어
> 송화 가루 젖은 채 어지러이 깔려 있는 붉은 흙 보고
> 그저 무심한 양 泛然한 양 시름없이 돌아온다
>
> — 「雨後」 전문

> iii) 가을비 지난 뒤의
> 산뜻한 마음
> 지팡이 들고 혼자 뜰을 거닐면
> 저녁 햇빛에 익어가는 단풍잎.
>
> 아무 일도 없이 뒤언덕에 올라가
> 아무 생각 없이 서성거리다가

> 그저 무심히 그대로 내려왔다.
> 아까시아숲 밑에 노인이 앉아 있다.
>
> — 「가을비」 전문

i)에서 우리는 소박한 형태로나마 무위의 삶을 실천하는 시적 자아의 모습을 발견할 수 있다. '으레 하는 버릇'도 실은 하나의 집착이며 인위적인 욕망으로 변질될 수 있다는 깨달음이 이 시의 밑바탕에 자리한다. 끝부분에서 구태여 산을 바라보려던 마음을 잊고 그대로 안으로 들어오는 것은, 이러한 무위의 깨달음을 전제했을 때 비로소 의미심장해지는 것이다. ii)에서는 시적 자아의 욕망뿐 아니라 시의 언어마저 극도로 절제되어 있다. '송화 가루 젖은 채 어지러이 깔려 있는 붉은 흙'이라는 의외의 선명한 이미지가 눈길을 끄는 것은 사실이지만, 그보다는 네 개의 행으로 이뤄진 이 짧은 시에서 '없다'라는 뜻의 시어가 모두 세 번씩이나 사용됐다는 점에 주목해야 할 것이다('없어', '무심한', '시름없이'). 특히 둘째 행의 '아무것도 없어'라는 구절은 이 시의 화자가 추구하는 바가 무엇인지를 확연히 드러내 준다. 그것은 곧 무위의 세계에 대한 지향일 것이다. iii)에서도 시적 정황은 비슷하다. '아무 일도 없이', '아무 생각 없이', '그저 무심히'라는 구절들은 다소 직설적으로 무위 자연의 경지를 추구하는 시적 자아의 모습을 드러내고 있다. 끝부분에서 "아까시아숲 밑에 노인이 앉아 있다"라고 했을 때, 우리는 그 노인이 화자 자신인지 아니면 다른 누구인지를 명확히 분별하기 어려운 것이 사실이다. 그러나 어쩌면 이러한 인위적인 분별과 앎에 대한 욕구마저 벗어난 자리야말로 이 시에서 추구하는 무위의 경지일 것이다.

> 여기 한 自然兒가
> 그대로 와서

> 그대로 살다가
> 자연으로 돌아갔다.
>
> 풀은 푸르라
> 해는 빛나라
> 자연 그대로.
>
> 이승의 나무가지에서 우는 새여.
> 빛나는 바람을 노래하라.
>
> — 「碑銘」 전문

시인은 갓난아이였을 때의 자신을 인간의 아이가 아니라 자연의 아이라고 칭한다. 더욱이 그 '自然兒'가 그대로 다시 자연으로 돌아갔다는 미래 가정형의 진술은 의미심장하다. 이때 시인이 사용한 '자연아'라는 명칭에는 일찍이 노자가 찬미했던 어린아이의 속성이 겹쳐지는 것을 부인할 수 없다. 노자는, "변함없는 덕이 그에게서 떠나지 않게 되어 어린아이 같은 상태로 되돌아가게 된다"[14]라고 함으로써 이해나 득실에 대한 고려가 전혀 없을 뿐 아니라 자연스런 천성을 지닌 어린아이가 도덕의 이상에 가장 부합한다고 보았던 것이다.

화자는 또한 그가 죽은 이후에도 '자연 그대로' 변함없을 이 세상을 노래함으로써 삶과 죽음의 구분마저 무화시키려는 경지를 보여 준다. '이승의 나뭇가지에서 우는 새'가 어떤 절대적 가치를 지닌 것으로 보이는 '빛나는 바람'을 노래한다는 마지막 시구에 그 같은 의미가 내포되었다고 볼 수 있기 때문이다. 이 시에서는 특히 '碑銘'이라는 제목 자체가 시적 자아의 의지를 드러낸다고 볼 때, 김달진 시인의 노장적 무위 자연에 대한 지향은 더욱 확연해진다고 할 수 있다.

---

14 「제28장 反樸」, 『노자』, 김학주 옮김, 을유문화사, 2000, 186쪽. 常德不離, 復歸於嬰兒.

4. 미시적 공간과 상상력의 확장

김달진 시에서 무위 자연의 세계를 그린 작품 가운데 몇몇은 매우 미시적인 시적 공간을 설정하고 있어 이채롭다. 그런데 이 작품들을 더 두드러지게 하는 것은 그 미시적인 공간에서 '우주적'이라고 할 만큼 커다란 상상력의 확장이 이뤄진다는 점이다.

> i) 작은 항아리를 세계로 삼을 줄 아는 금붕어
> 간밤에도 화려한 용궁의 꿈을 꾸고 난 금붕어
> 하늘이 풀냄새 나는 오월 아침
> 산호 같은 빨간 꼬리를 편다
> 자반뒤지를 했다
>
> — 「금붕어」 부분

> ii) 유월의 꿈이 빛나는 작은 뜰을
> 이제 미풍이 지나간 뒤
> 감나무 가지가 흔들리우고
> 살찐 暗綠色 잎새 속으로
> 보이는 열매는 아직 푸르다.
>
> — 「扉詩」 전문

> iii) 사람들 모두
> 산으로 바다로
> 新綠철 놀이 간다 야단들인데
> 나는 혼자 뜰 앞을 거닐다가
> 그늘 밑의 조그만 씬냉이꽃 보았다.
>
> 이 우주
> 여기에
> 지금

씬냉이꽃이 피고
나비 날은다.

— 「씬냉이꽃」 전문

ⅰ)에서는 금붕어가 들어 사는 '작은 항아리'가 시적 공간으로 설정된다. 시적 자아의 시선은 그 좁은 공간 속 금붕어의 움직임을 따라간다. 이때 항아리 바깥의 바다를 환기시키는 '산호'라는 시어와 '하늘이 풀냄새 나는 오월 아침'이라는 구절은, 이 작은 시적 공간 역시 자족적인 하나의 세계라는 사실을 나타내고 있다.

ⅱ)에서의 시적 공간은 '작은 뜰'이다. 거기에는 미풍이 지나가고 푸른 열매를 매단 감나무가 하나 서 있을 뿐이다. 이 시적 공간에는 어떤 관념이나 의미를 부각시키려는 의도 같은 것이 드러나 있지 않다. 시적 자아는 그 작은 공간에서 대상물들과 하나가 됨으로써 무위의 세계를 이뤄낸다. 결국 이 작품의 작은 시적 공간은 그 자체로서 자족적인 하나의 세계가 됨으로써 인식의 범위를 확장하고 있는 것이다.

ⅲ)에서의 시적 공간 역시 '작은 뜰'이다. 또한 거기에 피어 있는 씬냉이꽃은 꽃으로 치자면 작고 보잘것없는 존재이다. 홀로 뜰을 거닐고 있는 시적 자아 역시 작은 존재이기는 마찬가지이다. 그 작은 존재들로 이뤄진 시적 공간이, 역시 작고 보잘것없는 씬냉이꽃을 매개로 하여 우주적 범위로 확장된다. 바로 이러한 경지야말로 소요 또는 무위자연의 세계라 할 것이다.

또한 「샘물」이나 「벌레」 같은 작품에서는 이러한 상상력의 확대가 좀더 극적으로 이루어진다.

숲 속의 샘물을 들여다본다
물 속에 하늘이 있고 흰 구름이 떠 가고 바람이 지나가고

> 조그마한 샘물은 바다같이 넓어진다
> 나는 조그마한 샘물을 들여다보며
> 동그란 地球의 섬 우에 앉았다.
>
> — 「샘물」 전문

시적 자아가 '샘물'이라는 작은 공간을 들여다보는 장면에서 이 작품은 시작된다. 이때 샘물을 들여다보는 행위는, 인간이 어떤 경지에 도달하기 위해 치르는 통과 의례와도 같은 구실을 한다. 그 행위를 통해서 시적 자아는 조그만 샘물 속에 커다란 하늘이 비치고 흰 구름이 담기고 눈으로는 볼 수 없었던 바람이 지나가는 것을 인식하게 된다. 이어서 시적 자아는 그 샘물이라는 시적 공간이 바다같이 넓어지는 것을 응시하면서 자기 자신을 잊었다가는 '동그란 지구의 섬' 위에 앉아 있는 자기 자신을 문득 깨닫기에 이른다. 이러한 시적 자아의 체험은 일찍이 장자가 말했던 '坐忘'의 경지와 매우 흡사하다. 즉, "손발과 몸을 벗어버리고 귀나 눈의 밝음을 떨쳐 버리는 것, 곧 형체를 떠나고 앎을 버려서 위대한 도와 하나가 되는"[15] 坐忘의 상태와 이 시에서의 시적 자아의 체험이 일맥상통한다는 것이다. 그것은 결국 만물이 나와 하나가 되며 내가 만물과 더불어 자유로운 무위자연의 한 경지를 표현한 것이라 볼 수 있다. 특히 이 시에서 우리는 '작은 샘물'이라는 시적 공간이 시인의 상상력에 의해 우주적 차원으로 확대된다는 사실을 확인하게 된다. 이처럼 '작은 샘물'이라는 미시적 공간을 통해 우주적 차원에서의 '동그란 지구'를 인식하는 시적 상상이야말로 장자의 저 대담하고 분방한 상상과 맥락을 같이하는 것이다.

고인 물 밑
해금 속에

---

15 「大宗師」, 『莊子』, 김달진 역해, 고려원, 1987, 107쪽. 墮肢體, 黜聰明, 離形去知, 同於大通.

> 꼬물거리는 빨간
> 실낱 같은 벌레를 들여다보며
> 머리 위
> 등뒤의
> 나를 바라보는 어떤 큰 눈을 생각하다가
> 나는 그만
> 그 실낱 같은 빨간 벌레가 되다.
>
> — 「벌레」 전문

이 시 역시 「샘물」에서와 마찬가지로 시적 자아가 외부의 어떤 대상을 들여다보는 데서 출발한다. 그런데 이 시에서 화자의 시선은 「샘물」의 경우보다 더욱 미시적인 지점을 향한다. 이 시의 화자는 '고인 물'이 아니라 "고인 물 밑/해금 속에/꼬물거리는 빨간/실낱 같은 벌레"를 들여다보고 있기 때문이다. 「샘물」에서는 시적 자아가 들여다보는 대상인 '샘물'이 첫 행에 제시되었던 것과는 달리, 이 시에서는 네 번째 행에 가서야 비로소 '실낱 같은 벌레'가 제시되는 형식을 취했다. 따라서 이 시에서의 행 배치는 마치 현미경의 배율을 높여서 시야를 더욱 좁게 고정시키는 이치와 흡사하다. 이 같은 시적 공간 설정은 그 다음 구절에 이어지는 '나를 바라보는 어떤 큰 눈'을 더욱 부각시키는 효과를 낸다.[16] 그것은 곧 극도로 축소된 시적 공간에서 급작스럽게 확장되는 상상력을 보여 준 것이다. 마지막 부분에서 이 시의 화자는 '실낱 같은 빨간 벌레'가 됨으로써 다시 극도로 축소된 자아의 모습을 보여 준다. 이는 물론 어떤 절대자의 시선을 의식함으로써 생긴 일이다. 인간이라는 존재는 우주 속에 내재한 절대 존재 앞에서 한없이 작아

---

16 여기서의 '어떤 큰 눈'에 대해서는 다양한 해석이 가능하다. 일반적인 시각에서 말하자면 우주에 깃든 절대적 존재를 가리킬 것이며, 노자식으로 말하자면 우주의 본체인 '一'(「제42장 道化」)이 될 것이다. 또한 장자의 경우에 그것은 '太一'(「天下」)이라는 개념에 해당한다.

질 수밖에 없는 '실낱 같은 벌레'와 다름없기 때문이다. 결국 이 작품은 그 시적 공간을 마치 현미경의 배율 조정하듯 '축소→확대→축소'함으로써 상상력의 무한함을 보여 주었다고 할 수 있다.

5. 김달진 시에 대한 재평가

김달진 시의 주목할 만한 특징은 그의 시편들이 노장 사상의 핵심이라 할 '만물제동'이나 '무위' 등의 개념을 바탕으로 하고 있다는 점이다. 또한 그의 시는 전반적으로 이미지나 비유 같은 기법들을 거의 사용하지 않는 대신 마치 한시나 선시 같은 짧은 시형 속에 노장적인 무위의 상상력을 담아내는 특성을 보여 준다. 특히 그의 작품에서는 욕망의 절제나 미시적인 공간 설정이 우주적 차원의 상상력으로 확대되는 독특한 시세계가 펼쳐지기도 한다. 그러나 김달진 시의 이 같은 특성들은 한편으로 서구적인 문학 이론이나 방법론이 우세한 우리 현대시 연구에서 그의 시를 소외시킨 결정적인 이유가 되었다는 점을 지적해 둬야 한다. 서구적 이론에 근거한 해석 방법으로써 김달진 시에 내재한 배경 사상들을 온전하게 규명해낸다는 것은 사실상 매우 어려운 일이기 때문이다.

그럼에도 불구하고 김달진 시의 문학사적 가치는 무엇보다 그의 작품들이 우리 현대시에서 부족한 불교와 노장 등의 동양 사상을 높은 수준에서 시적으로 형상화했다는 점에서 찾아야 할 것이다. 특히 그의 시는 모든 인위를 부정하고 상대적인 가치 평가를 뛰어넘으려는 노장 사상의 핵심을 시 속에 담아냄으로써 인간 세상과 자연을 정신적, 물질적 욕망으로부터 한 걸음 벗어난 지점에서 바라보는 미적 거리를 획득했다는 점에서 주목될 필요가 있다. 다시 말해 그의 시는 이성과 자본의 논리가 주도하는 현실에 맞설 무위와 부정의 정신에 기반을 두었다는 측면에서 현재적 의미를 지닌다는 것이다. 이런 맥락에서 김달진의 시는 문학사적으로 다시 평가되어야 한다. 김달진은 '시인부락'의 동인이었지만 결코 거기에 머물고 만 시인은 아니었다. 이 점을 분명히 기록하는 일이야말로 김달진 시에 대한 재평가의 첫머리에 놓인 작업일 것이다.

참고문헌

김달진, 『靑柿』, 청색지사, 1940.

김달진, 『김달진 시전집』, 문학동네, 1997.

노자, 『노자』, 김학주 옮김, 을유문화사, 2000.

장주, 『莊子』, 김달진 역해, 고려원, 1987.

김선학, 「열치매 나타난 달처럼 : 金達鎭의 문학과 삶」, 『문학사상』, 1989. 8.

김용직, 「金達鎭, 『靑柿』의 세계」, 『韓國現代詩史』 2, 한국문연, 1996.

김용직, 「『시인부락』과 김달진의 시」, 김달진, 『김달진 시전집』, 문학동네, 1997.

김윤식, 「정신주의에 대한 비판 : 소월시와 김동리 문학」, 『서정시학』 2호, 1992. 6.

김윤식, 「시와 종교의 길목 : 월하 김달진의 경우」, 『문학동네』, 1997. 겨울.

김윤식, 「월하의 시 「경건한 정열」 읽기」, 『농경사회 상상력과 유랑민의 상상력』, 문학동네,
        1999.

김인환, 「청결하고 맑은 곳 : 『靑柿』론」, 김달진, 『김달진 시전집』, 문학동네, 1997.

김재홍, 「無爲自然과 隱者의 정신」, 『서정시학』 1호, 1990. 6.

김항배, 『불교와 도가사상』, 동국대학교출판부, 1999.

송영순, 「현대시와 노장 사상 : 김달진 시를 중심으로」, 『국어국문학』 126호, 국어국문학회,
        2000. 5.

신상철, 「김달진의 작품 세계」, 『경남문학』 9집, 1989. 여름.

신현락, 「김달진 시에 나타난 자연과 생명」, 『한국어문교육』 7집, 한국교원대학교, 1998. 5.

안화수, 「김달진 시 연구」, 국민대학교 교육대학원 석사학위논문, 2006. 2.

오세영, 「生命派와 그 시세계」, 『20세기 한국시 연구』, 새문사, 1989.

오탁번, 「作家 경력과 文學 作品을 同一視 말라 : 誇小評價―金達鎭의 「샘물」」, 『문학사상』,
        1978. 8.

윤재근, 「現代詩와 老莊思想 : 金達鎭의 시를 중심으로」, 『서정시학』 2호, 1992. 6.

이건청, 「韓國田園詩 研究」, 단국대학교 대학원 박사학위논문, 1986. 2.

이성우, 「무위의 세계와 무한의 상상력 : 김달진 시와 노장 사상」, 『어문학』 78집, 한국어문
        학회, 2002. 12.

이윤수, 「『죽순』과 월하 김달진의 내면 세계」, 김달진, 『김달진 시전집』, 문학동네, 1997.

인권환, 「人間愛 넘치는 禪師의 詩心 : 西山大師 禪詩集·김달진 편역『큰 소나무는 변하지
　　　않는 마음』」, 『경향신문』, 1983. 8. 9, 11쪽.
인권환, 「敍事詩로 開花된 불타의 일대기」, 김달진, 『큰 연꽃 한 송이 피기까지』, 시인사,
　　　1984.
인권환, 「寒山詩, 그 신선한 충격 : 김달진 역주·최동호 해설『寒山詩』」, 『현대시학』, 1989. 12.
정현기, 「우주 속에 갇힌 囚人의 詩的 人生論 : 김달진의 시세계」, 『현대시학』, 1989. 8.
조남현, 「평범에서 달관으로 : 『올빼미의 노래』론」, 김달진, 『김달진 시전집』, 문학동네,
　　　1997.
조정권, 「욕망의 극소화와 自己無化의 세계 : 월하 선생의 생애와 시」, 김달진, 『김달진 시
　　　전집』, 문학동네, 1997.
최동호, 「존재 인식의 우주적 확장 : 金達鎭의 詩世界」, 『경남문학』 9집, 1989. 여름.
최동호, 「金達鎭 시와 無爲自然」, 『현대문학』, 1991. 3.
최동호, 「무명으로 꽃피운 譯經과 불교문학 : 월하 김달진」, 『불교와문화』 37호, 2000. 11·12.
현광석, 「한국 현대 선시 연구 : 한용운, 김달진, 조지훈, 고은의 시를 중심으로」, 경희대학
　　　교 대학원 석사학위논문, 2000. 2.
모리 미키사부로(森三樹三郞), 『佛敎와 老莊思想』, 오진탁 옮김, 경서원, 1992.
이택후·유강기 주편, 『中國美學史』, 권덕주·김승심 옮김, 대한교과서주식회사, 1992.

영원성과 현실성의 길항

서정주 시인의 경우

1. 서정주의 시사적 위치와 문제 제기

한국 현대 시사를 논할 때 반드시 거론해야 할 중요한 시인으로 서정주 (1915~2000)를 꼽는 데 이의를 제기할 연구자는 없을 것이다. 60년을 넘겨 지속된 그의 시력이 우리 현대 시사에서 드문 경우이고, 무엇보다 그가 산출한 작품의 양과 질을 따져 볼 때 그는 가히 한국 현대 시사에서 특출한 존재라 할 만하다. 이를 반영하듯 그의 시에 대한 연구는 매우 다양하고 방대하게 전개되어 왔다.

서정주 시에 대한 그간의 연구 결과는 크게 다음 네 가지 범주로 나누어 볼 수 있다. 첫째는 시의 이미지나 운율, 화자와 어조, 시간과 공간 등 작품 자체의 내재적 특질에 주목한 연구 경향이다. 둘째로는 국내외의 다른 시인 이나 작품과의 영향 관계를 해명하는 비교문학적 검토가 있으며, 셋째로는 서정주 시인 특유의 이른바 신라 정신이나 영원주의, 불교 사상 등 사상적

배경에 대한 탐색 작업을 들 수 있다. 넷째로는 서정주의 시세계나 시인 의
식의 변모 과정을 총체적인 시각에서 고찰하고 평가하는 문학사적 논의가
있다. 이 논문에서는 특히 서정주 시 연구에 대한 포괄적 성과라 할 문학사
적 논의들을 집중적으로 살펴볼 것이다. 그 이유는 이 범주의 연구 결과들
이 이 논문의 문제의식과 긴밀히 연관되기 때문이다.

첫 번째 범주인 작품 내재적 연구 중에서 주목할 만한 성과로는 먼저 김
종길의 경우를 들 수 있다. 「意味와 音樂 : 分析的 詩論」이라는 글에서 김종
길은 파운드와 리처즈의 비평 이론을 먼저 소개하고, 「鞦韆詞」의 형태와 운
율이 말의 뜻이나 이미지와 적절하게 부합되고 있음을 세련되게 논증했다.[1]
김종길의 이 뛰어난 분석은 그 뒤의 신동욱,[2] 김흥규,[3] 김화영,[4] 이남호,[5] 이
성우[6] 등에 의한 새로운 작품론을 촉발하는 계기가 되었다.

김화영은 『未堂 徐廷柱의 詩에 대하여』라는 저서에서 서정주 시의 주요
이미지들을 면밀히 분석했다. 특히 그는 「無의 발생」, 「無의 核」 등의 글을
통해 선행 연구가 드물었던 '無'의 미학을 집중 조명했다.[7] 그의 연구 결과
들은 서정주 시의 이미지 변화 과정을 고찰한 글 중에서 가장 정밀하다는
평가를 받고 있다.

최동호는 꽃의 이미지를 통해 김소월, 이육사, 그리고 서정주 시인의 의
식과 작품의 구조를 검토함으로써 이 시인들 사이의 공통점과 차이점을 밝

---

1 김종길, 「意味와 音樂 : 分析的 詩論 —「鞦韆詞」의 形態」, 『사상계』, 1966. 3.
2 신동욱, 「詩를 읽는 법 : 「鞦韆詞」의 解釋」, 『현대문학』, 1971. 2.
3 김흥규, 「추천사(鞦韆詞) : 春香의 말 1」, 『韓國現代詩를 찾아서』, 한샘, 1982.
4 김화영, 「날아오르는 연습」, 『未堂 徐廷柱의 詩에 대하여』, 민음사, 1984.
5 이남호, 「열다섯 편의 시읽기 : 서정주 「鞦韆詞」」, 『文學의 偽足』 1 : 시론, 민음사, 1990.
  이남호, 「교과서에 실린 문학작품을 어떻게 가르칠 것인가 : 서정주, 「추천사」」, 『현대문학』,
  2000. 6.
6 이성우, 「남의 글 속에 담긴 시 작품 읽기 : 서정주 「추천사」의 경우」, 『현대시학』, 2000. 7.
7 김화영, 『未堂 徐廷柱의 詩에 대하여』, 민음사, 1984.

히는 데까지 나아갔다. 특히 서정주의 경우 꽃의 이미지를 통해 사물을 내면화시키고, 여기에 인간적 삶의 아픔을 함축적으로 시화함으로써 남다른 시적 미학을 이루었다고 평가하였다.[8]

이광호는 서정주의 중기시를 대상으로 영원성의 문제를 고찰했다. 그에 의하면 서정주가 1950년대 이후 영원성의 문제에 천착한 것은, 전쟁 등 극심한 현실의 모순을 극복하고 자아의 연속성과 동일성을 회복하려는 정신적 투쟁의 결과였다는 것이다. 또 서정주는 반근대적 지향을 통해 한국문학의 근대적 자기 정체성을 이루는 모순과 비밀을 보여 주었다고 평가했다.[9] 서정주 시에서 매우 중요한 요소인 영원주의의 근원을 해명하려 시도했다는 점에서 이광호의 작업은 주목된다.

심재휘는 시간 의식을 중심으로 1930년대 후반기 시인들을 비교 분석했다. 그는 백석과 이용악을 수평적 시간으로, 유치환과 서정주를 수직적 시간으로 대별한 후 서정주는 자아 상실의 시기에 자아동일성 회복이라는 근원적인 존재 탐구를 자기 변혁 의지로써 구체화했다는 점을 특성으로 꼽았다.[10]

엄경희는 시적 자아와 공간, 시간의 관계망을 통해 시인의 상상력의 흐름을 드러내는 데 초점을 맞추고, 서정주의 시가 자아와 세계 간의 갈등과 화해라는 대타적 문제에서 인간 존재의 근원성을 탐색하는 방향으로 나아갔음을 밝혔다.[11]

---

8 최동호, 「꽃, 그 詩的 形象의 構造와 美學」, 『韓國現代詩의 意識現象學的 硏究』, 고려대학교 민족문화연구소, 1989.
9 이광호, 「영원의 시간, 봉인된 시간 : 서정주 중기시의 '영원성' 문제」, 『작가세계』, 1994. 봄.
10 심재휘, 「1930年代 後半期 詩 硏究 : 白石·李庸岳·柳致環·徐廷柱 詩의 時間意識을 中心으로」, 고려대학교 대학원 박사학위논문, 1997. 8.
11 엄경희, 「서정주 시의 자아와 공간·시간 연구」, 이화여자대학교 대학원 박사학위논문, 1999. 2.

둘째로, 비교문학적 연구는 다른 범주에 비해 양적으로 풍부하지는 않지만 몇몇 중요한 연구 성과를 산출했다. 이 경우의 효시로서 서정주와 보들레르를 대비한 송욱의 연구가 꼽힌다. 송욱은, 보들레르의 경우 시인의 지성과 윤리학, 미학이 바탕을 이루는 가운데 강렬한 육체와 정신이 구체적으로 현실화된 반면에 서정주에게는 그와 같은 지성이나 윤리, 미학의 바탕이 없었기 때문에 그 강렬한 몸부림에도 불구하고 육체와 정신의 갈등이 실감 있게 현실화되지 못했다고 지적한다. 송욱은 또한 이것이 서정주 시의 한계이자 한국시의 한계라고 주장했다.[12]

보들레르와의 대비 연구는 이후 김학동,[13] 황현산[14] 등의 연구자들에 의해 부분적으로 계승된다. 특히 황현산은 서정주의 시가 그 정서의 뿌리를 농경 사회에 두고 있으면서도 근대적인 시의 개념을 깊이 이해했다는 데 본질적인 특성이 있다고 간파했다. 이는 서정주의 시를 근대성에 대한 반작용으로만 파악하는 시각을 거부하고 근대 지향과 전통 지향의 결합 관계로 파악한 것으로 판단된다.

김춘수는 서정주 시에 나타난 니체의 생체험을 최초로 부각시켰지만[15] 단순한 지적으로 그치는 아쉬움을 남긴다. 이 문제는 남진우에 의해 다시 제기되었으나[16] 아직도 확충과 심화가 요구되는 연구 영역이라고 하겠다.

셋째로, 서정주 시의 사상적 배경을 탐색하는 연구 성과물 중에서는 이른바 신라 정신에 대한 고찰과 평가가 두드러진다. 문덕수는, 본래의 신라

---

12 송욱, 「徐廷柱論」, 『문예』, 1952. 11.
13 김학동, 「徐廷柱 初期詩에 미친 影響」, 『어문학』 16집, 한국어문학회, 1967. 5.
14 황현산, 「徐廷柱, 농경사회의 모더니즘」, 『한국문학연구』 17집, 동국대학교 한국문학연구소, 1995. 3.
15 김춘수, 「詩人論을 위한 覺書」, 『韓國 現代詩 形態論』, 해동문화사, 1958.
16 남진우, 「남녀 양성의 신화 : 서정주 초기시의 심층 탐험」, 김우창 외, 『미당 연구』, 민음사, 1994.

정신은 고유 민간 신앙인 샤머니즘의 토대 위에 儒佛道 3교가 융합된 것으로 거기에는 영원주의와 현실주의가 모두 포함되어 있었다는 점을 지적한다. 그런데 서정주 시에서는 그것이 영원성의 추구에 치우쳤다는 비판이다.[17] 이어서 김윤식은 더욱 거센 어조로 신라 정신을 '괴물'이라고까지 비판했다.[18] 이에 비해 박진환은 기본적으로 신라 정신에 대한 문덕수의 연구 결과를 토대로 하면서도 서정주 시가 샤먼의 신화를 창조해 냈다는 긍정적인 입장을 견지한다.[19]

허세욱은 도잠과 이백, 서정주가 모두 각각의 차원에서 동양적 無를 추구했으나 공통적으로는 儒, 佛, 道의 순서로 영향을 받는 가운데, 서정주는 아무래도 도잠 쪽에 가깝다고 보았다. 특히 서정주의 시는 불교와 관련해서 세 시인 가운데 가장 심화되고 원숙한 경지에 도달했다고 평가하였다.[20]

박철희는 서정주의 시가 시인과 자연이 하나라는 신화적 인식을 통하여 민간전승을 단순한 소재 차원이 아닌 작품 전체의 구조로 삼았다고 주장했다. 그에 의하면 서정주의 시세계는 민간전승을 통한 시적 성숙 과정으로 파악될 수 있다는 것이다.[21] 이밖에 윤석성은 서정주의 시를 유교적 측면에서 고찰하는 새로운 시도를 보여 주었다.[22]

이러한 세 범주들의 연구 성과를 포괄하는 입장에서 네 번째 부류인 문학사적 맥락의 연구가 진행된다. 이 연구들은 궁극적으로 서정주 시세계에

---

17 문덕수, 「新羅精神에 있어서의 永遠性과 現實性 : 우리 文學의 思想的 傳統」 1, 『현대문학』, 1963. 4.
18 김윤식, 「歷史의 藝術化 : 新羅精神이란 怪物을 暴露한다」, 『현대문학』, 1963. 10.
19 박진환, 「三敎의 混融과 샤먼의 神話創造 : 徐廷柱의 경우」, 『현대시학』, 1974. 12.
20 허세욱, 「陶潛과 李白과 未堂 사이 : 徐廷柱詩의 東洋的 思想系譜論」, 동국문학인회 엮음, 『未堂徐廷柱研究』, 동화출판공사, 1975.
21 박철희, 「서정주와 민간전승」, 박철희 엮음, 『서정주』, 서강대학교출판부, 1995.
22 윤석성, 「未堂詩의 儒家的 측면」, 『동악어문논집』 34집, 1999. 2.

대한 가치 평가라는 측면에서 크게 보아 긍정과 부정이라는 두 경향으로
구분할 수 있다. 따지고 보면 서정주가 작품 발표를 시작한 초기부터 그의
시에 대한 평자들의 태도는 비교적 선명하게 갈라져 있었던 것이 사실이다.
그것은 곧 서정주 시에 반영된 현실과 시인의 역사의식에 대한 점검이었고,
이 문제는 서정주 시에 내재한 가장 예민하면서도 중요한 문제로 대두된다.

서정주의 시에 대해 비판적인 입장에서 본격적으로 문제를 제기하고, 서
정주와 논쟁까지 벌인 평론가는 김종길이다. 그는 먼저 「實驗과 才能」이란
글을 통해 『新羅抄』에 이르러 두드러지는 서정주 시의 신비적 경향을 비판
했다. 그에 따르면 서정주의 작품은 마치 무당이나 점쟁이가 된 듯한 말투
로 일관하기 때문에 시에서 이탈할 위험성이 있다는 것이다. 이 점은 서구
의 대시인이라 평가되는 릴케, 예이츠, 엘리엇의 경우와 비교할 때 두드러
지는데, 그들은 비록 신비적인 색채가 짙은 작품에서도 인간으로서의 이성
을 무시하거나 현실 감각을 완전히 포기하지는 않았다는 지적이다.[23]

이에 대해 시인 서정주는 같은 잡지의 다음 호에서 직접 반론을 제기한
다. 서정주는 자신이 현실을 벗어나는 接神術家나 샤머니스트가 결코 아니
라고 말한다. 자신은 단지 靈通이나 魂交 등의 말로 전해 오는 신라적인 정
신이나 불교의 三世因緣 혹은 輪廻轉生에 매력을 느껴 그것들을 시에 담으
려 할 뿐이라는 것이다.[24]

서정주의 이 글에 대해 김종길은 곧바로 「詩와 理性」이라는 글로 답한다.
『新羅抄』에 수록된 작품들이 모두 신비적이며 비현실적인 작품은 아니라
하더라도 「韓國星史略」이나 『新羅抄』 이후의 「븨인 金가락지 구멍」 같은 작

---

23 김종길, 「實驗과 才能 : 우리 詩의 現況과 그 問題點」, 『문학춘추』, 1964. 6.
24 서정주, 「내 詩精神의 現況 : 金宗吉 씨의 「우리 詩의 現況과 그 問題點」에 笞하여」, 『문학
춘추』, 1964. 7.

품들은 문제삼아야 한다는 주장이다. 그 작품들이야말로 사실과 난센스를 혼동한 작품으로 서정주 시에 이성적 구조(rational structure)가 결여됐음을 여실히 보여 준다는 것이다.[25] 이 비판에 대해서도 서정주는 곧 반론을 제기해 자신의 시를 옹호하지만,[26] 어쨌든 김종길의 이 두 편의 글은 서정주 초기시가 내포한 신비주의적인 요소, 또는 현실 초월적이거나 영원 지향적인 성향들에 대해 본격적으로 문제를 제기하는 발단이 된다.

구중서 역시 비판적인 시각에서 서정주의 시세계에 접근한다. 가령 「新羅의 商品」이란 작품에 고려 말에야 비로소 우리 땅에 전해진 '木花'라는 소재가 등장하는 것은 상식적인 수준의 역사 지식도 지니지 못한 시인의 오류이며, 서정주 시인의 정신 세계는 東洋的 接神術家에 가까운 것이라 몰아붙였다.[27]

김우창은 「韓國詩와 形而上」을 통해 한국 현대시의 전반적인 문제를 논하는 맥락에서 서정주의 시적 변화에 대한 진단을 시대와 구조의 문제에 결부시키는 통찰력을 보여 주었다. 그에 의하면 서정주는 매우 고무적인 출발을 했으나 경험과 존재의 모순과 분열을 변증법적 구조로 발전시키지 못하고 그것들을 적당히 발라맞추는 일원적 감정주의로 후퇴했다는 것이다. 그 결과 서정주의 시는 한국의 대부분의 시처럼 자위적인 자기 만족의 시가 되어 버렸다는 지적이다.[28] 그런데 김우창은 뒤에 시집 『떠돌이의 詩』에 붙인 해설에서는 서정주 시가 지니는 긍정적인 면모를 이야기한다. 서정주 시의 미학은 恨의 미학의 변주이며, 굽음의 以存策은 절대 권력의 세계에서 눌린 자들이 살아남기 위해 가져야 했던 현실주의라는 주장이다.[29]

---

25 김종길, 「詩와 理性 : 徐廷柱 詞伯의 「내 詩精神의 現況」을 읽고」, 『문학춘추』, 1964. 8.
26 서정주, 「詩評家가 가져야 할 詩의 眼目 : 金宗吉氏의 「詩와 理性」을 읽고」, 『문학춘추』, 1964. 9.
27 구중서, 「徐廷柱와 現實逃避 : 歷史詩의 本領과 徐氏의 경우」, 『청맥』, 1965. 6.
28 김우창, 「韓國詩와 形而上 : 하나의 觀點 — 崔南善에서 徐廷柱까지」, 『세대』, 1968. 7.

김인환은 서정주의 시적 여정을 시인의 일반적인 경험과 정서의 성숙 과정에 상응하는 것으로 해명하면서도, 『冬天』 이후의 시편에서 고통의 자각 정도가 점점 희박해진다는 사실에 아쉬움을 표시한다. 그것은 大乘의 길을 버리고 小乘의 길을 고수하기 때문이라는 지적이다.[30]

임우기는 서정주 시에 나타난 영원 회귀나 초월의 정신이 시어의 아름다움을 조형적이고 복고적인 것으로 만들어 버린다고 비판한다. 서정주의 시는 음악성을 차용하고 있지만 그 음악성이 신명의 울림으로 확산되지 못하고 산문성으로 흡수되고 마는데, 그것은 근본적으로 세속적 삶과의 무갈등성이라는 시인의 삶의 태도에 대한 문제로까지 연결된다는 주장이다.[31]

구모룡은 서정주의 시에서 일상적 자아와 초월적 자아 사이의 어떠한 갈등이나 분열도 발견할 수 없다고 주장한다. 서정주는 결국 모든 문제를 초월의 지평으로 환원함으로써 사회적 행위에 대한 책임을 희석시키고 있다는 것이다.[32] 이들 비판적 입장의 글들은 기본적으로 문학 작품의 창작과 평가에 대한 사회역사적 관점이 고려된 것이라 할 수 있다.

이와는 상대적인 입장에서 서정주 시를 긍정적으로 평가하고 나선 사람은 천이두이다. 그는 「지옥과 열반」이라는 글에서 '바람'과 '피', '만월' 등의 이미지를 중심으로 『花蛇集』부터 『冬天』까지를 분석하면서 서정주의 시적 여정을 '지옥'에서 '열반'에 이르는 구도의 과정으로 파악했다.[33] 이는 일원적 감정주의로의 후퇴를 말했던 김우창의 논의와는 상반되는 주장이다.

---

29 김우창, 「未堂선생의 시」, 서정주 시집 『떠돌이의 詩』 해설, 민음사, 1976.
30 김인환, 「徐廷柱의 詩的 旅程 : 『花蛇』에서 『질마재 神話』까지의 거리」, 『문학과지성』, 1972. 여름.
31 임우기, 「오늘, 未堂 詩는 무엇인가? : '회귀(回歸)'의 아름다움?」, 『문예중앙』, 1994. 여름.
32 구모룡, 「초월 미학과 무책임의 사상 : 未堂 서정주 미학 비판」, 『포에지』, 2000. 겨울.
33 천이두, 「지옥과 열반 : 徐廷柱論」, 『시문학』, 1972. 6~9.

김현은 비교적 객관적인 시각에서 서정주의 시를 불교적 인생관의 표현이라고 정의한다. 그러나 「自畵像」 등의 초기시에서 자신의 개인적인 문제를 보편적인 것으로 환치시키는 어려운 작업을 예술적으로 성공시켰음에도 불구하고 이후 서정주는 삶의 현장에서 비켜서는 모습을 보여 준다고 지적한다. 하지만 김현은 서정주의 모든 문학적 노력의 근간을 이루는 것은 계속적인 탐구 정신임을 거론하면서, 서정주 시는 같은 소재 혹은 주제를 되풀이해 탐구함으로써 내용과 형식의 편차가 빚어내는 묘한 질감을 획득한다는 견해를 피력한다.[34] 서정주 시의 비현실성에 대해서는 비판적이면서도 그의 시가 성취한 미적 가치에 대해서는 긍정적으로 평가함을 확인할 수 있다.

유종호는 서정주에게 '부족 방언의 마술사', '시인부락의 족장' 등의 영예로운 칭호를 부여하면서 적극적인 긍정의 평가를 내린다. 그는 서정주 시에 대해 비현실적이라고 비판하는 논자들을 의식하기라도 한 듯 『질마재 神話』에 실린 작품들에서 긍정의 정신과 현실주의를 이끌어낸다. 그는 심지어 기층민들에 대한 공감적인 탐구와 記述을 민중문학이라고 한다면 『질마재 神話』는 가장 독자적이고 성공적인 민중문학의 하나가 될 것이라는 주장을 편친다. 한편 그는 서정주의 시편들을 소리지향과 산문지향이라는 두 축으로 크게 나누고, 후기로 갈수록 산문지향으로 기울어지는 경향을 짚어낸다. 그는 그 이유를 시적 깊이를 확보하려는 시인의 노력과 연관해 논증하고 있다.[35] 이 논의는 서정주의 시세계뿐 아니라 최근의 시인들에게까지 적용되는 '음악성/산문성'이라는 두 가지 서로 다른 지향에 대한 논의를 표면화시켰다는 점에서 의의를 지닌다.

---

34 김현, 「徐廷柱 혹은 佛敎的 人生觀의 천착」, 김윤식·김현, 『韓國文學史』, 민음사, 1973.
35 유종호, 「소리지향과 산문지향 : 未堂 시의 일면」, 『작가세계』, 1994. 봄.

이남호는 자신이 서정주의 시를 아주 높게 평가하는 이유로 두 가지를 든다. 서정주가 좋은 시를 많이 남겼다는 것이 그 하나이며, 또 하나는 그의 시가 우리 겨레의 마음을 우리 겨레의 말을 통해 능수능란하고 아름답게 표현했다는 점이다. 이남호는 서정주를 '政府'라고 표현한 고은 시인의 말[36]에 빗대 서정주 시인을 '신화'라고 말하고 싶다는 전폭적인 긍정의 평가를 내린다.[37]

황현산은 서정주의 친일 행위나 신군부에의 부역 등은 그 자체로서 어떤 사상이나 신조의 표현으로 보기는 어렵다고 전제하고, 서정주에게 있어서 논리와 是非를 건너뛰는 시적 허용은 곧 현실에서의 정치적 허용과 그 맥락을 같이한다는 의견을 피력한다.[38]

지금까지 우리는 서정주 시에 대한 선행 연구들을 네 가지 범주로 나누어 검토하면서 특히 문학사적 논의에 초점을 맞추었다. 이는 물론 이 논문이 서정주 시에 대한 포괄적인 접근을 목표로 하기 때문이다. 검토의 과정에서 우리는 서정주 시에 대한 평가가 그의 시에 나타난 이른바 영원 지향과 현실 지향 여부에 따라 극도로 양분화되는 현상을 발견할 수 있다. 서정주 시에 대해 비판하는 논자들은 대부분 그의 시에 표출되는 영원 지향, 다시 말해 비현실적인 초월을 문제삼았으며, 서정주 시의 언어 미학적 가치를 높이 사는 연구자들은 이에 맞서 서정주 시에서 현실 지향적 요소를 읽어내는 데 골몰하는 모습을 보여 주었다.

그러나 어느 모로 보더라도 서정주 시에 대한 주관에 치우친 혹평이나 상찬은, 결국 서정주 시를 올바르게 평가하는 일을 방해할 뿐더러 독자들이 서정주 시에 선입관이나 편견 없이 접근할 수 있는 길을 가로막는 것이라

---

36 고은, 「徐廷柱時代의 報告」, 『문학과지성』, 1973. 봄.
37 이남호, 「겨레의 말, 겨레의 마음」, 김우창 외, 『미당 연구』, 민음사, 1994.
38 황현산, 「시적 허용과 정치적 허용」, 『포에지』, 2000. 겨울.

할 수밖에 없다. 따라서 서정주의 시 작품들을 온전하게 평가하기 위해서는 서로 다른 비평적 입장을 포괄할 수 있어야 한다. 이 논문은 바로 이러한 문제의식에서 출발한다. 몇몇 선행 연구자들이 서정주 시 평가에 제각각 적용해 왔던 평가 기준을 포괄할 수 있는 나름의 평가 기준을 제시하고 그것을 구체적인 작품 분석을 통해 논증하려는 것이다.

앞서 검토한 연구 결과들을 종합할 때 우리는 다음과 같은 가설을 세울 수 있다. 즉, 서정주 시에 대한 가치 평가를 좌우하는 가장 중요한 요소는 개별 작품에서 드러나는 영원성과 현실성의 발현 양상에 있다는 것이다. 왜냐하면 서정주 시에서 영원성은 삶의 구체성을 획득한 현실성 속에서 비로소 빛을 발하는 것이지 영원성 그 자체만으로는 현실과 역사를 초월했다는 비판을 면치 못하기 때문이다. 마찬가지로 서정주 시의 현실성은 지상의 삶을 고양시키는 영원성에 의해 의미심장해지는 것이지 그것 자체만으로는 순응주의적인 개인사에 불과하다는 비판으로부터 자유롭지 못하기 때문이다. 결국 서정주 시에서 영원성과 현실성이라는 두 요소가 서로 길항하는 양상들은 근본적으로 시인의 시의식에 그 근원을 둔 것으로서, 그것들은 그의 시 작품을 이루는 주제적, 방법적 측면인 동시에 궁극적으로는 그의 시를 평가하는 하나의 기준이 될 수 있다는 것이다.

이 논문은 서정주 시에 나타난 영원성과 현실성이라는 두 요소가 개별 작품 내에서 주제적, 방법적 측면에서 다양하게 길항하는 양상을 분석하고, 이를 토대로 서정주 시에 대한 새로운 평가 기준을 제시하는 것을 목적으로 한다. 서정주 시가 지닌 가치를 온전하게 평가하는 기준은, 그 작품이 영원성을 지향했는가 아니면 현실성을 지향했는가 하는 이분법적 내용의 측면에 있는 것이 아니라, 한 작품 내에서 영원성과 현실성이라는 두 길항 요소가 빚어내는 다양한 양상의 시적 긴장이나 감동의 유무에 달려 있다는 점을 구체적인 작품 분석을 통해 논증하고자 하는 것이다.

이를 위해 영원성과 현실성의 길항 양상을 '혼돈/조화/괴리'라는 세 가지 항목으로 나누고, 이 분류에 의거해 첫 시집 『花蛇集』부터 제10시집 『안 잊히는 일들』까지[39]의 작품 중에서 영원성이나 현실성 지향이 두드러지는 작품들을 분석할 것이다. 여기서 '혼돈/조화/괴리'라는 세 가지 항목 설정은, 서정주 시에서 영원성과 현실성이라는 두 요소를 단순히 양자택일적 개념으로 다뤄서는 서정주 시 특유의 미적 가치를 제대로 해명할 수 없다는 판단에 따른 것이다. 선행 연구 중에서도 서정주 시의 영원성과 현실성이라는 두 요소를 함께 거론한 글들이 있지만, 그 연구들은 영원성과 현실성을 양자택일적 요소로 다룸으로써 그 기본적인 한계를 드러냈기 때문이다.[40]

이 논문에서 분석 대상 텍스트는 『미당 시전집』(민음사, 1994)에 실린 것을 기본으로 했다. 다만, 작품의 표기나 연 구분 등이 미심쩍은 경우에는 해당 작품이 처음 실린 시집이나 『徐廷柱文學全集』(일지사, 1972) 또는 『未堂 徐廷柱 詩全集』(민음사, 1983)을 참조했음을 밝혀 둔다.

---

39 이 논문은 물론 서정주 시의 통시적 고찰을 주목적으로 하지 않지만, 용어의 쓰임을 명확히 하기 위해 다음과 같이 서정주 시의 시기를 구분한다. 초기시는 제1시집 『花蛇集』(1941)부터 제2시집 『歸蜀途』(1948)까지, 중기시는 제3시집 『徐廷柱詩選』(1956)부터 제5시집 『冬天』(1968)까지, 그리고 후기시는 제6시집 『질마재 神話』(1975) 이후의 시집으로 한정한다. 이는 기존 논의를 종합한 것으로, 특히 『작가세계』 1994년 봄호의 '서정주 특집 : 『화사집』에서 『떠돌이의 시』까지'를 참고했다.

40 서정주 시의 영원성과 현실성을 함께 거론한 대표적인 연구로 이태동과 오세영의 경우를 들 수 있다. 먼저, 이태동은 영원성과 현실성을 각각 별개의 두 개념으로 설정하고, 서정주 시를 현실 세계의 '벽'을 뚫고 영원의 세계에 회귀하는 것으로 보았다(「현실과 영원의 선미(善美)한 조합」, 박철희 엮음, 『서정주』, 서강대학교출판부, 1995). 오세영 역시 영원성과 현실성을 분리된 개념으로 다루면서 영원성으로의 회귀 과정을 해명하는 데 중점을 두고 있다(「서정주 시의 영원과 현실」, 『한국문학연구』 17집, 동국대학교 한국문학연구소, 1995).

2. 영원성과 현실성의 의미

서정주 시에서 '영원성'이란 말은 다양한 의미의 맥락을 지니며, '현실성'이라는 용어 또한 서정주 시를 논하는 연구자들에 따라 달리 사용되어 온 경향이 있으므로 이 논문에서는 그 두 가지 용어의 의미를 한정하고자 한다.

서정주 시의 '영원성'이란 개념에 대해서는 이광호가 다음과 같이 일목요연하게 정리한 바 있다.

> i)에서 영원성은 우선 문학하는 태도의 문제이다. 그것은 당대적이고 시류적인 문제에 집착하지 않고 삶의 보편적인 주제에 대해 관심을 기울이는 창작 태도를 말한다. ii)에서 영원주의는 '역사의식'이라는 개념과 연관된다. 그의 '역사의식'은 육신을 초월한 영적인 것의 계승과 그에 대한 자각을 의미한다. iii)에서 그것은 신라적인 것과 연관된다. 서정주에 의하면 신라는 영생 사상이 철저했고 그를 통해 위대한 역사적 업적을 남긴 모범적인 시대였다. 하지만 그의 신라는 실증적이고 역사적인 신라가 아니라 정신적인 신라였다. iv)는 김종길과의 논쟁 과정에서 자신의 시정신을 해명하기 위해 발언한 것[신라적인 精神態인 靈通이나 魂交, 불교의 三世因緣과 輪廻轉生 : 인용자 주]이다.[41]

요약하자면 서정주에게 있어서 영원성의 의미는 다음 네 가지로 정의된다. 첫째는, 삶의 보편적인 주제에 관심을 기울이는 창작 태도이다. 둘째는, 육신을 초월한 영적인 것의 계승이다. 셋째는 靈通이나 魂交 같은 이른바 신라 정신이며, 넷째는 불교의 윤회 사상이다. '영원성'의 의미가 다소 확장되기는 했지만 결국은 기존 개념들의 차용에 의한 조합이라는 사실을 확인할 수 있다. 이 논문에서 사용하는 '영원성'의 의미는 이에 의거하기로 한다.

---

41 이광호, 「영원의 시간, 봉인된 시간 : 서정주 중기시의 '영원성' 문제」, 『작가세계』, 1994. 봄, 116~117쪽.

서정주 시를 논하면서 '현실성'(현실·현실주의)을 직접 언급한 대표적인 논의는 다음과 같다.

　i) 더우기 新羅精神은 이미 徐廷柱씨의 專屬語인 永遠主義, 永生主義의 魔術的 박스 속에 밀폐된 채 거의 질식상태에 있는 것으로 일반은 생각하고 있다. 과연 일반이 막연하게 생각하고 있는 것처럼, 新羅精神에는 永遠性만 있고 現實性은 전혀 없는가? 신라정신에는 睿智라는 非現實的, 幻想的 魔物만 있고 리얼리즘은 전혀 없는가? 부정적인 면이건 긍정적인 면이건, 어느 일면만을 일방적으로 지나치게 강조하여 그것이 전부인 것처럼 擬裝해 보인다는 것은, 한 사물을 두 개 이상의 가치로서 보는, 이른바 二値的 思考方式(two-valued orientation)의 결여에서 오는 것이 아닌가?[42]

　ii) 필자가 앞에서 스스로 인용한 '大詩人'이라는 것도 현실 속에 사는 인간이라고 할 때의 '現實'이란 보통 쓰이고 있는 뜻의 현실이지 예술작품의 '리얼리티'의 譯語로서 쓴 말은 아니다. 西歐語에서는 다 같이 '리얼리티'니 하는 말을 써도 우리말로는 대충 서너 가지의 다른 말, 즉 '現實', '眞實', 그리고 '實在'라는 말로 구별해서 생각해야 한다. 작품의 '리얼리티'를 말할 때는 특수한 경우가 아니면 대충 둘쨋 말의 뜻으로 쓰인다고 보면 과히 틀림이 없을 것이다.[43]

　iii) 『질마재 神話』에 나오는 많은 인물들이 현실주의자란 것은 시인의 관찰의 적절성을 말해준다. [……] 『질마재 神話』에 보이는 '시골의 천치 같은 언동'조차 포용하며 거기서 숨은 뜻을 읽어내는 데 드러난 긍정의 정신이 미당 시의 구심점이라고 생각된다. 그리고 그 긍정의 정신은 미당의 현실주의에서 온다. 『떠돌이의 詩』를 얘기하면서 김우창 씨는 '구부러짐의 형이상학과 그것이 기초해 있는 현실주의를 지적한 바 있다.[44]

---

42 문덕수, 「新羅精神에 있어서의 永遠性과 現實性 : 우리 文學의 思想的 傳統」 1, 『현대문학』, 1963. 4, 368쪽.
43 김종길, 「實驗과 才能 : 우리 詩의 現況과 그 問題點」, 『문학춘추』, 1964. 6, 213쪽.
44 유종호, 「소리지향과 산문지향 : 未堂 시의 일면」, 『작가세계』, 1994. 봄, 98~99쪽.

iv) 당대의 현실이 불만스러울 경우 그러한 현실이 빚어지게 된 원인을 추적하는 일은 일종의 역사적 과제이고 리얼리즘시의 과제이기도 하다. 하지만 미당의 신라 탐구는 이러한 과제의 수행과는 무관하고 당대의 현실적 문제에 대한 외면으로서의 성격을 다분히 지닌다. 우선 신라 탐구의 전제인 '목전에 보이는 것이 모두 본뜰 게 없다'는 판단부터가 현실에 대한 외면과 무관하지 않을 터이다.[45]

v) 그러나 '영원회귀'의 철학은 근본적으로 초현실의 철학이다. 그것은 해탈을 지향한다. 아늑하고 무갈등한 해탈의 세계는 어머니의 자궁속 같아서 유한(有限)한 인간 누구나가 품는 간절한 동경의 세계이다. 그러나 자궁속 시원(始原)으로의 회귀 욕망은 일종의 절대(絶對)에 대한 욕망이다. 또한 절대성에 대한 욕망은 현실적 삶에 대한 성찰을 동반하지 못할 때 일종의 숭배로 기운다. 절대성 혹은 회귀 의식은 미당에게 유혹인 동시에 숭배이다. 절대성의 유혹을 나날의 삶의 진실성으로 견디며 싸우지 않는 한, 절대성에의 투항은 필연적이다. [······] 미당의 '회귀'의 시세계는 '영원성'으로 돌아간 해탈의 경지를 누리고 있는지는 모르겠으나, 중생적 삶의 아픔과는 거리가 먼 안주(安住)의 세계이다.[46]

위의 인용에서 드러나는 것처럼 많은 논자들이 서정주 시의 현실성에 대해 말해 왔으며, 그 언급들은 또한 서로 다른 의미의 맥락을 갖는다. i)에서 현실성은 '리얼리즘'의 의미로 쓰이고 있다. 다만 해당 필자가 자신이 사용한 리얼리즘이라는 용어를 정확히 규정하지 않은 점이 문제로 남는다. ii)에서는 그러나 의식적으로 '現實'이란 말을 '리얼리티'와 구별하고 있다. 서정주 시의 신비적 경향을 비판하면서 '현실'이란 용어를 사용했는데, 해당 필자가 스스로 밝히고 있듯이 이때의 '현실'이란 일상생활에서 쓰이는 사전적 의미로서의 현실을 지칭한다. iii)에서는 '현실주의'라는 말을 사용하는

---

45 최두석, 「徐廷柱論」, 『선청어문』 20집, 서울대학교 사범대학 국어교육과, 1992. 9, 118쪽.
46 임우기, 「오늘, 未堂 詩는 무엇인가? : '회귀(回歸)'의 아름다움?」, 『문예중앙』, 1994. 여름, 293∼294쪽.

데, 이 경우에도 '현실을 바탕으로 생각하거나 행동하는 주의'라는 사전적인 의미를 벗어나지 않는다. iv)에서 언급하는 '현실'은 '리얼리즘'을 염두에 둔 것으로, 그것은 결국 시인의 사회적 책임 의식을 지칭하는 것으로 볼 수 있다. v)는 서정주 시의 영원성 추구를 비판하면서 '현실'을 언급하고 있다. 그가 말하는 '현실'은 '나날의 삶의 진실성' 또는 '중생적 삶의 아픔'을 함의한다. 그것은 곧 시인이 지녀야 할 사회역사적 책임 의식을 가리킨다. 이 논문에서는 '현실성'에 대한 기존 논의들을 종합하는 측면에서, 첫째는 일상적 용법으로 '현재의 사실이나 형편에 맞는 성질'을 지칭하며, 둘째는 시인의 사회역사적 책임 의식을 뜻하는 것으로 '현실성'의 의미를 한정하기로 한다.

3. 영원성과 현실성의 혼돈

신과 악마가 다투고 천국과 지옥이 항쟁하는 인간 정신의 혼돈,[47] 정신으로부터 분리된 육체의 괴로움과 타락,[48] 그리고 아무런 윤리적, 도덕적 제약을 받지 않으며 토해 놓는 듯한 시적 태도[49] 등이 서정주 초기시를 특징짓는 요소라 한다면, 이러한 특성들은 한마디로 존재의 '혼돈(chaos)' 상태를 드러내는 것이라 할 수 있다.

'혼돈'에 대해 멀치아 엘리아데는 그의 저서 『宇宙와 歷史』에서 이렇게 언급한다. 혼돈이란 미분화되고 형태가 없는 창조 이전의 상황으로서,[50] 상극

---

47 조연현, 「原罪의 刑罰 : 『花蛇集』·『歸蜀途』를 通해 본 徐廷柱」, 『文學과 思想』, 세계문화사, 1949, 76쪽.
48 김우창, 「韓國詩와 形而上 : 하나의 觀點 ― 崔南善에서 徐廷柱까지」, 『세대』, 1968. 7, 330쪽.
49 신동욱, 「虛無의 超克과 꽃 : 徐廷柱의 生命」, 『문리대학보』 4호, 서울대학교 문리과대학, 1954. 9, 149쪽.

적이거나 양극성을 띤 요소들(금식/폭식, 슬픔/기쁨, 절망/유흥 방탕 등)이 혼재되어 있으며,[51] 모든 가치가 전도된 상태[52]를 가리킨다. 이미 오세영도 지적했듯이 「花蛇」, 「바다」와 같은 서정주 초기 작품들은 혼돈의 이러한 특성과 매우 유사한 세계를 나타내고 있는 것이 사실이다.[53] 여기에 덧붙여서 우리는 또한 엘리아데의 다음과 같은 논지를 서정주 초기시를 분석하는 데 참고할 수 있을 것이다.

> 우리를 둘러싸고 있는 세계 다시 말하면, 인간이 그 안에서 살아 있고 또 그 인간이 살아 움직이는 삶의 노작(勞作)들이 느껴지는 그러한 세계—사람이 올라가는 산들, 많은 사람들이 정착해서 경작한 땅들, 배가 다닐 수 있는 강, 여러 도시들, 성전들—는 모두가 지상외(地上外, extraterrestrial)의 원형을 지니고 있다. 그리고 그 원형은 하나의 설계로 이해되기도 하고, 때로는 이 세상의 것과 함께 있는 "이중적"인 존재인데, 다만 순수하고 단순한 보다 높은 우주적 수준에 있는 그러한 것으로 이해되기도 한다. 그러나 그렇다고 해서 우리를 둘러싸고 있는 세계의 모든 것의 하나하나가, 한결같이 이러한 종류의 원형을 가지고 있는 것은 아니다. 예를 들면, 괴물들이 살고 있는 사막 지대, 경작되지 않은 땅, 어떤 항해사도 감히 모험해 보지 못한 알지 못하는 바다 등은 바벨론의 도시나 이집트의 주(州)가 지니고 있는 특권, 즉 그 도시들이 가지고 있는 것과 같이 선명하게 자기 모습을 드러내 주고 있는 분화(分化)된 원형을 소유하는 특권을 모두 갖고 있지 않는다. 물론 그러한 것들도 신화적인 모델을 가지고 있는 것은 사실이다. 그러나 그것은 전혀 다른 성질의 것이다. 이 모든 황량하고 미개간된 지역, 그리고 이와 유사한 것들은, 모두 혼돈(chaos)과 동일한 것으로 여겨진다. 즉 그러한 것들은 아직도 미분화(未分化)되었고, 형태가 없는 창조 이전의 양태와 관련된 것으로 인정되는 것이다. 땅을 차지했을 때—다시

---

50 멀치아 엘리아데, 『宇宙와 歷史 : 永遠回歸의 神話』, 정진홍 옮김, 현대사상사, 1976, 23쪽.
51 같은 책, 92~93쪽.
52 같은 책, 101~102쪽.
53 오세영, 「서정주 시의 영원과 현실」, 『한국문학연구』 17집, 동국대학교 한국문학연구소, 1995. 3, 84~85쪽.

말하면, 토지를 개간하기 시작한 때 — 천지 창조(Creation)의 행위를 상징적으로 반복하는 제의(祭儀)를 행하는 것은 바로 이러한 이유 때문이다. 미개간된 지역은 먼저 그 곳이 "우주화"([秩序化] cosmicized)된 다음에야 비로소 인간이 거주할 수 있는 땅이 되는 것이다.[54]

플라톤의 이데아론에 바탕을 둔 이 논의에 의하면 고대 사회 혹은 전통 사회의 사람들은, 자신들의 삶을 지탱하는 여러 제도의 모델이나 행동의 규범이 태초에 계시되었다고 믿는다는 것이다. 이때 그 모델이나 규범은 하나의 '원형'[55]으로서 초인간적이며 초월적인 근원을 지닌 것으로 인식된다. 그러나 세계의 모든 영역이 그러한 종류의 원형을 지니는 것은 아니다. '원형'을 지니지 못한 "황량하고 미개간된 지역", 즉 '혼돈'의 상태에 있는 영역이 따로 구분된다. 그리하여 이 혼돈 상태에서 벗어나려는 인간의 본원적 시도로서 천지 창조의 행위를 상징적으로 반복하는 제의 행위가 등장한다는 것이다. 이는 다시 말해 혼돈의 상태를 벗어나기 위해 보다 순수하고 영원한 상태인 원형을 반복적으로 모방하는 인간의 원초적인 행위나 삶 전반을 의미하는 것으로 풀이할 수 있다.

오세영이 앞서 지적한 「花蛇」, 「바다」 등의 시편을 포함해 서정주의 또 다른 초기 작품들인 「문둥이」, 「대낮」, 「멈둘레꽃」, 「滿洲에서」 등에서도 우리는, '미개간된 지역'에서 혼돈 상태에 빠져 있는 시적 자아를 발견하게 된다. 이때 엄밀히 말해 그 시적 자아는 이중의 혼돈을 경험한다. 하나는 외적 상황으로서 '미개간된 지역'(현실)의 혼돈이며, 다른 하나는 시적 자아의

---

54 멀치아 엘리아데, 『宇宙와 歷史 : 永遠回歸의 神話』, 정진홍 옮김, 현대사상사, 1976, 22~23쪽.
55 엘리아데가 사용하는 '원형'이라는 용어는 융(C.G. Jung)의 '원형(archetype)'과는 그 의미가 다르다. 엘리아데의 '원형'은 초인간적이고 초월적인 근원을 지닌 '모범이 되는 모델(exemplary models)' 혹은 '본(paradigm)'을 가리키는 말이다. 멀치아 엘리아데, 앞의 책, 4~5쪽.

내부에서 '미개간된 지역'(현실)과 '원형'(영원) 사이의 선택적인 욕망으로부터 비롯되는 내면 상황으로서의 혼돈이다. 물론 여기서 외적 상황이란 시인 서정주가 처한 사회 역사적이거나 개인적인 외부 현실을 가리키며, 내적 상황이란 궁극적으로 시인의 정신세계를 대변한다. 「花蛇」는 시적 자아의 이러한 혼돈과 거기에서 벗어나려는 반복적인 몸부림을 잘 보여 주는 작품이다.

麝香 薄荷의 뒤안길이다.
아름다운 베암…….
을마나 크다란 슬픔으로 태여났기에, 저리도 징그라운 몸둥아리냐

꽃다님 같다.
너의할아버지가 이브를 꼬여내든 達辯의 혓바닥이
소리잃은채 낼룽그리는 붉은 아가리로
푸른 하눌이다. ……물어뜯어라. 원통히무러뜯어.

다라나거라. 저놈의 대가리!

돌 팔매를 쏘면서, 쏘면서, 麝香 芳草ㅅ길
저놈의 뒤를 따르는 것은
우리 할아버지의안해가 이브라서 그러는게 아니라
石油 먹은듯…… 石油 먹은듯…… 가쁜 숨결이야

바눌에 꼬여 두를까부다. 꽃다님보단도 아름다운 빛……

크레오파투라의 피먹은양 붉게 타오르는 고흔 입설이다…… 슴여라! 베암.

우리순네는 스믈난 색시, 고양이같이 고흔 입설…… 슴여라! 베암.

— 「花蛇」 전문

이 작품에서 먼저 주목되는 것은 '뱀/아담과 이브', 그리고 '뱀/화자와 순네'라는, 유사하면서도 대칭적인 등장인물들의 설정이다. 여기서 '뱀/아담과 이브'는 인간에게는 영원한 존재로서의 원형의 의미를 지닌다. 이에 비해 '뱀/화자와 순네'는 그것이 실제 상황이든 시인의 상상에 의한 것이든 현실적인 존재이다. 이를 토대로 이 작품의 전체적인 의미는 원형적인 것 혹은 영원한 것과 그에 대비되는 현실적인 것 사이의 갈등과 혼돈에서 산출된다. 이때 그 갈등과 혼돈을 촉발하는 것은 바로 이 작품의 표제이기도 한 '花蛇'라는 뱀의 존재이다. 이 작품에서 '뱀'은 영원과 현실을 매개하는 구실을 하고 있으며, 이러한 뱀에 대한 화자의 혼돈스런 인식 태도는 그대로 시적 자아의 내면 상태를 표출하는 것이다.

뱀에 대한 시적 자아의 혼돈된 인식 태도는 우선 '花/蛇'라는 대립항을 한데 붙여 놓은 사실에서 드러난다. 또, 사향과 박하라는 매우 자극적인 감각 이미지와 꽃이라는 시각 이미지로서 그 뱀의 아름다움을 수식하지만, 다른 한편으로는 그 뱀이 커다란 슬픔을 안고 태어나 징그러운 몸뚱어리를 가졌다는 정반대의 인식 태도를 드러낸다. 이러한 인식 태도는 뱀에게 돌팔매질을 하면서도 동시에 화자 자신과 순네에게 "숨여라"고 외치는 모순된 행동으로 이어진다.

지구에서 가장 오래된 동물 가운데 하나인 뱀은 그 형태와 생존 방식에 있어서 태초의 '원형'을 거의 그대로 간직하고 있는 존재이다. 또한 인간의 입장에서 말하자면, 뱀은 에덴동산의 선악과 이야기에서 비롯된 증오의 감정을 유발하는 대상이기도 하다. 그리하여 이 시에서 뱀은 시적 자아에게 영원한 시간으로 생각될 수도 있는 아담과 이브라는 조상 때의 시간, 그리고 시적 자아와 순네가 있는 현재의 시간을 이어 주는 역할을 한다. 요컨대 뱀은 증오의 대상이면서도 동시에 '원형'의 의미를 지닌 이중적인 존재가 된다. 시적 자아가 '혼돈'에 빠지는 것은 바로 이러한 사정에 그 뿌리를 두고 있다.

「花蛇」와 비슷한 시기에 씌어진 「문둥이」와 「대낮」역시 시적 자아의 혼돈 상황을 강렬한 이미지로 표출한 작품들이다.

해와 하늘 빛이
문둥이는 서러워

보리밭에 달 뜨면
애기 하나 먹고

꽃처럼 붉은 우름을 밤새 우렀다

— 「문둥이」 전문

단 하나의 문장으로 이루어진 이 작품의 통사 구조를 보면, 문둥이를 주어로 하는 용언이 모두 3개 나온다. 이 가운데 동사인 '먹고'와 '우렀다'가 문둥병에 걸린 주체의 모든 행동을 나타내며, '서러워'라는 형용사 하나가 제시되어 있다. 그런데 유의할 점은, 전체 통사 구조에서 동사 '먹고'와 '우렀다'를 조건절에서 한정하고 있는 것은 바로 형용사 '서러워'라는 사실이다. 이는 언뜻 통사 구조상의 단순한 인과 관계로 보일지도 모른다. 하지만 이 통사 구조에는 지상과 하늘 사이에 위치한 인간의 한계 상황이라는 본원적 문제가 내재한다.

또한 이 작품에서 간과되기 쉬운 것은, 매우 짧고 단순한 인과 관계의 문장 하나가 어떻게 "애기 하나 먹고"라는, 매우 끔찍한 반인륜 행위를 적어도 이 시 안에서는 용인되게 만들 수 있느냐는 점이다. 결론을 먼저 말하자면, 간단한 문장 하나로 이루어진 이 시가 지닌 힘은 작품 속에 교묘히 내재한 영원과 현실의 문제에서 비롯된다.

먼저, 지상의 보리밭과 해가 떠 있는 하늘 사이에 위치한 문둥이는, 왜 그토록 '해와 하늘 빛'을 서럽게 느끼는 것일까? 문둥이가 된 자신의 운명 탓이라고 한마디로 말하면 논리적으로는 옳을지 모르지만, 이 시를 미학적으로 설명하는 것은 못 된다. 이 시에서 문둥이가 느끼는 서러움은 보리밭으로 표상된 '현실', 그리고 해와 하늘 빛으로 표현된 '영원' 사이의 변할 수 없는 거리와 단절감에서 비롯된 것으로 보아야 한다. 특히 달이 뜨는 곳이 산 위가 아니라 문둥이들이 숨어드는 "보리밭"이란 점은 '문둥이'에게 감정이 이입된 화자의 위치를 말해 준다. 이 시의 화자는 본질적으로 '문둥이'와 다를 바 없는, 엘리아데 식으로 표현하자면 "괴물들이 살고 있는 사막 지대, 경작되지 않은 땅"[56]이라는 현실에 처한 식민지인에 불과하기 때문이다. 그래서 화자의 위치는 문둥이를 내려 쬐는 '해'에 있는 것이 아니라 문둥이를 부드럽게 감싸는 '달' 쪽에 있다. 화자는 이러한 '달'의 위치에서 문둥이의 행동을 관찰하며, 정상적인 상황이라면 결코 먹어서는 아니 될 것을 먹는 혼돈 상태에 빠진 문둥이의 행위를 예삿일인 듯 진술할 수 있는 것이다. 그것은 곧 인간이 도달할 수 없는 영원에 위치한 '해와 하늘 빛', 그리고 반인륜적 현실을 감싸고 있는 '달빛' 사이에서 벌어지는 혼돈이라고 말할 수 있다. 매우 감각적으로 표현된 "꽃처럼 붉은 우름"이란 이러한 상황에서 나오는 단말마 같은 절규이다.

결국 인육을 먹는다는 반인륜적 혼돈이 용인되는 것은 표면상 '서러워'라는 형용사 하나 때문으로 보이지만, 사실은 그 속에 '문둥이'와 시적 자아의 한계 상황으로 판단되는 하늘/지상, 윤리/반윤리, 영원성/현실성 등의 혼돈이 자리하고 있는 것이다. 다만 우리는 이러한 종류의 시에서 현실의 혼돈을 타개

---

56 멀치아 엘리아데, 『宇宙와 歷史 : 永遠回歸의 神話』, 정진홍 옮김, 현대사상사, 1976, 23쪽.

하려는 시인의 의지나 지성의 힘을 발견하지 못하는 아쉬움을 표명할 수 있다.
「대낮」에서는 죽음 이미지와 관능이 뒤섞여 혼돈 상황에 이르는 매우 감
각적인 세계가 펼쳐진다.

> 따서 먹으면 자는듯이 죽는다는
> 붉은 꽃밭새이 길이 있어
>
> 핫슈 먹은듯 취해 나자빠진
> 능구렝이같은 등어릿길로,
> 님은 다라나며 나를 부르고……
>
> 強한 향기로 흐르는 코피
> 두손에 받으며 나는 쫓느니
>
> 밤처럼 고요한 끌른 대낮에
> 우리 둘이는 웬몸이 달어……
>
> — 「대낮」 전문

님은 달아나면서도 '나'를 부르는 일종의 혼란으로 유혹하고, '나'는 코피
를 쏟아 가며 뒤쫓기에 열중하는 상황이다. 님과 '나'는 인간의 원초적 생명력
을 대변하는 성적 이미지와 죽음이 위험하게 이웃하는 자리에서 관능에 도취
하는 것이다. 이때 붉은색 이미지는 죽음과 삶을 동시에 나타낸다. 즉, '붉은
꽃'에서는 죽음을, '코피'에서는 "強한 향기"라는 수식어구가 암시하듯 원초
적 생명력을 읽어 낼 수 있다. 그런데 주목되는 것은 죽음에 이르거나 피를
흘리는 두 경우가 모두 고통을 전혀 수반하지 않는다는 점이다. 죽음은 "자는
듯이" 도달할 수 있으며, 코피는 "強한 향기로 흐르는" 것으로 묘사된다. 여기
에서 우리는 죽음과 삶 혹은 영원과 현실을 구태여 구분하지 않는 듯한 화자의
태도를 감지할 수 있다. 아니, 어찌 보면 이 시에서 화자가 추구하는 관능적

쾌락이나 도취라는 것 자체가 인간의 삶과 죽음, 현실과 영원을 혼돈에 빠뜨리는 것이다. 이 점은 마지막 연을 분석하면 좀더 분명해진다.

시에 나타난 그대로 마지막 연을 읽으면, '밤처럼 고요한 끌른 대낮'이기에 '우리'는 더욱 몸이 달아 있다고 말하는 것으로 들린다. 외부 정황 때문에 화자인 '나'와 님은 삶과 죽음을 혼돈 상태에 빠뜨릴 정도의 관능에 몰입하는 것으로 이해된다. 그러나 사실 이 마지막 연은 죽음이라는 영원한 것과 관능적 쾌락이라는 지극히 현실적인 것이 서로 상반되면서도 마치 하나의 도가니 안에서 '끓는' 상태와 같은 혼돈을 드러내는 것으로 보아야 한다. 즉, "우리 둘이는 웬몸이 달어" 있기 때문에 그로부터 영원과 현실이 '끓는' 혼돈이 온다는 것이다.

이 작품에는 관능과 죽음, 대낮과 밤, 현실과 영원 등의 상대적 개념들이 혼재되어 있지만, 그것들을 시인 자신이 명확히 의식하고 있는 것 같지는 않다. 이 작품이 창작되던 당시[57]만 해도 시인은 아직 자신의 시세계를 어떤 방향으로 전개해 나갈 것인지에 대해 치열하게 탐색한 것으로 보이지는 않는 것이다.

시인의 만주 체험을 바탕으로 씌어진 「멈둘레꽃」과 「滿洲에서」 같은 작품들은 그 방황과 혼돈의 기간이 적잖이 지속됐음을 말해 준다. 특히 「멈둘레꽃」은 앞서 살펴본 「문둥이」와 「대낮」에서의 주요 모티프들을 한데 이어받고 있다.

---

57 시인의 자서전에 의하면 이 작품은 1936년 동아일보 신춘현상문예에 「壁」이 당선된 직후 합천 해인사에 가서 맨 처음으로 쓴 작품이라 한다. 시인은 이 작품에 니체의 '차라투스트라'를 담으려 했다고 말하지만(서정주, 「해인사」, 『미당 자서전』 2, 민음사, 1994, 52~54쪽), 정작 이 시에 표현된 것은 니체의 중심 사상인 힘에의 의지, 초인, 영겁회귀 등이 아니라 관능에의 '도취'라는 사실을 확인할 수 있다.

바보야 하이얀 멈둘레가 피였다.
네 눈섭을 적시우는 용천의 하눌밑에
히히 바보야 히히 우습다.

사람들은 모두다 남사당派와같이
허리띠에 피가묻은 고이안에서
들키면 큰일나는 숨들을 쉬고

그어디 보리밭에 자빠졌다가
눈도 코도 相思夢도 다 없어진후

燒酒와같이 燒酒와같이
나도 또한 나라나서 공중에 푸를리라.

— 「멈둘레꽃」 전문

1940년 가을, 만주 교외 벌판에서 유랑하는 한국인 곡마단의 곡예를 보고 나서 썼다는 이 작품은 생계를 위해 만주로 이주해야 했던 시인의 내적 정황을 잘 드러내 준다.[58] 이 시의 화자는 곡마단의 한 사내가 광대짓을 하는 것을 보고 "히히 바보야 히히 우습다"라고 희화적으로 표현하고 있지만, 그 표현 속에는 짙은 슬픔이 배어 있다. 만주 땅을 유랑하는 한국인 곡마단과 시적 자아의 처지가 동일시되기 때문이다. 민들레꽃 모양의 꽃방울을 머리에 달고 광대짓을 벌이는 광대 사내에게서 시적 자아는 「문둥이」에서 표출되었던 것과 같은 강렬한 서러움을 느낀다. "용천의 하눌밑"이란 시구는 그대로 「문둥이」의 모티프와 시적 주제를 함축하는 구절이다. 「문둥이」에

---

58 시인은 이 시의 창작 배경을 밝힌 글에서 특히 다음과 같이 말하고 있다. "더구나 나 비슷하게는 초라한 사내가 낮에 껌정을 찍어 바르고 나와서 갖은 못난 짓만 골라 해보이는 것을 아울러 바라보고 있자면, 이게 아무래도 남의 일 같지 않아 뼛속까지 오싹해지곤 한다." 서정주, 「만주 광야에서」, 『미당 자서전』 2, 민음사, 1994, 75쪽.

서의 "꽃처럼 붉은 우름"의 단말마적 절규가 이 시에서는 "네 눈섭을 적시우는" 눈물과 "히히 바보야 히히 우습다" 하는 희화적 어조로 바뀌었을 뿐이다. 요컨대 이 시에 나오는 남사당패와 화자는 기본적으로 천형을 받았다는 '문둥이'와 같은 존재로 인식되며, 이 인식은 시적 자아의 범위를 넘어서 2연의 "사람들"에게까지 확장된다. 2연에 나오는 금기의 상황, 그리고 그 상황이 오히려 더 촉발하는 두려움 섞인 강렬한 위반에의 욕구는 기본적으로 「문둥이」에서의 "보리밭에 달 뜨면/애기 하나 먹고"와 같은 맥락에 속한다. 식민지 피지배 상황이라는 것은 인간으로서의 기본적인 욕망을 정당하고 합법화된 방법으로 추구할 수 있는 길이 원천적으로 차단된 일종의 '금기 상황'과 같기 때문이다. 그러한 상황에서 "사람들"은 문둥이가 자신의 병을 고치기 위해 반인륜 행위를 저지르듯, "허리띠에 피가묻은 고이안"으로 표현된 비정상적인 방식으로 하나의 탈출구를 찾는다.

그러나 이러한 방식의 문제 해결이 궁극적인 것이 될 수 없음은 물론이다. 이 시 후반부에 제시되는 시적 자아의 혼돈과 해체의 과정은 이 점을 잘 말해 준다. 3연에서 시적 자아의 눈과 코와 꿈이 다 없어지는 상황 설정은 일종의 자기 해체이며,[59] 그것은 곧 새로운 탄생을 위한 '혼돈'의 과정과 같은 것이다. 이 부분에서 죽음과 육신의 썩음이라는 문맥적 의미가 읽혀지는 것도 바로 이 때문이다. '문둥이'의 상황에서 볼 때 그의 슬픔과 서러움을 모두 간직한 공간이라 할 보리밭에서 죽음에 이른다는 설정은 매우 자연스럽다. 또한 그 육신이 썩어서 새로운 몸을 받고 태어나기를 바라는 일 또한 무리가 없다. 이 대목은 이후의 서정주 시에서 빈번하게 나타나는 윤회 사상의 자생적 단초를 보여 주는 것으로 판단된다. 자기 혼돈과 해체는

---

59 엄경희, 「서정주 시의 자아와 공간·시간 연구」, 이화여자대학교 대학원 박사학위논문, 1999. 2, 38쪽.

마지막 4연에서 화학적 용어로서의 '승화'의 형태를 띠고 다시 제시된다. 이때 "燒酒와같이 燒酒와같이"라는 되풀이 구절은 반복적인 제의 행위를 강하게 연상시킨다. '燒酒'는 「대낮」으로 치자면 '핫슈'와 같은 것인데, 이 시에서는 제의에 사용되는 제주와 같은 것으로 볼 수 있다. 이 점은 이미 3연에 나타난 육신의 죽어 없어짐이라는 상황 설정에 의해 그 설득력을 얻는다. 또, 육신이 죽어 없어졌다는 점을 전제로 할 때 이 시 마지막 행의 승화 과정이 자연스러워진다. 여기서 '푸른 공중'은 문둥이에게 하나의 해방의 공간이다. 그런데 그 '공중'은 하늘과 땅 사이의 빈 곳으로서, 이 시 전체의 맥락으로 볼 때 하늘과 땅 그 어디에서도 자신의 정처를 찾지 못하는 시적 자아의 혼돈 상황을 표상하는 공간으로도 이해할 수 있다.

'문둥이'나 '남사당패'와 같은 작중 인물들에 기대지 않고, 시인 자신이 직접 화자가 되어 자신의 혼돈스런 내면 상황을 토로한 작품으로 「滿洲에서」가 주목된다.

참 이것은 너무 많은 하눌입니다. 내가 달린들 어데를 가겠읍니까. 紅布와같이 미치기는 쉬웁습니다. 몇千年을, 오—몇千年을 혼자서 놀고온 사람들이겠읍니까.

鍾보단은 차라리 북이있읍니다. 이는 멀리도 안들리는 어쩔수도없는 奢侈입니까. 마지막 불을 이름이 사실은 없었읍니다. 어찌하야 자네는 나보고, 나는 자네보고 웃어야하는것입니까.

바로 말하면 하르삔市와같은것은 없었읍니다. 자네도 나도 그런것은 없었읍니다. 무슨 처음의 복숭아꽃 내음새도 말소리도, 病도, 아무껏도 없었읍니다.

— 「滿洲에서」 전문

이 시에서는 시적 자아가 감당할 수 없음에도 불구하고 그의 앞에 펼쳐진 영원한 시간과 공간을 제시하고 있다. 세계와 자아가 관계 맺는 양상에 초점을 맞춘다면 이는 곧 세계에 대한 카오스적 인식이다. 시적 자아 앞에 펼쳐진 그 시공간은 아직 개간되지 않은, 더 정확히 표현하자면 개간할 수 없는 혼돈 상태일 뿐이다.

이러한 혼돈 상태에 처한 시적 자아의 내면은 '종'과 '북'이라는 두 이미지의 비교로써 제시된다. 작품에 명시되었듯 화자의 내면 상황을 나타내는 '북'은 그 소리가 '종'보다 멀리 가지 못한다는 점에서 일단 부정적이다. 그런데 더 자세히 보자면, 두 악기 모두 속이 텅 비어 있는 구조로부터 특유의 소리를 내지만, 북이라는 악기는 종과는 달리 사방이 꽉 막혀 있다는 형태적 특성을 지닌다. 이것은 무한한 시공간이 펼쳐져 있지만 어디 마땅히 지향할 곳을 찾지 못하는 화자의 내면을 매우 효과적으로 지시한다. 화자에게 있어서 사방으로 뚫린 길은 결국 팔방으로 막힌 길에 불과하기 때문이다. 따라서 이 경우의 북소리란 화자의 내면에서 울려 나오는 '속울음'과 다를 바 없다.

시인이 1939년 만주로 이주했을 당시, 그곳에는 무엇보다 "하르삔市"[60]라는 근대 문명의 도시가 있었다. 그러나 시인 자신으로 보이는 이 시의 화자는, "바로 말하면 하르삔市와같은것은 없었읍니다"라고 잘라 말한다. 이 대목에서의 부정은 근대 문명 자체에 대한 시인의 인식 태도를 드러낸다기보다는, 만주에서도 정착하지 못한 시인 자신의 현실적인 정황을 반영한 것으로 보인다. 시인은 이미 「바다」에서,

---

60 하얼빈은 1904년에 완공된 둥칭(東淸) 철도의 철도 기지가 들어선 이래 상업·교통 도시로 발전하였다. 뿐만 아니라 製油·제분 등의 경공업도 이루어져, 1932년에 이미 인구 38만 명을 넘어서는 큰 도시가 되어 있었다. 『브리태니커 CD IX』(CD-ROM, 한국브리태니커회사, 2007)와 『두산세계대백과 엔싸이버』(CD-ROM, 두산동아, 2003) 참조.

이리도 괴로운나는 어찌 끝끝내 바다에 그득해야 하는가.
눈뜨라. 사랑하는 눈을뜨라…… 청년아,
산 바다의 어느 東西南北으로도
밤과 피에젖은 國土가있다.

아라스카로 가라!
아라비아로 가라!
아메리카로 가라!
아푸리카로 가라!

는 거칠고 격렬한 외침을 표출한 바 있으며, 시인의 만주행은 사실 「바다」에서 스스로를 다그쳤던 것에 대한 실행이었던 셈이다. 그러나 「滿洲에서」를 보면 확연히 알 수 있는 것처럼 그의 시도는 '아무껏도 없었읍니다'의 반복으로 끝나 버리고 만다.

시인은 눈앞에 보이는 현실 그대로의 것들이 자신에게 모두 의미를 지닐 수는 없다는 사실을 '황무지 같은 만주' 체험에서 깨달았을 것이다. 그것은 분명 한 생활인으로서 뿐만 아니라 한 시인으로서 스스로의 영토를 개간하지 못해 '혼돈'에 처한 자기의 확인 과정이었음에 틀림없다.

물론 우리는 여기서 시인의 '존재의 혼돈'을 드러내는 시편들이 결여한 전체에 대한 통찰력이나 현실 극복 의지를 문제 삼을 수 있다. 그것들은 사실 그리 단순한 문제가 아니다. 그러나 서정주 초기 시편의 '혼돈'은 새로운 세계가 만들어지기 이전의 혼돈이라는 데서 그 의의를 찾아야 할 것이다. 시인이 의식하지 못하는 사이에 잠재된 형태로 표출된 영원성과 현실성의 혼돈 또는 미분화, 그리고 「문둥이」 같은 시편에서 내비치는 단초적 형태의 윤회 사상 같은 요소들은 이후 서정주 시를 특징짓는 중요한 속성으로 발현되는 것들이다.

4. 영원성과 현실성의 조화

서정주의 초기 시편들에 잠재적인 형태로 나타나던 영원성과 현실성의 길항 요소들은 『徐廷柱詩選』을 거쳐 『新羅抄』에 이르면 아예 서정주 시에서 가장 두드러진 특성으로 자리잡는다. 천이두는 이에 대해 서정주가 『新羅抄』에 이르러 그의 초기시에서 짙게 풍기던 夭折的 前兆를 극복하고 자기 삶과 시를 영원의 시간에 연결하려는 작업에 들어섰다고 평가하였다. 이를테면 『新羅抄』에 실린 「婆蘇 두 번째의 편지 斷片」에서 "피가 잉잉거리던 病은 이제는 다 낳았습니다"라는 구절은, 화자인 婆蘇의 말이기 이전에 시인 서정주 자신의 말이며, 그것은 곧 숙명적인 '피'의 이율배반을 윤회의 차원에서 극복하려는 노력의 소산이라는 견해이다.[61] 그런데 서정주 자신의 말에 의하면 그는 이미 오래 전부터 '영원성'의 문제를 염두에 둬 왔던 것으로 보인다.

> 나는 내 나이 20이 되기 좀 전에 문학소년이 되면서부터 이내 그 영원성이라는 것에 무엇보단도 더 많이 마음을 기울여온 것만은 사실이다.
> 그러나 이때 의식하기 시작하여 장년기에 이르도록 집착해 온 그것은, 말하자면 내가 쓰는 문학작품이 담아 지녀야겠다고 생각하는 그 영원성이었다. [……] 일테면 남녀의 사랑을 비롯한 사람들 사이의 여러 사랑에서 파생하는 환희와 비애, 절망과 희망 이런 것들은 사람들이 살아 있는 한 언제나 문제거리일 것이니 그런 걸 써야 한다. 이별·상봉·질투·화목 또 생과 사—이런 어느 시대에나 공통될 인생의 문제는 잘 찾아보면 얼마든지 있는 것이니 이걸 써야 한다. [……] 간단히 말하자면 이런 영원성이었다.
> 그러나 앞 장과 같은 영원성에의 헌신도 1950년의 6·25사변과 같은 현실의 각박이 다가왔을 때, 아직도 많이 무력한 내 실천 의지력을 가지고는 나를

---

61 천이두, 「지옥과 열반」, 김우창 외, 『미당 연구』, 민음사, 1994, 47~86쪽.

끝까지 구제할 수 있는 것은 되지 못했다.

1951년 여름 내가 음독에서 우연히 의료되어 다시 살아 남게 되자 나는 또 다른 영원성을 마련해 가져야 했다. [……]

내 마음 속에서 거세게 일어나기 시작하는 이 취향 때문에 나는 곧 우리 역사책—그 중에서도 우리 민족정신의 가장 큰 본향으로 생각되는 신라사의 책들을 정독해 읽어가기 시작했다. [……]

'사람은 자기 당대만을 위해서 살아서는 안된다. 자손을 포함한 다음 세대들의 영원을 위해서 살아야 한다. 자기 당대에 못다 할 일이 많으면 많을수록 이 영원한 유대 속에 있는, 우리 눈으론 못 본 선대의 마음과 또 후대의 마음 그 것들을 우리가 우리 살아 있는 마음으로 접하는 것—그것을 혼교라고 하기도 하고 영통(靈通)이라고도 한다'는 신라정신의 이해가 내게는 가장 중요한 것이 되었다. [……]

그러나 이런 세대 계승의 자각을 통해 얻은 영원성 의식도 '후대들의 전도는 꼭 내 기대대롤까?' 하는 염려 앞에 다다르면 꼭 나를 고스란히 안심시키는 것도 되지는 못했음은 물론이다.

이런 나한테 마지막 힘을 빌려 내 영원성 의식에 자신과 존엄을 회복케 해 준 이는 석가모니다.

여러 불경에 거의 같은 내용이 보이는 아래와 같은 「법화경(法華經)」 속의 석가모니의 영생 실감은 다른 어느 성인현철의 영생 실감보다도 나를 고무시키고 있는 것이다.[62]

인용문을 통해 우리는 서정주의 '영원성' 추구가 20대 전후 문학청년 시절에 이미 시작되었음을 알 수 있다. 다만 문학청년기의 '영원성' 문제는 그가 작품에 담으려 한 주제나 창작 태도의 성격을 띠다가, 6·25와 음독 자살 미수[63]를 겪고 난 후에는 이른바 신라 정신 탐구에 기울어지고, 변화하는 다음 세대에 대한 인식을 통해서는 불교의 윤회 사상에 접근해 갔음을

---

62 서정주, 「내가 아는 영원성」, 『未堂 산문』, 민음사, 1993, 117~120쪽.
63 서정주, 「전주 풍류」, 『미당 자서전』 2, 민음사, 1994, 310~313쪽.

확인할 수 있다. 이처럼 서정주 시에서 영원성 문제는 시의 주제적, 방법적 차원에 국한되는 것이 아니라 시인의 개인사는 물론 세계관에까지 연결되는 매우 포괄적인 문제이다. 또한 그의 시에서 영원성과 현실성이라는 두 요소의 길항 양상은 작품 표면에 그대로 드러나 있는 경우보다 작품의 세밀한 분석을 통해서야 비로소 그 모습을 나타내는 경우가 더 많다. 이는 물론 시인으로서 서정주의 만만찮은 역량을 말해 주는 것이기도 하다.

이 장에서 다루어지는 시편들은, 영원성과 현실성이 조화를 이룬 경우로서 대부분 뛰어난 시로 평가되는 작품들이다. 이 작품들은 다시 두 부류로 나눌 수 있는데, 하나는 현실성을 기반으로 영원성을 추구한 작품들이고, 다른 하나는 영원성 속에서 현실성을 추구한 작품들이다. 이때 특정 작품이 현실성을 기반했는가 아니면 영원성을 기반했는가 하는 판단 기준은, 한마디로 '작품을 구성하는 모든 요소'라고 하는 것이 옳은 표현이다. 왜냐하면 그 판단을 위해서 우리는 특정 작품의 시적 정황을 기본적으로 고려해야 하는 것은 물론 시어의 의미, 운율, 이미지, 어조 등 그 작품의 구성 요소 전반을 자세히 살펴야 하기 때문이다. 이 논문의 범위가 단일한 주제론에 머물지 않는 이유가 바로 여기에 있다.

4.1. 현실성 속에서 영원성 추구

서정주 시에서 영원성과 현실성이 길항하는 양상 가운데 첫 번째는, 한 작품이 기본적으로 현실성을 바탕으로 하면서도 그 속에서 어떤 영원적 가치를 지향하는 경우이다. 이때 영원성의 추구는 현실을 기반으로 하면서 그 이전과 이후의 세대 혹은 삶과 죽음이 교차하거나, 靈通·魂交 같은 신라적 精神態나 불교의 윤회 사상 등을 추구하는 양상으로 나타난다.

해방 직후에 발표된 「密語」는 현실에 위치한 화자가 이승을 떠나 영원의 세계에 있는 인물들을 현실의 아름다운 공간으로 불러내려는 간절함을 빼어나게 형상화한 작품이다.

> 순이야. 영이야. 또 돌아간 남아.
>
> 굳이 잠긴 재ㅅ빛의 문을 열고 나와서
> 하눌ㅅ가에 머무른 꽃봉오리ㄹ 보아라
>
> 한없는 누예실의 올과 날로 짜 느린
> 채일을물은듯, 아늑한 하눌ㅅ가에
> 뺨 부비며 열려있는 꽃봉오리ㄹ 보아라
>
> 순이야. 영이야. 또 돌아간 남아.
>
> 저,
> 가슴같이 따뜻한 삼월의 하눌ㅅ가에
> 인제 바로 숨 쉬는 꽃봉오리ㄹ 보아라
>
> — 「密語」 전문

이 시에서 화자는 어디에 있고 또 세 사람의 인물은 어디에 있는가 하는 물음은 이 시의 해석 방향을 결정짓는 기본적인 문제이다. 화자와 세 인물이 각각 위치한 시적 공간을 짐작하는 데 실마리를 제공하는 것은, "돌아간 남아"라는 구절과 "굳이 잠긴 재ㅅ빛의 문"이라는 시구이다. '잿빛의 문' 이쪽에 화자가 있고, 그 문 저쪽에 세 인물이 있다. 그러면 '잿빛의 문'은 무엇을 의미하는가. 그 문은 이승과 저승을 갈라놓고 있는 '죽음의 문'[64]이다. 이에 상대적인 이미지는 '숨 쉬는 꽃봉오리'로서 화자는 죽음의 세계에서

---

64 김흥규, 「밀어(密語)」, 『韓國現代詩를 찾아서』, 개정증보판, 한샘, 1991, 250쪽.

세 인물들을 불러내 그들과 따뜻한 생명력의 세상을 함께 느끼고자 하는 것이다. 그러나 이 시의 전체적 의미를 이렇게 말해 버리고 마는 것은, 정작 이 시가 간직한 아름다움을 놓치는 일이 되기 쉽다.

다시 말해, '잿빛의 문'을 사이에 두고 이승과 저승, 곧 현실과 영원 사이에서 미묘한 시적 긴장을 산출하는 대목은 바로 단 한 줄로 이루어진 첫 연과 반복되는 넷째 연이라는 사실에 주목해야 한다. 일찍이 이남호는 이 구절에 주목하고, 그에 대한 자신의 관심을 다음과 같이 표명한 적이 있다.

> 순이야. 영이야. 또 돌아간 남아.

> 라는 「密語」의 첫 구절 같은 것은 참으로 나를 난처하게 만들었다. 왜냐하면 단순히 평범한 아이 이름 셋을 불러본 구절에 불과한데도 그것이 절묘한 감정의 공간을 만들어내기 때문이다. 순이, 영이, 남이 등의 이름은 마치 아득한 기억 속에서 나에게 지울 수 없는 흔적을 남긴 이름들처럼 되살아온다. 그래서 나는 '순이야. 진이야. 또 돌아간 희야, 또는 순서를 바꾸어서 '영이야. 남이야. 또 돌아간 영아'라고 읊조려보기도 했지만, 도저히 원래 구절과 같은 맛을 느낄 수가 없었다. 서정주가 우리말을 구사하면 그 속에는 우리 속에 숨겨져 있던 아련한 정서가 돌연 귀신처럼 떠돈다.[65]

이남호는 언뜻 단순해 보이는 이 구절이 절묘한 감정의 공간을 산출한다는 점을 짚어 내고 있다. 그가 시도했던 것처럼 이 구절은 매우 세밀한 분석을 필요로 한다. 우선 이 구절을 다음과 같이 음보 단위로 분리하고 다시 읽어 보자.

> 순이야./영이야./또/돌아간 남아.

---

65 이남호, 「겨레의 말, 겨레의 마음」, 김우창 외, 『미당 연구』, 민음사, 1994, 409~410쪽.

이렇게 4음보로 나누어 읽으면 앞부분의 '순이야. 영이야' 두 마디까지는 별로 달라지는 점이 없는데, 뒷부분의 두 마디에서는 미묘한 변화가 일어남을 감지할 수 있다. 즉, 세 번째 마디인 '또'가 상당히 길고 느리게 읽히며, 마지막 마디인 '돌아간 남아'는 상대적으로 빨리 읽히면서 '돌아간'에 강세가 주어진다. 여기에서의 이러한 운율 구조는 의미에도 영향을 주는데, 이 점을 살펴보기 전에 먼저 이 시의 제목을 짚고 넘어가야 한다.

'密語'는 일차적으로 '남몰래 속삭이는 은밀한 말'이란 뜻을 지니고 있지만, 이 시에서의 '밀어'는 그것에 그치지 않고 '불교의 한 유파인 밀교에서 외는 주문이나 진언'이라는 의미까지 포괄하는 것으로 보인다. 즉, 이 작품 안에서의 밀어는 바로 첫 연과 넷째 연에서 두 번 반복되는, 지금 우리가 주목하고 있는 바로 이 구절로서, 민간 신앙에서 저승의 사람을 불러낼 때 외는 진언과 같은 구실을 한다는 것이다. 그리하여 첫 연에서 운율이 의미에 미치는 영향도 바로 이러한 각도에서 살펴볼 수 있다.

이제 진언이나 주문으로서 첫 연의 목적은 두말할 것 없이 '돌아간', 곧 저승에 있는 세 인물을 이승의 공간으로 불러내는 일이다. 그래서 단 한 음절임에도 불구하고 3~5음절인 다른 마디와의 균형을 위해 상당히 길고 느리게 읽히는 '또'라는 마디는, 제사 의식에서 제문 첫머리에 쓰이기 마련인 '維歲次'라는 말과 비슷한 구실을 하게 된다. 이어, 앞서 살펴보았듯 운율 구조에 의해 상대적으로 빨리 읽히는 "돌아간 남아"가 바로 뒤에 따라붙는다. 이때 "돌아간 남아"에서 소리 강세와 의미 중심은 '돌아간'에 있고, 그것은 곧 '남이'라는 인물이 이미 이승을 떠난 존재라는 사실을 다시 한 번 환기한다. 이렇게 보면 이 구절은 전체적으로 잘 짜인 주문의 일종이라 할 수 있다.

더욱이 이 구절에서 순이, 영이, 남이 이렇게 세 인물의 이름이 불리는 순서는, 그것을 시인이 의식했든 못했든, 그 이름들의 음운 구조와 긴밀히 연관되어 있다. 세 인물들의 이름 사이의 차이는 '순', '영', '남'이라는 첫 음절에 의해 분별되는데, 그 음절들의 소릿값을 지배적으로 결정하는 것은 각 음절의 모음인 '우[u]', '여[yʌ]', '애[a]'이다. 이 세 가지 모음의 음성적 성질을 비교하기 위해 국제음성자모의 모음사각도[66]를 보이면 다음과 같다.

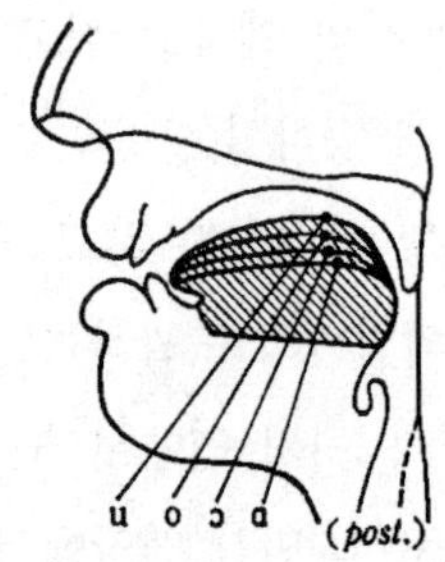

국제음성자모의 모음사각도

위의 그림에서 각 기본 모음의 조음점은 혀의 전후 관계(그림의 좌우)와 입의 개폐 관계(그림의 상하)를 기준으로 정해진 것이다. 우리가 비교할 세 가지 모음 우[u], 여[yʌ]([ɔ]에 준함), 애[a]의 조음점을 각각 확인한 후 이를 종합해 보면, 그 조음점들이 '우→여→아'의 순서로 일종의 하향 대각선을 그린다는 사실을 발견할 수 있다. 즉, 그 세 가지 모음의 조음점들은 혀의 전후를 기준으로 앞에서 뒤로, 입의 개폐를 기준으로 위에서 아래로 마치

---

66 국제음성자모의 모음사각도는 기본 단모음 사이의 관계를 명시한 그림이다. 이 모음사각 도는 자연 언어의 모음을 기술할 때 비교의 준거로 사용된다. 최초의 모음도는 1783년 독일의 의사 헬바크(Ch. Fr. Hellwag)에 의해 [i], [a], [u] 등 세 모음을 정점으로 하여 만들어진 독일어의 모음삼각도이다. 그 후에도 몇 종류가 더 고안되었으나, 영국의 음성 학자 다니엘 존스(Daniel Jones, 1881~1967)가 엑스선 사진으로 확인한 네 조음점을 기 준으로 현재와 같은 모음사각도를 완성했다. 김민수, 『新國語學』, 개정판, 일조각, 1983, 35~36쪽.

일련의 규칙을 따르듯 배열되어 있다. 시인이 음성학적 지식을 이용해 이 시의 첫 구절을 썼다고 여겨지지는 않는다. 하지만 위의 그림을 통해 확인되듯이 이 시의 첫 구절에서 불리는 순이, 영이, 남이라는 세 이름의 순서는 그 음성적 성질에 있어서 일련의 규칙에 정확히 들어맞는다. 따라서 그 이름 셋을 순서를 바꿔서 읊조리면 도저히 원래 구절과 같은 맛이 살아나지 않는 것이다.

이 작품 전체에 걸쳐 두 번 반복되는 이 구절은 그 율격과 소리와 의미가 절묘하게 어울려, 죽음이라는 영원에 속한 문을 여는 데 매우 효과적으로 작용하는 셈이다. 이러한 효과는 또한 궁극적으로 이 시 전체의 의미 맥락과 어울려 이 작품을 하나의 '密語'로 만든다고 할 수 있다.

6·25로 인한 사회적 어려움과 개인적 가난 속에서 씌어진 「無等을 보며」는 삶의 남루함에도 불구하고 의연함을 간직할 수 있게 하는 영원한 가치의 소중함을 깨닫게 하는 작품이다.

> 가난이야 한낱 襤褸에 지내지않는다
> 저 눈부신 햇빛속에 갈매빛의 등성이를 드러내고 서있는
> 여름 山같은
> 우리들의 타고난 살결 타고난 마음씨까지야 다 가릴수 있으랴
>
> 靑山이 그 무릎아래 芝蘭을 기르듯
> 우리는 우리 새끼들을 기를수밖엔 없다
> 목숨이 가다 가다 농울쳐 휘여드는
> 午後의때가 오거든
> 內外들이여 그대들도
> 더러는 앉고
> 더러는 차라리 그 곁에 누어라

> 지어미는 지애비를 물끄럼히 우러러보고
> 지애비는 지어미의 이마라도 짚어라
>
> 어느 가시덤풀 쑥굴헝에 뇌일지라도
> 우리는 늘 玉돌같이 호젓이 무쳤다고 생각할일이요
> 靑苔라도 자욱이 끼일일인것이다.
>
> ― 「無等을 보며」 전문

현실적인 가난은 언젠가는 벗어버릴 수 있는 '남루'에 불과하지만 사람들이 타고난 근원적인 순수함이야말로 영원한 것이라는 생각이 시 전편에 걸쳐 있다. 이 시에서 '산'은 실재하는 자연 공간이라는 의미 범위를 넘어서, 인간이 닮아야 할 변치 않는 본보기라는 상징의 구실을 한다. 이로 인해 이 시에서의 산은 실재하는 산이면서도 오히려 현실을 벗어나 존재하는 상징적인 존재가 된다. 1연에 나오는 "눈부신 햇빛속에 갈매빛의 등성이를 드러내고 서있는/여름 山"이라는 구절이 매우 선명한 듯하면서도 한편으로는 이내가 끼듯 모호하게 느껴지는 것은 그 때문이다. 또한 2~3연에서 산의 모습은 있는 그대로 묘사되는 것이 아니라 시인의 연상에 의해 변형되는데, 그것은 마치 시간이 정지된 한 편의 그림처럼 제시된다. 즉, "목숨이 가다 가다 농울쳐 휘여드는/午後의때", 곧 현실의 어려움과 고단함을 느끼는 때에 시인은 휴식과 안식의 행위로서 사람들이 앉고 눕는 행위에 산의 모습을 겹쳐 놓는다. 이 부분에서 화자의 목소리는 시인 자신임이 분명한데도 마치 시인이 아니라 '산'이 말하고 있는 것 같은 어조이다. 그래서 "지어미는 지애비를 물끄럼히 우러러보고/지애비는 지어미의 이마라도 짚어라" 하는 따뜻한 명령의 어조는, 그 말에 따를 것인가 말 것인가에 대한 판단 자체를 불필요하게 만든다. 이 작품 속에서 그 말은 그대로 실현되어 하나의 이미지로 고정된다. 사람들이 일시적으로 취하는 동작이 아니라 산이 영원히 그러고 있는 것과 같은 고정된 장면이 되는 것이다. 그 장면은 곧 시간마저 정지된 '영원의 장면'으로 각인되는 것과 같다. 4연에 나오는 '玉돌'이 사람에 비유되어 있고 지상적인 돌의 모습을 띠고 있으면서도 그 '호젓함'과 색깔로 하늘을 닮아 간다는 지적[67]은 이러한 맥락에서 보면 더욱 설득력 있게 받아들여진다. 이는 또한 앞의 2연에서 "靑山이 그 무릎아래 芝蘭을 기르듯/우리는 우리 새끼들을 기를수밖엔 없다"는 진술이나 마지막 연에서 "靑苔라도 자욱이 끼일일인것"이라는 구절에서 확인되는, 이전 세대와 현재 세대, 그리고 다음 세대에도 계속될 '영원성'에 대한 인식과도 그 맥락을 같이하는 것으로 볼 수 있다.

「新綠」의 시적 자아 역시 자연물을 매개로, 시간의 깊이를 획득한 사랑의 가치를 노래한다.

> 어이 할꺼나
> 아—나는 사랑을 가졌어라
> 남 몰래 혼자서 사랑을 가졌어라!
>
> 천지엔 이제 꽃닢이 지고
> 새로운 녹음이 다시 돋아나
> 또 한번 나—르 에워싸는데
>
> 못견디게 서러운 몸짓을 허며
> 붉은 꽃닢은 떨어져 나려
> 펄펄펄 펄펄펄 떨어져 나려
>
> 新羅 가시내의 숨결과 같은

---

67 김화영, 「玉빛의 上昇」, 『未堂 徐廷柱의 詩에 대하여』, 민음사, 1984, 45쪽.

> 新羅 가시내의 머리털 같은
> 풀밭에 바람속에 떨어져 나려
>
> 올해도 내앞에 흩날리는데
> 부르르 떨며 흩날리는데……
>
> 아 — 나는 사랑을 가졌어라
> 꾀꼬리처럼 울지도 못할
> 기찬 사랑을 혼자서 가졌어라
>
> — 「新綠」 전문

사랑 감정의 고조된 열기를 표현하고 있으면서도 이 시의 어조는 심각하기보다는 오히려 경쾌하게 느껴진다. 우선 신록이 돋아나는 늦봄과 초여름 사이의 시간적 배경이 사람으로 치자면 사춘기에 해당한다는 사실이 하나의 이유가 될 것이다. 또 하나의 이유로는, 이 시에서 강조된 음악적 효과를 지목할 수 있다. 이를테면 '가졌어라', '떨어져 나려', '흩날리는데' 등의 시구를 반복하고, '펄펄펄 펄펄펄' 같은 의태어를 적극 활용함으로써 산출되는 이 시의 음률적 효과는 그대로 이 시 전체의 분위기를 밝고 경쾌하게 만든다.

그런데 한 연구자는 이 시의 음악적 효과를 인정하면서도 그것이 오히려 이 시의 '깊이'를 희생시켰다는 견해를 밝힌다. "기품 있는 사랑 시편이 의외로 드문 우리쪽의 사정을 참작할 때 이러한 시는 좀더 많이 씌어졌어야 했다는 것은 사실이다. 그렇지만 음악성의 확보가 깊이의 희생 위에 씌어진다는 면은 부정할 수 없다."[68] 그러나 음악성과 깊이를 반드시 양립이 불가능한 상대적 개념으로 볼 수만은 없다는 점에서 위의 지적은 반론의 여지

---

68 유종호, 「소리지향과 산문지향 : 未堂 시의 일면」, 『작가세계』, 1994. 봄, 87쪽.

가 있다. 다만, 우리는 여기서 「新綠」이 드러내는 '깊이'의 문제를 재고하고
자 한다.

이 시의 분위기를 형성하고 있는 계절적 배경과 그 어조 등으로 판단할
때 이 시의 화자는 그의 자연적 나이에 관계없이 심리적으로는 일종의 사
춘기 상태를 경험하고 있는 것으로 보인다. 여기서 자연적 나이와 심리적
상태를 구별하는 것은, 4연에 나타난 '깊이'의 흔적 때문이다. '신라 가시내
의 숨결 같은 바람'과 '신라 가시내의 머리털 같은 풀밭'이란 비유는, 이 시
의 화자가 여느 인물이 아니라 바로 시인 자신이라는 사실을 강하게 환기
시킨다. '신라 가시내의 숨결'이나 '신라 가시내의 머리털'은 화자와는 무려
천년이 넘는 시간을 사이에 두고 있는 것들이다. 우리는 그것을 시간의 깊
이라고 말할 수 있다. 그런데도 화자는 천년의 시간을 뛰어넘어 그것들을
현재의 시간과 공간 속에서 체험한다. 이는 곧 서정주 특유의 영원성의 추
구 기법이다. 현실적 논리로는 불가능하지만 시적 공간 속에서 영원성을 추
구함으로써 '깊이'를 확보하는 기법이야말로 서정주 시의 한 특질이다. 다
음 작품에서도 서정주 시의 이러한 특성이 잘 나타난다.

어느해 봄이던가, 머언 옛날입니다.
나는 어느 親戚의 부인을 모시고 城안 冬栢꽃나무그늘에 와 있었읍니다.
부인은 그 호화로운 꽃들을 피운 하늘의 部分이 어딘가를
아시기나 하는듯이 앉어계시고, 나는 풀밭위에 홍근한 落花가 안씨러워 줏어
모아서는 부인의 펼쳐든 치마폭에 갖다놓았읍니다.
쉬임없이 그짓을 되풀이 하였읍니다.

그뒤 나는 年年히 抒情詩를 썼읍니다만 그것은 모두가 그때 그 꽃들을 주서
다가 디리던 — 그 마음과 별로 다름이 없었읍니다.

　　그러나 인제 웬일인지 나는 이것을 받어줄이가 땅위엔 아무도 없음을 봅
니다.
　　내가 줏어모은 꽃들은 제절로 내손에서 땅우에 떨어져 구을르고 또 그런마
음으로밖에는 나는 내詩를 쓸수가없읍니다.

— 「나의 詩」 전문

서정주 시인의 詩作의 내적 동기를 엿볼 수 있는 작품이다. 떨어진 꽃잎
이 안쓰러워 그것들을 손안에 주워 모으고 다시 치마폭에 갖다 놓는 행위
는, 곧바로 시인이 시를 쓰는 행위와 대응된다. 그런데 시인의 실제 경험을
바탕으로 했으면서도,[69] 자세히 보면 그것을 진술하는 1연의 분위기는 꿈이
나 비현실적 내용의 설화를 방불케 한다. 이 점은 특히 "부인은 그 호화로
운 꽃들을 피운 하늘의 部分이 어딘가를/아시기나 하는듯이"와 같은 구절에
서 두드러진다. 여기서 그 부인은 예사 인물이 아니라 '女神'의 풍모를 연상
시킨다. 母性의 범위를 넘어서 영원성을 내재한 神性의 영역을 획득하는 것
이다. 쉬지 않고 되풀이되는 시인의 행위 또한 일상적인 행동이 아니라 인
간이 신 앞에서 취하는 제의 행위에 가깝다. 1연에서의 이러한 영원성의 공
간은 2연에서 반복적인 모방 행위로서 재현된다. 그러나 3연에서는, "인제
웬일인지 나는 이것을 받어줄이가 땅위엔 아무도 없음을 봅니다"라는 진술
을 통해 시인이 받아들일 수밖에 없는 현실적인 한계에 대한 인식이 표출
된다. 시인이 발 딛고 서 있는 현실의 문제가 대두되는 것이다. 그러면서도
이 시의 마지막 구절은 1~2연의 반복으로 이루어진다. 즉 "또 그런마음으
로밖에는 나는 내詩를 쓸수가없읍니다"라는 구절은 서정주 시의 내적 동인
으로서 1~2연과 같은 경험의 지속을 의미한다. 해방 직후에 씌어져 1955년
에 발표된 이 작품이 서정주 시세계 전반에 걸친 시작 동기를 밝혀 준다고

---

69 서정주, 「조선일보 폐간기념시」, 『미당 자서전』 2, 민음사, 1994, 69~70쪽.

말하기는 어렵다. 하지만 적어도 서정주 초기시에서 중기시로 접어드는 무렵 시인의 영원성 지향은 분명히 드러난다고 할 수 있다.

「上里果園」에서도 시인은 '가까운 곳의 별'과 '제일 오래된 종소리'로 비유된 영원한 가치에서 현실의 서러움을 극복하는 힘을 찾는다.

꽃밭은 그향기만으로 볼진대 漢江水나 洛東江上流와도같은 隆隆한 흐름이다. 그러나 그 낱낱의 얼골들로 볼진대 우리 조카딸년들이나 그 조카딸년들의 친구들의 웃음판과도같은 굉장히 질거운 웃음판이다.

세상에 이렇게도 타고난 기쁨을 찬란히 터뜨리는 몸둥아리들이 또 어디 있는가. 더구나 서양에서 건네온 배나무의 어린것들은 머리나 가슴팩이뿐만이아니라 배와 허리와 다리 발ㅅ굼치에까지도 이뿐 꽃숭어리들을 달았다. 맵새, 참새, 때까치, 꾀꼬리, 꾀꼬리새끼들이 朝夕으로 이많은 기쁨을 대신 읊조리고, 數十萬마리의 꿀벌들이 왼종일 북치고 소구치고 마짓굿 올리는 소리를허고, 그래도 모자라는놈은 더러 그속에 묻혀 자기도하는것은 참으로 當然한 일이다.

우리가 이것들을 사랑할려면 어떻게했으면 좋겠는가. 무쳐서 누어있는 못물과같이 저 아래 저것들을 비춰고 누어서, 때로 가냘푸게도 떨어져네리는 저 어린것들의 꽃닢사귀들을 우리 몸우에 받어라도 볼것인가. 아니면 머언 山들과 나란히 마조 서서, 이것들의 아침의 油頭粉面과, 한낮의 춤과, 黃昏의 어둠속에 이것들이 자자들어 돌아오는—아스라한 沈潛이나 지킬것인가.

하여간 이 한나도 서러울것이 없는것들옆에서, 또 이것들을 서러워하는 微物하나도 없는곳에서, 우리는 섣불리 우리 어린것들에게 서름같은 걸 가르치지말 일이다. 저것들을 祝福하는 때까치의 어느것, 비비새의 어느것, 벌 나비의 어느것, 또는 저것들의 꽃봉오리와 꽃숭어리의 어느 것에 대체 우리가 행용 나즉히 서로 주고받는 슬픔이란것이 깃들이어 있단말인가.

이것들의 초밤에의 完全歸巢가 끝난뒤, 어둠이 우리와 우리 어린것들과 山과 냇물을 까마득히 덮을때가 되거던, 우리는 차라리 우리 어린것들에게 제일 가까운곳의 별을 가르쳐 뵈일일이요, 제일 오래인 鍾소리를 들릴일이다.

—「上里果園」 전문

‘윗마을 과수원’이라는 시적 공간은 기쁨이 만개한 장소이면서 동시에 풍요한 결실을 예비하는 공간이다. 이 시에서 화자의 관심이 주로 ‘꽃’과 ‘어린것들’에게 기울어지는 이유도 그것들이 모두 미래를 예비한다는 데에 공통점이 있기 때문이다. “배나무의 어린것들은 머리나 가슴팩이뿐만이아니라 배와 허리와 다리 발ㅅ굼치에까지도 이뿐 꽃숭어리들을 달었다”에서 처럼 꽃의 생김새를 사람의 신체에 비유하는 것은, 묘사의 구체성 획득이라는 차원을 넘어서 ‘꽃’과 ‘어린것들’ 사이의 동일시를 가능하게 한다. 또한 그것은 자연을 관조하는 입장에서 벗어나 자연을 직접 느끼면서 참여하는 차원에 이르게 한다. “자연의 아름다움을 그린 시는 우리나라에 수없이 많다. 위의 絶唱 속에서 徐廷柱가 이룩하는 것은 자연에 대한 인간의 절실하고 구체적인 참여인 것이다.”[70]라는 지적은 적절해 보인다.

그러나 이 시가 지닌 의미의 깊이가 자연에의 참여라는 정도에 그치는 것은 아니다. ‘꽃’과 ‘어린것’들이 “타고난 기쁨”을 어떻게 간직하게 해 줄 것인가 하는 점을 시인은 가장 의미심장한 화두로 삼고 있다. “하여간 이 한 나도 서러울것이 없는것들옆에서, 또 이것들을 서러워하는 微物하나도 없는 곳에서, 우리는 서뿔리 우리 어린것들에게 서름같은 걸 가르치지말일이다”라는 대목은, 역설적으로 기쁨으로 만개한 果園 저편으로 존재하는 현실의 어려움과 서러움을 강하게 환기시킨다. 그렇다면 현실의 서러움에 대처하는 힘은 어디에서 찾을 수 있는가? 이 시의 마지막 구절이 그 대답으로 제시된다. “우리는 차라리 우리 어린것들에게 제일 가까운곳의 별을 가르쳐 뵈일일이요, 제일 오래인 鍾소리를 들릴일이다.” 이때 ‘제일 가까운 곳의 별’이란, 별이 사람 가까이에 떠 있다는 물리적 차원의 문제보다는 사람과 별 사

---

70 황동규, 「탈의 完成과 解體 : 徐廷柱의 精神과 詩」, 『현대문학』, 1981. 9, 272쪽.

이의 심정적 거리를 가리키는 것으로 보아야 한다. 이런 심정적 차원의 거리를 상정했을 때, '제일 오래된 종소리'라는 물리적 시간 단위 또한 무화시켜 현실의 시간과 공간으로 이끌어들일 수 있기 때문이다. 현실의 공간과 시간에 동참하는 영원성의 이미지를 통해 시인은 다음 세대에도 계속될 수밖에 없을 것으로 보이는 삶의 서러움에 대응하고자 하는 것이다. 이처럼 다음 세대를 생각하는 시인의 의식은 윤회 사상의 틀을 빌려 표출되기도 한다.

> 내 어느해던가 적적하여 못견디어서
> 나그네 되어 호을로 산골을 헤매다가
> 스스로워 꺾어모은 한옹큼의 꽃다발—
> 그 꽃다발을 나는
> 어느 이름 모를 길 가의 아이에게 주었느니.
>
> 그 이름 모를 길 가의 아이는
> 지금쯤은 얼마나 커서
> 제 적적해 따모은 꽃다발을
> 또 어떤 아이에게 전해 주고 있는가?
>
> 그리고 몇십년 뒤
> 이 꽃다발의 선사는 또 한 다리를 건네어서
> 내가 못 본 또 어떤 아이에게 전해질 것인가?
>
> 그리하여
> 천년이나 천오백년이 지낸 어느 날에도
> 비 오다가 개이는 산 변두리나
> 막막한 벌판의 해 어스름을
> 새 나그네의 손에는 여전히 꽃다발이 쥐이고
> 그걸 받을 아이는 오고 있을것인가?

— 「나그네의 꽃다발」 전문

이 시의 의미 구조는 '과거의 나/아이'(1연), '현재의 아이/또 다른 아이'(2연), 그리고 '미래의 나그네/새로운 아이'(3, 4연)를 기본 골격으로 아주 긴 시간을 두고 반복하며 이루어진다. 현재를 기반으로 하고 있으면서도 과거와 미래를 연결하는 영원적 가치에 대한 시인의 지향이 매우 잘 드러나는 경우라 하겠다.

1연에서 먼저 제시되는 것은 인간의 보편성이다. 시적 자아를 '나그네'로 만드는 것은 다름 아닌 '적적함'이다. 이 외롭고 쓸쓸한 감정은 또한 시적 자아로 하여금 '한옴큼의 꽃다발'을 꺾어 그와는 아무런 이해관계가 없는 한 아이에게 건네주게 한다. 이 시의 상황 설정이 다소 작위적으로 느껴지면서도 설득력을 유지하는 것은 이처럼 인간의 근원적 감정으로부터 출발하기 때문이다. 그리하여 2연과 3, 4연의 반복 구조는 적적함이라는 인간의 근원적 감정으로 인해 그 존립이 가능해지는 동시에 그 반복 구조로 인해 적적함의 이미지 역시 강조된다. 또한 적적함의 이미지가 강조됨으로 해서 여러 세대를 통해 이어지는 '한옴큼의 꽃다발'의 소중함이 더욱 부각된다. 이 시는 인간의 한계 조건일 수도 있는 본원적 정서가 세대를 이어 반복됨으로써 오히려 아름다워지는 경지를 잘 드러낸 작품이다.

「沈香」에서도 우리는 다음 세대를 배려하는 사람들의 아름다운 마음을 접할 수 있다.

> 沈香을 만들려는 이들은, 山골 물이 바다를 만나러 흘러내려 가다가 바로 따악 그 바닷물과 만나는 언저리에 굵직 굵직한 참나무 토막들을 잠거 넣어 둡니다. 沈香은, 물론 꽤 오랜 세월이 지난 뒤에, 이 잠근 참나무 토막들을 다시 건져 말려서 빠개어 쓰는 겁니다만, 아무리 짧아도 2—3百年은 水底에 가라앉아 있은 것이라야 香내가 제대로 나기 비롯한다 합니다. 千年쯤씩 잠긴 것은 냄새가 더 좋굽시요.

　　그러니, 질마재 사람들이 沈香을 만들려고 참나무 토막들을 하나씩 하나씩
들어내다가 陸水와 潮流가 合水치는 속에 집어넣고 있는 것은 自己들이나 自己
들 아들딸이나 손자손녀들이 건져서 쓰려는 게 아니고, 훨씬 더 먼 未來의 누
군지 눈에 보이지도 않는 後代들을 위해섭니다.
　　그래서 이것을 넣는 이와 꺼내 쓰는 사람 사이의 數百 數千年은 이 沈香 내
음새 꼬옥 그대로 바짝 가까이 그리운 것일 뿐, 따뿐할 것도, 아득할 것도, 너
절할 것도, 허전할 것도 없습니다.

— 「沈香」 전문

　　‘沈香’의 그윽한 향기가 만들어지기 위해서는 몇 가지 조건이 필요하다.
첫째는 "山골 물이 바다를 만나러 흘러내려 가다가 바로 따악 그 바닷물과
만나는 언저리"라는 공간이다. 산골짜기에서 발원한 물이 바다에 이르는 긴
여정을 떠올리는 것 자체도 의미심장한데 여기서는 그 물이 마침내 소멸되
는 지점을 상정하고 있다. 그런데 그 소멸의 지점은 동시에 ‘산골 물’이 ‘바
닷물’로 존재를 전이하는 생성의 공간이기도 하다. 소멸과 생성이 한데 어
울리는 공간에서 참나무 토막들 역시 새로운 존재로의 전이를 준비하는 것
이다. 침향의 향기가 만들어지기 위한 둘째 조건은, "아무리 짧아도 2－3百
年은 水底에 가라앉아 있은 것이라야 香내가 제대로 나기 비롯한다 합니다.
千年쯤씩 잠긴 것은 냄새가 더 좋굽시요."에서 보듯, 수백 수천 년의 긴 시
간이다. 침향을 만드는 사람들은 이 영원에 가까운 긴 시간에 대한 인식으
로 자신의 존재가 소멸하는 죽음을 마치 바닷물에 섞이는 산골 물처럼 흔
쾌히 받아들일 수 있다. 또한 그들은 먼 후대의 시간을 "沈香 내음새 꼬옥
그대로 바짝 가까이" 앞당겨 경험할 수 있게 된다. 그러므로 침향의 향기를
만드는 셋째 조건은, 자신의 이해관계를 넘어선 영원의 시간 속에서 다음
세대를 배려하는 사람들의 아름다운 마음이다. 결국 생성과 소멸이 어우러
지고 육신의 죽음이 초월되는, ‘바닷물과 만나는 언저리’라는 영원의 시공간

속에서 만들어지는 향기란, 참나무 토막 그 자체에서 나는 것이 아니라 그 것을 만드는 사람들의 웅숭깊은 마음에서 비롯된다고 할 수 있다.
「우리 데이트는」에서도 '바다'라는 공간은 시적 자아에게 영원의 시간과 공간을 매개하는 역할을 하고 있다.

> 햇볕 아늑하고
> 永遠도 잘 보이는 날
> 우리 데이트는 인젠 이렇게 해야지 ―
>
> 내가 어느 절간에 가 佛供을 하면
> 그대는 그 어디 돌塔에 기대어
> 한 낮잠 잘 주무시고,
>
> 그대 좋은 낮잠의 賞으로
> 나는 내 金팔찌나 한 짝
> 그대 자는 가슴 위에 벗어서 얹어 놓고,
>
> 그리곤 그대 깨어 나가던
> 시원한 바다나 하나
> 우리 둘 사이에 두어야지.
>
> ―우리 데이트는 인젠 이렇게 하지.
> 햇볕 아늑하고
> 永遠도 잘 보이는 날.
>
> ― 「우리 데이트는」 전문

이 시에 붙은 '善德女王의 말씀'이라는 부제가 드러내듯 이 시의 화자는 우리 역사상의 선덕여왕으로 설정되어 있다. 그런데 한 나라의 여왕인 그녀 가 왜 '데이트'에 '永遠'이라는 매우 긴 시간을 끌어들이는가를 알기 위해서는 이 시의 배경이 되는 기록을 확인할 필요가 있다.

『大東韻府群玉』의 '心火繞塔'조에 의하면 신라 시대 선덕여왕이 절에 가서 불공을 드릴 때, 여왕을 사모해 미칠 지경에 이른 志鬼라는 사내가 그 절 마당의 돌탑 밑에서 여왕을 기다리다가 그만 잠이 들어 버리고 말았다. 나중에 여왕은 불공을 드리고 나오면서 지귀의 가슴에 자기의 살이 닿은 팔찌를 벗어 놓았고, 잠에서 깨어난 지귀는 한참 기막혀 하다가 마음속에서 불이 나와 탑을 에워싸고 곧 불도깨비가 되어 버렸다는 이야기이다. '心火繞塔'이라는 제목이 암시하듯 지귀의 불은 곧 마음에서 비롯된 것이다. 증오가 아닌 사랑의 감정임에도 불구하고 그것이 정도를 지나칠 때는 그 마음뿐 아니라 육신마저 태우는 불이 될 수 있음을 지귀의 일화는 말하고 있는 셈이다. 그런데 시인은 이 이야기를 다음과 같이 재해석한다.

　　내가 헬레네 때문에 생긴 모든 椿事와 對照해 이 평화하게만 끝난 善德女王과 志鬼와의 이 이상한, 처음이자 마지막인 데이트에서 첫째로 驚嘆하고 있는 것은 딴 게 아니라 그 묘한 志鬼의 잠이다. 하고많은 날에 하필이면 잠잘 때와 잠잘 자리가 그리도 없어서, 그렇게도 말라빠지도록 그리다가 초청받은 첫 데이트의 자리를 고르고 골라 잠이 들었다는 사실이다. [……] 그것은 말하자면 어떤 일에도 군색하게는 집착하지 않는다는 '無著'의 정신이라는 것을 隱喩하고 있는 잠으로서, 이 無著의 정신은 이 엉뚱한 志鬼의 잠 속에만 있는 게 아니라, 新羅의 花郎精神 속에는 언제나 많이 들어 늘 作用해 온 아주 중요한 것의 하나다. 軍人들이 삶에 집착하지 않아 戰爭을 승리로 이끌었다든지, 處容이란 이름의 사내가 제 아내의 姦通을 직접 보고도 집착하지 않고 춤을 한바탕 덩실덩실 추어 보였다든지 하는 그 無著의 精神과 志鬼의 이 엉뚱한 잠은 결국은 한 솥에서 익혀 낸 밥인 것이다. [……]

　　그 다음으로 이 이야기에서 내가 驚嘆하고 있는 것은, 善德女王이 이 사건 때문에 남긴, 그녀의 한 편의 詩를 통해서 풍기고 있는 新羅 美人의 한 典型의 暗示 때문이다. [……] 여기에는 파리스의 誘拐에 말려들어 같이 가 붙어살다가, 본남편 메넬라오스에게로 다시 되돌아오는 헬레네流의 ‘살 아까운’ 수작의 소질이 영 잘 보이지 않게 되어 있을 뿐만 아니라, 또 못난 놈이니 못된 놈이니 하는 指彈 한 마디 없이, 그저 불귀신이라는 아주 알맞은 이름 하나를 주어서 그 사내를 보내는 곳도 무슨 罰하는 데가 아니고, 시원스럽게 푸른 바다 너머 어디여서 불귀신의 불病 고치기로는 안성마춤으로 되어 있다. 내가 驚嘆하는 것은 이렇게 그 데이트의 사내까지를 配置해 놓아 두고, 멀찍이 훤칠하니 앉아 있는 그 하나로써 살 아까울 데 없는 新羅 女人의 아름다움을 이 詩는 우리한테 냄새 피우고 있기 때문인 것이다.[71]

위의 인용은 이 시의 배경 이야기에 대한 시인의 해석이 타당한가 여부를 논하기 위한 것이 아니다. 그보다는 하나의 이야기를 해석하고 변형하는 과정을 통해 시인의 의식 세계의 단면을 살펴보기 위한 것이다. 시인은 지귀의 잠으로부터는 ‘無著의 정신’을 끌어내고 있으며, 그 잠에 대한 선덕여왕의 대응으로부터는 ‘멀찍이 훤칠하니 앉아 있는 그 하나로써 살 아까울 데 없는 新羅 女人의 아름다움’을 읽어 내고 있다. 3연에서 “그대 좋은 낮잠의 賞”이라는 구절은 지귀에 대한 평가의 구절이며, 4연의 “시원한 바다나 하나/우리 둘 사이에 두어야지” 하는 구절은 선덕여왕이 행한 일에 대한 시적 진술이다. 겉으로는 ‘선덕여왕의 말씀’이라는 부제를 내세우며 선덕여왕을 화자로 설정하고 있지만, 실상 그것은 시인 자신의 생각을 객관적인 듯 가장하여 전달하기 위한 시적 장치라는 사실을 알 수 있다.

시인이 말하고자 하는 ‘우리 데이트’는 결국 너무 격렬하여 어느 하루 마음과 몸을 불태우듯 타올랐다 꺼져 버리는 일시적인 불 같은 것이 아니다. 그것은 ‘햇볕 아늑한’ 만큼의 밝기와 온기를 지속하며 ‘永遠도 잘 보이는 날’에 이르도록 변치 않는 것이어야 한다. 특히 ‘나’와 ‘그대’ 사이에 ‘바다’가

---

71 서정주, 「新羅女人의 美와 化粧」, 『徐廷柱文學全集』 4, 일지사, 1972, 16~18쪽.

있다는 시적 설정은, 그 두 인물 사이의 도달 불가능성을 강조하는 것이 아니라 오히려 현재의 시간과 공간을 기반으로 하면서도 그들이 도달할 수 있는 '영원'을 강조하는 것으로 풀이된다. '바다'라는 경험할 수 있는 실체로써 두 인물이 연결되어 있다면(표면적으로 바다는 두 인물 사이를 가르고 있지만 사실 그것은 두 인물이 소통할 수 있는 하나의 통로가 된다), 그것은 이미 두 인물의 소통과 만남을 전제로 할 때 가능한 것이기 때문이다. 이때 시적 자아가 추구하는 '영원'은 비가시적이며 추상적인 개념이 아니다. 이 시에서 그 '영원'은 "잘 보이는" 것이며 또한 '햇볕처럼 아늑한' 것으로 제시된다. 그 '영원'이야말로 바다를 사이에 두고 이뤄지는 '우리 데이트'가 추구하는 것이기 때문이다.

영원에 가까운 아주 긴 시간을 견디는 사랑이나 믿음에 대한 시인의 관심은 「新婦」나 「몽블랑의 神話」 같은 작품으로 이어진다.

新婦는 초록 저고리 다홍치마로 겨우 귀밑머리만 풀리운 채 新郎하고 첫날밤을 아직 앉아 있었는데, 新郎이 그만 오줌이 급해져서 냉큼 일어나 달려가는 바람에 옷자락이 문 돌쩌귀에 걸렸읍니다. 그것을 新郎은 생각이 또 급해서 제 新婦가 음탕해서 그 새를 못 참아서 뒤에서 손으로 잡아다리는 거라고, 그렇게만 알곤 뒤도 안 돌아보고 나가 버렸읍니다. 문 돌쩌귀에 걸린 옷자락이 찢어진 채로 오줌 누곤 못 쓰겠다며 달아나 버렸읍니다.

그리고 나서 四十年인가 五十年이 지나간 뒤에 뜻밖에 딴 볼일이 생겨 이 新婦네 집 옆을 지나가다가 그래도 잠시 궁금해서 新婦방 문을 열고 들여다보니 新婦는 귀밑머리만 풀린 첫날밤 모양 그대로 초록 저고리 다홍치마로 아직도 고스란히 앉아 있었읍니다. 안스러운 생각이 들어 그 어깨를 가서 어루만지니 그때서야 매운재가 되어 폭삭 내려앉아 버렸읍니다. 초록 재와 다홍 재로 내려앉아 버렸읍니다.

― 「新婦」 전문

이 작품을 두고, "음탕한 것에 대한, 그리고 婦道에 대한 유교적 준거를 제거한다면 詩的 장치 혹은 '詩的 意味網'에 걸리는 것은 男女의 色情的인 것과, 초록저고리 다홍치마의 감각성"[72]이라 혹평한 연구자도 있지만, 이 시의 의미는 좀더 보편적인 차원에서 접근할 때 풍요로워진다.

이 시 전반부의 "생각이 또 급해서"라는 구절은 비극적 사건의 발단이 되는 신랑의 인간적 결함을 드러낸다. 그것은 고대 그리스 비극에서 오이디푸스(그도 성격이 매우 급해 사소한 다툼 끝에 자신의 아버지를 죽이는 비극을 저지른다)가 지녔던 것과 같은, 하찮아 보이면서도 매우 결정적인 빌미가 되는 결함이며 실수이다. 여기에 봉건적인 남성 지배 사회의 완고한 윤리 체계 같은 제도적 문제를 지나치게 개입시키는 것은 그리 바람직하지 못하다. 시인의 문제 제기는 제도의 문제가 아니라 인간의 본성에 내재한 불완전함에 관한 것으로 보아야 한다. 즉, 현실적으로 충분히 개연성 있는 사건에, 그러나 "四十年인가 五十年"이라는 터무니없이 긴 기다림의 시간을 부여함으로써 오히려 설득력을 배가시키는 것이 이 작품의 묘미이다. 여기서 그 기약 없는 기다림의 성격으로 미루어 보면 '四十年인가 五十年'이라는 시간은 사실 '영원'에 가까운 시간으로 보아야 한다. 마지막 구절인 "초록 재와 다홍 재로 내려앉아 버렸읍니다"가 내비치는 것도 결국은 이 시가 어떤 영원성에 대한 이야기라는 점이다.

이 작품에서 신부는 신랑의 인간적 결함을 감싸는 영원한 믿음을 보여 준다. 그 믿음이 이 시에서 감동적인 것은, "안스러운 생각이 들어 그 어깨를 가서 어루만지니 그때서야 매운재가 되어 폭삭 내려앉아 버렸읍니다"와 같은, 감각성과 보편성을 바탕으로 하기 때문이다. 더욱이 결함을 지니는

---

72 김윤식, 「徐廷柱의 『질마재 神話』攷 : 거울化의 두 樣相」, 『현대문학』, 1976. 3, 252쪽.

것도, "안스러운 생각"을 지니는 것도 결국 인간의 보편성이지만, 그 보편성은 '영원성'이라 이름할 수 있는 긴 시간의 축적을 전제로 할 때 비로소 힘을 얻을 수 있다는 점을 간과할 수 없다. 이를테면 그 점은 「몽블랑의 神話」라는 작품에서, '겨울 몽블랑산에서 신혼 여행 중 신랑의 실족 사고→몽블랑산에서 할머니가 될 때까지 신부의 기다림→어느 봄날 눈 녹은 물 속에 떠내려 오는 젊은 모습 그대로의 신랑의 주검 발견'이라는 구조로 반복된다. 신랑의 시신이 발견되고 그들의 이야기가 '신화'가 될 수 있는 것은, 그 부질없을 듯한 몇 십 년의 기다림이 '영원성'을 획득했기 때문이다.

이처럼 현실성을 기반으로 하면서 영원성을 갖는다는 것은 현재에서 가까운 과거와 미래로, 가까운 과거와 미래에서 더 먼 과거와 미래로, 마침내는 영원이라고 표현할 수밖에 없는 머나먼 과거와 미래에까지 자신의 존재를 확대시키는 일이다.[73] 이때의 '영원성'이란 물리적 시간 단위만을 의미하지 않는다. 현실성에 기반을 둔 작품에서 영원성은 그 작품에 의미심장함을 부여하면서 동시에 미적 가치의 산출에도 기여하는 요소이다. 이번 절에서 살펴본 시편들이 성취한 높은 가치는 이러한 맥락에서 해명될 수 있는 것이다.

4.2. 영원성 속에서 현실성 추구

서정주 시에서 영원성과 현실성이 길항하는 양상 가운데 두 번째는, 한 작품이 기본적으로 영원성을 주조로 하면서도 그 속에서 어떤 현실적 경향을 추구하는 경우이다. 이때 현실성의 추구는 현세적 삶에 대한 애착이나 생동감 있는 이미지 등으로 표현되거나 시인의 사회역사적 의식 등으로 나

---

73 정효구, 「우주공동체와 문학 : 신화, 제2의 자궁 — 서정주」, 『현대시학』, 1994. 2, 278
　　～279쪽.

타난다. 특히 이 장에서 다룰 작품들은 대부분 작품 내에서 독특한 기법으로 현실과의 긴장을 유지하고 있는 시편들이다.

‘春香’이라는 영원성을 지닌 인물을 화자로 내세운 「鞦韆詞」는, 서정주 특유의 언어 감각에도 불구하고 세속을 초월하려는 욕망을 담은 비현실적인 시어들로 짜였다는 비판을 받기도 했다.[74] 그러나 이 논문은 「鞦韆詞」에서 시적 자아가 지향하는 것은, 세속을 벗어난 하늘의 세계가 아니라 춘향 자신의 가슴처럼 설레며 생동하는 지상의 삶이라는 사실을 논증하고자 한다.

香丹아 그넷줄을 밀어라
머언 바다로
배를 내어 밀듯이,
香丹아

이 다수굿이 흔들리는 수양버들 나무와
벼갯모에 뇌이듯한 풀꽃뎀이로부터,
자잘한 나비새끼 꾀꼬리들로부터
아조 내어밀듯이, 香丹아

珊瑚도 섬도 없는 저 하늘로
나를 밀어 올려다오
彩色한 구름같이 나를 밀어 올려다오
이 울렁이는 가슴을 밀어 올려다오!

西으로 가는 달 같이는
나는 아무래도 갈수가 없다.

---

74 임우기는 「春香 遺文」, 「無題」, 「鞦韆詞」 등의 작품을 예로 들면서, 그 시편들이 ‘魂交’의 경지는 있되 세속의 차원은 버려져 있다고 강하게 비판한다. 임우기, 「오늘, 未堂 詩는 무엇인가? : ‘회귀(回歸)’의 아름다움?」, 『문예중앙』, 1994. 여름, 278~282쪽.

바람이 波濤를 밀어 올리듯이
그렇게 나를 밀어 올려다오
香丹아.

— 「鞦韆詞」 전문

이 작품을 제대로 읽기 위해서는 먼저 그 시적 정황을 올바르게 설정해야 한다. 왜냐하면 춘향이 그네뛰는 정황을 어떻게 이해하느냐에 따라 작품 전체의 시적 의미가 크게 달라지기 때문이다. 이 작품에 대한 지금까지의 여러 분석 가운데 특히 뛰어난 것으로 판단되는 김종길과 이남호의 경우가 이를 증명한다. 먼저, 김종길은 이 작품을 이해하는 데『春香傳』의 이야기 전체를 자세히 알 필요는 없으며 다만 춘향의 사랑의 괴로움과 인간으로서의 운명을 이해하는 것으로 충분하다고 했다.[75] 이에 비해 이남호는, 이 시를 제대로 이해하려면『春香傳』에 대한 사전 지식이 있어야 한다고 전제하고, 이 시의 극적 정황은 춘향이 이도령과 이별한 직후 이도령에 대한 그리움에 시달리다가 광한루에 그네 타러 나온 것이라고 했다.[76]

김종길의 견해는 일면 타당하지만 모호한 구석이 있는 것도 사실이다. 이 시의 정황을『春香傳』의 특정 국면에 두지 않고『春香傳』 전체에서 환기되는 춘향의 이미지로 대치하는 다소의 안일함이 엿보인다. 이러한 상황 설정에서의 작품 분석은 일반론으로 귀결된다. 그는 이 시를 "지상의 질서와 하늘의 질서 사이에서 몸부림치는 인간의 비극적인 상황"[77]을 주제로 한 작품이라고 보았다. 이에 비해 이남호는, "이도령과 이별한 직후 춘향이의 심

---

75 김종길, 「意味와 音樂 : 分析的 詩論 —「鞦韆詞」의 形態」, 『사상계』, 1966. 3, 221쪽.
76 이남호, 「열다섯 편의 시읽기 : 서정주「鞦韆詞」」, 『文學의 僞足』 1 : 시론, 민음사, 1990, 55쪽.
77 김종길, 앞의 글 224쪽. 김종길은 특히 이 작품에 나오는 '그네'를 춘향이 지상적인 괴로움과 운명을 벗어나려고 자신을 맡기는 '상징의 그네'로 해석했다.

경이 바로 이 작품의 내용"[78]이라고 했다. 시적 정황을 어떻게 설정하는가에 따라 작품 해석의 방향이 크게 달라졌음을 알 수 있다. 이러한 사정은 구체적인 시구 해석에도 그대로 반영되어 있다.

이 작품의 의미가 『春香傳』에 전적으로 종속되는 것은 물론 아니다. 그렇지만 이 작품이 「다시 밝은날에」, 「春香 遺文」과 함께 '春香의 말' 연작이라는 점을 상기할 때, 작품의 의미를 온전하게 이해하기 위해서는 『春香傳』의 내용을 염두에 두어야 한다고 여겨진다. 이런 맥락에서 이 논문은 기본적으로 이남호의 해석 태도에 공감한다. 그러나 구체적인 시적 정황에 대해서는 견해가 다르다. 이 작품은 춘향이 이도령과 이별한 직후가 아니라, 아직 이도령을 만나기 이전의 상황을 다룬 것으로 판단된다. 사춘기의 춘향이 단오일을 맞아 향단이를 데리고 그네를 뛰면서 느끼는 설렘에서 이 시는 출발한다. '울렁이는 가슴'으로 표현된 춘향의 감정은, 특정 대상을 향한 것이 아니라 처녀가 막연한 대상을 그리워하며 느끼는 설렘에서 비롯된다. 이러한 사정은 『春香傳』의 내용과도 일치한다.[79] 이 시의 극적 상황을 설정하면서 일부러 원전의 내용을 무시하는 해석 방법은 아무래도 자연스럽지 못하다. 이 같은 사항들을 전제하고, 기존의 해석과는 다른 각도에서 이 작품에 다가서기로 하자.

이 시는 화자인 춘향이 향단에게 일방적으로 이야기하는 말투 혹은 독백으로 일관한다. 춘향의 말에 향단이 어떻게 행동하고 말대답을 했는가, 혹은 그네뛰는 춘향의 모습은 얼마나 매혹적인가 하는 점은 이 시에서 그다지 중요하지 않다. 대신 이 시에서 주목해야 할 것은 춘향의 마음의 움직임이다. 또 그 마음의 움직임이 그네 타는 동작과 긴밀히 연관되어 있다는 데

---

78 이남호, 앞의 글, 55쪽.
79 설성경 역주, 『春香傳』, 고려대학교 민족문화연구소, 1995, 31~33쪽 참조.

이 시의 묘미가 있다.

1연은, 춘향이 향단에게 "머언 바다로/배를 내어 밀듯이" 그네를 밀어 달라고 부탁하는 내용이다. 이미 여러 연구자들이 언급했듯이, 그네를 미는 행위와 배를 내어 미는 행위 사이에는 무엇보다 동작의 유사성이 눈에 뜨인다. 여기에 길이가 짧은 행을 세 행에 걸쳐 배열함으로써 낭송의 속도가 느려지게 한 점도 두 행위의 유사성을 뒷받침한다. 그러나 보다 중요한 것은 두 행위가 모두 그네나 배를 지상에서 멀어지게끔 한다는 점이다. 이는 춘향이 현재 자신이 처한 상황에서 어떤 변화를 추구하고 있음을 암시적으로 드러낸다.[80]

2연에 이르면 1연에 비해 행들이 두드러지게 길어지면서 급박한 빠르기를 느끼게 한다. 이는 1연에서 천천히 움직이기 시작한 그네에 이제 제법 속도가 붙었음을 효과적으로 나타낸다. 이 부분은 빠르게 움직이는 그네를 타고 있는 사람, 곧 춘향의 시선으로 바라보는 지상의 사물들을 재현한 것으로 볼 수 있다. '다수굿한 수양버들'은 춘향 자신의 비유로 읽힌다. 말없이 고개를 소곳이 숙이며, 바람 앞의 수양버들처럼 온순하게 수동적인 태도를 지녀 왔던 자신의 일면에 대한 인식이다. "풀꽃뎀이"는 '베갯모에 수놓이듯 한'이라는 관형구의 수식을 받음으로써 그 생명력을 상실한다. 단오가 있는 음력 5월이면 녹음이 한창이고 천지가 생동감으로 가득할 때인데, 춘향의 눈에는 그 풀꽃들이 살아 있는 것으로 보이지 않는다. 그저 베갯모에

---

80 이 작품에 대한 시인의 말을 참고하는 것도 좋을 듯하다 : "그네 위의 춘향의 말에 가탁(假託)한 내 한 편의 시는 아마 이 무렵[1948년부터 동아일보 문화부장 재직 : 인용자 주]의 언제 쓴 것 같은데, 그 그네 위에 새로 앉은 춘향이처럼 하늘 멀리 어디로 밀려가고 싶은 새 모험의 동경이나 마음 속에 모락모락 끓여 올리고 앉아 있으면 거의 되는 노릇이었다."(「동아일보사와 나」,『미당 자서전』2, 민음사, 1994, 217쪽) 다만, 이 작품의 첫 발표지가 1947년 10월『문화』임을 고려할 때, 작품의 창작 시기에 대한 시인의 기억은 그리 정확한 것 같지는 않다.

흔히 수놓이는 장식처럼 생명이 없는 풍경에 지나지 않는다. 모양이 고운 나비나 소리가 아름다운 꾀꼬리 또한 춘향에게는 작고 좀스러운 존재일 뿐이다. 그래서 춘향은 이렇듯 마음에도 없는 대상들로부터 자신을 "아조 내 어밀듯이" 그네를 밀어 달라고 부탁하는 것이다.

그렇다면 춘향의 마음은 진정 어떠한 상태인가? 3연에 이르면 사정이 좀 더 분명해진다. 3연의 둘째 행부터 넷째 행에 걸쳐 춘향은 세 번씩이나 반복해서 하늘로 밀어 올려 달라고 말한다. 이 부분에서는 시의 리듬도 심상치 않다. 의미 구조상 둘째 행은 첫 행에 이어져 있기 때문에 낭송의 호흡이 다소 길게 느껴진다. 그러나 "밀어 올려다오"가 또다시 반복되는 셋째 행과 넷째 행은, 앞 행들에 비해 빠른 속도로 읽혀짐으로써 시의 리듬을 급박하게 만들고, 하늘로 밀어 올려 달라는 춘향의 소망에 간절함을 부여한다. 거기에 더하여 넷째 행 끝에 있는 느낌표는 그 소망의 간절함을 증폭시킨다. 이렇게 3연의 리듬과 의미는 마지막 넷째 행을 향해 치달아 오르는 구조를 취하고 있다. 이와 함께 춘향이 밀어 올려 달라는 대상 또한 "나를" →"彩色한 구름같이 나를"→"울렁이는 가슴을"이라는 구절을 통해 점점 구체화된다. 춘향은 결국 자신의 '울렁이는 가슴'을 하늘로 밀어 올려 달라고 간절히 소망하는 것이다.

여기서 하늘로 밀어 올려 달라는 춘향의 말을 액면 그대로 받아들여 춘향이 '하늘의 세계'를 지향한다고 결론을 내리는 것은 매우 곤란하다. 우리가 주목해야 할 것은 하늘의 세계가 아니라, 춘향이 자꾸 하늘로 밀어 올려 달라고 말하는 마음속 이유이다. 춘향의 마음을 읽어 내는 일이야말로 이 시 분석의 핵심을 이룬다. 이 작품 전편을 통해 춘향의 내면을 가장 잘 드러낸 시어는 바로 '울렁이는 가슴'이다. '울렁인다'는 말은 가슴이 설레며 크게 뛰노는 동작을 가리키는데, 이 말은 그네의 반복되는 둥근 움직임과도 잘 어울리며 마지막 연에서의 파도의 일렁임과도 상응한다. 춘향의 가슴은 이처럼 막연한 대상을 향한 그리움으로 울렁이는 상태이다. 그네를 타는 행위도 사실은 사춘기라 할 수 있는 이 시기에 일상적 삶의 리듬에서 벗어나고자 하는 욕망의 다른 표현인 셈이다.

이때 "彩色한 구름같이"라는 구절은 이런 은밀한 욕망으로 마음과 몸이 불그레하게 달아오른 춘향의 모습을 연상시킨다. 동시에 그 구절은 '울렁이는 가슴'의 이미지에 본원적인 서러움의 정조를 부여하는 것으로 보인다. 왜냐하면 '구름같이'라는 비유 구조 속에는 이미 지상의 춘향과 하늘의 구름 사이에 본원적으로 내재하는 이질성이 전제되기 때문이다.[81] 이 점은 우리가 앞으로 논의할 "酉으로 가는 달 같이는/나는 아무래도 갈수가 없다"라는 4연의 정조와 통한다.

또한 여기서 주목되는 것은 "珊瑚도 섬도 없는 저 하눌로/나를 밀어 올려다오"라는 구절이다. 왜 그냥 '하늘'이라고 하지 않고 구태여 '산호도 섬도 없는 하늘'이라고 했을까? 표나게 산호도 섬도 없다는 것을 드러낸 데는 그만한 속뜻이 있다. 이 구절은 '산호·섬 : 바다 = 구름 : 하늘'이라는 유추 관계를 바탕으로 한다. 하늘을 이야기하면서 이렇게 은근히 바다를 환기하는 것은 이 작품의 전체 구조와 밀접하게 관련된다. 이 시의 1연, 3연, 4연, 마지막 5연에서 반복되는 하늘과 바다의 이미지가 바로 그것이다.[82] 1연에서 그네는 하늘을, 배는 바다를 지향한다. 하늘은 암시적으로, 바다는 명시적으로 제시되었다. 이어 3연에서는 '산호도 섬도 없는 저 하늘'과 같이 하

---

81 시인은 '구름'의 기본 속성을 서러움으로 파악하면서, 구름의 근본 모양은 '피'라고 말한 적이 있다. 서정주, 「질마재」, 『미당 자서전』 1, 민음사, 1994, 23~24쪽.
82 김종길도 이 작품의 구조에서 바다와 하늘의 이미지가 중요한 역할을 한다는 점을 지적했다. 다만, 김종길은 이를 지상과 하늘의 질서 사이에서 몸부림치는 인간의 비극적 상황을 암시하는 것으로 풀이했다. 김종길, 앞의 글, 224쪽.

늘은 명시적으로, 바다는 암시적으로 나타난다. 4연에서도 "西으로 가는 달"의 배경으로서 하늘이 나타난다. 또 마지막 5연에 가서는, 1연에서와 마찬가지로 바다가 명시적으로 제시되어 1연과 조응하는 구조를 취한다. 이를 종합하면, '배(1연)·산호(3연)·섬(3연)·파도(5연) : 바다 = 그네(1연)·구름(3연)·달(4연) : 하늘'이라는 유추 관계가 성립된다. 따라서 이 시는 바다 이미지와 하늘 이미지가 어울려 있는데, 달은 느린 수평 이동을 나타내고, 파도와 그네는 춘향의 가슴처럼 울렁이는 움직임을 나타내는 대비 관계로 짜였다고 볼 수 있다. 이 대비 관계로써 강조되는 것 역시 앞서 우리가 살펴본 것과 마찬가지로, 흔들리는 그네를 타고 있는 춘향의 '울렁이는 가슴'이다.

춘향이 추구하는 대상이 '하늘'에 있지 않다는 점은 4연에 이르러 더욱 분명해진다. 3연까지 춘향은 거듭해서 자신을 하늘로 밀어 올려 달라고 말했다. 이어지는 4연에서는, 춘향이 연거푸 말했던 하늘을 배경으로 달이 등장한다. 언뜻 보기에 하늘에 속한 존재로서 '달'은 춘향의 동경의 대상이라고 생각될 수도 있다. 그러나 춘향은 이 대목에서 '나는 아무래도 달처럼 갈 수는 없다'고 토로한다. '하늘'에 대한 지향을 부정하는 말이다. 이렇게 말하는 사정은, 달이 하늘에서 움직이는 방식과 관련해 이해할 수 있다. 달이 뜨고 지는 운행을 전체적으로 본다면 동쪽 지평선에서 서쪽 지평선으로 반원을 그리는 운동으로, 그네의 둥근 움직임과 닮은 점이 있다. 그러나 이 시에서 달의 움직임은, 박목월의 「나그네」에 나오는 "구름에 달 가듯이/가는 나그네"의 달과 더 가깝다고 보아야 한다. 이 점은 "몸짓도, 발굴음도 없는,/西으로 가는 달 같이"[83]라는, 이 시가 처음 발표됐을 때의 텍스트를 참고하면 더 명확해진다. '서쪽으로 가는 달'은 조금의 흔들림도 없이 유유자

---

83 서정주, 「鞦韆詞」, 『문화』, 1947. 10, 46쪽.

적하게 제 길을 가는 초연한 존재이다. '울렁이는 가슴'으로 발을 구르며 그네를 뛰는 지상의 처녀와는 어울리지 않는다. 이런 앞뒤 사정 속에서 '나는 아무래도 달같이는 갈 수가 없다'라는 춘향의 진술은 두 가지 의미를 동시에 내포한다. 춘향 자신이 달처럼 초연한 삶은 살 수 없을 것이라는 인간적 한계에 대한 깨달음이 그 하나이며, 또 다른 하나는 감정의 울림이 없는 무미한 삶은 살지 않겠다는 춘향의 의지이다. 이로써 춘향이 궁극적으로 추구하는 것은 하늘에 있지 않다는 사실을 거듭 확인할 수 있다.

여기서 우리의 논의를 좀더 확장해 보자. '春香의 말' 세 번째 작품인 「春香 遺文」에서 시인은 죽음에 직면한 춘향의 목소리를 빌려 지상의 삶과 사랑에 대한 애착을 다음과 같이 표현하고 있다.

천길 땅밑을 검은 물로 흐르거나
도솔천의 하늘을 구름으로 날드래도
그건 결국 도련님 곁 아니예요?

— 「春香 遺文」 부분

인용된 부분에서는 '검은 물 : 천 길 땅 밑 = 구름 : 하늘'이라는 유추 관계를 상정할 수 있다. 그런데 이 유추 관계는 묘하게도 3연의 '산호·섬 : 바다 = 구름 : 하늘'의 구조와 조응한다. 더욱이 이런 구조를 통해 춘향이 궁극적으로 추구하는 것이 지상적 삶이라는 사실 또한 일치한다. 「春香 遺文」에서는 그것이 "도련님 곁"으로 표현되어 있다. 이런 정황을 고려할 때, 이 시의 화자인 춘향에게 '하늘의 질서'라는 것은 개입될 여지가 없어 보인다.

마지막 5연은 첫 연과 상응하면서 시상을 종결하고 있다. 첫 연에서 보조 관념으로 쓰였던 바다 이미지가 마지막 연에 이르러 파도에 의해 다시 상기된다. 그럼으로써 춘향의 그네뛰기가 지속된다는 여운을 남긴다. 시인은 마지막 연에서 시상을 종결하기 위해 첫 연과는 다른 행 배치를 시도했다. 첫 연이 도치된 문장 구조라면 마지막 연은 정상 어순의 문장으로 이루어져 있다. 또 첫 연과 마지막 연의 끝 행이 모두 향단을 부르는 형식이지만 그 어조는 사뭇 다르다. 첫 연에서는 도치된 문장 뒤에 춘향이 향단을 부르고 나서 다른 어떤 이야기를 할 것이라는 기대를 갖게 한다. 그러나 마지막 연에서는 정상 어순의 문장 끝에 마지막 다짐을 받듯이 향단이를 한 번 부름으로써 낭송의 호흡과 의미의 흐름이 자연스럽게 종결된다.

결국 이 시는 춘향의 내면 상태를 대변하는 '울렁이는 가슴'과 그로 인한 '그네뛰기'의 의미가 시의 구조, 운율, 이미지, 어조 등을 통해 뛰어나게 형상화된 작품이다. 또한 지상과 영원 사이에서 '운명의 그네'를 타는 춘향이 궁극적으로 지향하는 것은, 지상을 벗어난 영원의 세계가 아니라, 자신의 울렁이는 가슴처럼 설레며 생동하는 지상의 삶이라는 사실을 새롭게 인식할 수 있다.

이처럼 간절한 현실 의식은 때로 삶과 죽음의 세계를 아우르는 모습을 띠기도 한다. 「善德女王의 말씀」은 그 대표적인 경우이다.

> 朕의 무덤은 푸른 嶺 위의 欲界 第二天.
> 피 예 있으니, 피 예 있으니, 어쩔 수 없이
> 구름 엉기고, 비 터잡는 데―그런 하늘 속.
>
> 피 예 있으니, 피 예 있으니,
> 너무들 인색치 말고
> 있는 사람은 病弱者한테 柴糧도 더러 노느고
> 홀어미 홀아비들도 더러 찾아 위로코,
> 瞻星臺 위엔 瞻星臺 위엔 그중 실한 사내를 놔라.

살[肉體]의 일로써 살의 일로써 미친 사내에게는
살 닿는 것 중 그중 빛나는 黃金 팔찌를 그 가슴 위에,
그래도 그 어지러운 불이 다 스러지지 않거든
다스리는 노래는 바다 넘어서 하늘 끝까지.

하지만 사랑이거든
그것이 참말로 사랑이거든
서라벌 千年의 知慧가 가꾼 國法보다도 國法의 불보다도
늘 항상 더 타고 있거라.

朕의 무덤은 푸른 嶺 위의 欲界 第二天.
피 예 있으니, 피 예 있으니, 어쩔 수 없이
구름 엉기고, 비 터잡는 데 — 그런 하늘 속.

내 못 떠난다.

— 「善德女王의 말씀」 전문

이미 이승을 떠난 존재인 선덕여왕의 목소리를 빌려 전개되는 이 시가 생동감을 획득하는 이유는, 그 목소리가 천상의 '무덤' 주변에만 머무는 것이 아니라 지상의 '피'에 대한 애착과 사랑을 갈구하고 있기 때문이다.

선덕여왕의 무덤이 있는 '欲界 第二天'은 無色界와 色界 아래에 있는 欲界에서 第一天인 지옥의 바로 위에 위치한다. 그곳은 비록 이승을 떠난 공간이기는 하지만, 한정 없는 초월의 공간은 아니다. 1연에서 보이듯 그곳은 '피'와 '구름'이 엉기고 '비'가 생성되는, 세속에 가까운 하늘이다. 시적 공간을 이렇게 설정한 후에 2~4연의 역사적 사실이 시의 영역으로 들어오는 것이다. 이러한 구성 방식은 이 작품에 현실 감각을 불어넣기 위한 시인의 면밀한 배려로 보인다.

2연은 『삼국사기』의 기록을 토대로 선덕여왕의 인간적인 면모와 인간애

정신을 드러낸다. 그러나 이 구절의 시적 의미가 선덕여왕 개인의 뛰어남을 말하는 데서 그치는 것은 아니다. 그것은 더 큰 범위의 문제, 즉 시인이 추구하는 사회관의 드러냄이라 볼 수 있다. "더러 노느고", "더러 찾아 위로코" 하는 것 자체는 선덕여왕의 말이지만 그것을 현실화하는 것은 지상 사회의 몫으로 남겨지기 때문이다. 또한 "瞻星臺 위엔 그중 실한 사내를 뇌라" 하는 구절은 지상의 삶을 이끌 인물이 갖춰야 할 자질을 은유하는 것으로 보인다. 첨성대의 위치는 지상과 천상의 중간에 해당한다고 할 때, 이 구절은 지상을 다스리며 천상의 질서와 조화를 이루는 위정자를 그리는 것으로 볼 수 있다.

3연에서는 『大東韻府群玉』의 '心火繞塔' 이야기를 끌어들여 극단에 치우치는 사랑을 경계하기도 하지만, 4연에서는 『삼국유사』에 나오는 김유신의 누이와 김춘추 사이에 있었던 국법을 어기는 사랑을 통해 진정한 사랑의 소중함과 그 영원함을 강조하고 있다. 이 이야기들은 사랑 그 자체에 대한 예찬이라기보다는 시인의 인간관이 선덕여왕의 입을 빌려 비유적으로 표현된 것이라 볼 수 있다. 즉, 正道를 벗어나지 않으면서도 깊이 사랑할 줄 아는 사람들이야말로 시인이 지향하는 이상적 인간의 한 유형이라 하겠다.

4연은 1연의 반복으로서 무난한 시상 종결을 의도하는 것처럼 보일 수 있다. 그러나 이어지는 5연은 독자들의 이런 상투적인 기대를 배반한다. "내 못 떠난다" 하는 선덕여왕의 한마디 말은 그대로 독자들에 대한 시인의 주의 환기인 셈이다. 그 말은 곧 영원의 세계에서 현실의 세계를 지향하는 시적 자아의 모습을 다시 한 번 확인시켜 준다.

「無題」는 하늘에서 지상으로의 전화 걸기라는 다소 파격적인 발상을 통해 현실 지향을 드러낸 작품이다.

피여. 피여.
모든 이별 다 하였거던
薄土가 된 피여.
인제는 山그늘 지는 어느 시골 네갈림길
마지막 이별하는 內外같이

피여
紅疫같은 이 붉은 빛갈과
물의 연합에서도 헤여지자.

붉은 핏빛은 장독대옆 맨드래미 새끼에게나
아니면 바윗속 굳은 어느 루비 새끼한테,
물氣는 할수없이 그렇지
하늘에 날아올라 둥둥 뜨는 구름에……

그러고 마지막 남을 마음이여
너는 하여간 무슨 電話 같은걸 하기는 하리라.
인제는 아주 永遠뿐인 하늘에서
지정된 受信者도
소리도 이미 없이
하여간 무슨 電話 같은걸 하기는 하리라.

— 「無題」 전문

 이 시는 ‘피’를 이루는 여러 요소들을 해체하는 과정을 그리고 있다. 1연에서는 ‘피’를 해체하려는 이유가 드러난다. 피는 이제 살아 꿈틀거리는 생명력이나 관능을 상실한 “薄土” 같은 것이 되어 버렸기 때문이다. 2연에서 “紅疫같은 이 붉은 빛갈”이란 곧 「娑蘇 두 번째의 편지 斷片」에서 “피가 잉잉거리던 病은 이제는 다 낳았습니다”라고 했을 때의 ‘피가 잉잉거리던 病’과 다를 바 없다. 그 病은 일종의 열병이며 또한 인간사의 고통을 의미한다. 3연에서 '피'의 붉은 빛은 지상에 남고 물기는 하늘로 상승한다. 이렇게 기계적으로 계속되던 '피'의 해체 과정은 그러나 4연에 이르러 난관에 부딪친다. 마지막 남은 '마음'이 문제가 된다. 실상 이 시의 문제적 부분도 바로 이 4연이다. 마지막으로 남은 그 마음은 이제 '永遠뿐인 하늘'에 가 닿는다. 시적 자아의 의도대로라면 '피'의 완전한 해체가 이루어질 찰나이다. 그러나 문제는 그 마음이 제멋대로 '전화'를 한다는 데 있다. 이때 다소 엉뚱하게까지 느껴지는 '전화'라는 모티프는 이 시에 급작스럽게 현실성을 부여한다. 전혀 예상하지 못했던 모티프의 등장으로 오히려 이 시는 구체성을 얻는다. 또한 그것을 통해 이 시의 화자가 원하는 것이 결국은 관능과 열정으로 범벅된 '피'의 해체 그 자체가 아니라, '전화'로 표출된 현실 세계에서의 상호 소통이라는 사실이 밝혀진다. 지정된 수신자도 없고 자신의 소리를 내지도 못하지만 화자는, "하여간 무슨 電話 같은걸 하기는 하리라"고 반복해서 말한다. 그리하여 화자의 목소리는 전화기를 통해서가 아니라 결국 이 작품 자체를 통해서 '電話 같은걸' 하게 된 셈이라 할 수 있다. 이 시는 서정주 시에서 보기 힘든 다소 엉뚱한 이미지와 아이러니적 구조를 활용해 영원으로부터 현실을 지향한 작품이라 할 수 있다. 그런데 다음 작품에서는 석가모니와 전화기, 텔레비전이 함께 등장해 영원을 지상의 현실로 끌어들이려는 시도를 보여 준다.

텔레비여.
텔레비여.
兜率天 너머
無雲天 非想非非想天 너머
阿彌陀佛土의 사진들을 비치어 오라, 오늘은……

> 三千年前
> 자는 永遠을 불러 잠을 깨우고,
> 거기 두루 電話를 架設하고
> 우리 宇宙에 비로소
> 작고 큰 온갖 通路를 마련하신
> 釋迦牟尼 生日날에 앉아 계시나니.
>
> — 「부처님 오신 날」 부분

아미타불이 있는 서방정토의 모습을 텔레비전 화면에 담는 일은 현실적으로는 불가능한 일임에 틀림없지만, 오히려 그 불가능한 일을 짐짓 자연스럽게 진술함으로써 시적 자아의 소망은 증폭된다. 더욱이 텔레비전이라는 문명의 이기를 통해 서방정토의 '사진들을 비치어 오라'는 화자의 주문은, 겉모양만을 담는 데 급급하는 현대 문명의 일면에 대한 안타까움을 드러낸다. 그러나 무엇보다 이 시에서 텔레비전은 서방 정토를 담아내는 크고 성스러운 '그릇'이자 그곳을 바라볼 수 있는 '창문'의 구실을 한다. 화자는 또한 석가모니의 행적을 전화 가설하는 행위에 비유한다. 전화라는 문명의 이기 역시 단순히 말을 주고받는 기계에서 '우주의 작고 큰 온갖 通路'라는 큰 의미를 부여받는다. 이는 앞서 「無題」에서 제기되었던 상호 소통의 문제가 더욱 확대되어 전개된 것으로 보인다. 이처럼 이질적인 성격의 현실 이미지를 배치한 시인의 의도는 추상적인 개념에 그칠 수도 있는 '영원'이나 '석가모니 사상' 등에 생동감을 불어넣기 위한 것으로 판단된다. 가령 「石窟庵觀世音의 노래」에서 그러한 의도는,

> 이 싸늘한 돌과 돌 새이
> 얼크러지는 칙넌출 밑에
> 푸른 숨결은 내것이로다.

세월이 아조 나를 못쓰는 띠끌로서
허공에, 허공에, 돌리기까지는
부푸러오르는 가슴속에 波濤와
이 사랑은 내것이로다.

오고 가는 바람속에 지새는 나달이여.
땅속에 파무친 찬란헌 서라벌.
땅속에 파무친 꽃같은 男女들이여.

오— 생겨 났으면, 생겨 났으면,
나보단도 더 나를 사랑하는 이
千年을, 千年을, 사랑하는 이
새로 해ㅅ볕에 생겨 났으면

과 같은 간절한 어조로 표현된다. 석굴암의 돌로 만든 관세음보살상이 푸른 숨을 쉬고 가슴이 부풀어 오르는 것이야말로 영원이 현실에서 다시 살아나는 일이다. 그것은 또한 천년의 세월을 땅속에 파묻혀 있던 신라 정신의 현실화이기도 하다. "석굴암 관세음 돌부처는 여기에서 피가 식어가는 싸늘한 인간의 상징인 동시에, 사라져버린 빛이 다시 회귀해 돌아오기를 기다리는 인간의 간절한 소망이 돌처럼 굳은 모습이다."[84]라는 언급도 결국은 영원성 속에서 시인이 추구하려 한 현실 의식을 적시한 것이라 볼 수 있다.

이처럼 영원성 속에서 현실적 가치를 지향한다는 것은, 작품 속에 구체적인 생동감을 불어넣어 시적 긴장을 산출하거나 시인의 현실 의식을 적극적으로 드러내는 일이 된다. 그런데 작품들 가운데 일부는 다소 엉뚱한 비유를 동원한 나머지 작위적인 느낌을 주는 것도 사실이다. 그래서 개별 작

---

84 이태동, 「현실과 영원의 선미(善美)한 조합」, 박철희 엮음, 『서정주』, 서강대학교출판부, 1995, 78쪽.

품들에 대한 가치 평가의 측면에서는 앞서 다뤘던 현실성 속에서 영원성을 지향한 작품들에 비해 만족스럽지 못한 것을 부인할 수 없다. 이 점은 서정주 시가 지닌 가장 큰 특질을 말하는 것이 된다. 즉, 서정주 시에서 특히 뛰어난 작품들은 대부분 현실성을 바탕으로 영원적 가치를 지향하는 경우에 해당한다는 점이다.

5. 영원성과 현실성의 괴리

시집 『徐廷柱詩選』에 수록된 「無題」라는 작품을 보면, 시인이 '오늘 제일 기쁜 것'이라며 설정해 놓은 다음과 같은 장면이 나온다.

두어살쯤되는 어린것들이 서투른 말을 배우고 이쿠는것과, 聖畵의 애기들과같은 그런 눈으로 우리들을 빤이 쳐다보는일이다. 무심코 우리들을 쳐다보는일이다.

시인은 인간의 원초적 상태라 할 어린아이에게서 "서투른 말을 배우고 이쿠는" 지상적인 가치와 "聖畵의 애기들과같은 그런 눈"으로 제시된 천상적인 가치를 동시에 끄집어내고 있다. 이 시에 그려진 장면은 그러나 '聖畵'와 같은 상상의 그림에 지나지 않는다. 지상적인 것과 천상적인 것이 그렇게 동시에 대등한 가치를 지니고 병렬적으로 존재한다는 것은 '어린아이의 세계', 다시 말해 '童畵의 세계'에서나 가능한 일이기 때문이다.

우리가 이번 장에서 살펴볼 작품들은 영원성과 현실성이 조화를 이루지 못한 채 괴리된 시편들이다. 이 작품들은 다시 두 부류로 나눌 수 있는데, 하나는 현실성을 무시한 채 초월적인 경향에 치우친 시편들이고, 다른 하나는 영원성 추구와는 거리를 둔 채 지나치게 현실 순응주의적인 개인사에 머문 시편들이다.

5.1. 비현실적 초월로서의 영원성

서정주 시에서 영원성과 현실성이 길항하는 양상 가운데 세 번째는, 한 작품이 현실성을 무시한 채 지나치게 초월적인 가치를 지향하는 경우이다. 이는 결국 현실 감각과 영원성 사이에서 균형을 이루지 못한 시인 의식이 부정적인 양상으로 표출된 경우라 하겠다.

「鶴」은 그 유연한 시상 전개에도 불구하고 시인의 현실 의식에서 한계를 드러낸 작품이다.

千年 맺힌 시름을
출렁이는 물살도 없이
고은 강물이 흐르듯
鶴이 나른다

千年을 보던 눈이
千年을 파다거리던 날개가
또한번 天涯에 맞부딪노나

山덩어리 같어야 할 憤怒가
草木도 울려야할 서름이
저리도 조용히 흐르는구나

보라, 옥빛, 꼭두선이,
보라, 옥빛, 꼭두선이,
누이의 수틀을 보듯
세상을 보자

누이의 어깨 넘어
누이의 繡틀속의 꽃밭을 보듯
세상을 보자

울음은 *海溢*
아니면 크나큰 *祭祀*와같이

춤이야 어느땐들 골라 못추랴
멍멍히 잦은 목을 제쭉지에 묻을바에야
춤이야 어느 술참땐들 골라 못추랴

긴 머리 자진머리 일렁이는 구름속을
저, 우름으로도 춤으로도 참음으로도 다하지못한 것이
어루만지듯 어루만지듯
저승곁을 나른다

— 「鶴」 전문

이 시에서 '鶴'은 "千年 맺힌 시름"과 "山덩어리 같어야 할 忿怒"와 "草木도 울려야할 서름"을 초극하는 정신을 나타낸다. 이때 그 '鶴'이 날고 꽃밭이 있는 '누이의 繡틀속'의 세계는 현실의 시름, 분노, 설움과는 절연된 공간이다. '누이의 繡틀'이라는 창을 통해 이 시의 화자는 평정한 정신으로 세계를 바라볼 수 있는 시야를 얻는다. 그런데 문제는 그 '鶴'이 현실의 고통에 대해 지나치게 초월적인 자세를 견지한다는 데서 비롯한다. '시름'이 '출렁이는 강물'은 '鶴'에게는 단지 "고은 강물"일 뿐이며, 엄청난 '분노'와 '서름' 역시 현실을 벗어난 영원의 시간 속에 흘러가고 있을 뿐이다.

이 작품이 "어루만지듯 어루만지듯/저승곁을 나른다"라고 끝을 맺을 때, 그 '鶴'이 어루만지는 것은 우리가 부대끼는 현실이 아니다. 그것은 '누이의 繡틀속'처럼 고정되어 생명력을 상실한 '저승곁의 영원'에 지나지 않는다. 이런 맥락에서, "미당이 시험하는 '영원'이라는 긴 세월의 도가니를 그 극한적인 상황으로 밀어붙여 보았다는 실험적 의미를 넘어설 수 없다"[85]는, 이 시에 대한 비판적 평가는 그 설득력을 얻는다. 현세적인 시간과 세상의 궁

핍함에 대한 시인의 관조적인 시선은 이 시에 평정의 미학을 보장하는 것
도 사실이지만, 그것은 한편으로 경험 세계의 모순을 시 속에서 배제함으로
써 표현의 강렬함과 역동성을 응고시켜 버린다.[86] 이 시가 그리고 있는 세
계는 일견 아름다워 보이지만, 현실과의 긴장이 내재하지 않는다는 점에서
근본적인 한계를 지닌다고 할 수 있다. 결국은 시인의 세계관이 문제가 되
는 것이다.

> 국화꽃이 피었다가 사라진 자린
> 국화꽃 귀신이 생겨나 살고
>
> 싸리꽃이 피었다가 사라진 자린
> 싸리꽃 귀신이 생겨나 살고
>
> 사슴이 뛰놀다가 사라진 자리
> 사슴의 귀신이 생겨나 살고
>
> 영너머 할머니의 마을에 가면
> 할머니가 보시던 꽃 사라진 자리
> 할머니가 보시던 꽃 귀신들의 떼
>
> 꽃귀신이 생겨나서 살다 간 자린
> 꽃귀신의 귀신들이 또 나와 살고
>
> 사슴의 귀신들이 살다 간 자린

---

85 신범순, 「질기고 부드럽게 걸러진 '영원' : 미당 서정주의 『떠돌이의 시』」, 『현대시』,
　　1994. 1, 221쪽.
86 이광호, 「영원의 시간, 봉인된 시간 : 서정주 중기시의 '영원성' 문제」, 『작가세계』, 1994.
　　봄, 124쪽.

　　그 귀신의 귀신들이 또 나와 살고

— 「古調 貳」 전문

　　무엇인가가 살다 간 자리에는 그것이 생물이든 영혼이든 그것에 대한 '귀신'이 생겨난다는 일종의 애니미즘적인 영원의 세계관을 표현한 작품이다. 그런데 이 시에서 먼저 눈에 띄는 것은 유사한 통사 구조와 단어의 반복이다. 이를 간단히 드러내면 다음과 같다.

　　(1, 2, 3연)
　　……이 ……다가 사라진 자린
　　……귀신이 생겨나 살고

　　(5, 6연)
　　……귀신이 살다 간 자린
　　……귀신의 귀신들이 또 나와 살고

　　전체 여섯 개의 연 중에서 넷째 연만이 약간의 변화를 보일 뿐, 나머지 연들은 모두 2행 1연에 비슷한 통사 구조와 단어가 반복된다. 이러한 반복을 통해 이 시에 일정한 리듬이 생기는 것은 사실이다. 각 연의 행 말미가 대립을 이루지 않고 두 행 모두 치켜올라가면서도 서로 응답하는 느낌을 준다는 언급[87]은, 이 시에서 산출된 리듬의 효과를 잘 지적한 것으로 판단된다. 또한 이 시의 리듬을 음보 단위로 분석해 보면,

　　국화꽃이 / 피었다가 / 사라진 / 자린
　　국화꽃 / 귀신이 / 생겨나 / 살고

87　서우석, 「徐廷柱 : 리듬의 완만한 대립」, 『詩와 리듬』, 문학과지성사, 1981, 121쪽.

사슴의 / 귀신들이 / 살다 간 / 자린
그 귀신의 / 귀신들이 / 또 / 나와 살고

처럼 모두 4음보의 구조를 기본으로 하고 있다. 이렇게 읽으면 이 시는 그 리듬이 매우 안정적이고 규칙적이라는 점을 인정할 수 있다. 이제 우리는 이상과 같은 반복과 안정된 리듬이 과연 이 시의 의미와 어떤 연관을 가지는가 하는 점을 짚고 넘어가야 한다. 왜냐하면 이 시에서 매우 두드러지는 반복과 안정된 리듬은 이 시의 의미를 더 확장하거나 깊이 있게 만드는 데 기여하지 못하는 것으로 판단되기 때문이다. 이 시는 나름의 음악성을 확보하는 데는 성공했지만, 그 시적 의미는 애니미즘적인 영원의 세계관을 드러내는 데서 한 발짝도 더 나아가지 않는다. 오히려 이 시의 규칙적인 리듬은 단순한 의미 구조와 어울려 이 시에 지루한 느낌을 준다. 이 시의 문제는 근본적으로 '영원'만을 반복하는 데서 왔다. 이 시에는 그 '영원'을 떠받치는 토대로서의 현실 감각이 미흡한 것이다.

두 香나무 사이, 걸린 해마냥
지, 징, 지, 따, 찡,
가슴아
인젠 무슨 金銀의 소리라도 해 보려무나.

내 閤氏는 이미 물도 피도 아니라
마지막 꽃밭 蒸發하여 괴인
시퍼렇디 시퍼런 한마지기 이내[嵐]!

간대도, 간대도,
西方 金色界라든가 뭣이라든가
그런 데로 밖엔 쏠릴 길조차 없으니.

가슴아. 가슴아.
너같이 말라 말라 鑛脈 앙상한
메마른 閣氏를 오늘 아침엔 데리고
지, 징, 지, 따, 찡
무슨 金銀의 소리라도 해 보려무나.

— 「두 香나무 사이」 전문

이 시의 화자를 시인 자신으로 본다면 청자는 누구일까? 시 속에서 화자가 "가슴아 가슴아" 부르며 진술하는 것으로 미루어 이 시의 청자는 '가슴', 즉 화자 자신이다. 그런데 "가슴아. 가슴아./너같이 말라 말라 鑛脈 앙상한/메마른 閣氏"라는 구절을 보면 이 시의 청자와 '閣氏' 또한 매우 밀착된 사이임을 알 수 있다. 이를 종합하면, 이 시의 화자이자 청자인 시인 자신과 '閣氏'는 마치 '一心同體'처럼 동일시될 수 있는 존재들이다. 이 시의 어조가 시인의 내적 독백으로 일관하는 것은, 이처럼 화자와 청자, '閣氏' 사이의 거리가 매우 가깝게 설정된 데서 연유한다.

그런데 그 '閣氏'는 '물'도 '피'도 아닌 '꽃밭'이 세월에 의해 소멸되어 새로 생성된 "시퍼렇디 시퍼런 한마지기 이내[嵐]"로 표현된다. 이에 대해 그 '閣氏'는 이미 지상에 존재하지 않는 님이며, 이 시는 님의 죽음 앞에서 고통스러워하는 고독한 인간의 비애를 말해 준다는 해석[88]도 있다. 하지만 그보다는 이 시가, "인간적인 집착에서 벗어나 우주적인 자연과 하나가 될 결의를 보여 준다"[89]는 해석 쪽이 더 설득력 있는 것으로 판단된다. 왜냐하면 이 시 전체를 놓고 볼 때 '閣氏'는 시상의 전개를 돕는 보조적 존재에 불과할 뿐 그

---

88 엄경희, 「서정주 시의 자아와 공간·시간 연구」, 이화여자대학교 대학원 박사학위논문, 1999. 2, 92쪽.

89 김인환, 「徐廷柱의 詩的 旅程 :『花蛇』에서 『질마재 神話』까지의 거리」, 『문학과지성』, 1972. 여름, 331쪽.

자신으로서 독립성을 지닌 인물이라고 인정하기는 어렵기 때문이다. 예컨대 "지, 징, 지, 따, 찡/무슨 金銀의 소리"라는 잘 배려된 청각 이미지가 이 시에서 생동감 있게 울리지 못하는 것도 기본적으로는 '閣氏'라는 대상이 현실적 갈등을 촉발하지 못한 채 매우 추상적으로만 존재하기 때문이다. 이 시에서 '閣氏'는 현실성이 배제된 가상적 존재로서, 달리 말하자면 시인의 상상의 산물에 불과하다. 게다가 시적 자아의 태도를 보면, 인간 세계의 '물과 피'에 관심을 표명하기보다는 '西方 金色界'를 지향하는 데 급급하고 있다. 그 갈등의 과정은 생략된 채 '西方 金色界'라는 영원의 세계만이 돌출된 형국이다. 바로 여기에서 이 작품의 한계가 드러난다. 내적 독백의 형식으로써 시인의 내면세계를 솔직하게 표출했다는 사실과, 과연 그 시가 좋은 작품인가 하는 점은 또 다른 문제인 것이다.

> 첫 窓門 아래 와 섰을 때에는
> 피어린 牧丹의 꽃밭이었지만
>
> 둘째 窓 아래 당도했을 땐
> 피가 아니라 피가 아니라
> 흘러내리는 물줄기더니,
> 바다가 되었다.
>
> 별아, 별아, 해, 달아, 별아, 별들아.
> 바다들이 닳아서 하늘 가며는
> 차돌같이 닳아서 하늘 가며는
> 해와 달이 되는가. 별이 되는가.
>
> 세째 窓門 영창에 어리는 것은
> 바닷물이 닳아서 하늘로 가는
> 차돌같이 닳는 소리, 자지른 소리.

세째 窓門 영창에 어리는 것은
가마솥이 끓어서 새로 솟구는
하이얀 김, 푸른 김, 사랑 김의 떼.

하지만 가기 싫네 또 몸 가지곤
가도 가도 안 끝나는 머나먼 旅行
뭉클리어 밀리는 머나먼 旅行.

그리하여 思想만이 바람이 되어
흐르는 내 兄弟의 앞잡이로서
철따라 꽃나무에 기별을 하고,

옛 愛人의 窓가에 기별을 하고,
날과 달을 에워싸고 돌아다닌다.
눈도 코도 김도 없는 바람이 되어
내 兄弟의 앞을 서서 돌아다닌다.

— 「旅愁」 전문

이 시는 서정주 시인이 영원의 세계를 지향하기까지 의식의 변천 과정을 설명해 준다고 언급되는 작품이다.[90] 제목 '旅愁'가 암시하듯이 시적 자아는 떠돌이 같은 자신의 삶을 "뭉클리어 밀리는 머나먼 旅行"이라 말한다. 이 시에 나타난 그 여행의 궤적을 시적 자아의 존재 전이와 그 전이가 이루어지는 시적 공간을 대응시켜 살펴보면 다음과 같다.

① 피   : 꽃밭(1연)
② 물   : 바다(2연)

---

90 이태동, 「현실과 영원의 선미(善美)한 조합」, 박철희 엮음, 『서정주』, 서강대학교출판부, 1995, 85쪽.

③ 김　　 : 하늘(4연)
④ 바람　: 공간 제한 없음(6~7연)

'피'로부터 '바람'에 이르는 시적 자아의 존재 전이 가운데 가장 극적인 것은 ①에서 ②로 넘어가는 과정이다. ①은 물론 「娑蘇 두 번째의 편지 斷片」에서 언급되었던 '피가 잉잉거리던 病'을 암시한다. 이 단계에서 ②의 '물'이 된다는 것은 그 '病'의 상태에서 어떤 식으로든 벗어났음을 의미한다. ③의 단계는 '하늘', 곧 영원의 세계에 대한 시인의 지향을 단적으로 보여 준다. 그러면서도 시인은 "푸른 김, 사랑 김의 떼"라는 시구를 통해 이때의 존재 전이가 인간적 조건을 초월하는 것이 아님을 내비치고 있다. 그런데 ④의 단계로 가기까지 시인의 의식은 또 한 번 전환을 겪는다. 5연의 "하지만 가기 싫네 또 몸 가지곤/가도 가도 안 끝나는 머나먼 旅行"이라는 구절이야말로, 왜 시인이 ④의 '바람'을 지향했는가, 달리 말해 왜 비현실적 초월로서의 영원을 추구했는가를 해명하는 열쇠이다. 이 구절에서 시인이 인간적 조건, 특히 육체성을 부정하는 이유는 크게 두 가지이다. 하나는 인간의 육체적 욕망이고, 또 하나는 그 육체의 유한함이다. 그런데 이미 ①→②의 과정에서 육체의 욕망 문제는 관념상으로나마 해소되었으므로, 이제 남는 문제는 하나, 바로 '육체의 유한함'이다. ④의 '바람'은 바로 이 문제를 해소한 형태로서 시인이 제시하는 대상물이다. 그 '바람'은 7연에서처럼 "눈도 코도 김도 없는" 특성을 띤다. 여기서 '눈'과 '코'가 없다는 것은 앞서 거론된 육체적 욕망의 부정을 가리킨다. 그래야 육체의 욕망에 구애됨이 없이 어디든 돌아다닐 수 있기 때문이다. 그런데 그 바람의 더 중요한 특성은 '김'이 없다는 것이다. 이때의 '김'이란 단순히 '수증기'의 형태만을 의미하지 않는다. '김'은 4연에서 언급되었던 "푸른 김, 사랑 김"의 속성, 곧 인간적인 속성을 함의하는 대상물이다. 따라서 시인의 정신적 여정은 '김

도 없는 바람', 곧 인간적 조건으로서의 현실성을 초월하는 지점까지 나아
가는 것이다.

이 시는 이상과 같은 내용을 피와 물, 김, 바람이라는 다소 상식적인 비
유 대상물을 통해 전달하고 있다. 더욱이 여행의 일정을 따라 길게 나열하
는 구성 방식을 취하고 있는데, 이는 시적 긴장의 산출과는 거리가 멀다.
이 시는 결국 현실적 갈등의 세계를 벗어난 초월의 상태에서, 시적 자아의
정신의 편력을 회고적으로 진술하듯 써 내려가는 수준에 머물고 말았다.

> 이 븨인 金가락지 구멍에
> 끼었던 손까락은
> 이 구멍에다가 그녀 바다를 조여 끼어 두었었지만
> 그것은 구름되어 하늘로 날라 가고…….
>
> 이 븨인 金가락지 구멍에
> 끼었던 손까락은
> 한 하늘의 구름을 또 조여서 끼었었지만
> 그것은 또 우는 비 되어 땅으로 내려지고…….
>
> 이 븨인 金가락지 구멍에
> 끼었던 손까락은
> 인제는 그 어지러운 머리골치를 거두어
> 누군가의 주머니 속으로
> 들어간 것까진 알겠다만
>
> 누구냐
> 그 허리에 찬 주머니 속의 그녀 어질머리로
> 梧桐꽃 내음새 나는 피리 소리를
> 연거푸 이 구멍으로 불어 넣어 보내고만 있는 너는?
>
> ― 「븨인 金가락지 구멍」 전문

"임자가 죽은 뒤 휑한 푸른 구멍만 가지고 남은 금가락지를 앞에 하는 詩客의 感懷"[91]를 표현했다는 이 시에서 특히 주목되는 이미지로는 '븨인 金가락지 구멍'과 '梧桐꽃 내음새 나는 피리 소리'를 들 수 있다.

'븨인 金가락지 구멍'이라는 아주 작은 공간은 시인의 상상력에 의해 '그녀의 손가락'뿐 아니라 '바다', '구름', '피리 소리' 등 윤회를 상징하는 대상물들이 모두 담길 수 있는 시적 공간으로 변이된다. 물론 '金가락지'라는 단단한 둥근 고리 자체가 윤회를 상징한다고 볼 수도 있다. 이처럼 '븨인 金가락지 구멍'이라는 이미지는 죽음을 넘어서는 영원으로서의 '윤회'라는 개념에는 잘 들어맞는 셈이다. 그러나 이 시 전체의 의미 맥락에 비추어 보면 그 이미지가 매우 작위적이라는 사실을 발견할 수 있다. 시인의 말을 받아들여 이 시가 죽은 사람이 끼던 반지를 앞에 두고 느끼는 심정을 나타냈다면, 왜 '바다'와 '누군가의 주머니' 등의 이미지가 등장하는지 설득력이 부족하다. 시인이 말하는 "人間 苦悶의 波浪의 바다"[92]를 과연 이 시 자체에서 느낄 수 있는가 하는 의문도 제기된다. 특히 3연은 이성적 구조를 망각했다는 김종길의 비판[93] 이후 개작된 부분이지만, "그 주머니의 임자는 또 누굴까? 왜 손가락은 하필이면 주머니 속으로 자취를 감추었을까?"[94] 하는 문제 제기로부터 자유롭지 못하다.

'梧桐꽃 내음새 나는 피리 소리' 또한 매우 감각적인 복합 심상으로 제시되기는 했으나, 이 시 전체의 맥락에서 보면 작위적이기는 마찬가지이다.

---

91 서정주, 「詩評家가 가져야 할 詩의 眼目 : 金宗吉氏의 「詩와 理性」을 읽고」, 『문학춘추』, 1964. 9, 292쪽.
92 같은 글, 293쪽.
93 김종길, 「詩와 理性 : 徐廷柱 詞伯의 「내 詩精神의 現況」을 읽고」, 『문학춘추』, 1964. 8, 277쪽.
94 김화영, 「바다」, 『未堂 徐廷柱의 詩에 대하여』, 민음사, 1984, 97쪽.

김종길의 비판에 대한 반론의 글에서 시인은, "그 피리쟁이만이 그의 주머니 속 奴隷의 쓴 가락을 梧桐꽃 내음새를 불어 吟味하고 있다"[95]고 설명하고 있다. 하지만 이 시에서 '피리장이'는 왜 갑자기 등장하는지, 또한 피리의 구멍과 금가락지의 구멍이 그 이미지의 유사성에서는 연관되더라도 '梧桐꽃 내음새'가 어떻게 시적 자아의 현실과 관련을 맺는지에 대해서는 이 시 자체만으로는 이해할 수 없다. 우리는 지금 애써 시인 자신의 해설을 끌어들이고 있지만, 작품은 작품 그 자체로서 말할 뿐이라는 측면에서 보자면 우리의 이러한 의문들은 더욱 심각해진다고 할 수 있다.

이런 문제들은 아마도 윤회라는 틀 속에서 여러 이미지들과 세계를 바라본 시인의 태도에서 비롯된 것으로 판단된다. 윤회라는 거대한 논리 속에서, 결코 가볍게 다루어서는 안 되는 현실의 기본 논리들이 무시되는 결과가 빚어진 것이다.

우리가 이번 절에서 살펴본 시편들은 현실적인 측면을 무시한 채 윤회사상 등의 영원적 가치를 추구하는 정도가 지나쳐 작품 내에 인간적 갈등이나 시적 긴장이 배제된 경우에 해당한다. 이런 경우에는 설령 한두 개의 빼어난 이미지가 있더라도 그것이 작품 전체의 의미나 미적 가치에 큰 영향을 주지 못한다는 사실 또한 지적하지 않을 수 없다.

5.2. 순응주의적 개인사로서의 현실성

서정주 시에서 영원성과 현실성이 길항하는 양상 가운데 네 번째는, 시인이 지상의 삶을 고양시키는 측면에서의 영원성 추구와는 거리를 둔 채 개인사에 가까운 현실에 순응해 버리는 경우이다. 이는 시인이 지속적으로

---

95 서정주, 앞의 글, 293쪽.

추구했던 영원성이 사라진 자리를 차지한 현실 의식이 그 균형을 이루지 못해 나타나는 부정적인 양상이라 할 수 있다.

　초기시에 해당하는 「牽牛의 노래」에서는 이별이라는 현실 상황을 운명으로 순응해 버리는 시적 자아의 모습이 드러난다.

　　우리들의 사랑을 위하여는
　　이별이, 이별이 있어야 하네

　　높었다, 낮었다, 출렁이는 물ㅅ살과
　　물ㅅ살 몰아 갔다오는 바람만이 있어야하네.

　　오―우리들의 그리움을 위하여서는
　　푸른 銀河ㅅ물이 있어야 하네.

　　도라서는 갈수없는 오롯한 이 자리에
　　불타는 홀몸만이 있어야 하네!

　　織女여, 여기 번쩍이는 모래 밭에
　　돋아나는 풀싹을 나는 세이고……

　　허이언 허이언 구름 속에서
　　그대는 베틀에 북을 놀리게.

　　눈섭같은 반달이 중천에 걸리는
　　七月 七夕이 도라오기까지는,

　　검은 암소를 나는 먹이고
　　織女여, 그대는 비단을 짜ㅎ세.

― 「牽牛의 노래」 전문

이 시에서 시적 자아는 '견우'로 분장함으로써 배경 설화가 지닌 비극적인 분위기를 한 몸에 지닐 수 있다. 그리고 자신의 연인인 직녀를 예사로 낮추어 달래는 듯하면서도 다감하게 건네는 '-하게'체의 어조는 안타까운 사랑의 감정을 효과적으로 담아낸다. 또 각행의 마지막 부분에서 모음 '에'의 규칙적인 반복은 화자의 다감한 어조에 리듬을 부여한다. 이 작품을 설화의 내용만을 염두에 두고 읽는다면, 이 시는 배경 설화의 분위기와 잘 어울리는 어조나 운율로써 음악성까지 획득한 뛰어난 戀詩이다.

그러나 이 작품에 내재한 한계는, 이 시의 배경 설정이 시적 자아의 이별이라는 상황에 국한되어 있다는 점이다. 이 시에서 "눈썹같은 반달이 중천에 걸리는/七月 七夕이 도라오기까지" 시적 자아의 시간은 기다림 이외의 의미가 없다. 또 오랜 기다림 끝에 이루어지는 칠석날의 만남이란 엄밀히 말해 미리 정해진 일회적인 것에 지나지 않는다. 여기서 인간의 운명적인 한계 상황 등을 떠올릴 수도 있겠지만, 그것은 이 시의 맥락과는 동떨어지는 일이다. 시인은 이 시에서 현실의 삶을 통찰하는 모습을 보여 주지 않는다. 시인이 주어진 현실 그 자체에 순응해 버릴 때, "우리들의 사랑을 위하여는/이별이, 이별이 있어야 하네"라는, 역설적 효과를 노린 시행은 설득력을 얻지 못한다. 시적 자아의 사랑을 이별의 아픔으로써 나타낸다는 것은 비유적 차원에서는 성립될지 모르지만, 시인의 온전한 현실 인식을 바탕으로 한 것은 분명 아니기 때문이다.

서정주의 후기시에 이르면 특히 개인사적 차원의 소재 차용이 두드러진다. 이에 대해 영원주의에서 벗어난 현실주의라는 긍정적인 평가[96]가 있음

---

96 대표적으로 유종호와 김우창의 평가가 있다. 유종호는 『질마재 神話』에 실린 작품들을 긍정의 정신과 현실주의라는 측면에서 높이 평가하면서, 예컨대 「신발」 같은 작품은 시집 『안 잊히는 일들』의 근원이 됐다고 말한다. 유종호, 「소리지향과 산문지향 : 未堂 시의 일면」, 『작가세계』, 1994. 봄, 98쪽.

에도 불구하고, 그 작품들 가운데는 시적 긴장의 상실이나 문제의식의 실종을 드러내는 경우가 적지 않다. 그것은 결국 시인의 사회역사 의식에 대한 고찰을 요구한다. 이런 맥락에서 시집 『질마재 神話』에 실린 몇몇 작품들에 대한 다음과 같은 지적은 음미할 만하다.

> 徐廷柱의 上記 詩들[1972년 2월 『시문학』에 발표된 「그 애가 물동이의 물을 한 방울도 안 엎지르고 걸어왔을 때」, 「신발」, 「외할머니네 뒤안 툇마루」, 「눈들 영감의 마른 명태」, 「내가 여름 학질에 여러 직 앓아 영 못 쓰게 되면」 등 5편 : 인용자 주]은 어린아이의 목소리를 가지고 있다. 이러한 태도로서 의미의 확대를 초래하기는 지극히 어려운 일이 되어서, 「내가 여름 학질에 여러 직 앓아 영 못 쓰게 되면」과 같이 바위에 벌거벗고 엎드려서 등에 붙인 복숭아 잎이 떨어지지 않으면 학질이 낫는다는 民間信仰을 소박하게 진술하고 있거나, 「눈들 영감의 마른 명태」에서와 같이 노인이 이 빠진 입술로 마른 명태를 먹는 것이 이상해 보인다는 느낌을 神話라는 말을 사용해서 과장되게 이야기하고 있다. 특히 이 詩에 삽입되어 있는 "이것도 아마 이 하늘 밑에서는 거의 없는 일일테니 불가불 할 수 없이 神話의 일종이겠읍죠?" 하는 문장은 이 詩의 전체적 의미에 기능적으로 작용하고 있지 못할 뿐 아니라, 크게 효과를 감쇄시키고 있다. 이것은 결코 어린아이의 목소리가 될 수 없기 때문이다. 결국 의미의 확대가 전혀 불가능한 上記 두 편과 「그 애가 물동이의 물을 한 방울도 안 엎지르고 걸어왔을 때」는 詩라기보다는 차라리 잘 정돈된 수필로 보는 것이 좋겠다.[97]

「내가 여름 학질에 여러 직 앓아 영 못 쓰게 되면」과 「눈들 영감의 마른 명태」, 그리고 「그 애가 물동이의 물을 한 방울도 안 엎지르고 걸어왔을 때」 등

김우창은 시집 『떠돌이의 詩』에 붙인 해설에서, 서정주 시에 나타나는 '굽음의 以存策'은 절대 권력의 세계에서 눌린 자들이 살아남기 위한 현실주의라고 평가한다. 김우창, 「未堂 선생의 시」, 서정주 시집 『떠돌이의 詩』 해설, 민음사, 1976, 125쪽.

97 김인환, 「徐廷柱의 詩的 旅程 : 『花蛇』에서 『질마재 神話』까지의 거리」, 『문학과지성』, 1972. 여름, 332~333쪽.

의 작품에 대해 '시라기보다는 차라리 잘 정돈된 수필로 보는 것이 좋겠다'
는 비판은 다소 지나친 감은 있으나, 어쨌든 위의 인용문은 해당 작품들이
드러내는 시적 긴장이나 문제의식의 실종을 정확히 지적한 것이라 할 수
있다. 시집 『떠돌이의 詩』에 실린 다음 작품의 경우에도 사정은 비슷하다.

回甲 지낸 어느날
大邱 郊外의 어느 酒幕까지 흘러 와 보니
옆에 앉은 갈보 계집아이는
꼭 내 小學校쩍 同期만 같고,
小學校가 내 人生에선 제일 좋았던 게 생각나고,
장난감도 군입거리도 따로 없던 내 小學生때
가장 재미 났던
또래의 계집아이들과 서로 몸에
간지럼 먹이고 놀던 게 불쑥 그리워
「뭐 더 할 거 있니?」하며
그 갈보계집아이와 낄낄낄낄 낄낄거리며
한 식경을 겨드랑이에 발바닥에 서로 간지람 먹이며
참 여러 십년만에 모처럼 한바탕 잘 웃고 놀다.
내 回甲 記念 詩畵展에서 번
五千원 짜리도 한장 쓰윽 끄내 주고
며칠 뒤에 또 만나자고 했는데,
또 와 보니
그애는 그새 벌써 보따리 싸
어디론지 또 한 구비 떠돌이 길을 떠나고 없고,
딴 애하고
詩人이 똑 같은 흉내를 두 번
되풀이 하는 것도 뭣하고 하여,
이걸로 이것도 끝장인가 하니
못내 섭섭타.

— 「大邱 郊外의 酒幕에서」 전문

　　회갑을 지낸 시적 자아에게 인생은 그다지 심각하게 받아들여지지 않고 있다. "옆에 앉은 갈보 계집아이는/꼭 내 小學校쩍 同期만 같고"라는 구절은, "갈보 계집아이"의 나이가 어려 보인다는 표면적인 사실만을 전달하지 않는다. 그 진술의 이면에는 소학교 시절로 돌아가고자 하는 시적 자아의 퇴행 심리가 도사리고 있다. 그 다음 구절, "小學校가 내 人生에선 제일 좋았던 게 생각나고"라는 대목에서는 시적 자아의 그러한 심리 상태가 더 분명히 드러난다. 인생 육십의 경륜 대신 간지럼의 순진성과 지난 시절에 대한 그리움, 그리고 사소한 일상에 대한 섭섭한 등이 시적 자아를 지배하고 있을 뿐이다. 개인사도 넓은 의미에서는 역사에 해당되겠지만, 그 사적 체험들이 시 작품 속에서 의미를 확보하려면 시인은 다른 보편적인 소재를 선택했을 경우보다 더 많은 주의를 기울여야 할 것이다. 더욱이 다음 작품에서처럼 개인사와 역사적 사건이 겹칠 때 드러나는 시인의 역사의식과 관련해서는 두말할 나위가 없다.

> "설마가 사람 죽인다고,
> 혹시 모르니
> 오늘은 각별히 조심해라."
> 一九六〇年 四月 十九日 아침
> 나는 아무래도 예감이 좋지 안해
> 내 큰자식 升海의 大學 登校길에
> 이렇게 간절히 당부하고 있었다.
> 그랬더니, 아니나다를까.
> 이날 景武臺로 몰려가던 學生 데모隊의 先鋒은
> 突然한 發砲로 죽기도 했는데,
> 내 아들은 그 途中에서 내 당부가 생각나
> 通義洞 골목으로 새어 살아왔대나.
> 是보담도 非보담도 무엇보담도

이것 하나 정말로 다행한 일이었다.

— 「一九六〇年 四月 十九日」 전문

시인의 '시적 자서전'이라 할 시집 『안 잊히는 일들』 중의 한 편이다. 이 시집의 시편들이 처음 잡지에 연재될 때 "「안 잊히는 일들」이 지니고 있는 시적 감동은 이들 모든 작품이 구현하고 있는 체험의 진실성"[98]이란 평가도 있었다. 그러나 '체험의 진실성'이 그대로 '삶의 진실성'이나 '작품의 진실성' 을 보장하는 것은 아닐 것이다. 위에 인용된 작품은 사건 발생 당시로부터 20여 년의 세월이 흐른 뒤에 회고하는 어조로 진술된다. 시적 자아는 사건 당시의 감정적 흥분 상태에서 벗어나 있다. 따라서 이 시에는 사건 발생 당 시의 일시적 감정보다는 이 시를 창작할 당시의 시인의 사회의식이나 역사 의식이 반영되어 있다고 볼 수 있다. 이 시에서 시인의 역사의식을 잘 드러 내는 구절은 "설마가 사람 죽인다고,/혹시 모르니/오늘은 각별히 조심해라" 와 "突然한 發砲로 죽기도 했는데,/내 아들은 그 途中에서 내 당부가 생각나 /通義洞 골목으로 새어 살아왔대나" 등이다. 여기서 자식 걱정하는 부모의 심정은 차치하더라도, '설마', '혹시', '突然한 發砲' 등의 시어가 드러내는 것은 역사의 필연성이 아니라 사건의 우연성일 따름이다. 시인은 4·19혁 명의 배경과 그 의의 등을 내면화한 것으로는 판단되지 않는다. 시인에게 있어서 "是보담도 非보담도 무엇보담도" 중요한 것은 과연 무엇인지, 질문 을 던지지 않을 수 없다.

이번 절에서 살펴본 작품들은 순응주의적이거나 개인사에 함몰된 현실이 전면에 드러나면서 영원성을 추구하는 경향이 거의 눈에 띄지 않는다는 공 통점을 지닌다. 그런데 이러한 양상은 역설적으로 시인 서정주에게 있어서

---

98 권영민, 「시적 체험과 이야기調」, 『현대문학』, 1982. 12, 421쪽.

영원성의 추구는 곧 시인의 현실에 대한 문제의식과 상통한다는 점을 말해
준다. 서정주 시의 주제적, 방법적 특성을 드러내는 매우 중요한 양상이 아
닐 수 없다.

6. 서정주 시에 대한 새로운 평가 기준

이 논문은 서정주 시에 나타난 영원성과 현실성이라는 두 요소가 개별
작품 내에서 주제적, 방법적 측면에서 다양하게 길항하는 양상을 분석하고,
이를 토대로 서정주 시에 대한 새로운 평가 기준을 제시하는 것을 목적으
로 하였다.

서정주 시에 대한 기존의 평가는 그의 시에 나타난 영원성 지향과 현실
성 지향 여부에 따라 극도로 양분되어 온 것이 사실이다. 서정주 시를 비판
하는 논자들은 대부분 그의 시에 표출되는 영원 지향적 요소나 시인의 현
실 인식 태도를 문제 삼았으며, 서정주 시의 언어 미학적 가치를 높이 사는
연구자들은 이에 맞서 서정주 시에 나타나는 현실적 요소에 과도하게 의미
를 부여하는 문제점을 드러내었다. 따라서 이 논문에서는 서정주 시가 지닌
가치를 온전하게 평가하는 기준은, 그 작품이 영원성을 지향했는가 아니면
현실성을 지향했는가 하는 이분법적 내용의 측면에 있는 것이 아니라, 한
작품 내에서 영원성과 현실성이라는 길항 요소들이 빚어내는 다양한 양상
의 시적 긴장이나 감동의 유무에 달려 있다는 점을 구체적인 작품 분석을
통해 논증하고자 했다.

이를 위해 영원성과 현실성의 길항 양상을 '혼돈/조화/괴리'라는 세 가지
항목으로 크게 나누고, 이 분류에 의거해 첫 시집 『花蛇集』부터 제10시집 『안
잊히는 일들』까지의 작품 중에서 영원성이나 현실성 지향이 두드러지는 작

품들을 분석했다. 여기서 '혼돈/조화/괴리'라는 세 가지 항목 설정은, 서정주 시에서 영원성과 현실성이라는 두 요소를 단순히 양자택일적 개념으로 다뤄서는 서정주 시 특유의 미적 가치를 제대로 해명할 수 없다는 판단에 따른 것이다.

먼저, 영원성과 현실성의 혼돈이라는 측면에서 「花蛇」, 「바다」, 「문둥이」, 「대낮」, 「멈둘레꽃」, 「滿洲에서」 등의 시편을 주로 엘리아데의 혼돈 개념을 빌려 분석했다. 초기시의 대표작이랄 수 있는 이 작품들이 본능의 몸부림이나 정신의 혼돈, 무정형 상태 등을 보여 준다면 이는 결국 시적 자아가 당면한 존재의 혼돈을 표출하는 것이라 판단했기 때문이다. 이때 시적 자아는 이중의 혼돈을 경험하는데, 그 하나는 자신이 처한 현실이 강제하는 외적 상황으로서의 혼돈이며, 다른 하나는 시적 자아의 내부에서 '영원'과 '현실'에 대한 선택적인 욕망으로부터 빚어지는 내면 상황으로서의 혼돈이다. 물론 여기서 시적 자아의 존재의 혼돈을 드러내는 시편들이 결여한 전체에 대한 통찰력이나 현실 극복 의지를 문제 삼을 수도 있다. 그러나 이 논문은 서정주 초기 시편의 '혼돈'은 새로운 세계가 만들어지기 이전의 혼돈이라는 데서 그 의의를 찾아야 한다고 평가했다. 초기 시편에서 시인이 의식하지 못하는 사이에 잠재된 형태로 표출된 영원성과 현실성의 혼돈 또는 미분화, 그리고 「문둥이」 같은 시편에서 내비치는 단초적 형태의 윤회 사상 같은 요소들은 이후 서정주 시를 특징짓는 중요한 속성으로 발현되기 때문이다.

이어, 영원성과 현실성이 조화를 이룬다고 판단되는 시편들을 분석했다. 이 장에서는 '현실성 속에서 영원성 추구', 그리고 '영원성 속에서 현실성 추구'라는 세부 항목을 설정했다. 이 세부 항목들은 기존의 일부 평가들이 현실성 또는 영원성 지향이라는 이분법적 내용 자체로 작품을 평가하던 문제점을 극복하기 위한 것이다. 먼저 「密語」, 「無等을 보며」, 「上里果園」, 「新

婦」, 「沈香」 등을 대상으로 실제 현실이나 민담의 현실성을 바탕으로 한 작품들도 지상의 삶을 고양시키는 영원성에 의해 비로소 의미심장해진다는 점을 논증했다. 또한 「鞦韆詞」, 「善德女王의 말씀」, 「無題」, 「부처님 오신 날」, 「石窟庵觀世音의 노래」 등 일반적으로 영원성을 노래한 작품으로 평가되어 온 시편들도 작품 내에서 독특한 기법으로 현실과의 긴장을 유지하고 있다는 사실을 밝혔다. 특히 이 장에서는 서정주 시의 가장 두드러진 미적 특질로서, 그의 뛰어난 작품들이 대부분 현실성을 기반으로 영원적 가치를 지향하는 경우에 해당한다는 사실을 적시했다.

마지막으로, 영원성과 현실성 지향이 조화를 이루지 못한 채 괴리된 작품들을 분석했다. 이 장에서는 '비현실적 초월로서의 영원성', 그리고 '순응주의적 개인사로서의 현실성'이라는 세부 항목을 설정했다. 먼저 「鶴」, 「古調 貳」, 「두 쫍나무 사이」, 「旅愁」, 「븨인 金가락지 구멍」 등의 시편들이 현실적인 측면을 무시한 채 윤회 사상 등의 영원적 가치를 추구하는 정도가 지나쳐 작품 내에 인간적 갈등이나 시적 긴장이 배제되어 있음을 논증했다. 아울러 이들 작품에서는 설령 한두 개의 빼어난 이미지가 있더라도 그것이 작품 전체의 의미나 미적 가치에 큰 영향을 주지 못한다는 사실을 지적했다. 또한 「牽牛의 노래」, 「大邱 郊外의 酒幕에서」, 「一九六〇年 四月 十九日」 등의 시편들이 지상의 삶을 고양시키는 측면에서의 영원성 추구와는 거리를 둔 채 개인사에 가까운 현실에 순응해 버렸음을 고찰했다. 더욱이 후기시에 이르러 시인은 몰역사적인 인식 태도를 드러내기도 하는데, 이는 시인이 지속적으로 추구했던 영원성이 사라진 자리를 차지한 현실 의식이 그 균형을 이루지 못해 나타나는 부정적인 양상임을 지적했다. 특히 이 장에서는 서정주 시의 주제적, 방법적 특성을 드러내는 중요한 특질로서, 시인 서정주에게 있어서 영원성의 추구는 곧 현실에 대한 문제의식과 상통한다는 점을 적시했다.

  결국 서정주 시에서 뛰어난 작품들은 영원성과 현실성이 조화를 이룬 시편들이며, 특히 현실성을 바탕으로 영원성을 추구한 시편들에서 가장 뛰어난 시적 성취를 보여 주었다. 이에 반해 영원성과 현실성이 괴리된 작품들은, 영원성 추구에 치우친 나머지 현실과 역사를 초월해 버리거나, 또는 현실 순응주의적인 개인사에 머무는 한계를 드러내었다. 따라서 서정주 시에서 영원성과 현실성이라는 두 길항 요소는 기본적으로 시인의 시의식에 그 근원을 둔 것으로서, 그것들이 서로 길항하는 양상은 그의 시 작품을 이루는 주제적, 방법적 측면인 동시에 궁극적으로는 그의 시를 평가하는 하나의 기준이 된다고 할 수 있겠다.

참고문헌

1. 기초 자료

서정주, 『徐廷柱文學全集』 1~5, 일지사, 1972.
서정주, 『未堂 徐廷柱 詩全集』, 민음사, 1983.
서정주, 「『花蛇集』 미수록시 13편」, 『현대시학』, 1991. 7.
서정주, 『未堂 산문』, 민음사, 1993.
서정주·강우식·김선영, 『서정주 문학앨범』, 웅진출판, 1993.
서정주, 『미당 시전집』 1~3, 민음사, 1994.
서정주, 『미당 자서전』 1~2, 민음사, 1994.
서정주, 『未堂의 세계방랑기』 1~3, 민예당, 1994.
서정주, 「나의 문학인생(文學人生) 7장」, 『시와시학』, 1996. 가을.
서정주, 「1945~55년 미당 서정주의 시집 미수록시 15편 전문」, 『한국문학평론』, 1997. 봄.
서정주, 『80소년 떠돌이의 詩』, 시와시학사, 1997.
서정주, 『인연』, 민족사, 1997.
Sŏ, Chŏng-ju, *Selected Poems of Sŏ Chŏngju*, Translated and with an Introduction by David R. McCann, New York : Columbia University Press, 1989.

2. 논문과 단행본

2.1. 학위논문

김석준, 「서정주 초기시 연구 : 사상적 변화를 중심으로」, 서울대학교 대학원 석사학위논문, 1994. 2.
김수이, 「서정주 시의 변천 과정 연구 : 욕망의 변화 양상을 중심으로」, 경희대학교 대학원 박사학위논문, 1997. 8.
김행숙, 「서정주와 유치환의 초기시 비교 연구」, 고려대학교 대학원 석사학위논문, 1996. 2.
나희덕, 「서정주의 『질마재 神話』 연구 : 서술시적 특성을 중심으로」, 연세대학교 대학원 석사학위논문, 2000. 2.

심재휘, 「1930年代 後半期 詩 硏究 : 白石·李庸岳·柳致環·徐廷柱 詩의 時間意識을 中心으로」, 고려대학교 대학원 박사학위논문, 1997. 8.

양금섭, 「未堂 徐廷柱詩 硏究」, 고려대학교 대학원 박사학위논문, 1996. 8.

엄경희, 「서정주 시의 자아와 공간·시간 연구」, 이화여자대학교 대학원 박사학위논문, 1999. 2.

오형엽, 「徐廷柱 初期詩의 意味構造 연구 : 二元性과 그 融合의 意志를 중심으로」, 고려대학교 대학원 석사학위논문, 1989. 8.

유지현, 「徐廷柱 詩의 空間 想像力 硏究 : 『花蛇集』에서 『질마재 神話』까지」, 고려대학교 대학원 박사학위논문, 1998. 2.

윤재웅, 「서정주 시 연구」, 동국대학교 대학원 박사학위논문, 1996. 8.

이남호, 「尹東柱와 徐廷柱의 「自畫像」 比較 分析」, 고려대학교 대학원 석사학위논문, 1981. 2.

이성우, 「서정주 시의 영원성과 현실성 연구」, 고려대학교 대학원 석사학위논문, 2001. 2.

이수정, 「서정주 시에 있어서 영원성 추구의 시학」, 서울대학교 대학원 박사학위논문, 2006. 8.

이영광, 「서정주 시의 형성 원리와 시의식의 구조」, 고려대학교 대학원 박사학위논문, 2006. 2.

임재서, 「서정주 시에 나타난 세계 인식에 관한 연구 : 비극적 세계관과 시간성의 관련 양상을 중심으로」, 서울대학교 대학원 석사학위논문, 1996. 2.

최라영, 「서정주 초기 詩텍스트의 의미화 과정 연구 : 여성과의 관련 양상을 중심으로」, 서울대학교 대학원 석사학위논문, 1999. 2.

2.2. 소논문과 평론

강우식, 「新羅精神의 考察과 廷柱詩」, 『성균』 17호, 성균관대학교, 1963. 11.

고은, 「徐廷柱時代의 報告」, 『문학과지성』, 1973. 봄.

구모룡, 「초월 미학과 무책임의 사상 : 未堂 서정주 미학 비판」, 『포에지』, 2000. 겨울.

구중서, 「徐廷柱와 現實逃避 : 歷史詩의 本領과 徐氏의 경우」, 『청맥』, 1965. 6.
권국명, 「미당의 시 「문둥이」의 기호론적 의미 분석」, 『어문학』 69집, 한국어문학회, 2000. 2.
권영민, 「시적 체험과 이야기調」, 『현대문학』, 1982. 12.
김동리, 「徐廷柱의 「鞦韆詞」」, 『文學과 人間』, 청춘사, 1952.
김수남·서정주 대담, 「신라정신에 취해 버린 未堂 徐廷柱 시인과 '걸어다니는 未堂 詩全集'」,
　　　『월간조선』, 1995. 1.
김열규, 「俗信과 神話의 徐廷柱論」, 『서강어문』 2집, 서강어문학회, 1983. 1.
김용희, 「서정주 시의 욕망 구조와 그 은유의 정체 : 『서정주 시선』을 중심으로」, 『이화어문
　　　논집』 12집, 이화여자대학교 한국어문학연구소, 1992. 3.
김우창, 「韓國詩와 形而上 : 하나의 觀點 ─ 崔南善에서 徐廷柱까지」, 『세대』, 1968. 7.
김우창, 「未堂선생의 시」, 서정주 시집 『떠돌이의 詩』 해설, 민음사, 1976.
김윤식, 「歷史의 藝術化 : 新羅精神이란 怪物을 暴露한다」, 『현대문학』, 1963. 10.
김윤식, 「傳統과 藝의 意味」, 『세대』, 1973. 8.
김윤식, 「徐廷柱의 『질마재 神話』攷 : 거울化의 두 樣相」, 『현대문학』, 1976. 3.
김윤식, 「무(無) 속에서 전개되는 변증법 : '시인부락'의 어떤 생리와 논리」, 『시와시학』,
　　　1996. 가을.
김인환, 「徐廷柱의 詩的 旅程 : 『花蛇』에서 『질마재 神話』까지의 거리」, 『문학과지성』,
　　　1972. 여름.
김재홍, 「하늘과 땅의 辨證法」, 『월간문학』, 1971. 5.
김재홍, 「生涯史와 歷史的 順應主義」, 『현대문학』, 1982. 12.
김재홍, 「未堂 徐廷柱 : 대지적 삶과 생명에의 飛翔」, 『韓國現代詩人硏究』, 일지사, 1986.
김재홍, 「徐廷柱, 운명의 거울·존재의 거울 : 『화사집』 분석론」, 『문학사상』, 1992. 11.
김종길, 「實驗과 才能 : 우리 詩의 現況과 그 問題點」, 『문학춘추』, 1964. 6.
김종길, 「詩와 理性 : 徐廷柱 詞伯의 「내 詩精神의 現況」을 읽고」, 『문학춘추』, 1964. 8.
김종길, 「意味와 音樂 : 分析的 詩論 ─ 「鞦韆詞」의 形態」, 『사상계』, 1966. 3.
김종길, 「미당시의 특질」, 『시와시학』, 1996. 가을.
김주연, 「신비주의 속의 여인들…詩? 詩」, 『작가세계』, 1994. 봄.

김준오, 「原始主義와 自虐 : 生命派의 詩的 自我」, 『가면의 해석학』, 이우출판사, 1985.

김춘수, 「詩人論을 위한 覺書」, 『韓國 現代詩 形態論』, 해동문화사, 1958.

김학동, 「徐廷柱 初期詩에 미친 影響」, 『어문학』 16집, 한국어문학회, 1967. 5.

김종길, 「신라의 영원주의」, 『어문학』 24집, 한국어문학회, 1971. 4.

김현, 「徐廷柱 혹은 佛敎的 人生觀의 천착」, 김윤식·김현, 『韓國文學史』, 민음사, 1973.

김흥규, 「추천사(鞦韆詞) : 春香의 말 1」, 『韓國現代詩를 찾아서』, 한샘, 1982.

남진우, 「남녀 양성의 신화 : 서정주 초기시의 심층 탐험」, 김우창 외, 『미당 연구』, 민음사, 1994.

문덕수, 「新羅精神에 있어서의 永遠性과 現實性 : 우리 文學의 思想的 傳統」 1, 『현대문학』, 1963. 4.

민병기, 「현대시와 전통 율격」, 박노준·이창민 외, 『현대시의 전통과 창조』, 열화당, 1998.

박광용, 「「국화 옆에서」와 이승만, '길들여지지 않은 바람에 대한 예찬'」, 『씨올의 소리』, 2000. 5·6.

박수연, 「절대적 긍정과 절대적 부정」, 『포에지』, 2000. 겨울.

박재삼, 「自由自在한 것」, 『현대문학』, 1982. 12.

박진환, 「三敎의 混融과 샤먼의 神話創造, 徐廷柱의 경우」, 『현대시학』, 1974. 12.

박철희, 「서정주와 민간전승」, 박철희 엮음, 『서정주』, 서강대학교출판부, 1995.

서우석, 「徐廷柱 : 리듬의 완만한 대립」, 『詩와 리듬』, 문학과지성사, 1981.

손진은, 「서정주 시의 초월성 연구」, 『논문집』 9집, 경주대학교, 1997. 12.

송욱, 「徐廷柱論」, 『문예』, 1952. 11.

송재소, 「詩的 方法으로서의 神話 : 徐廷柱氏에 보내는 覺書」, 『亞韓』, 1968. 6.

송희복, 「서정주 초기시의 세계」, 『현대시학』, 1991. 7.

신동욱, 「虛無의 超克과 꽃 : 徐廷柱의 生命」, 『문리대학보』 4호, 서울대학교 문리과대학, 1954. 9.

신동욱, 「詩를 읽는 법 : 「鞦韆詞」의 解釋」, 『현대문학』, 1971. 2.

신범순, 「질기고 부드럽게 걸러진 '영원' : 미당 서정주의 『떠돌이의 시』」, 『현대시』, 1994. 1.

염무웅, 「5, 60년대 남한 문학의 민족문학적 위치」, 『창작과비평』, 1992. 겨울.

오세영, 「설화의 시적 변용」, 김우창 외, 『미당 연구』, 민음사, 1994.

오세영, 「서정주 시의 영원과 현실」, 『한국문학연구』 17집, 동국대학교 한국문학연구소, 1995. 3.

오탁번, 「徐廷柱詩의 比喩와 母性心象」, 『사대논집』 19집, 고려대학교 사범대학, 1994. 12.

유종호, 「소리지향과 산문지향 : 未堂 시의 일면」, 『작가세계』, 1994. 봄.

윤석성, 「未堂詩의 儒家的 측면」, 『동악어문논집』 34집, 동국대학교 동악어문학회, 1999. 2.

윤재웅, 「바람과 풍류 : 서정주 시의 지속과 변화」, 『한국문학연구』 17집, 동국대학교 한국문학연구소, 1995. 3.

이경수, 「서정주와 박재삼의 '춘향 모티프 시 비교 연구 : 시선과 거리를 중심으로」, 『민족문화연구』 29집, 고려대학교 민족문화연구소, 1996. 12.

이광호, 「영원의 시간, 봉인된 시간 : 서정주 중기시의 '영원성' 문제」, 『작가세계』, 1994. 봄.

이남호, 「열다섯 편의 시읽기 : 서정주 「鞦韆詞」」, 『文學의 僞足』 1 : 시론, 민음사, 1990.

이남호, 「겨레의 말, 겨레의 마음」, 김우창 외, 『미당 연구』, 민음사, 1994.

이남호, 「교과서에 실린 문학작품을 어떻게 가르칠 것인가 : 서정주, 「추천사」」, 『현대문학』, 2000. 6.

이남호, 「'미당의 詩'를 옹호하며」, 『경향신문』, 2000. 7. 10, 9쪽.

이성부, 「삶의 어려움과 시의 어려움 : 『冬天』, 『靑鹿集以後』를 중심으로」, 『창작과비평』, 1969. 여름.

이성우, 「남의 글 속에 담긴 시 작품 읽기 : 서정주 「추천사」의 경우」, 『현대시학』, 2000. 7.

이승훈, 「서정주의 초기시에 나타난 미적 특성」, 『한국문학연구』 17집, 동국대학교 한국문학연구소, 1995. 3.

이철범, 「新羅精神과 韓國傳統論批判 : 徐廷柱氏의 持論에 對한」, 『자유문학』, 1959. 8.

이태동, 「현실과 영원의 선미(善美)한 조합」, 박철희 엮음, 『서정주』, 서강대학교출판부, 1995.

임우기, 「오늘, 未堂 詩는 무엇인가? : '회귀(回歸)'의 아름다움?」, 『문예중앙』, 1994. 여름.

정현종, 「식민지시대 젊음의 초상 : 서정주의 초기시 또는 여신으로서의 여자들」, 『작가세계』, 1994. 봄.

정효구, 「우주공동체와 문학 : 신화, 제2의 자궁 — 서정주」 1~2, 『현대시학』, 1994. 1~2.

조병무, 「永遠性과 現實性 : 未堂 『질마재 神話』考」, 『현대문학』, 1975. 5.

조연현, 「原罪의 刑罰 :『花蛇集』·『歸蜀途』를 通해 본 徐廷柱」, 『文學과 思想』, 세계문화사, 1949.

천이두, 「지옥과 열반 : 徐廷柱論」 1~4, 『시문학』, 1972. 6~9.

최동호, 「抒情的 自我 探求와 詩的 變容 : 李箱·尹東柱·徐廷柱를 중심으로」, 『현대문학』, 1980. 6.

최동호, 「꽃, 그 詩的 形象의 構造와 美學」, 『韓國現代詩의 意識現象學的 研究』, 고려대학교 민족문화연구소, 1989.

최두석, 「徐廷柱論」, 『선청어문』 20집, 서울대학교 사범대학 국어교육과, 1992. 9.

허세욱, 「陶潛과 李白과 未堂 사이 : 徐廷柱詩의 東洋的 思想系譜論」, 동국문학인회 엮음, 『未堂徐廷柱研究』, 동화출판공사, 1975.

황동규, 「탈의 完成과 解體 : 徐廷柱의 精神과 詩」, 『현대문학』, 1981. 9.

황종연, 「신들린 시, 떠도는 삶」, 『작가세계』, 1994. 봄.

황현산, 「徐廷柱, 농경사회의 모더니즘」, 『한국문학연구』 17집, 동국대학교 한국문학연구소, 1995. 3.

황현산, 「시적 허용과 정치적 허용」, 『포에지』, 2000. 겨울.

3. 단행본

김대행, 『韓國詩歌構造研究』, 삼영사, 1976.

김대행 엮음, 『韻律』, 문학과지성사, 1984.

김동리, 『文學과 人間』, 청춘사, 1952.

김민수, 『新國語學』, 개정판, 일조각, 1983.

김부식, 『삼국사기』 1·2, 이강래 옮김, 한길사, 1998.

김용직, 『해방기 한국 시문학사』, 민음사, 1989.

김용직, 『韓國現代詩史』 2, 한국문연, 1996.

김우창 외, 『미당 연구』, 민음사, 1994.
김윤식·김우종 외, 『한국현대문학사』, 개정증보판, 현대문학, 2002.
김윤식·김현, 『韓國文學史』, 민음사, 1973.
김인환, 『韓國文學理論의 硏究』, 을유문화사, 1986.
김재홍, 『韓國現代詩人硏究』, 일지사, 1986.
김준오, 『가면의 해석학』, 이우출판사, 1985.
김준오, 『詩論』, 4판, 삼지원, 1997.
김준오, 『문학사와 장르』, 문학과지성사, 2000.
김춘수, 『韓國 現代詩 形態論』, 해동문화사, 1958.
김화영, 『未堂 徐廷柱의 詩에 대하여』, 민음사, 1984.
김홍규, 『韓國現代詩를 찾아서』, 개정증보판, 한샘, 1991.
동국문학인회 엮음, 『未堂徐廷柱硏究』, 동화출판공사, 1975.
박노준·이창민 외, 『현대시의 전통과 창조』, 열화당, 1998.
박철희 엮음, 『서정주』, 서강대학교출판부, 1995.
서우석, 『詩와 리듬』, 문학과지성사, 1981.
설성경 역주, 『春香傳』, 고려대학교 민족문화연구소, 1995.
윤재웅, 『미당 서정주』, 태학사, 1998.
일연, 『삼국유사』 상·하, 이동환 역주, 삼중당, 1983.
최동호, 『韓國現代詩의 意識現象學的 硏究』, 고려대학교 민족문화연구소, 1989.
최동호, 『시 읽기의 즐거움』, 고려대학교출판부, 1999.
홍성호, 『문학사회학, 골드만과 그 이후』, 문학과지성사, 1995.

견고한 거울과 또 다른 고향

윤동주 시의 자아 성찰과 새로운 세계의 모색

1. 윤동주 시에 대한 여러 시각들

한 시인의 전모가 일목요연하게 파악되지 않을 때, 그 원인은 크게 두 가지로 모아진다. 하나는 해당 시인에 대한 비평적 조명이 부족해 그의 시세계가 제대로 드러나지 않은 경우이다. 다른 하나는 그 시인의 작품 세계가 어느 일면의 고찰만으로는 전체 모습을 짐작할 수 없을 만큼 폭을 갖춘 경우이다. 특히 후자의 경우에는 연구자들의 시각이 다양하게 전개되기 마련이다. 윤동주의 경우가 바로 이에 해당한다.

시집 『하늘과 바람과 별과 詩』가 간행된 1948년 이후 윤동주 시에 대한 가장 논쟁적인 시각은 저항시 여부를 둘러싼 것이었다. 저항시 여부 논쟁은 한 세대 넘게 식민지 지배를 받았던 한국사의 특수성을 반영한다는 측면에서는 의미를 지니는 일이다. 하지만 그 논쟁은 윤동주 시가 지닌 다양성을 제한한다는 점에서 부정적인 영향을 끼친 것도 사실이다. 윤동주 시에 대한 연구가 저항시 논쟁의 틀을 벗어나 다양화의 길에 접어든 것은 1970년대 중반 이후 다양한 연구 시각과 방법론이 제시되면서부터이다. 당시 제기된 연구 과제 가운데 대표적인 것으로는 윤동주의 고향 체험 양상과 기독교적 측면,[1] 실존 의식과 릴케, 키에르케고르 등의 영향 문제,[2] 시정신의 원천과 작품의 심층적 의미망 탐색[3] 등을 들 수 있다.

이 같은 연구 주제들을 포함하여, 지금까지 다양하게 축적된 연구 성과에도 불구하고 윤동주 시에 대한 시각은 아직도 그 개방성의 측면에서는 미흡하다고 판단된다. 그 단적인 예는 윤동주의 시정신을 해명하는 데 지나치게 기독교적 세계관의 범주에 머물러 있는 점이다. 윤동주가 기독교 집안에서 태어나 유아 세례를 받고 고향 명동촌의 독특한 기독교 문화를 체험한 것은 잘 알려진 사실이다.[4] 그러나 그 사실을 지나치게 강조하는 이면에는 윤동주의 시와 인간됨에 대한 이해의 폭을 한정하는 위험이 도사린다. 가령, 윤동주의 삶과 시에 대한 시각의 확장으로서 유가 사상의 영향 관계를 상정해 볼 수도 있다.[5] 다음 인용문에서 한문 원문은 『藝術學』이라는 일문 도서[6]

---

1 김윤식, 「尹東柱論의 行方」, 『심상』, 1975. 2, 98~99쪽.
　홍정선, 「尹東柱 詩硏究의 현황과 문제점」, 『현대시』 1집, 1984. 여름, 194~196쪽.
2 박호영, 「尹東柱論의 문제점 : 저항시 여부」, 『현대시』 1집, 1984. 여름, 242쪽.
3 김옥순, 「尹東柱 詩 硏究 어디까지 왔나」, 『문학사상』, 1986. 4, 144쪽.
4 송우혜, 『윤동주 평전』, 개정판, 세계사, 1998, 53~60쪽, 411쪽.
5 윤동주 시의 유가적 측면을 다룬 논문으로는 박남철의 「尹東柱論 : 그의 詩에 나타난 儒家的 態度를 중심으로」(『한국학논총』 10집, 한양대학교 한국학연구소, 1986, 213~231쪽)가 있다. 현재로서는 이 방면의 최초이자 유일한 연구 성과로 보이는 이 글은 「序詩」를 비롯한 몇몇 작품이 修己治人의 유가적 덕목과 관련이 있어 보인다는 점을 언급했다. 그러나 이 논문은 구체적이고 실증적인 자료 제시나 작품 분석을 보여 주지 못한 채 문제 제기의 수준에 그치고 말았다.
6 왕신영은 현존하는 윤동주의 소장 도서 42권 가운데 『藝術學』의 본문 여백에 적힌 자필 메모 등을 토대로 시인의 독서 성향을 검토한 바 있다. 윤동주는 1939년 高沖陽造의 『藝術學』(美瑛堂, 1937)을 구입했는데, 당시 그는 사상과 문학의 접점에서 흔들리면서도 유물론적 입장에서 저술된 이 책의 견고한 사상성에 갇히지 않고 결국은 문학을 고수하는 태도를

의 책 케이스에 윤동주가 자필 메모로 남겨 놓은『孟子』離婁편의 한 구절이다.[7]

反求諸己
孟子曰 : "愛人不親, 反其仁. 治人不治, 反其智. 禮人不答, 反其敬. 行有不得者, 皆反求諸己, 其身正而天下歸之. 詩云, '永言配命, 自求多福.'"

돌이켜 자기 자신에게서 원인을 찾으라
맹자가 말했다. "내가 남을 사랑했는데도 남이 나에게 친근하지 않으면 남을 탓하기에 앞서 내 스스로 인덕(仁德)의 부족함이 없지 않나 반성을 하라. 또 내가 남을 다스렸는데도 잘 다스려지지 않으면 내 스스로 지혜가 부족하지 않은가 반성해라. 또 내가 남에게 예의를 지켰는데도 남이 예의로써 답하지 않는다면 내 스스로 공경하는 태도에 잘못이 없었나 반성을 하라. 모든 행동에 있어 좋은 결과를 얻지 못할 경우 오직 자기 자신을 반성해야 한다. 내 몸가짐이 바르면 결국 천하의 사람들이 나에게 귀복(歸服)하게 될 것이다.『시경』에 있다. '언제나 천명을 좇는 것이 스스로 많은 복을 찾는 길이다.'"[8]

'돌이켜 자기 자신에게서 원인을 찾으라(反求諸己)'는 소제목에서 보듯『孟子』의 이 구절은 끝없는 자기 수양을 강조하고 있다. 자기의 삶이 뜻대로 되지 않을 때는 그 원인을 남이나 다른 곳에서 찾지 말고 먼저 자기 자신에게서 찾아 반성하라는 것이다. 이 끝없는 자기 수양의 덕목을 윤동주가 자신의 책 케이스에 적어 두고 반추했을 것이라는 점, 또한 연희전문 시절 방학 때는 외숙인 김약연 선생으로부터『詩經』을 배웠다는 연보 기록[9]으로 미

취했다는 것이다. 왕신영, 「소장 자료를 통해서 본 윤동주의 한 단면 : 소장 도서, 특히 『藝術學』을 軸으로 하여」,『비교문학』27집, 한국비교문학회, 2001. 8, 260~266쪽.
7 윤동주,『사진판 윤동주 자필 시고전집』, 왕신영·심원섭·오오무라 마스오·윤인석 엮음, 민음사, 1999, 199쪽.
8 장기근 옮김,『孟子 新譯』하, 범조사, 1980, 36~37쪽.

루어, 인용문의 끝부분에 나오는 『詩經』大雅 文王편의 구절도 윤동주가 익히 알고 있었으리라 짐작할 수 있다. 그런데 이러한 사실을 윤동주의 특정 작품이나 구절과 연결시키는 세부적인 작업 못지않게 중요한 것은, 윤동주의 삶과 시를 형성한 요인이 기독교나 서양 전통뿐만 아니라 유교를 비롯한 동양 전통일 수 있음을 인정하는 일이다. 이러한 열린 시각을 통해서 윤동주 시세계 전반에 걸쳐 나타나는 '자아 성찰'의 특성이 좀더 폭넓은 함의를 지닐 수 있을 것이다. 또한 시적 자아와 시인이 거의 일치하는 윤동주 시의 특성을 고려할 때, 시인이 작품 말미에 달아 놓은 詩作 날짜를 비롯해 그의 산문과 전기적 자료들 역시 윤동주 시론이 끌어안아야 할 과제이다. 이 글은 이 같은 사항들을 전제하고, 자아 성찰로서의 '견고한 거울' 이미지의 변이 양상과 더불어 시인이 그의 삶과 시의 새로운 대안으로 추구했던 '또 다른 고향'의 관련 문제를 고찰하고자 한다.

2. 자아 성찰의 견고한 거울

윤동주 시 전반을 지배하는 자아 성찰의 특성과 관련하여 '나르시스 의식 혹은 거울 이미지'라고 언급한 대표적인 연구자는 김윤식이다.[10] 그는 한국 근대시에서 거울 이미지를 통해 의식의 내면화를 추구한 계열의 첫머리에 이상을 놓는다. 이상이 거울에 비친 정반대의 자기 모습에 절망했다면, 윤동주는 구리로 된, 절대로 깨지지 않는 자아 성찰의 거울을 확보했다는 것이다. 이후 박호영,[11] 마광수[12] 등을 거쳐 최근의 김수이[13]에 이르기까지 여

---

9 권영민 편저, 『윤동주 전집』 1 : 하늘과 바람과 별과 시, 문학사상사, 1995, 228쪽.
10 김윤식, 「한국 근대시와 윤동주 : 비평적 심의(心意) 경향과 관련하여」, 『나라사랑』 23집, 1976. 여름, 69~81쪽.
11 박호영, 「릴케와의 對比로 본 尹東柱」, 김용직 외, 『韓國現代詩史硏究』, 일지사, 1983, 487

러 연구자들이 윤동주 시에서 거울 이미지의 특성을 고찰했다. 그런데 여기서 하나의 문제를 제기할 수 있다. 김윤식이 말한 '절대로 깨지지 않는 거울'은, 다른 시각에서 보자면 시적 자아의 인식의 방향을 결정하는 견고한 틀로 작용하거나, 시적 자아를 분열에 이르게 하는 내적 동인이 될 수 있다는 점이다. 이 글에서 나중에 살펴볼 「또다른故鄕」에서의 시적 자아의 분열은 이 점을 잘 보여 주는 예라 할 수 있다.

윤동주 시에서 거울 시편들은 창작 시기에 따라 시적 자아의 특성과 거울 이미지의 구체성에서 미묘한 변화를 보여 준다. 먼저, 다음 시편들에서 '거울'에 비친 시적 자아나 인물은 과거에 속해 있으며, 거울은 액체 상태로 구현된다.

i) 다시 그사나이가 미워저 돌아갑니다.
  돌아가다 생각하니 그사나이가 그리워집니다.

  우물속에는 달이 밝고 구름이 흐르고 하늘이 펼치고 파아란 바람이 불고
가을이 있고 追憶처럼 사나이가 있습니다.

  ― 「自畵像」(1939. 9) 부분[14]

~500쪽.

12 마광수, 「尹東柱 硏究 : 그의 詩에 나타난 象徵的 表現을 中心으로」, 연세대학교 대학원 박사학위논문, 1983. 8.
13 김수이, 「거울을 닦는 자의 빛나는 영혼」, 김수복 외 편저, 『나한테 주어진 길』, 웅동, 1999, 77~87쪽.
14 앞으로 작품 인용은 윤동주 텍스트의 확정이란 측면에서 왕신영·심원섭·오오무라 마스오·윤인석이 함께 엮은 『사진판 윤동주 자필 시고전집』(민음사, 1999)에 의거한다. 아울러 시인이 작품 말미에 적어 놓은 시작 날짜를 작품 제목 뒤 괄호 안에 명시한다. 왕신영과 심원섭 등이 작업한 『사진판 윤동주 자필 시고전집』은 윤동주의 미발표시 8편을 비롯해 지금까지 알려진 모든 시와 산문의 자필 원고와 그 밖의 자료들을 사진판으로 수록하고 있다. 윤동주 시 텍스트 확정과 관련한 최근의 논의로는 오오무라 마스오, 『윤동주와 한국문학』, 소명출판, 2001, 75~110쪽 참조.

ii) 가만이 하늘을 드려다 보려면 눈섭에 파란 물감이 든다. 두손으로 따뜻한
볼을 쓰서보면 손바닥에도 파란 물감이 묻어난다. 다시 손바닥을 드려다 본
다. 손금에는 맑은 강물이 흐르고, 맑은 강물이 흐르고, 강물속에는 사랑처
럼 슬픈얼골―아름다운 順伊의 얼골이 어린다.

―「少年」(1939) 부분

자아에 대한 미움과 연민이라는 양가적 인식을 드러내는 작품 i)에서
고려해야 할 것은 자아를 비추는 거울이 유동성 액체인 '물'이라는 점이다.
최동호의 지적처럼 이 시에서 우물 자체는 정지해 있지만 그 속에 투영된
것들과 화자의 의식은 흐름 속에 있다.[15] 시적 자아가 미움/연민의 양가적인
감정에 따라 우물에서 벗어났다간 다시 돌아오곤 하는 우물 바깥의 정황은,
우물 속에서 구름과 바람이 흐르는 풍경과 조응한다. 화자의 의식이 추억과
현재 사이를 오고가는 것 역시 같은 맥락에 속한다. 이 시에서 '자화상'은
고정된 것이 아니라 시적 자아의 인식 여하에 따라 유동적인 것이며 한편
으로는 불안한 상태의 것이다.

작품 ii)에서는 '하늘'과 '손바닥', '강물'이 모두 거울 이미지에 속한다. 하
지만 시적 자아가 '아름다운 順伊의 얼골'을 발견할 수 있는 것은 상상의 '강
물'을 통해서이다. 강물을 통해서 시적 자아는 과거의 기억으로부터 순이의
얼굴을 이끌어내며, '하늘'과 시적 자아와 '강물'은 흐름이라는 속성을 통해
하나로 용해되는 서정의 공간을 창출한다. 작품 i)에서와 마찬가지로 이 작품에
서도 강물이라는 거울에 비친 인물은 현실 공간이 아니라 추억 속에 존재한다.

이 시편들에서 유동적인 형태의 '거울'은 현재의 자아와 과거의 자아 혹
은 등장인물 사이를 유동적으로 매개하는 역할을 한다. 그것은 시적 자아의
미성숙을 의미하는 것일 수도 있다. 그러나 여기서 유동적인 자아의 모습은

---

15 최동호, 『韓國現代詩의 意識現象學的 研究』, 고대민족문화연구소 출판부, 1989, 113쪽.

외적 지향의 의무로부터 비교적 자유롭다는 점에서 이후의 시편들에 비할 때 덜 비극적이다. 무엇보다 시적 자아의 유동적인 자아상은 그것에 대한 인식 태도에 따라 변화될 수 있는 여지를 지니기 때문이다.

그러나 「序詩」에 이르면 외부적 가치관을 수용한 시적 자아에 의해 강제되는 자아, 과거와 현재는 물론 미래에까지 관여하는 거울 이미지가 등장한다.

> 죽는 날까지 하늘을 우르러
> 한점 부끄럼이 없기를,
> 잎새에 이는 바람에도
> 나는 괴로워했다.
> 별을 노래하는 마음으로
> 모든 죽어가는것을 사랑해야지
> 그리고 나안테 주어진 길을
> 거러가야겠다.
>
> 오늘밤에도 별이 바람에 스치운다.

— 「序詩」(1941. 11. 20) 전문

이 시의 중심 이미지는 일차적으로 우주 혹은 자연을 지시하는 '하늘', '바람', '별'이다. 이 가운데 '하늘'은 시적 자아로 하여금 스스로를 성찰하게 만든다는 점에서 일종의 거대한 거울 이미지로 볼 수 있다. 그런데 이 시의 '거울'은 시적 자아가 '우러러본다'는 점에서 이전 작품들과 구별된다. 앞서 살펴본 「自畵像」과 「少年」의 경우에는 모두 들여다보는 거울이었다. 그러나 이 시에서의 "하늘"은 '우러러보는 거울'이며, 시적 자아가 쉽사리 그 영역에서 벗어나기 힘든 '거대한 거울'이다. 이 작품에는 무엇보다 유교를 포함한 동양의 보편적 가치관이 전면에 부각되어 있다. 예컨대 시의 첫머리부터, "하늘을 우르러/한점 부끄럼이 없기를"(仰不愧於天, 俯不怍於人, 二樂也 : 『孟子』,

盡心) 바라는 화자의 윤리적 완성에의 의지가 다소 과도하게 도드라지기 때문이다. 애초 이 작품이 별도의 제목 없이 자선 시집의 '서시'를 의도해 씌어졌다는 창작 과정을 감안하면 이런 사정을 일면 수긍할 수 있다. 하지만 이 시의 전체 의미 구조가 반드시 윤리적 완성에의 구도를 안정적으로 보여 주는 것은 아니다. 그것은 곧 '바람→별→바람·별'의 형식을 취한 이 작품에서, 마지막 단계인 '바람·별'이 과연 기존 논의[16]처럼 변증법적으로 종합 지양된 단계인가 하는 문제를 제기한다. 이 시의 마지막 행에서 '바람·별'은 그 갈등이 지양된 것으로는 읽히지 않는다. '오늘밤에도'라는 시구가 특별히 강조하듯 바람과 별은 현재의 시점에서 끊임없이 갈등하는 관계로 보아야 한다.

이 대목에서는 또 다른 문제가 발생한다. 그것은 첫 연의 후반부에서 보이는 미래 시제에 대한 자아의 의지 표명과 관련된 것이다. 이 시의 시제는 크게 보아 과거(1연 1~4행)→미래(1연 5~8행)→현재(2연)의 형식을 취했는데, 이 시의 의미 구조의 핵심은 윤리적 완성에의 의지를 표출한 미래 시제 부분에 있다. 이 시는 결국 미래 시제 부분이 과거와 현재 부분을 압도하는 형국을 보여 준다. 이 시에 내장된 진정한 갈등과 번민은 바로 이 점에서 연유하는 것으로 판단된다. 미래까지 비추는 거대한 거울 아래 서 있는 시적 자아의 행로는 어떤 모습으로 전개될 것인가. 이 물음 앞에는 「懺悔錄」이라는 작품이 놓여 있다.

  파란 녹이 낀 구리 거울속에
  내얼골이 남어있는것은

---

16 이승훈, 「윤동주의 「서시」 분석」, 권영민 엮음, 『윤동주 전집』 2 : 윤동주 연구, 문학사상사, 1995, 446쪽.

어느 王朝의遺物이기에
이다지도 욕될가

나는 나의 懺悔의글을 한줄에 주리자,
―滿二十四年一個月을
　　무슨깁븜을바라살아왔든가

내일이나 모레나 그어느 즐거운날에
나는 또 한줄의 懺悔錄을 써야한다.
―그때 그 젊은나이에
　　웨그런 부끄런 告白을 했든가.

밤이면 밤마다 나의거울을
손바닥으로 발바닥으로닦어보자

그러면 어느 隕石밑우로 홀로거러가는
슬픈사람의 뒷모양이
거울속에 나타나온다.

― 「懺悔錄」(1942. 1. 24) 전문

　이 시에 나오는 '거울'은 두 가지로 분리되어 있다. 하나는 첫 연에 나오는 파란 녹이 낀 구리거울이며, 다른 하나는 넷째 연에 등장하는, 손바닥으로 발바닥으로 닦아야만 하는 거울이다. 이때 앞의 거울은 어느 왕조의 '遺物'처럼 시적 자아에게 주어진 거울이며, 뒤의 거울은 첫째 연의 거울을 화자가 닦음으로써 새로워진 거울이다. 또한 앞의 거울은 과거에서 현재를 담아내는 반면에 뒤의 거울은 미래의 화자 모습을 미리 보여 주는 역할을 한다. 왜 이 시에는 이처럼 거울이 분리되어 나타나는 것일까?

　이 물음에 답하기 위해서는 이 시에서 시적 자아가 처한 상황과 그 의식의 변이 과정을 살펴볼 필요가 있다. 먼저 시인의 개인사를 참고하면, 이 시는 윤동주가 일본 유학을 결정하고 그것을 위해 창씨개명 서류를 제출한 날로부터 꼭 닷새 전에 쓴 작품이다.[17] 다른 무엇보다 자신의 일본 유학을 위해 조상 대대로 물려받은 姓을 바꾸어야 한다는 부끄러움이 이 시의 1~3연을 지배하고 있다. 그런데 그 부끄러움은 두 방향으로 전개된다. 파란 녹이 낀 구리거울을 지나간 왕조의 유물로 인식하는 화자의 태도에서 드러나는 외부 요인에 의한 부끄러움이 그 하나라면, 그 거울에 자신의 모습이 담겨 있다는 자각에서 비롯되는 부끄러움이 다른 하나이다. 이 지점에서 구리거울과 시적 자아는 '부끄러움'이란 매개항을 통해 하나가 된다. 자신과 거울이 부끄러움으로 하나가 되어 있다는 인식으로 인해 이 시의 자아는 과거와 현재(2연)는 물론 미래(3연)에 대한 참회록까지 써야 하는 상황에 이른다. 바로 이 때문에 시적 자아는 시의 후반부에 이르러 자신과 "파란 녹이 낀 구리 거울"을 분리시키려는 노력을 하게 된다. 손바닥으로 발바닥으로 거울을 닦는 행위는 바로 이런 의식의 변이 과정을 전제한다. 거울을 닦는 행위를 막연하게 자아 성찰의 성실성이란 측면에 한정해서 읽을 수 없는 이유가 바로 여기 있다.

이제 의문이 하나 더 남는다. 그토록 밤이면 밤마다 닦은 '견고한 거울'에 비친 시적 자아의 모습은 과연 어떠한가 하는 점이다. 마지막 연에 나오는 "隕石"과 "슬픈사람의 뒷모양"에서 그 암시를 얻을 수 있다. "隕石"은 땅 위에 '떨어진 별'이라는 점에서, 앞서 살펴본 「序詩」의 "별"과는 매우 다른 부정적인 의미 영역에 귀속된다.[18] "슬픈사람의 뒷모양"이라는 구절 역시 시

---

17 송우혜, 『윤동주 평전』, 개정판, 세계사, 1998, 254쪽.
18 「懺悔錄」의 마지막 구절에 나오는 "隕石 밑"에 대해서는 이 글의 논지와는 다른 해석도 이미 제시된 바 있다. 이남호는 이 시에서의 '隕石 밑'을 "아스라이 딴 별로 추방해 버린 아름다운 화해의 세계가 현실 속으로 다시 되돌아오는 지점"이라 해석했다. 그 근거로 이남호는 산문 「별똥 떨어진 데」의 마지막 구절인 "별똥 떨어진 데가 내가 갈 곳인가

적 자아의 비극적 인식 태도를 드러낸다. 이 시 「懺悔錄」은 이런 맥락에서 윤동주의 '부끄러움의 미학'을 드러낸 시편들, 이를테면 「自畵像」(1939. 9)이나 「츠르게네프의 언덕」(1939. 9), 「길」(1941. 9), 「序詩」(1941. 11. 20) 계열의 거의 마지막에 놓이는 작품이다. 여기서 '거의 마지막'이라 하는 이유는, 그가 1942년 3월 동경으로 건너간 이후에 쓴 「사랑스런 追憶」(1942. 5. 13)과 「쉽게 씨워진 詩」(1942. 6. 3)가 있기 때문이다. 그러나 이러한 비극적 인식의 시편들 사이에서도 주체적 자아에 대한 인식이나 '또 다른 고향'으로 대변되는 새로운 세계에 대한 추구를 드러내는 작품들이 있다. 이 작품들 역시 윤동주의 시와 삶이 지향했던 또 다른 일면을 보여 준다.

3. 대안의 세계로서 또 다른 고향

인간이 신의 품에 안긴, 죄 없고 행복한 상태에서 죄와 불행과 죽음을 아는 현재의 인간 상황으로 어떻게 나아갔는가를 설명해 주는 것이 에덴동산 설화이다. 윤동주가 성서에 나오는 이 이야기를 시적으로 변용한 창작 심리의 기저에는 무엇이 있었을까. 이 시를 쓸 때쯤 윤동주의 내면에는 '견고한 거울'로 표현되는 이상적 자아나 신의 부름에 호응하는 소명 의식과는 구별되는 또 다른 의식이 자리 잡아 가고 있었을 것으로 보인다. 그것은 한마디로 절대적 이상 그 자체에 의지하지 않는 상태에서 자신이 처한 현실에 직면하려는 주체적인 현실 인식이라 할 수 있다.

보다"와 「懺悔錄」의 마지막 구절인 "어느 隕石밑우로 홀로거러가는/슬픈사람의 뒷모양이/거울속에 나타나온다"는 같은 의미이기 때문이라고 했다(이남호, 「尹東柱 詩의 意圖 硏究」, 고려대학교 대학원 박사학위논문, 1987. 2, 90~95쪽). 남는 문제는 산문 「별똥 떨어진 데」와 시 「懺悔錄」의 구절들을 과연 얼마만큼 직접적으로 연결시켜 읽을 수 있겠는가 하는 점이다.

하얗게 눈이 덮이엿고
電信柱가 잉잉 울어
하나님말씀이 들려온다.

무슨 啓示일가.

빨리
봄이 오면
罪를 짓고
눈이
밝어

이브가 解産하는 수고를 다하면

無花果 잎사귀로 부끄런데를 가리고

나는 이마에 땀을 흘려야겟다.

— 「또太初의아츰」(1941. 5. 31) 전문

　이 시에서 신의 계시는 저절로 들려오는 것이 아니라 '전신주가 잉잉 우는' 갈등이나 고통을 수반한다. 이때 '전신주'라는 대상물은 성경 창세기의 내용과 시적 자아가 처한 현실 사이를 매개하는 구실을 한다. 또한 전신주가 우는 행위는 화자가 처한 고통스런 현실을 환기하며, 더 나아가 전신주는 시적 자아의 표상물로도 볼 수 있다. 이런 맥락에서 이 시에 나오는 신의 계시는 그 발화 내용으로 볼 때는 신의 것이지만, 발화 주체의 측면에서는 시적 자아의 의지가 반영된 것이다. 현실에 대한 분별력을 길러("눈이/밝어"), 능동적으로 행동하는 일("나는 이마에 땀을 흘려야겟다")이야말로 이 시의 화자가 추구하는 것이기 때문이다. 이 시는 또한 시인이 생각하는 에덴동산 너머의 세계 곧 '또 다른 고향'의 모습을 유추하게 해 준다는 점에서 의미를 지닌다. 그것은 '罪'로 비유된, 인간적 모순을 끌어안는 삶에 대한 긍정을 바탕으로 사랑과 노동에 의해 영위되는 세계라 할 수 있다. 이 작품과 비슷한 시기에 씌어진 산문 「終始」(1941)의 끝부분에서는 인식 전환을 통한 새로운 세계의 추구가 다음처럼 나타난다.

> 이제나는 곧 終始를 박궈야한다. 하나 내車에도 新京行, 北京行, 南京行을 달고싶다. 世界一周行이라고 달고싶다. 아니 그보다 眞正한 내故鄕이 있다면 故鄕行을 달겟다. 다음 到着하여야할 時代의 停車場이 있다면 더좋다.

終始를 바꾼다는 것은 곧 「또太初의아츰」에서 암시된 인식의 전환과 연결될 수 있는 말이다. 주체의 인식 전환을 전제했을 때, 다시 말해 과거의 고향을 부정했을 때 비로소 "眞正한 내故鄕"을 추구할 수 있을 것이기 때문이다. 또한 "시대의 정거장"이란 말을 통해서는 창씨개명 강요, 조선어 교육 금지, 일간지와 문학잡지의 폐간 등으로 이어지던 시대적 불안에 대한 시인의 자각을 엿볼 수 있다. 시인이 연희전문 시절에 쓴 산문 「별똥 떨어진 데」에는 당시의 시대 상황에 대한 인식이 다음과 같이 드러난다.

> 이제 닭이 홰를 치면서 맵짠울음을 뽑아 밤을 쫓고 어둠을 줏내몰아 동켠으로 휘—ㄴ이 새벽이란 새로운 손님을 불러온다 하자. 하나 輕妄스럽게 그리 반가워 할것은 없다. 보아라 假令 새벽이 왔다하더래도 이 마을은 그대로 暗澹하고 나도 그대로 暗澹하고 하여서 너나 나나 이 가랑지길에서 躊躇 躊躇 아니치 못할 存在들이 아니냐.

이 글로 볼 때 윤동주의 상황 인식은 직관적인 동시에 매우 날카로웠던 것으로 판단된다. "새벽이란 새로운 손님"으로 표현된 일시적인 국면 전환이 "마을"의 암담한 상황을 근본적으로 해결할 수 없다는 점을 시인은 분명히 인식하고 있다. 이 대목에서 시인은 의식의 차원이든 행동의 차원이든 "가랑지길"로 표출된 선택의 갈림길에 처하게 된다. 「序詩」의 '나한테 주어진 길을 걸어가야겠다'와 같은 확신에 가까운 소명감이나 「새로운 길」(1938. 5. 10)에서 "나의 길은 언제나 새로운 길"이라며 낙관적인 미래를 내다보던 것과는 전혀 다른 정황이다. 시인은 그리하여 이 산문의 또 다른 부분에서 "나무는 行動의 方向이란 거치장스런 課題에 逢着하지 않고" 살아가는 것에 대해 매우 커다란 부러움을 표시한다. 시인이 당시의 상황에서 어떤 식으로든 행동의 결단을 내려야 한다는 생각에 쫓기고 있었음을 어렵잖게 짐작할 수 있다. 여기서 우리는 앞서 살펴본 「또太初의아츰」 역시 신이 주관하는 낙원으로부터의 쫓겨남이라는 모티프를 그 밑바닥에 깔아 두었음을 떠올릴 필요가 있다. 이러한 사정은 마치 「또다른故鄕」에 나오는 "쫓기우는 사람"이란 구절을 예비하는 듯하다.

암울한 시대 상황과 개인적 번민으로 '쫓기우는 사람'처럼 지내던 시적 자아가 마침내 심각한 분열에 이르고 그 대안으로서 새로운 세계를 추구하는 작품이 바로 「또다른故鄕」이다. 시인이 연희전문 4학년 여름방학 직후에 쓴 이 시에는 아직도 해석이 명확치 않은 몇몇 구절이 들어 있다. 이에 대한 해석의 방향은 '나 − 白骨 − 아름다운 魂' 사이의 관계, 그리고 '고향 − 또다른 고향'의 의미 맥락을 어떻게 해명하느냐에 따라 달라진다.

　　故鄕에 돌아온날밤에
　　내 白骨이 따라와 한방에 누엇다.

　　어둔 房은 宇宙로 通하고
　　하늘에선가 소리처럼 바람이 불어온다.

어둠속에 곱게 風化作用하는
白骨을 드려다 보며
눈물 짓는것이 내가 우는것이냐
白骨이 우는것이냐
아름다운 魂이 우는것이냐

志操 높은 개는
밤을 새워 어둠을 짖는다.

어둠을 짖는 개는
나를 쫓는 것일게다.

가자 가자
쫓기우는 사람처럼 가자
白骨몰래
아름다운 또다른 故鄕에가자.

— 「또다른故鄕」(1941. 9) 전문

『윤동주 평전』에서 작가 송우혜가 밝힌 바에 따르면, 이 시를 쓸 무렵 윤동주는 졸업 후의 진로를 두고 심각하게 고민하고 있었다고 한다. 조부 윤하현 장로를 비롯한 가족들은 윤동주가 사회에 나가 자리를 잡고 일가를 이끌어 주기를 바라고 있었다.[19] 이와는 다르게 윤동주의 부친은 나중에 윤동주의 일본 유학을 권한 듯하지만, 이 경우에도 '제국대학'을 나와 출세하기를 바랐기 때문이라는 것이다.[20] 이런 일화들은 윤동주가 이 시를 쓸 즈음 '고향'이라는 말로 표현되는 개인적이자 사회적인 의무 때문에 깊이 고뇌했음을 말해 준다. 이런 시대적, 개인적 사정들을 고려할 때 비로소 다른

---

19 송우혜, 『윤동주 평전』, 개정판, 세계사, 1998, 242쪽.
20 같은 책, 272쪽.

장소가 아닌 바로 고향을 배경으로 삼은 작품에 "어둔 房"을 무대로 "白骨"
이 등장하는 이유를 짐작할 수 있다.

이 작품에서 시적 자아인 '나'는 '白骨'과 '아름다운 魂'으로 분리되는 의
식 현상을 드러내는데, 이는 곧 시적 자아인 '나'에서 비롯된 정신 의식의
두 가지 속성이나 지향으로 보는 것이 타당할 듯하다. "내 白骨이 따라와
한방에 누엇다"라는 구절에서 그냥 白骨이 아니라 굳이 '내 白骨'이라고 지
칭 범위를 한정한 까닭도 여기 있을 것이다. 이 대목에서 동양 문화권 전반
에 걸쳐 자주 언급되는 '魂魄'의 개념을 참조할 수 있다. '魂魄'은 사람의
정신과 육체를 주관하는 초자연적인 요소를 가리키는 말이다. 이 말은 일찍
이『晏子春秋』의 內篇 諫下를 비롯해『史記』의 刺客列傳 豫讓,『漢書』의 王莽
傳,『春秋左氏傳』의 昭公,『鬼谷子』의 本經陰符 등의 문헌에 폭넓게 사용되었
다. 다음은 공자가 저술한 역사서『春秋』를 해설한『春秋左氏傳』의 昭公편에
서 따온 것이다.

> 사람이 태어나면, 맨 먼저 작용(作用)하는 것은 백(魄)이라 하고, 백이 작용하
> 고 나서 움직이는 양기(陽氣)는 혼(魂)이라 합니다. 사람이 여러 가지 것을 몸을
> 위하여 취하여, 정기(精氣)가 많으면 혼백(魂魄)의 기운이 강해집니다. 그래서
> 그 혼백의 아주 정(精)하고 맑은 것은 신명(神明)의 경지에 이르는 것도 있는 것
> 입니다.[21]

> 금년에, 군주님과 노나라의 손숙씨는 둘 다 죽을 것이다. 내 들었거니와, '슬
> 퍼할 때에 즐거워하고 즐거워할 때에 슬퍼하는 것은 다 마음을 잃은 노릇이다'
> 라고 한다. 마음의 정(精)을 혼백(魂魄)이라 이르는 것인데, 혼백이 나가서야 어
> 찌 오래 살 수가 있단 말인가?[22]

---

21 문선규 역저,『春秋左氏傳』下, 명문당, 1985, 66쪽. 人生始化曰魄, 旣生魄, 陽曰魂. 用物精
　多, 則魂魄强, 是以有精爽至於神明.

인용문의 첫머리에 보이듯 일반적으로 '魂'을 陽神이라 하고 '魄'을 陰神이라 구분하는데, 이 두 가지 작용에 의해 사람이 생겨난다고 보았다. 또 魄은 사람이 감각할 수 있는 형체를 이루고, 魂은 그 바탕 위에서 운동하고 작용하는 것이라고 여겼다. 성리학에서는 특히 사람이 죽고 사는 문제를 氣가 흩어지고 모이는 작용으로 설명한다. 명나라 때 편찬한 『性理大全』에서는 사람이 죽으면 魂은 양의 성질을 갖기 때문에 하늘로 돌아가고, 魄은 음의 성질을 갖기 때문에 땅으로 돌아간다고 했다.[23] 역대의 醫書에 나타난 魂·魄 등의 개념을 고찰한 최근의 한 연구에서도 魂은 지각 기능으로 魄은 활동 기능으로 이해된다. 이때 흥미로운 점은 유전적 의미에서 사람의 본능은 魄의 기능에 속한다는 사실이다.[24] 요컨대 '魂'은 사람의 생장을 맡은 양의 기운으로서 정신이나 지각 기능을 주관하며, '魄'은 사람의 생장을 돕는 음의 기운으로서 육체나 활동 기능 등을 주관한다. 문제는 이 '魂·魄'의 기운이나 조화의 정도에 따라 사람이 神明의 경지에 이르기도 하고 그 반대로 죽음의 상황에 처할 수도 있다는 점이다. 윤동주의 「또다른故鄕」에서 시적 자아 '나'는 '白骨'과 '아름다운 魂'으로 분리되는 의식 현상을 드러내는데, 이는 곧 '魂·魄'의 기운이나 조화가 깨진 상태로 설명할 수 있다는 것이다.

이런 맥락에서 「또다른故鄕」의 '白骨'은 '魄'에 해당하는데, 시적 자아를 낳아 키워 주었으나 이제는 그를 번민으로 내모는 육신의 고향이나 식민지 조국을 대변하는 것으로 볼 수 있다. 白骨은 더 나아가 현실적 자아를 대변하는 시어이다. 그런데 시적 자아는 이 白骨에 대해 양가적 심리를 지닌 것

---

22 같은 책, 250쪽. 今玆君與叔孫其皆死乎. 吾聞之, '哀樂而樂哀, 皆喪心也.' 心之精爽, 是謂魂魄. 魂魄去之, 何以能久.

23 최봉수 엮음, 『譯版 性理大全』, 이화문화출판사, 1996, 722~723쪽.

24 김성훈, 「本神篇의 精·神·魂·魄·心·意·志·思·慮·智에 對한 槪念 考察」, 『논문집 : 자연과학론』 15집, 전주우석대학교, 1993. 12, 21~22쪽.

으로 보인다. 이 양가적 심리 때문에 시적 자아는 白骨로부터 벗어나려 하면서도 동시에 白骨을 들여다보며 연민의 눈물을 짓는다. '志操 높은 개'가 시적 자아를 쫓는다는 애매한 시적 설정도 이 같은 양가 심리와 관련해서 이해할 수 있다. 그것은 곧, 고향을 떠나 '또 다른 고향'을 추구하는 일이 나름의 명분을 지닌다 하더라도 한편으로 그것은 '白骨'에 대해 지조 없는 행위일 수 있다는 불편한 심리를 표출하는 것으로 해석할 수 있기 때문이다.

또한 '아름다운 魂'에 대해서는 유럽의 낭만주의 문학에서 중요 개념이었던 '아름다운 영혼'에 대한 언급이라는 김우창의 지적이 있었다.[25] 그에 의하면 이 시에서 '아름다운 魂'은 삶을 하나의 조화된 통일체로 완성해 가는 성장의 원리라는 것이다. 그러나 이 시에 나오는 '아름다운 魂'을 조화된 통일체로 보기에는 무리가 따른다. 왜냐하면 '아름다운 魂'은 '白骨'(魄)과 대립되는 개념으로 상정된 '정신적 자아'(魂)로 보는 것이 이 시의 문맥상 더 자연스럽기 때문이다. 대립적인 두 개념이 짝패를 이뤘을 때, 어느 한쪽의 개념만으로 통일체를 지향한다는 것은 아무래도 이치에 맞지 않는다. 이 시의 마지막 부분에서 시적 자아인 '내'가 "쫓기우는 사람처럼" 또한 "白骨 몰래" 고향을 떠나는 것은 이 시에서 '白骨'과 '아름다운 魂', 다시 말해 '魄'과 '魂' 사이의 조화가 끝내 이뤄지지 못했음을 드러내는 것으로 보아야 한다. 이렇게 볼 때 윤동주의 시세계는 완결되었다기보다는 도중에 중단되었다는 평가 쪽이 더한 설득력을 얻는다.

4. 시와 삶이 만나는 자리

「序詩」와 「懺悔錄」 등의 '견고한 거울'로 대변되는 이상적 차원의 자아 성

---

25 김우창, 「손들어 표할 하늘도 없는 곳에서 : 尹東柱의 詩」, 『문학사상』, 1976. 4, 216쪽.

찰은 윤동주 시 전면에 드러나는 특성이다. 이에 비해 「또太初의아츰」이나 산문 「별똥 떨어진 데」 그리고 「또다른故鄕」에서의 '또 다른 고향'에 관련된 갈등은 그 견고한 거울의 자장 속에서 현실적이며 주체적인 자아를 확립하고 새로운 세계를 모색하려는 과정에서 빚어진 것으로 여겨진다. 특히 「또다른故鄕」에서 시적 자아인 '나'는 '白骨'과 '아름다운 魂'으로 분리되는 의식 현상을 드러내는데, 이는 곧 동양 문화권에서 폭넓게 거론되어 온 '魂－魄'의 조화가 깨진 상태로 설명할 수 있다.

그런데 윤동주 시에 나타난 갈등의 미해결은, 시인 의식의 미성숙이라는 관점에서보다는 작품을 통해 섣불리 관념적 해결책을 내놓지 않으려는 시인의 정직성과 외적으로 중단된 그의 삶에 초점을 맞춰 이해해야 할 것으로 판단된다. 그것은 일기 쓰기와도 같은 시 창작 행위를 통해 삶의 문제를 천착한 윤동주 시인의 개인적 특성과 관련된 문제이다. 이런 특성으로 인해 윤동주의 시와 삶은 자연스럽게 한자리에서 만나는 것으로 생각된다.

이 지점에서 윤동주의 마지막 시기 작품들, 그러니까 시인이 일본 유학 때 쓴 것으로 전해지는 작품들에 대한 고찰의 필요성이 제기된다. 1942년 3월부터 1945년 2월 옥사할 때까지 약 3년간 일본에서 그가 쓴 작품 가운데 현재 전해지는 것은 그러나 고작 다섯 편뿐이다. 이 가운데 「懺悔錄」이나 「또다른故鄕」의 문제의식을 잇는 작품으로는 「쉽게 씌워진 詩」(1942. 6. 3)를 거론할 수 있다. 그는 이 시에서 "人生은 살기어렵다는데/詩가 이렇게 쉽게 씨워지는것은/부끄러운 일이다"라고 했다. 그는 여전히 시와 삶과 부끄러움을 함께 끌어안은 채 짧은 삶을 마감한 것으로 보인다.

윤동주 시의 가치는 일차적으로 식민지에서 태어나 식민지 시대를 벗어나지 못한 채 삶을 마감한 그가 부단한 자아 성찰과 그에 따른 갈등을 심미적 차원으로 끌어올렸다는 데 있을 것이다. 그런데 마지막으로 강조해야 할 것은, 그의 시 쓰기가 자아 갈등의 표현을 넘어 자아 갈등을 해결해 나가는 실제의 과정이었다는 사실이다. 이 글의 마지막 대목에서 시 쓰기와 삶의 관련 문제를 거론하는 이유도 바로 여기에 있다.

참고문헌

1. 기초 자료

윤동주, 『하늘과 바람과 별과 詩』, 윤일주 엮음, 개정판, 정음사, 1983.
권영민 편저, 『윤동주 전집』 1 : 하늘과 바람과 별과 시, 문학사상사, 1995.
윤동주, 『사진판 윤동주 자필 시고전집』, 왕신영·심원섭·오오무라 마스오·윤인석 엮음,
　　　　민음사, 1999.
장기근 옮김, 『孟子 新譯』, 범조사, 1980.
문선규 역저, 『春秋左氏傳』, 명문당, 1985.
최봉수 엮음, 『譯版 性理大全』, 이화문화출판사, 1996.

2. 논문·평론과 단행본

김성훈, 「本神篇의 精·神·魂·魄·心·意·志·思·慮·智에 對한 概念 考察」, 『논문집 :
　　　　자연과학론』 15집, 전주우석대학교, 1993. 12.
김수이, 「거울을 닦는 자의 빛나는 영혼」, 김수복 외 편저, 『나한테 주어진 길』, 웅동, 1999.
김옥순, 「尹東柱 詩 研究 어디까지 왔나」, 『문학사상』, 1986. 4.
김우창, 「손들어 표할 하늘도 없는 곳에서 : 尹東柱의 詩」, 『문학사상』, 1976. 4.
김유중, 「윤동주 시의 갈등 양상과 내면 의식 : 자아 분열의 위기 의식과 그 극복 의지를
　　　　중심으로」, 『선청어문』 21집, 서울대학교 사범대학 국어교육과, 1993. 9.
김윤식, 「尹東柱論의 行方」, 『심상』, 1975. 2.
김윤식, 「한국 근대시와 윤동주 : 비평적 심의(心意) 경향과 관련하여」, 『나라사랑』 23집,
　　　　1976. 여름.
김인환, 「尹東柱 試論」, 『어문논집』 14·15합집, 고려대학교 국어국문학연구회, 1973. 7.
김홍규, 「尹東柱論」, 『창작과비평』, 1974. 가을.
마광수, 「尹東柱 研究 : 그의 詩에 나타난 象徵的 表現을 中心으로」, 연세대학교 대학원 박사
　　　　학위논문, 1983. 8.
박남철, 「尹東柱論 : 그의 詩에 나타난 儒家的 態度를 중심으로」, 『한국학논총』 10집, 한양

대학교 한국학연구소, 1986.

박호영, 「릴케와의 對比로 본 尹東柱」, 김용직 외, 『韓國現代詩史硏究』, 일지사, 1983.

박호영, 「尹東柱論의 문제점 : 저항시 여부」, 『현대시』 1집, 1984. 여름.

송우혜, 『윤동주 평전』, 개정판, 세계사, 1998.

오세영, 「尹東柱의 詩는 抵抗詩인가? : 詩의 再評價」, 『문학사상』, 1976. 4.

오오무라 마스오, 『윤동주와 한국문학』, 소명출판, 2001.

왕신영, 「소장 자료를 통해서 본 윤동주의 한 단면 : 소장 도서, 특히 『藝術學』을 軸으로
하여」, 『비교문학』 27집, 한국비교문학회, 2001. 8.

이남호, 「尹東柱 詩의 意圖 硏究」, 고려대학교 대학원 박사학위논문, 1987. 2.

이상섭, 「'서시'의 시학」, 『시와시학』, 2002. 여름.

이성우, 「견고한 거울과 또 다른 고향 : 윤동주 시의 자아 성찰과 새로운 세계의 모색」,
『한국근대문학연구』 8호, 한국근대문학회, 2003. 10, 298~322쪽.

이승훈, 「윤동주의 「서시」 분석」, 권영민 엮음, 『윤동주 전집』 2 : 윤동주 연구, 문학사상사,
1995.

이희중, 「'自我의 대상화'의 의미와 기능 : 尹東柱論」, 『경향신문』, 1992. 1. 7.

정효구, 「李箱과 尹東柱 詩의 거울 이미지 考察」, 『국어국문학』 92호, 국어국문학회, 1984.

최동호, 『韓國現代詩의 意識現象學的 硏究』, 고대민족문화연구소 출판부, 1989.

최동호, 「윤동주의 「또 다른 고향」과 이상의 「문벌」의 상호텍스트성 연구 : 시어 '백골'을
중심으로」, 『어문연구』 39집, 어문연구학회, 2002. 8.

최문자, 『현대시에 나타난 기독교 사상의 상징적 해석』, 태학사, 1999.

홍정선, 「尹東柱 詩硏究의 현황과 문제점」, 『현대시』 1집, 1984. 여름.

개인적 자아와 공적 자아의 길항

이근배 시인의 경우

1. 폭력적 현실과 심미적 세계관

문학 영역에서 신기록이란 말은 참 낯설게 들린다. 아니 그 말을 입에 올리는 것 자체가 상식을 벗어나는 일로 여겨진다. 창작에서든 비평에서든 신기록을 수립한다는 것이 도무지 사리에 맞지 않아 보이기 때문이다. 그러나 과연 그렇기만 할까? 문학 분야에서도 찾아보자면 신기록에 해당하는 일이 아주 없는 것은 아니다. 가령 한 사람이 다섯 군데 일간지 신춘문예에 무려 여섯 번 입상했다면, 그처럼 화려한 등단 기록은 또 없을 것이다. 그야말로 신기록이다. 이근배 시인을 말할 때 사람들이 가장 먼저 떠올리는 것은 바로 그 화려한 등단 기록이다. 시조와 시, 동요 부문에 걸쳐 신춘문예 여섯 번 입상이라는 전무후무한 그 기록은 그러나 어느덧 시력 40년을 넘긴 이근배 시인의 시세계를 진지하게 이해하는 데 큰 도움이 된 것 같지는 않다. 너무 빛을 발한 재능이 오히려 그의 진면목을 가려 버린 경우라 할 수 있다.

처다보는 사람의 눈을 멀게 하는 조명, 그 너머의 어두컴컴한 세계 혹은 공식적인 약력의 행간에 숨은 사항들이 때로는 한 사람의 본모습을 더 잘 드러내기도 하는 법이다. 이근배 시인의 경우, 지나치다 싶게 밖으로 드러난 재능 그 이전에 더할 나위 없이 순수한 시적 열정이 있었음을 아는 사람은 의외로 드물다. 그는 신춘문예로 공인받기 이전인 1960년 『사랑을 演奏하는 꽃나무』라는 한 권의 시집을 간행한 바 있다. 서정주 시인에게서 서문을 받았고, "삼가 어머님께 올립니다"라는 헌사를 달았다. 시집 끄트머리에는 "사람을 사랑하는 정신에서 나의 시는 태어났습니다"로 시작되는 후기도 붙였다. 시인에게는 순수한 열정이자 가슴 설레는 첫 경험이었을 이 시집은 하지만 점차 잊혀졌다. 시인의 약력에서도 빠지는 경우가 많았고 간혹 기록되더라도 제 순서에 들지 못하거나 시조집으로 잘못 소개되는 일마저 있었다. 화려한 등단의 빛 그 너머에 그러나 이 시집은 엄연히 존재한다. 이근배 시의 근본 바탕으로서 말이다.

열정의 순수함 말고도 이 시집을 주목하는 중요한 이유가 또 하나 있다. 시인이 세계를 인식하고 그것을 시를 통해 그려내는 독특한 개성이 바로 이 시집에 고스란히 들어 있기 때문이다. 앞에서 이근배 시의 근본 바탕이라 언급한 것은 바로 그 개성을 염두에 둔 말이다. 이 시집에서 도드라진 특성은 시적 자아 혹은 시인이 세계를 '꽃밭'으로 인식한다는 점이다. 이 세계를 다름 아닌 꽃밭으로 보려는 자의 세계관이란 어쩔 수 없이 심미적이기 십상이다. 그 세계관은 필연적으로 개인적인 이상의 영역을 상정해 두기 마련이다. 이에 반해 당시 시인이 처한 객관적 현실은 전쟁의 폭력으로부터 자유롭지 못했다. 심미적 세계관을 대변하는 개인적인 상징으로서의 '꽃밭'과 전쟁의 폭력을 각인시키는 공적 상징으로서의 '불'은 그리하여 이근배 시세계의 서로 다른 두 축을 이루게 된다. 이는 또한 시적 자아의 발현 양상에 있어서도 개인적 자아와 공적 자아가 구분되는 단초를 마련하는 것으로 보인다.

  i) 꽃밭의 언저리에서
     당신의 微笑가 맑아올 때.

     하여, 香薰의 바람이
     꽃 가지를 흔들 때.

     흐뭇한 상내음에 취해
     눈감으며 나는
     그 꿈길을 가리.

                    — 「戀歌 1」 부분(『사랑을 演奏하는 꽃나무』, 1960)

  ii) 빨간 빛갈, 빨간 微笑의
     꽃의 모습으로
     아아, 당신의 가슴안에 살게 하여 주십시오

     가슴 안에 묻혀
     안온한 사랑의 果實을 마시게 하여 주십시오.
                  — 「祈禱」 부분(『사랑을 演奏하는 꽃나무』, 1960)

  먼저 i)에서 눈여겨보아야 할 것은 '당신'이 있는 곳이 "꽃밭의 언저리"라는 사실이다. '당신'은 지금 꽃밭 근처에 있는데 시적 자아인 '나'는 아직 그곳에 이르지 못한다. '당신'에게 도달하려는 열망은 강하지만 그 도달 가능성은 모호하기만 하다. '당신'과 '꽃밭'에 이르는 길은 객관적 현실이라기보다는 시적 자아가 꿈꾸는 이상에 가깝기 때문이다. "꿈길"이란 표현은 이런 사정을 드러낸 것으로 보인다. 시적 자아가 상정한 이상으로서의 '꽃밭'

이미지는 ii)에서 좀더 농밀한 비유 구조를 갖는다. 시적 자아는 스스로가 '꽃'이 되고자 하며, 꽃이 되어서는 "당신의 가슴 안"에서 살고자 하는 소망을 피력한다. 이때 "당신의 가슴 안"이란 곧 앞서의 '꽃밭' 이미지의 변형임을 알 수 있다. 이근배 시에서 '꽃밭'은 단순히 꽃이 많이 피어 있는 곳이라는 현실적 공간을 지칭하는 데 머무르지 않는다. '꽃밭'은 시적 자아 자신이 꽃이 되어 살고 싶은 심미적이며 이상적인 공간을 상징하는 말이다. 그 '꽃밭'에 도달하고자 하는 열망의 강렬함이 현실의 척박함과 맞부딪칠 땐 '꽃밭 = 불밭'이라는 매우 독특한 인식 체계를 형성하기도 한다.

> i) 아, 우리들이
> 활활히 꽃이 되는 때.
> 불길이 되는 때.
>
> 꽃밭이 탈 때.
>
> — 「꽃밭이 탈 때」 부분(『사랑을 演奏하는 꽃나무』, 1960)

> ii) 사랑하여…… 죽어간 숫한 꽃들의
> 靈魂으로 불나비는
> 미친 듯 醉하여 나래를 치고
>
> — 「꽃밭의 詩」 부분(『사랑을 演奏하는 꽃나무』, 1960)

> iii) 시푸른 江물에
> 가슴 젖으며
> 꽃뭉어리진 우리의 불밭으로 가자
> 사랑하는 사람아
>
> [……]
>
> 꽃밭 속에서 꽃들 모올래

불길 속에서 불길을 속이고
어딘 듯 황홀히 돌아가고 말자.
사랑하는 사람아.
사랑하는 사람아.

— 「戀歌 2」 부분(『사랑을 演奏하는 꽃나무』, 1960)

인용시 i)에서의 불 이미지는 현실 조건을 초월할 수 있을 만큼 간절하고 강렬한 사랑을 함의한다. '우리'의 불길로 말미암아 꽃밭이 불에 탄다는 설정에서 그것을 짐작할 수 있다. ii)에서의 불 이미지 역시 사랑의 강렬함을 내포하기는 하지만 그 강렬함에는 어떤 비극성이 내재되어 있다. 꽃의 죽음과 불나비의 등장은 결국 불 이미지에 죽음의 의미를 투사하기 때문이다. 사랑하는 대상의 죽음이라는 모티프는 이후 몇 편의 시에서 단편적으로 더 반복되는데, 아무튼 사랑의 강렬함을 비유하는 불 이미지에 죽음의 의미가 끼어들었다는 사실은 주목을 요한다. 이때부터 이근배 시에서의 사랑은 대부분 과거형이 되거나 현실에서는 실현 불가능한 일로 표현되기 때문이다. 꽃밭을 '불밭'으로 바꿔 부르는 iii)을 보면 이 점은 더 명확해진다. 시적 자아가 지향하는 곳은 결국 꽃밭도 아니고 '불밭'도 아닌 어떤 곳이며, 거기로 가는 길은 떳떳한 추구가 아니라 몰래 도망하는 일에 가깝게 그려진다. '꽃밭 = 불밭'의 강렬함이 삶의 열정이 아니라 죽음의 비정과 만나는 셈이다. 꽃밭이 전쟁의 폭력에 훼손된다는 시적 설정도 따지고 보면 이런 비극적 정서와 객관적 현실 인식이 어우러져 나온 것으로 이해할 수 있다.

戰爭은
우리들의 胸壁의 복판에
항아리 같은 굴형을 만들었다.

> 차라리
> 사랑으로 하여 굴헝이 진
> 그 언저리에는　·
> 처음 당신에게로 날아가던 銃彈과
> 뚜욱뚝 戰野에 지던
> 꽃잎들의 意味가 묻어 있고.
> — 「사랑을 演奏하는 꽃나무」 부분(『사랑을 演奏하는 꽃나무』, 1960)

개인적 비유로서의 꽃밭이 전쟁이라는 현실 상황과 만나면서 보편적 상징 체계를 수용하고 있다. 시적 자아의 마음속 꽃밭은 전쟁의 폭력에 의해 "항아리 같은 굴헝"이 되고, "꽃잎"들은 마치 핏방울같이 뚝뚝 떨어져 내릴 수밖에 없다. 이렇듯 시인이 상정해 둔 심미적 이상 세계가 폭력적 현실 세계에서 여지없이 부서질 때 택할 수 있는 길 가운데 비교적 잘 알려진 것은 현실 부정과 초월이다. 하지만 이근배 시인은 그런 길을 가지 않았다. 대신 그는 심미적 이상과 폭력적 현실 사이에서 빚어지는 세계 인식의 비극성을 끌어안는 길을 택했다. 이근배의 시세계에서 심미적이며 개인적인 차원의 자아와 사회 역사적이며 공적인 자아가 공존하는 특성은 바로 이런 맥락에 그 뿌리를 두고 있다.

2. 시대 의식과 공적 자아

이근배 시에서는 두 가지 층위의 시적 자아가 절묘하게 공존한다. 이른바 개인적 자아는 대부분 '나'의 내밀한 의식 세계와 삶에 대한 생각들을 독자에게 진술한다. 아울러 공적 자아는 '우리' 혹은 '그들'의 삶에 내재한 속성들을 '당신'이나 '그대'로 설정된 작품 속 청자에게 들려준다. 이 두 가지 시적 자아는 서로 다른 작품에서 별도로 자신을 드러내거나 어느 한 작품에 나란히 나타난다. 이런 시적 특성은 개인적이며 구체적인 삶의 체험과 더불어 당대의 변화하는 현실에 맞부딪치며 문제의식을 견지할 때 비로소 얻어지는 것이라 할 수 있다. 시인이 신춘문예를 통해 각광을 받을 즈음 발표한 작품들이 대부분 공적 자아의 세계에 가깝다는 사실은 특히 의미심장하다. 이는 시인의 개성을 결정짓는 요소가 반드시 개인적 성향뿐 아니라 당대의 사회 역사적 현실과도 무관할 수 없음을 증명하는 문학사적 자료가 될 것이다.

> 몇 번인가
> 꽃씨를 뿌린 썩은 땅에서
> 異端의 눈을 뜬 꽃나무.
> 자네들이 기다리던 自由의 잎은
> 저녁 바람에 떨어지고
> 戰爭이 나부끼던 風雪 속에서
> 자네들의 사랑은 눈이 내렸지
> 그런 어둠이었지.
>
> — 「꽃과 火田民」 부분(『노래여 노래여』, 1981)

　'꽃밭' 이미지를 이어받고 있으나 여기서의 꽃밭은 이미 "썩은 땅"에 지나지 않는다. 자유나 사랑 같은 가치들은 전쟁의 와중에 온통 어둠으로 변해 버렸다. 그렇다고 이 시의 주조가 전적으로 비관적이냐 하면 또 그렇지는 않다. '꽃과 화전민'이라는 제목 자체에 '꽃'과 '불'의 이미지, 파괴의 이미지가 들어 있으면서도 한편으로는 무엇인가를 경작하여 연명한다는 의미도 내포되기 때문이다. 특히 이 시에서 화자의 시점이 3인칭이라는 점은 흥미롭다. 이 시의 내용 주체가 '그들'이며 화자의 말을 듣는 청자는 '자네'로 설정된 점도 이전의 시들과는 많이 다르다. 이는 개인적 차원에 국한될 수 없는 사회 역사적 제재를 다루기 위한 시적 장치일 것이다. 이런 경우의 시적 자아를 우리는 앞에서 '공적 자아'라 이름 붙였다. 공적 자아가 나오는 작품들은 '우리' 혹은 '그들'의 삶에 내재한 전쟁의 상흔과 분단의 아픔, 고단한 생활에서 비롯한 슬픔을 그려내는 경우가 대부분이다.

> i) 서투른 兵丁은 가늠하고 있다
> 木炭으로 그린 太陽의
> 검은 크레파스의, 꽃밭의, 地圖의
> 눈이 내리는 저녁 於口에서
> 兵丁은 싸늘한 時間 위에 서 있다
> 지금은 몇 度 線上인가
> 그리고 무수히 彈雨가 내리던
> 그 달빛의 高地는 몇 度 附近이던가
>
> — 「北緯線」 부분(『노래여 노래여』, 1981)

> ii) 世界의 새들은
> 모두 여기 와서 운다
> 까만 눈동자 속에는 피내음 섞인
> 전쟁의 幻影.
> 낡은 迷夢을 꾸는 兵丁들의
> 슬픈 自由를 운다.
> 정작 보금자리 칠 樹木이 없는
> 포성에 가슴을 할딱이면서
> 새들은 春, 夏, 秋, 冬, 날아다니며
> 東南亞細亞,
> 여기 와서 운다.
>
> — 「東南亞細亞」 부분(『노래여 노래여』, 1981)

두 작품 모두 전쟁을 배경으로 하면서 '병정'을 주요 인물로 설정해 놓았다. ⅰ)은 한국전쟁 뒤 휴전선을 사이에 두고 벌어지는 남북 대치 상황임을 알 수 있고, ⅱ)는 동남아시아라는 지명과 "世界의 새들은/모두 여기 와서 운다"는 구절 등으로 미루어 베트남전쟁을 무대로 했음을 짐작할 수 있다. 두 작품에서는 공통적으로 화자의 시야가 시적 주체인 '병정'에 국한되지 않으며, '병정'이 처한 실존 상황을 매우 객관적으로 바라볼 수 있는 위치를 점하고 있다. 소설로 치자면 전지적 작가 시점에 해당한다. 이런 시적 설정은 시적 주체가 처한 실존적인 한계 상황을 매우 효과적으로 전달해 준다. 전쟁이라는 현실 상황과 병정이라는 신분은 일인칭 화자인 '나'의 개인적 특수성을 넘어 시대의 보편성을 전제할 때 그 시적 의미의 자장이 더 확대되기 때문이다. 그렇다고 이 작품들이 구체성의 미덕을 전부 외면한 것은 아니다. 가령 ⅰ)에서 '木炭'이란 시어 하나만 해도 전쟁이라는 '불'에 훼손당한 현실을 묘사하는 도구로서 매우 적절하게 제시된 예이다. '木炭'이란 단어 자체에 포함된 불에 그슬린다는 행위는 물론 그 '木炭'으로 세계의 사물을 그린다는 기발한 발상이 보편 개념으로 흐르기 쉬운 이 작품에 구체성을 부여하기 때문이다. ⅱ)에서도 이런 예는 얼마든지 찾아낼 수 있다. 그 가운데 하나, "포성에 가슴을 할딱이면서/새들은 春, 夏, 秋, 冬, 날아다니며" 같은 구절을 보자. 이 시구에서 눈에 띄는 것은 '春夏秋冬'이란 한자어를 쉼표를 찍으며 벌려 놓아 독특한 시적 의미를 산출한 점이다. '春夏秋冬'을 붙여 놓으면 평범하게 시간의 경과를 지시하는 데 머문다. 하지만 그 낱낱의 한자를 쉼표를 찍어 분리함으로써 시간의 경과는 물론 전쟁의 포성에 불안한 가슴을 할딱이며 날고 있는 새들의 모습을 매우 감각적으로 묘사하게 된다. 쉼표를 하나씩 달고 있는 낱낱의 글자들은 그대로 각각의 새들이자 그 새들의 할딱이는 작은 가슴을 대신하는 셈이다. 이같이 뛰어난 감각은 '火鳥'와 '지도'라는 또 다른 참신한 이미지를 낳기도 한다.

> 아직도 火鳥가 날고 있는
> 찢긴 地圖.
> 羈旅의 山과 江을 건너 이르는,
> 저물은 世界의 외로운 房.
> 이제 音樂도 흐르지 않는 벌판에서
> 피의 燈이 흔들리고 있다.
> 그것은 죽은 兵丁의 사랑인지 모른다.
> 하나의 山河에 살지 못했던
> 내 兵丁의 눈빛인지 모른다.
>
> ― 「火鳥」 부분(『노래여 노래여』, 1981)

'火鳥'라는 말 자체가 이미 전쟁의 이미지를 내포하는 셈인데, 시인은 여기에 '지도'를 끌어들이고 있다. '지도'는 현실적인 쓸모를 지닌 사물임에는 분명하지만 그것이 현실 그 자체는 아니라는 점에 유념해야 한다. 지도는 어디까지나 현실의 모습을 나타내는 약속된 기호일 뿐이다. 특히 지도는 어떤 경우든 현실의 상태를 일정한 비율로 축소한다는 점에서 사진과 구별된다. 사진도 현실을 모사하는 그림의 일종이지만 사진은 현실을 축소하는 한편으로 확대할 수도 있다. 이 점이 사진과 지도의 본질적인 차이이다. 다시 말해 지도의 본질은 현실의 상태를 축소시켜 준다는 점에 있다. 시인은 왜 그러한 지도의 개념을 이 작품에 끌어들였을까? 현실을 축소함으로써 얻어지는 것은, 다름 아닌 시적 자아의 시야의 확대이기 때문이다. 일인칭 서정적 자아의 테두리를 넘어서려는 시인의 노력이 '지도'를 활용하는 감각으로 나타난 것이다. 때로 시인의 그 같은 의도는 다소 계몽적인 어조를 통해 표출되기도 한다.

　ⅰ) 지금은 任意롭지 못하지만
　　　아직 우리의 젊음을 廢棄할 수는 없다.

> 가장자리가 추운, 그러나
> 地脈의 깊은 곳에서는 끓는 피의 熱度.
>
> 오늘은 强硬하지 못하지만
> 우리가 이대로 挫折할 수는 없다.
>
> — 「大陸棚」 부분(『노래여 노래여』, 1981)

> ii) 꽃은 아무렇게나 피어도 되는 것이 아니다
> 아무렇게나 진창으로 피어
> 이 山川을 덮어도 되는 것이 아니다
> 피는 때가 있어야 한다
> 피는 까닭이 있어야 한다
> 설움이거나
> 기쁨이거나
> 몸살 같은 사랑이거나
> 南北統一이라도 되거든 南北統一이 되는 까닭을
> 꽃은 흐드러지게 피어야 한다
>
> — 「開花期」 부분(『노래여 노래여』, 1981)

시점에서든 어조에서든 시적 자아가 공적 자아의 성향을 띨 때 빠지기 쉬운 유혹을 두 작품은 잘 보여 준다. 그것을 수렴해서 말하자면 당위성과 계몽성이다. i)에서 화자의 말에 논리적으로 반대하고 나설 독자는 없지만 화자의 진술에서 어떤 시적 감흥을 느끼기는 어렵다. 마땅히 그렇게 하거나 되어야 한다는 화자의 말투에 이의를 제기하지는 않으나 그렇다고 마음을 움직여 줄 수도 없기 때문이다. 당위성이 너무 앞서 나가는 바람에 "우리가 이대로 挫折할 수는 없다"는 의지 혹은 계몽은 설 자리를 잃어버렸다. ii)의 첫 행은 당돌하면서도 매력적이다. 꽃이 피어나는 자연의 일에 간섭하고 나서는 화자의 당돌함이 통쾌하게까지 느껴진다. 하지만 그 통쾌한 감각이 '남북통일'이라는 명제에 묶이면 답답해진다. 옳고 그름을 따지는 사리 판단의 문제는 분명 아니다. 시는 사리 판단을 전적으로 무시할 수는 없지만 마찬가지로 사리 판단에만 매달릴 수도 없다. 공적인 자아를 활용한 이 작품들은 시가 지녀야 할 장르의 한 속성을 역설적으로 강조하고 있는 셈이다. 물론 이 작품들은 이근배 시인의 작품 가운데 극단에 닿아 있는 드문 예에 속한다.

3. 실존 의식과 개인적 자아

이근배 시에서 개인적 자아는 대개 '나'의 내밀한 의식 세계와 삶에 대한 생각들, 이를테면 고향과 어머니, 유년 시절의 경험을 독자들에게 들려준다. 시인은 스무 살에 낸 시집 『사랑을 演奏하는 꽃나무』의 후기에서, "내가 어릴 때 나는 내가 사는 꽃밭이 너무 沈鬱해서 몹시도 외로웠습니다"라고 말한 적이 있다. 그 외로움이야말로 시인의 작품 속에서 개인적 자아를 움직이는 하나의 힘이 되어 왔는지도 모른다. 이와 함께 「門」이란 작품에서 드러난 유년 체험 역시 시인의 개인적 자아 형성에 큰 영향을 미친 것으로 보인다.

> 내가 문을 잠그는 버릇은
> 문을 잠그며
> 빗장이 헐겁다고 생각하는 버릇은
> 한밤중 누가 문을 두드리고
> 문짝이 떨어져서
> 쏟아져 들어온 電池 불빛에
> 눈을 못 뜨던 버릇은
> 머리맡에 펼쳐진 공책에
> 검은 발자국이 찍히고

> 낯선 사람들이 돌아간 뒤
> 겨울 문풍지처럼 떨며
> 새우잠을 자던 버릇은
> 자다가도 문득문득 잠이 깨던 버릇은
> 내가 자라서도
> 죽을 때까지도 영영 버릴 수 없는
> 문을 못 믿는 이 버릇은.
>
> — 「門」 전문(『노래여 노래여』, 1981)

이 시에서의 '문'은 어른이 다 된 시적 자아가 자신의 유년 시절로 돌아갈 때 반드시 열고 들어가야 하는 그리움의 문이다. 동시에 그 문은 시적 자아의 의지와는 상관없이, 설사 단단히 잠가 놓았더라도 누군가 문짝을 부수며 들어오고야 마는 두려움의 문이기도 하다. 시적 자아에게 '문'은 그리움과 두려움이라는 이중적인 심리 반응을 동시에 불러일으키는 매개이다. '문'이 지닌 이런 이중성은 내부 세계와 외부 세계를 연결하고 동시에 차단하는 문 고유의 이중적 기능을 전제한 것일 수도 있다. 하지만 이 시의 시적 자아 혹은 시인에게 '문'이 특별한 것은 그것이 내부와 외부, 닫힘과 열림 사이의 평형을 유지하지 못하기 때문이다. 시적 자아에게 문은 외부—열림이라는 의미가 더 강력하게 작용하고 있다. 그것은 곧 문을 매개로 하여 심리적으로 반복되는 그리움과 두려움의 길항에서 두려움이 시적 자아를 더 크게 지배한다는 뜻이다. 시적 자아가 문을 못 믿는 것은 엄밀히 말해 오랫동안 자꾸 반복하여 몸에 익어 버린 행동이 아니다. 그것은 유년의 충격적인 경험이 마음뿐 아니라 몸에 각인되어 나타나는 하나의 증상이다. 더욱이 그 증상이 개인적인 기질이나 성격에만 국한된 게 아니라 사회 역사적 현실과 맞물려 있다는 점은 간과할 수 없는 부분이다. 시적 자아에게 있어 이 문제는 진행형이다.

어디 계셔요.

인공 때 집 떠나신 후
열한 살 어린 제게
편지 한 장 주시고는
소식 끊긴 아버지

오랜 가뭄 끝에
붉은 강철 빠져나가는
서녘 하늘은
콩깍지동에 숨겨놓은
아버지의 깃발이어요.

보내라시던 옷과 구두
챙겨드리지 못하고
왈칵 뒤바뀐 세상에서
오늘토록 저녁 해만 바라고 서 있어요.

너무 늦은 이 답장
하늘 끝에다 쓰면
아버지 받아보시나요.

— 「노을」 전문(『문학사상』. 2002. 7)

숨겨 놓아야만 했던 '아버지의 붉은 깃발'이야말로 「門」에서의 그리움과
두려움의 진원지이다. 아버지에 대한 그리움과 그가 남긴 붉은 깃발에 대한
두려움을 함께 끌어안고 사는 일이야말로 시인에게는 쉽사리 풀리지 않는
삶의 난제였을 것이다. 그간 시인을 지배해 온 것은 「門」에서 보듯 두려움
으로 짐작되지만, 「노을」에 오면 이제 시인은 그리움 쪽으로 한 발 더 다가
서는 것으로 보인다. 그것을 가능케 한 것은 무엇이었을까? "노을"로 표현

된 시인의 연륜과 "왈칵 뒤바뀐 세상" 덕분임을 짐작하기는 어렵지 않다. 문을 믿지 못하는 시적 자아의 증상은 지극히 개인적인 것이지만, 그것은 개인적이면서 동시에 역사적인 차원에 그 원인과 해법을 마련해 두고 있는 것이다. 우리가 이근배 시의 특성을 개인적 자아와 공적 자아로 나누어 살피면서도 그 두 가지 자아를 동시에 염두에 두어야 하는 이유도 바로 여기 있다고 하겠다.

그리움과 두려움이라는 이질적인 감정의 복합으로 아버지에 대한 시인의 독특한 태도를 해명할 수 있다면, 어머니 또는 고향에 대한 시인의 정서는 그리움과 슬픔이 함께 섞인, 보편적 영역의 것이라 할 수 있다. 하지만 이 경우에도 아버지의 그림자가 완전히 사라지는 것은 아니다.

어머니가 매던 김밭의
어머니의 흘린 땀이 자라서
꽃이 된 것아
너는 思想을 모른다
어머니가 思想家의 아내가 되어서
잠 못 드는 平生인 것을 모른다
초가집이 섰던 자리에는
내 幼年에 날아오던
돌멩이만 남고
荒漠하구나
울음으로도 다 채우지 못하는
내가 자란 마을에 피어난
너 여리운 풀은.

— 「냉이꽃」 전문(『노래여 노래여』, 1981)

이 시에서 "내 幼年에 날아오던/돌멩이"는 「門」에서의 "문짝이 떨어져서/쏟아져 들어온 電池 불빛"과 동궤의 것이다. 아버지의 '사상'으로 인해 결과적으로 어머니의 평생이 바뀌었고 시적 자아의 유년에 대한 기억의 빛깔이 달라졌다. 이근배 시에서 어머니는 물론 주목해야 하지만, 그에 앞서 아버지에 초점을 맞추는 것은 바로 이 때문이다. 어머니의 '흰 냉이꽃'의 배경은 달리 말하자면 아버지의 '붉은 깃발'이다. 개인적 삶과 역사가 만날 수밖에 없는 실존적 조건이 이렇게 마련되는 것이다.

> 텃밭에서 이른 봄부터 늦여름까지
> 당신의 손끝에 무수히 뽑히던 냉이꽃들
> 그것들은 당신의 얼굴에서 내리던 것이
> 땀방울인 줄로만 알았겠지요
> 이 못난 아들도 알아채지 못했으니까요.
> 누군가 당신의 빈소에 와서
> "냉이꽃 할머니가 돌아가셨네요"
> 짧은 한 마디에
> 당신은 고향집 텃밭에 앉아계셨습니다.
>
> — 「다시 냉이꽃」 부분(『현대시학』, 2001. 12)

앞의 「냉이꽃」에서는 '냉이꽃 = 소금꽃'의 이미지 구조였던 것이 이 작품에서는 '냉이꽃 = 눈물꽃'의 비유로 바뀐다. 앞의 경우가 인접하는 사물들의 유사성에 기초했다면, 뒤의 경우는 인식의 내용이 가미된 비유 구조라 할 수 있다. 한 시인이 사용하는 이미지가 궁극적으로는 그의 인식 내용에 뿌리를 두고 있음을 우리는 여기서 확인하게 된다. 이 작품까지 읽고 나면 이근배 시에서 '냉이꽃'은 이제 개인적 상징의 영역으로 진입하는 것이 아닌가 생각된다. 아울러 시인이 「리야잔 村」, 「꽃집行」, 「復活」, 「그곳이 참하 꿈엔들 잊힐 리야」, 「에세닌에게 보내는 편지」 등의 시편을 통해 러시아

시인 세르게이 예세닌에게 표명하고 있는 각별한 관심 역시 따지고 보면 시인 자신의 고향에 대한 의미 부여이다. 이는 "옛 모습 그대로 나를 받으며/커단 손바닥으로 얼굴을 닦아 주고/잊었던 말들을 모두 찾아 줄/슬픔의 땅, 나의 리야잔"(「그곳이 참하 꿈엔들 잊힐 리야」)을 개인적 자아의 차원에서 재창조하는 일이기도 하다. 그것은 단순한 차용이 아니라 개인적 상징의 형성 과정일 것이다.

4. 개인적 자아와 공적 자아의 공존

이근배 시의 특성을 개인적 자아와 공적 자아로 나누어 살펴 왔지만 그 두 가지 자아가 서로 관련을 맺지 않은 채 동떨어져 있다는 것은 아니다. 이를테면 이인칭이나 삼인칭의 인물 또는 '우리'를 시적 주체나 대상으로 삼은 다음 작품들의 경우에는 두 가지 자아를 구별한다는 것 자체가 매우 어렵게 느껴진다.

> ⅰ) 나는 한밤중 너의 가위질 소리를 듣는다
> 네가 끊어 내고 있는 것은
> 피가 묻은 욕망의 胎줄
> 길다랗게 자란 不自由의 가시덤불
> 너는 壁을 넘는다
> 한밤중의 내게도 오고
> 이 나라의 사람들을 찾아다닌다
> 아 날이 밝으면
> 삼손 너는 큰 소리로 울 수 있겠구나.
>
> — 「壁 : 아우 삼손에게」 부분(『노래여 노래여』, 1981)

ii) 아무렇지도 않은 아내를 돌아보며
　　무심히 歸家할 수 없는 오늘을
　　豫感하던 친구
　　貧妻의 무엇은 고향이라고 떠들며
　　단간방의 한밤중 새끼들의 눈을
　　피한다는 친구
　　내기 바둑을 두며 中國빵을 씹으며
　　돌아오지 않는 친구들을 기다리다
　　밤 11시 우리들은 光化門에 흩어졌다.
　　몇몇은 수유리행 버스를 타고
　　通禁 시간을 계산하며
　　몇몇은 술집으로 가고
　　그날 우리들의 歸家는 늦어졌다.

— 「歸家」 부분(『노래여 노래여』, 1981)

두 작품 모두 화자는 일인칭인 '나' 또는 '우리'로 읽힌다. 하지만 의미상의 주체를 따지면 사정은 달라진다. ⅰ)에서는 이인칭 '너'가 의미상의 주체이며 ⅱ)에서는 삼인칭 '친구들'과 일인칭 '우리'가 의미상의 주체로서 병치되어 있다. 홍미로운 것은 두 작품에서 의미상의 주체들은 말하는 존재가 아니라 행동하는 존재들이라는 점이다. ⅰ)의 '너'는 한 시대의 욕망과 부자유를 끊어내는 데 투신하고 있으며, ⅱ)의 '돌아오지 않는 친구들'은 어디인가 역사적 차원의 결행 현장에 나가 있다. 이들 행동의 주체들이 시적 자아는 물론 다른 인물들에게 영향을 준다는 것이 두 작품의 시적 설정이다. 그 영향 관계는 또 은연중 각 작품을 읽는 독자들을 상정하여 작품 전체의 의미의 자장을 넓히도록 고려되어 있다. 이들 작품에 나타난 시적 자아들은 개인적이며 공적인 역할을 동시에 수행하고 있는 셈이다. 결국 시적 자아를 어떻게 설정하느냐에 따라 작품의 시적 효과가 미묘하게 달라짐을 알 수 있다.

이런 맥락에서 특히 주목되는 것은 우리 역사에 대한 공적 자아로서의 인식과 개인적 자아의 상고 취향이 결합된 시편들이다. 시인은 이에 대해 "우리나라의 역사가 감추고 있는 크나큰 어둠을 헐어내느라면 그것은 옛날의 일이 아니라 요즈막에도 또는 몇백 몇천 년 뒤에도 어긋나지 않고 맞아들 인간의 삶의 본질 같은 것, 공통의 아픔 같은 것을 캘 수 있으리라"(『소설문학』, 1981. 7)고 말한 적이 있다. 예컨대 유배지의 추사 김정희를 시에 담은 「近況」과 「빈터」, 정약용이 유배 생활을 했던 강진을 돌아보고 쓴 「茶山草堂」, 그리고 조선시대의 예술품과 유물들을 시화한 「李朝」 연작과 「벼루 읽기」 연작 등이 이에 해당한다. 이 가운데 최근에 발표된 시 한 편을 보자.

> 우리나라의 벼룻돌은 압록강 기슭의 위원(渭原)에서 나오는 화초석(花艸石)이 으뜸인데요, 녹두색과 팥색이 시루떡처럼 켜켜이 층을 이뤄서 마치 풀과 꽃이 어우러진 것 같대서 이름도 화초석(花艸石)인데요, 거기 먹을 가는 돌에다 우리네 사는 모습이며 우주만물을 모두 새겨놓았는데요, [……] 자세히 들여다보면 어린 날 동네아이들과 냇가에서 멱감던 내가 그 속에 있는 것인데요, 물가에는 가지 말거라. 외동아들 행여 명이 짧을까 걱정하시던 어머니의 목소리도 들리는데요. 어머니 세상 뜨신 지금도 나는 어머니의 말씀 안 듣고 세상의 깊은 물 속에서 개헤엄으로 허우적거리고만 있는 것인데요.
>
> — 「하동(河童) : 벼루읽기」 부분(『문학사상』, 2002. 7)

시조 창작 과정에서 자연스레 몸에 배었을 리듬에 대한 감각이 먼저 느껴진다. 이 시에서 시인은 수백 년 전의 벼루에 대한 유다른 애정을 밝히면서도 그것에만 머물지는 않았다. 벼루에 새겨진 조각을 완상하는 과정에서 자신의 유년 시절과 어머니에 대한 그리움, 현재 자신의 정체성까지를 함께 떠올리고 있다. 아니 머릿속에 떠올리기만 하는 게 아니라 돌로 된 벼루에 그 생각들을 새겨 넣고 있는 것처럼 느껴진다. 일상적 차원이든 시적 차원이든 시인의 상고 취향이 의의를 획득하는 부분은 바로 이런 장면에서일 것이다. 이 방면에서 시인의 감각과 리듬이 한데 어울린 더 많은 작품을 기대하는 것도 같은 이유 때문이다.

　아쉽게도 시력 40년을 넘기고 있는 지금 이근배 시인이 남긴 작품은 그리 많지 않다. 갖은 시간과 정성을 들여 빚고 구워낸 도자기라도 자기 마음에 들지 않으면 깨뜨려 버리는 장인을 닮았음인지 그는 분명 과작에 속한다. 어쩌면 그는 지나치게 "크게 날려는 날개"(「크게 날려던 이 날개」)를 지닌 시인인지도 모른다. 자신의 시에 대해 어느 시인이든 동시에 지닐 수 있는 자존과 자괴의 마음을 인정한다 하더라도 이근배의 시세계가 과거형으로 완료되었다고 볼 수는 없다. 그는 물론 재능과 열정의 문제에 관한 한 아무래도 재능 쪽에 무게중심이 놓여 있는 것처럼 보인다. 하지만 시집 『사랑을 演奏하는 꽃나무』가 보여 주었듯 그 재능의 바탕이 된 것은 역시 열정이라는 사실도 부인할 수 없다. 재능과 열정 그리고 개인적 자아와 공적 자아가 길항하는 자리에서 전개된 이근배의 시세계는 앞으로 더 주목될 필요가 있다. 그의 시세계를 관통해 온 뛰어난 감각이 연륜과 결합해 깊이 있는 사유로 자리잡기를 기대하면서 말이다.

참고문헌

1. 기초 자료

이근배, 『사랑을 演奏하는 꽃나무』, 문일사, 1960.
이근배, 『노래여 노래여』, 문학세계사, 1981.
이근배, 『동해 바닷속의 돌거북이 하는 말』, 새글, 1982.
이근배, 『漢江』, 고려원, 1985.
이근배, 『사람들이 새가 되고 싶은 까닭을 안다』, 문학세계사, 2004.
이근배, 『종소리는 끝없이 새벽을 깨운다』, 동학사, 2006.
이근배, 『달은 해를 물고』, 태학사, 2006.

2. 논문과 평론

김강태, 「'생솔의, 타는 불꽃의, 저녁 나절의' : 사랑·냉이·벼루의 시인 이근배」, 『현대시』, 2001. 9.
김유중, 「섬세한 욕망의 너울 : 이근배의 「오디」」, 『현대시학』, 2000. 7.
김제현, 「文字를 초월한 울림」, 『심상』, 1983. 2.
김주연, 「現代史의 悲劇과 詩的 挑戰」, 이근배, 『漢江』, 고려원, 1985.
박찬일, 「이근배의 시조 세계 : 호방한 상상력·낭만주의적 상상력」, 『유심』, 2007. 봄.
박철희, 「現代 時調作品의 正體 : 李根培의 時調文學」, 이근배, 『동해 바닷속의 돌거북이 하는 말』, 새글, 1982.
신경림, 「타고난 노래꾼의 詩」, 이근배, 『노래여 노래여』, 문학세계사, 1981.
안수환, 「눈과 꽃의 논증법 : 李根培論」, 『현대시학』, 1982. 10.
윤정구, 「신춘문예 여섯 번 당선한 재기와 감성」, 『문학과 창작』, 1999. 4.
이상옥, 「외로운 섬, 날지 못하는 학 : 이근배론」, 『아름다운 상처의 시학』, 국학자료원, 1999.
이성우, 「개인적 자아와 공적 자아의 만남 : 이근배 시론」, 『유심』, 2002. 겨울.

이어령, 「오르페우스의 피리 : 李根培의 메타포」, 이근배, 『노래여 노래여』, 문학세계사, 1981.
정진규, 「순수의 속살 위에 번지는 비애의 빛깔 : 李根培의 詩世界」, 『소설문학』, 1981. 7.
정진규, 「詩가 있는 아침 : 이근배 「絶筆」」, 『중앙일보』, 2002. 9. 28, 7쪽.

제도로서의 신춘문예와 역사로서의 시

1. 시인의 탄생과 문학의 역사

시인의 탄생이라는 사건은 시인 자신의 개인사의 범위를 넘어선다. 새로이 탄생한 시인은 그가 의식하건 하지 않건 문학사의 자장 내로 편입될 수밖에 없기 때문이다. 시인이 탄생하는 자리로서 우리나라의 신춘문예 제도는 각별한 의미를 갖는다. 1925년 동아일보가 처음 실시하여 현재에 이르는 신춘문예 제도는 아직도 시인들의 가장 화려한 등용문으로서 수많은 문학 지망생들의 동경의 대상이다. 하지만 동시에 저널리즘에 의한 일회성 행사라는 허위성과 경박성의 한계를 내포한 것이기도 하다. 신춘문예 비판론이나 극단적인 폐지론이 거론되는 것도 이 때문이다.

그러나 막강한 영상 매체의 위력 앞에 초라해 보이기까지 하는 활자 매체인 문학을 문학 지망생뿐 아니라 일반 대중의 '행사'로 확대하는 신춘문예 제도의 의의 자체를 전적으로 부인할 수는 없다. 중요한 것은 신춘문예의 허와 실을 이론이나 당위로서만 거론하는 것이 아니라 당시대의 문학사와 결부해 구체적인 시인과 작품들을 예로 들어 고찰하는 일이다.

이제 우리는 1980년대 신춘문예 당선시의 경향을 시문학사의 맥락 속에서 살펴볼 것이다. 그럼으로써 신춘문예 당선시와 동시대 한국시의 영향 관계 혹은 괴리 현상을 발견할 수 있을 것이며, 궁극적으로는 한국 시사에서 신춘문예 당선시의 위상을 확인할 수 있을 것이다.

2. 1980년대 시의 네 계열

1980년 5월 광주 민주화 운동이 상징하듯 1980년대는 극도의 양극성이 내재한 시기였다. 탄압과 저항, 허위와 폭로, 보수와 진보, 한계와 가능성 등 우리 사회의 양면이 함께 존재했던 것이다.

한국 현대 시사에서 1980년대는 거의 혁명적이라 할 만큼 시의 영역이 확대된 시기로 평가된다. 이른바 '시의 시대'를 만든 그 확대의 양상은 시인·독자의 폭발적 증가, 등단 제도의 자율화 현상, 시의 소재·내용·기법·형태면에서의 확대로 요약할 수 있다. 짚고 넘어가야 할 것은 시 영역의 이러한 확대가 1980년대 현실에 대한 능동적인 대응에서 비롯되었다는 점이다.

그렇다면 1980년대 시의 구체적 양상은 어떠했는가? 우리는 그것을 잠정적이나마 민중시, 실험시, 도시파 시, 서정시라는 네 계열로 나누어 정리할 수 있다.

첫 번째, 그 시적 영향력이 가장 막강했던 민중시 계열은 1980년대의 구조적 모순을 민족 해방과 노동 해방이라는 두 변혁의 축으로 타개하고자 했다. 동어 반복과 도식성, 이데올로기에 대한 지나친 경사가 문제점으로 지적되기도 했지만, 민중시는 동시대 민중들의 고통과 희망을 설득력 있게 묘파했다. 그것은 신경림, 정희성, 이시영을 비롯해 '시와 경제' 동인(채광석·김정환·김남주 등), '오월시' 동인(김사인·박몽구·김진경 등) 들에 의해 진행됐다. 특기할 것은 박노해·백무산·정인화 등 노동자 출신 시인의 등장이다. 이는 전문 시인과 지식인 시인 중심의 민중시 운동에 큰 충격을 주었다.

두 번째, 기존 시의 형식과 방법을 파괴하는 데서 출발한 실험시 계열의 시인들은 궁극적으로 기존의 실체화된 질서 체계에 대해 항거한 것으로 풀이된다. 다만, 시가 말장난에 떨어짐으로써 참된 부정의 정신을 왜곡한 일면은 지적되어야 할 것이다. 황지우(1980년 『중앙일보』)와 박남철을 비롯해 기형도(1985년 『동아일보』), 장정일, 김영승, 이승하(1984년 『중앙일보』) 등이 이 계열의 시인들이다.

세 번째, 모더니즘 계열의 도시파 시인들은 대도시적 삶을 배경으로 상상력의 자유를 추구함으로써 현대인과 현대시가 처한 정신적 위기를 극복하려는 경향을 보였다. 최승호를 비롯하여 김혜순, 그리고 민중시와는 반대의 입장에서 시의 미학과 순수성을 고집했던 '시운동' 동인의 하재봉(1980년 『동아일보』), 박덕규, 남진우(1981년 『동아일보』), 이문재, 안재찬(1980년 『한국일보』) 등이 그 대표적 시인들이다.

네 번째, 1980년대에 와서 서정시 계열은 지난날의 강호가도나 전원 서정시 취향에 국한되지 않는 새로운 경향을 보였다. 예를 들어, 김선굉, 이상호, 서지월, 이상희(1987년 『중앙일보』) 등은 다분히 감각적인 서정시를 선보였다. 또한 역사 의식과 현실 의식을 바탕으로 서정성을 추구한 시인들로 이동순, 정호승, 최두석, 박태일(1980년 『중앙일보』), 안도현(1984년 『동아일보』), 오태환(1984년 『조선일보』, 『한국일보』), 정일근(1985년 『한국일보』), 최영철(1986년 『한국일보』) 등을 들 수 있다.

3. 1980년대 시사와 신춘문예 당선시의 비교

위에서 살펴본 1980년대 시와 동시대 신춘문예 당선시는 과연 어떠한 관계에 있는가. 1980년대 시의 구체적 양상과 신춘문예 시의 경향을 조목마다 비교하기로 하자.

첫 번째, 1980년대 시사에서 가장 큰 영향력을 행사했던 민중시 계열의 작품과 신춘문예 시 사이에서는 뚜렷한 괴리 현상이 나타난다. 신춘문예 당선시에서는 민중시 계열의 작품이 거의 나타나지 않는 것이다. 구태여 비슷한 경향의 작품을 꼽으라면 나해철의 「榮山浦」를 들 수 있을까.

> 가난은 강물 곁에 누워
> 늘 같이 흐르고
> 개나리꽃처럼 여윈 누님과 나는
> 청무우를 먹으며
> 강둑에 잡풀로 넘어지곤 했지.
>
> 빈 손의 설움 속에
> 어머니는 묻히시고
> 열여섯 나이로
> 토종개처럼 열심이던 누님은
> 湖南線을 오르며 울었다.
> [……]
> 병호 형님의 닭들은
> 病들어 넘어지고
> 술 취한 형님은
> 강물을 보러 아망바위를 오른다
>
> — 「榮山浦」(1982년 『동아일보』) 부분

위에 인용된 구절과 같은 연대에 발표된 김남주의 「나 자신을 노래한다」

에 나오는 "나는 민중의 벗/나와 함께 가는 자 그는/무장이 잘되어 있어야 한다/굶주림과 추위 사나운 적과 만나야 한다 싸워야 한다"라는 구절을 비교해 보면, 두 시의 차이는 너무도 확연하다. 김남주 시에서 드러나는 당파성과 단정적이고 당위적인 어조에 비한다면 「榮山浦」의 세계는 소박한 온정주의에서 크게 벗어나지 않는다.

또한 시어의 사용 빈도와 관련해 흥미 있는 사실은, 민중시에서 수도 없이 반복 사용된 '민중'이라는 시어가 1980년대 신춘문예 당선시에서는 단 한 번도 나오지 않는다는 사실이다. 이 점은 또 1980년대와 인접한 시기인 1970년대와 1990년대의 경우에도 마찬가지이다. 바로 이런 점에서 언론 기관이 운영하는 신춘문예 제도의 한계와 그에 따른 당선시의 한 경향이 극명하게 드러난다고 할 수 있다.

한편 신춘문예 당선시에서는 박노해와 백무산으로 대표되는 이른바 노동시의 세계를 좀처럼 찾아볼 수 없다. 1980년대 신춘문예 당선시를 통틀어 '노동자'라는 시어는 「오! 모국어」(신찬식, 1981년『서울신문』), 「풍자시대에서」 등 2편의 작품에서 4회에 걸쳐 나타나는 것이 고작인데, 그중 한 작품을 보이면 다음과 같다.

휴먼테크의 명성을 얻고 있는 주식회사 별하나는 노동자를 협박·회유·납치하는 데만 120억 악 칙……… 치 치지직……… […‥‥] 노동자의 눈물과 피를 짜아내 만든 별하나 제품 절대로 쓰지 맙… 억… […‥‥] 죄송합니다 재벌들이 기부한 돈은 노동자의 식탁에서 콩나물 하나와 멸치 두 마리 그리고 생선 몇 토막쯤 빼앗은 바로 그것이 아니냐는 사실을 충분히 보여주지 못해 안타깝습니다 이런 시각에서 단 한번의 보도도 못한 언론도 책임을 치직 억… 치지직 ……… 그 해 눈이 내리고 인공위성은 치근거리며 지구를 맴돌고 몇 마리의 워키토키 같은 쥐들이 우리를 기웃거리고……… 아무 일도 일어나지 않았다
— 조기원, 「풍자시대에서」(1989년『경향신문』) 부분

이 시는 신춘문예 당선시로서는 이례적이라 할 만큼 노동자의 삶에 대해 많은 관심을 표명하고 있다. 또한 노동자/재벌의 대립 구도를 설정했으며 그 표현도 직설적이다. 언뜻 노동시처럼 보인다. 그러나 이 작품이 "아무 일도 일어나지 않았다"로 끝나고 마는 데서 알 수 있는 것처럼, 이 시의 화자는 자신이 직접 어떤 일을 기획하거나 실천하지 않는다. 즉, 이 시의 화자는 결코 절실한 노동자의 계급의식을 지니고 있지 않으며, 그저 관찰자일 뿐이다. 결국 우리는 이 시를 노동시라고 볼 수가 없는 것이다.

두 번째, 실험시 경향과 관련해서는 시사와 신춘문예 당선시 사이에서 다소간의 영향 관계와 괴리의 일면을 동시에 발견할 수 있다. 1980년대의 실험시는 1970년대 말의 황지우, 박남철에게서 뚜렷한 모습을 보이기 시작했다는 사실을 참고하면서 실험시 계열 시인들의 면면을 대조하면 이 점은 좀더 명확해진다. 즉, 실험시 계열의 황지우(「沿革」), 기형도(「안개」), 이승하는 모두 신춘문예 출신들이다. 특히 이승하는 당선작인 「畵家 뭉크와 함께」에서 노르웨이의 말더듬이 화가 에드바르트 뭉크의 어투를 빌려 현대의 삶을 독특하게 풍자하는 실험 정신의 일단을 내보인 바 있다.

> 소 소름 끼쳐 터 텅 빈 도시
> 아니 우 웃는 소리야 끝내는
> 끝내는 미 미쳐버릴지 모른다
> 우우 보우트 피플이여 텅 빈 세계여
> 나는 부 부 부인할 것이다
>
> — 「畵家 뭉크와 함께」(1984년 『중앙일보』) 부분

이 작품 이외에도 우리는 방금 전에 거론한 조기원의 「풍자시대에서」를 실험시의 한 예로 꼽아도 될 것이다. 우리는 여기서 시사와 신춘문예 당선

시 사이의 영향 관계를 어느 정도 인정할 수 있다. 그런데 양자 사이의 괴리 현상의 일면으로 지적할 것은, 황지우나 기형도의 경우 정작 당선 작품에서는 실험시의 경향을 명확히 느끼기가 힘들다는 사실이다. 이 점 역시 신춘문예를 '통과'하려는 응모자들의 심리와 관련해 신춘문예 당선시의 보수적인 한 특징을 시사하는 것으로 풀이된다.

세 번째, 도시파의 모더니즘 시 계열에서는 신춘문예 당선시 출신 시인들이 오히려 시사의 주역이 되는 상황이 전개된다. 비록 기성 시인인 최승호나 김혜순이 있기는 했지만 하재봉(「幼年時節」), 안재찬(「生活」), 남진우 등 1980년과 그 이듬해에 신춘문예로 등단한 신진 시인들이 1980년대 도시파 시의 주축이 된 것이다. 특히 안재찬이나 남진우의 당선시는 이미 모더니즘 지향 시의 일단을 내 보이고 있다.

> 그 겨울 내 슬픈 꿈은 18세기 外套를 걸치고 몇닢 銀錢과 함께 외출하였다. 木造의 찻집에서 코피를 마시며 사랑하지 않는 여인의 흰 살결, 파고드는 快感을 황혼까지 생각하였다. 때로 희미한 등불을 마주 앉아 남몰래 쓴 詩를 태워 버리고 아, 그 겨울 내 슬픈 꿈이 방황하던 거리, 우울한 상송이 정의하는 토요일과 일요일을 그 숱한 만남과 이 작은 사랑의 불꽃을 나는 가슴에 안고 걷고 있었다.
>
> — 남진우, 「로트레아몽백작의 방황과 좌절에 관한 일곱 개의 노트 혹은 절망 연습」
> (1981년 『동아일보』) 부분

1980년 5월 광주 민주화 운동, 9월 군사 정권의 성립, 11월 김대중 씨에 대한 사형 선고 및 정치 활동 규제 대상자 811명 발표……. 숨 가쁘게 이어지는 정치·사회 상황 속에서 이 작품의 화자가 정작 꿈꾸는 것은 민주화나 민중의 해방 같은 것이 아니라 상상력의 자유이다. 이 지점에서 가치 평가상의 논란이 예상되기는 하지만, 그런 만큼 이 시의 성격은 더욱 분명해지는 것이다.

네 번째, 기성 시인들의 새로운 서정시는 신춘문예 응모자들에게도 많은 영향을 준 것으로 보인다. 적지 않은 당선시들이 감각적인 서정시, 또는 사회 역사적 서정시의 경향을 띠고 있다. 나희덕의 「뿌리에게」(1989년 『중앙일보』)가 전자에 속한다면, 안도현의 「서울로 가는 全琫準」(1984년 『동아일보』), 오태환의 「癸亥日記」(1984년 『조선일보』)와 「崔益鉉」(1984년 『한국일보』), 정일근의 「유배지에서 보내는 정약용의 편지」(1985년 『한국일보』)는 후자에 속하는 신춘문예 당선시들이다.

감각적 서정시의 한 예로서 「뿌리에게」를 함께 읽어 보자.

깊은 곳에서 네가 나의 뿌리였을 때
나는 막 갈구어진 연한 흙이어서
너를 잘 기억할 수 있다
네 숨결 처음 대이던 그 자리에 더운 김이 오르고
밝은 피 뽑아 네게 흘려 보내며 즐거움에 떨던
아 나의 사랑을

먼우물 앞에서도 목마르던 나의 뿌리여
나를 뚫고 오르렴,
눈부셔 잘 부스러지는 살이니
내 밝은 피에 즐겁게 발 적시며 뻗어가려무나

척추를 휘어접고 더 넓게 뻗으면
그때마다 나는 착한 그릇이 되어 너를 감싸고,
불꽃 같은 바람이 가슴을 두드려 세워도
네 뻗어가는 끝을 하냥 축복하는 나는
어리석고도 은밀한 기쁨을 가졌어라

네가 타고 내려올수록
단단해지는 나의 살을 보아라
이제 거무스레 늙었으니
슬픔만 한 두름 꿰어 있는 껍데기의
마지막 잔을 마셔다오

깊은 곳에서 네가 나의 뿌리였을 때
내 가슴에 끓어오르던 벌레들,
그러나 지금은 하나의 빈 그릇,
너의 푸른 줄기 솟아 햇살에 반짝이면
나는 어느 산비탈 연한 흙으로 일구어지고 있을테니

— 나희덕, 「뿌리에게」(1989년 『중앙일보』) 전문

이 시의 묘한 감동은 어디에서 오는 것일까. 자기희생적인 숭고한 사랑을 노래했기 때문일까? 그것만이 감동의 모든 근원은 분명 아닐 것이다. 이 시의 묘미는, 섬세하고도 감각적인 표현으로 환기되는 성적 이미지들이 자기희생을 바탕으로 한 삶의 아름다움을 증폭시킨다는 데 있다.

제1연 제1행의 "깊은 곳"과 "뿌리"는 다분히 성적인 이미지를 연상시킨다. 그러나 제2행에 배치된 "막 갈구어진 연한 흙"은 동물적인 것으로 치닫던 독자의 상상력을 식물적인 상상력의 방향으로 전환시키는 중요한 역할을 한다. '뿌리'와 함께 하는 '흙'의 삶이란 제3연 제4~5행에 나타난 바와 같이 자신의 모든 것을 끝없이 주고 축복하는 속성을 가진 것이다. 화자는 그런 자신의 삶을 어리석다고 진술하지만 사실은 그것이 화자의 큰 기쁨이다. 그렇기에 제4연의 제4~5행에서와 같이 "마지막 잔"까지 뿌리인 그대에게 줄 수 있는 것이다.

제5연에 이르러 '흙'은 재생의 꿈을 꾼다. 모든 것을 '뿌리'에게 주고 살면서 한때 마음속에 일었던 번민 같은 것도 사실은 '흙'에게는 가당찮은 것인

지도 모른다. '흙'이 마침내 도달하는 경지는 모든 것을 '뿌리'에게 주고 나서 비어 버린 그릇이다. 그런데 이 "빈 그릇"의 이미지는 변용의 과정을 거친다. 아무 것도 없으므로 모든 것을 담을 수도 있는 "빈 그릇"은 무르고 부드러워서 그 어떤 뿌리든 모두 받아들일 수 있는 "연한 흙"과 상통하는 것이다. 단단하고 굳은 물건인 그릇을 슬그머니 무르고 부드러운 흙으로 바꾸어 놓는 것이 바로 이 시인의 상상력이다. 결국 '흙'은 '뿌리'의 줄기와 잎이 무성한 것을 바라보며 다시 "어느 산비탈의 연한 흙"으로 일구어지는 새로운 삶을 꿈꾼다. 자신의 모든 것을 끊임없이 주기만 하면서도 오히려 기뻐할 수 있는 경지, 이것이 '흙'이 '뿌리'라는 존재에게, 그리고 독자에게 전하는 삶의 요체일 것이다.

한편 사회 역사적 서정시의 대표적 작품으로는 다음 시편을 거론할 수 있을 것이다.

눈 내리는 萬頃들 건너가네
해진 짚신에 상투 하나 떠가네
가는 길 그리운 이 아무도 없네
녹두꽃 자지러지게 피면 돌아올거나
울며 울지 않으며 가는
우리 琫準이
풀잎들이 북향하여 일제히 성긴 머리를 푸네

그 누가 알기나 하리
처음에는 우리 모두 이름 없는 들꽃이었더니
들꽃 중에서도 저 하늘 보기 두려워
그늘 깊은 땅 속으로 젖은 발 내리고 싶어하던
잔뿌리였더니

그대 떠나기 전에 우리는
목 쉰 그대의 칼집도 찾아주지 못하고
조선 호랑이처럼 모여 울어주지도 못하였네
그보다도 더운 국밥 한 그릇 말아주지 못하였네
못다 한 그 사랑 원망이라도 하듯
속절없이 눈발은 그치지 않고
한 자 세 치 눈 쌓이는 소리까지 들려오나니

그 누가 알기나 하리
겨울이라 꽁꽁 숨어 우는 우리나라 풀뿌리들이
입춘 경칩 지나 수군거리며 봄바람 찾아오면
수천 개의 푸른 기상 나팔을 불어제낄 것을
지금은 손발 묶인 저 얼음장 강줄기가
옥빛 대님을 홀연 풀어헤치고
서해로 출렁거리며 쳐들어갈 것을

우리 聖上 계옵신 곳 가까이 가서
녹두알 같은 눈물 흘리며 한 목숨 타오르겠네
琫準이 이 사람아
그대 갈 때 누군가 찍은 한 장 사진 속에서
기억하라고 타는 눈빛으로 건네던 말
오늘 나는 알겠네

들꽃들아
그날이 오면 닭 울 때
흰 무명 띠 머리에 두르고 동진강 어귀에 모여
척왜척화 척왜척화 물결 소리에
귀를 기울이라.

— 「서울로 가는 全琫準」(1984년 『동아일보』) 전문

이 시의 역사적 정황은 이렇다. 1894년 10월과 11월에 걸쳐 공주에서 일

본군과 접전을 벌였던 동학 농민군은 크게 패하고 말았다. 이후 순창에 피신해 있던 전봉준은 12월 초 지방민들에게 붙잡혀 서울로 압송된다. 이런 비극적 상황에서 화자의 회한과 깨달음이 이 시의 주조를 이룬다. 이 시의 감명은 그 같은 역사적 사실들이 교묘히 현재화하는 데서 비롯하는 것으로 판단된다.

제1연에서 전봉준은 속으로는 울며 그러나 겉으로는 동학 농민 운동의 지도자로서 의연하게 울음을 감추며 서울로 압송되고 있다. 제2~3연에서는 '들꽃', '들꽃의 잔뿌리'로 비유된, 화자를 포함한 민초들의 한계와 이로 인한 회한이 잘 드러나 있다. 동학 운동이 성공하지 못하고 급기야 지도자인 전봉준까지 체포된 이유는 무엇일까. 그것은 결국 "조선 호랑이처럼 모여 울어주지도 못하"고 "더운 국밥 한 그릇 말아주지 못하"는, 화자 자신을 포함한 민초들의 비겁함 때문이 아니었을까. 군사적 열세 같은 외적인 조건은 그 다음의 문제일 것이다. 이것이 화자가 말하는 회한의 내용이다.

제4~5연에서는 "겨울"과 마침내는 그것을 이기는 "봄바람"을 대비시켜, 한목숨 바쳐 끝까지 계속될 싸움을 다짐하고 있다. 특히 제5연의 마지막 행인 "오늘 나는 알겠네"는 화자가 어떤 깨달음을 얻었다는 사실을 드러내면서, 그 깨달음의 내용인 제6연으로 시상을 이어주는 구실을 하고 있다. 물론 그 내용이야 '斥倭斥和'라는 한 마디로 요약할 수 있는 것이다. 시인은 이를 "척왜척화 척왜척화 물결 소리"라는 개성적인 청각 이미지를 통해 표현하고 있다.

그런데 제5연 제3행에서 화자가 사진을 들여다보며 "琫準이 이 사람아" 하고 부를 때, 우리는 언뜻 19세기에 실존했던 동학 농민 운동 지도자인 전봉준뿐 아니라 지금 실재하는 인물로서의 '봉준'을 떠올릴 수도 있을 것이다. 꿈을 안고 서울로 가기 전에 한 장의 사진을 남긴 전라도 청년 '봉준'.

사회 역사적 서정시의 감동은 바로 이러한 상상력의 허용을 통해 비로소 샘솟는다고 해야 할 것이다.

4. 영향 혹은 괴리의 이중주

신춘문예 당선시 중에는, 우리가 위에서 살펴본 네 범주 중의 어느 하나에 속하지 않는 작품도 있을 것이다. 그렇지만 그런 작품의 존재가 이 글 전체의 결론에 영향을 줄 만큼 큰 비중을 차지하지는 않을 것으로 판단된다.

우리가 지금까지 살펴본 것처럼 1980년대 신춘문예 당선시와 동시대의 시사는 민중시 경향에 있어서는 뚜렷한 괴리 현상을 보여 주었다. 또한 실험시 계열에서는 양자 간의 다소간의 영향 관계와 함께 괴리의 일면을, 도시파 모더니즘 계열에서는 신춘문예 당선시가 시사를 주도하는 양상을, 그리고 서정시 계열에서는 기성 시인들의 새로운 서정시가 신춘문예 응모자들의 창작 방향에 큰 영향을 준 사실을 확인할 수 있었다.

우리는 결국 1980년대 신춘문예 당선시가 민중시 계열과 관련해 나름의 한계를 지니기는 하였으나 전반적으로 동시대 시사와 밀접한 영향 관계에 있었다고 평가할 수 있다. 이는 그대로 시 부문에서 신춘문예 제도의 한계 혹은 위상을 드러내는 것이며, 제도로서의 신춘문예와 역사로서의 시가 만나는 지점을 보여 주는 것이라고 말할 수 있을 것이다.

참고문헌

강진호, 「신춘문예의 문학적 기능 : '신춘문예'라는 제도, 그 전개 양상과 운명」, 『문화예술』
　　　283호, 한국문화예술진흥원, 2003. 2, 58~64쪽.
김재홍, 「80년대 한국시의 비평적 성찰」, 김윤식·김우종 외, 『한국현대문학사』, 개정증보
　　　판, 현대문학, 2002, 493~505쪽.
민병기, 『신춘문예 당선 우수시 100선』, 문예마당, 1998.
성민엽, 「80년대의 시, 그 역동적 공간」, 『동서문학』, 1989. 12, 46~56쪽.
이명원, 「문제 있는 신춘문예, 등단의 마지막 비상구?」, 『민족예술』 79호, 한국민족예술인
　　　총연합, 2002. 2, 12~15쪽.
이명재, 「신인 등단 제도의 검토와 개선 방향 : 문단의 길목과 문턱」, 『한국문학평론』,
　　　2001. 가을·겨울, 94~113쪽.
이재복, 「신춘문예의 문학제도사적 연구 : 근대적인 제도로서의 발생 과정과 그 전개 양상
　　　을 중심으로」, 『한국언어문화』 29집, 한국언어문화학회, 2006. 4, 365~391쪽.
임원식, 『신춘문예의 문단사적 연구 : 소설 작품을 중심으로』, 국학자료원, 2003.
조재영, 「신춘문예 시 연구」, 창원대학교 대학원 박사학위논문, 2005. 8.

수로부인의 변신

현대시와 『삼국유사』 수로부인 설화

1. 고전 전통과 현대시의 정체성

지금 흰 종이나 컴퓨터 키보드 앞에 앉아 있는 시인은, 한 외국 이론가의 말마따나 자기 나라의 시적 전통에서 *끄트머리*에 위치한 '때늦은 지각자'[1]이다. 그러나 진정 위대한 시인이란 스스로의 뒤처짐을 인정한 그 자리에서 전시대 시인들의 영향력을 넘어서려는 용기와 창조성을 발휘하는 시인일 것이다. 여기서 우리는 전통에 대한 반역과 옹호라는, 오래되었으나 여전히 유효한 문제에 맞닥뜨리게 된다.

한국 현대시의 경우, 고전 전통과 현대시의 비교를 통해 현대시의 정체성을 확보하려는 노력은 연구자 누구에게나 외면할 수 없는 과제로 인식되어 왔다. 이때 먼저 해결해야 할 문제는 우리 현대시의 전통을 어디서 찾을

---

1 해롤드 블룸, 「시 전통의 변증법」, 『시적 영향에 대한 불안』, 윤호병 편역, 고려원, 1991, 182쪽.

것인가 하는 점이다. 언뜻 향가, 고려가요, 경기체가, 가사 같은 과거의 시가 양식이나 민요, 시조 등을 떠올리기 쉽지만, 사실은 우리 문화유산 전체가 현대시의 전통이 되어야 한다. 다만 우리는 그 전통의 가능성을 창작이나 비평 활동에서 제대로 실현하지 못하고 있을 뿐이다. 전통이 될 수 있는 문화유산이 미리 정해진 것이 아니라는 데 현대시 전통의 끝없는 매력이 있다. 현대시의 전통은 도서관이나 박물관에 보존되어 있는 것이 아니라 시인과 연구자의 상상력과 안목에 의해 비로소 현실화된다.

이 글에서 현대시 전통의 한 가능성으로 제시하려는 것은 『삼국유사』의 수로부인 설화이다. 먼저 우리는 수로부인 설화의 내용을 살펴본 후에, 현대 시인들의 작품 속에서 '수로부인'이 각각 어떤 모습으로 변신해 나타나는가를 분석할 것이다. 이를 통해 우리는 수로부인 설화가 과연 현대시의 살아 있는 전통이 될 수 있는가 하는 물음에도 답할 수 있을 것이다.

2. 수로부인 설화와 「헌화가」·「해가」

『삼국유사』에 의하면 수로부인은 신라 성덕왕(재위 702~737) 때 강릉 태수를 지낸 순정공의 아내로서 절세의 미녀였다고 한다. 수로부인 설화는 순정공이 강릉 태수로 임명되어 임지로 부임해 가는 도중에 생긴 희한한 일들을 기록한 것이다. 특히 이 설화 속에 들어 있는 「헌화가」와 「해가」는 우리 문학사에서 매우 소중한 가치를 지닌 시가로 평가되고 있다. 먼저 설화의 내용을 살펴보자.

"저 꽃을 꺾어다 줄 사람 누구 없는가?"
종자들은 그 석벽 위는 도저히 사람의 발자취가 이르지 못할 곳이라 하여 모두들 난색을 지으며 수로부인의 요구에 응하지 않았다.

그때 마침 한 노옹(老翁)이 암소를 끌고 그 곁을 지나다가 수로부인의 말을 엿듣고서 천 길 석벽 위로 올라가 부인이 탐내던 그 철쭉꽃을 꺾어 왔다. 그리고는 시가를 지어 읊으며 부인에게 꽃을 바쳤다.

자줏빛 바위 끝에/잡으온 암소 놓게 하시고/날 아니 부끄러워하시면,/꽃을 꺾어 바치오리다.

이렇게 「헌화가(獻花歌)」를 부르며 수로부인에게 꽃을 바친 그 노옹은 어떤 사람인지 알 수 없다.

그 뒤 임지를 향해 이틀 길을 더 가서 역시 바다를 면해 있는 어느 정자에 다다라 점심을 먹고 있었다. 그때 홀연히 용이 나타나 수로부인을 납치해 바닷속으로 들어가 버렸다. [……]

거북아 거북아 수로를 내놓아라./남의 부녀 뺏아간 죄 그 얼마나 클까./네 만일 거역하고 내놓지 않으면/그물로 사로잡아 구워먹고 말 테다.

뭇 사람들이 모여 이 「해가(海歌)」를 부르며 막대기로 물가를 쳐댔더니 그제사 용은 부인을 받들고 바다에서 나왔다. [……]

수로부인은 자태며 용모가 절세의 미녀라서 매양 깊은 산골이나 큰 못을 지나다 이처럼 여러 번 신물(神物)들에게 납치되곤 했다.

— 『三國遺事』 卷 第二, 紀異 第二, 水路夫人[2]

언뜻 황당하기까지 한 이 이야기를 현대의 우리는 과연 어떻게 받아들여야 할까. 많은 연구자들이 이 설화에 대해 다양한 해석을 시도했다. 그 해석들은 크게 두 가지 경향으로 구분된다.

하나는, 이 설화를 아름다움에 대한 인간의 욕망과 관련하여 세속적인 맥락에서 해석하는 방법이다. 요컨대, 지나가던 노인을 높은 절벽 위로 올려 보내고 바닷속 용을 지상으로 끌어낼 만큼 수로부인이 매우 아름다웠다는 것이다.[3] 천 길 절벽 위의 철쭉꽃을 꺾어 바친 노옹도 초인적인 능력을 지닌 신비한 존재가 아니라 절벽 주위의 지리를 잘 아는 평범한 농부로 풀

---

2 일연, 『삼국유사』 상, 이동환 역주, 삼중당, 1983, 130~132쪽.
3 서정주, 『미당 시전집』 2, 민음사, 1994, 332~333쪽.

이한다.[4] 이럴 때 「헌화가」는 한 편의 서정시로서 아름다움에 대한 찬가로 읽을 수 있다. 또 「해가」는 아름다운 여인을 구하려고 여러 사람이 함께 부르는 민요로 볼 수 있다.

다른 하나는, 이 설화를 당대의 사회·정치 상황과 관련된 무속적 제의나 종교적 수행의 측면에서 해석하는 방법이다. 이때 수로부인은 극심한 가뭄을 해소하려는 기우제를 지내거나[5] 민심을 수습하려는 굿을 하기 위해[6] 나라에서 보낸 무당이다. 또는 바다신에게 풍어제를 올리는 무당으로도 풀이한다.[7] 노옹은 수로부인과 함께 제의에 참가한 남자 무당(박수)으로 본다.[8] 수로부인을 모시던 종자들이나 뭇 사람들은 집단을 이루어 주술에 함께 참여한 신도라는 주장도 있다.[9] 또 수로부인은 무녀이며, 노인은 현실의 인물이 아니라 무녀인 수로부인에게 꿈이나 환상 속에서 꽃을 꺾어다 준 몸주[主神]라는 해석도 있다.[10] 한편 노인을 농신[11]이나 신선,[12] 선승[13]으로 보기도 한다. 이럴 때 「헌화가」와 「해가」는 서사적인 무가의 성격을 띤다.

수로부인 설화는 이렇듯 다양한 해석이 가능하며, 그에 따라 설화 속에

---

4 박노준, 「「헌화가」의 현대적 변용」, 『시안』, 1998. 가을, 72~73쪽.

5 김문태, 「「獻花歌」·「海歌」와 祭儀文脈 : 『三國遺事』 소재의 詩歌 解釋을 위한 方法的 試攷」, 『성대문학』 28집, 성균관대학교 국어국문학과, 1992. 2, 122쪽.

6 조동일, 『한국문학통사』 1, 3판, 지식산업사, 1994, 153~156쪽.

7 최인표, 「『三國遺事』 水路夫人條의 歷史的 性格」, 『한국전통문화연구』 8집, 효성여자대학교 한국전통문화연구소, 1993. 6, 167~169쪽.

8 같은 곳.

9 김흥삼, 「『三國遺事』 「水路夫人」條의 祭儀的 性格과 構造」, 『강원사학』 15·16합집, 강원대학교 사학회, 2000. 2, 63쪽.

10 서정범, 「수로부인은 살아 있다 : 현대 무녀들의 무의식 속에 그대로 계승되고 있어」, 『문학사상』, 2000. 2, 336~337쪽.

11 황재남, 「三國遺事 水路夫人條 散文記錄의 分析」, 『어문학보』 4집, 강원대 국어교육과, 1979, 33~37쪽.

12 김선기, 「곶 받틴 노래(獻花歌) : 신라 노래 일곱」, 『현대문학』, 1967. 9, 307쪽.

13 김종우, 『鄕歌文學研究』, 삼우사, 1975, 30~33쪽.

들어 있는 시가의 성격도 달라진다. 그러면 현대 시인들은 이 설화와 시가의 주인공인 수로부인을 시 작품에서 구체적으로 어떻게 수용 또는 변용했는가를 살펴보자.

3. 현대시와 수로부인 설화

뛰어난 미녀, 제도적·윤리적 구속에 고뇌하는 여인, 음탕한 여자, 창녀……. 시인들의 상상력에 의해 수로부인은 이처럼 다양한 모습으로 변신해 현대시 작품에 나타난다. 다만, 고귀한 미녀에서 창녀에 이르는 수로부인의 다양한 변신은 작품 발표의 시간 순서와는 이렇다 할 연관이 없다. 비슷한 시기에 발표된 작품들이라도 시인들의 상상력에 따라서 수로부인은 전혀 다른 모습으로 그려진다. 이 글에서의 분류도 작품 발표의 시간 순서에 의한 것이 아니라 수로부인의 다양한 변신에 따른 것이다.

3.1. 미녀 수로부인

현대 시인들의 작품 속에서 수로부인은 무엇보다 그 뛰어난 미모로써 되살아난다. 길 가던 노인이 높은 절벽 위에 올라가 꽃을 꺾어 바치고, 바닷속 용이 지상으로 뛰쳐나올 만큼 뛰어났다는 수로부인의 미모, 그 미모는 시인 서정주로 하여금 「수로부인은 얼마나 이뻤는가?」라는 직설적인 제목의 시를 쓰게끔 한다.

　　또 그네가 만일
　　바닷가의 어느 亭子에서
　　도시락이나 먹고 앉았을라치면,

> 쇠붙이를 빨아들이는 磁石 같은 그 美의 引力은
> 千 길 바다 속까지 뚫고 가 뻗쳐,
> 징글 징글한 龍王이란 놈까지가
> 큰 쇠기둥 끌려 나오듯
> 海面으로 이끌려 나와
> 이판사판 그네를 둘쳐업고
> 물 속으로 깊이 깊이 깊이
> 잠겨 버리기라도 해야만 했었네.
>
> 그리하여
> 그네를 잃은 모든 山野의 男丁네들은
> 저마다 큰 몽둥이를 하나씩 들고 나와서
> 바다에 잠긴 그 아름다움 기어코 다시 뺏어 내려고
> 海岸線이란 海岸線은 모조리 모조리 亂打해 대며
> 갖은 暴力의 데모를 다 벌이고 있었네.
>
> — 서정주, 「수로부인은 얼마나 이뻤는가?」 부분[14]

위에 인용된 부분은 「해가」와 그 관련 설화를 그대로 수용했다. 수로부인의 아름다움은 용왕을 물 밖으로 끌어내고, 또 용왕으로 하여금 그녀를 끌고 물속으로 들어가게 할 만큼 강력하다. 어디 용왕뿐인가. 산야의 남정네들 모두가 '폭력의 데모'를 벌이게 만든다. 물론 이때 '남정네들의 몽둥이'라는 이미지는 다분히 성적인 연상을 불러일으킨다. 이렇듯 아름다움이 '폭력'을 부르는 상황을 통해 수로부인의 아름다움은 극대화된다.

이 시는 제목에서 곧바로 드러나듯 수로부인의 아름다움에 대한 찬가이다. 서정주는 이 작품을 쓰기 20여 년 전에 「노인헌화가」를 지었고,[15] 10여 년 전에는 「수로부인의 얼굴」을 통해, "정자에서 점심 먹고 있는 것/엿보고/바닷

---

14 서정주, 『미당 시전집』 2, 민음사, 1994, 331~332쪽.
15 서정주, 『미당 시전집』 1, 민음사, 1994, 142~145쪽.

속에서 용이란 놈이 나와/가로채 업고/천 길 물속 깊이 들어가 버리게 할 만큼"[16] 수로부인이 예뻤다고 노래한 적이 있다. 그러고 보면 20여 년의 세월에 걸친 서정주의 세 작품은 모두 수로부인의 아름다움에 초점을 맞췄다고 볼 수 있다. 수로부인은 또한 그 미모 때문에 두 번씩이나 유괴를 당하고 급기야 트로이 전쟁의 원인이 된 절세의 미녀와 겹쳐지기도 한다.

> 같은 시절 西域에
> 美人 있었지
> 이름하여 美의 女神
> 제우스의 헤라
> 그녀를 둘러싸고 다툰 싸움이
> 美의 전쟁 10년 전쟁 트로이 전쟁[17]
> 뺏고 빼앗기고 벌인 싸움에
> 大王도 칼을 뽑아 앞장을 섰지.
>
> 허나 신라인이여
> 사랑 위해 스스로를 줄 줄 알고
> 칼 대신 꽃을 꺾어 바칠 줄 알던
> 오오 신라 남정네여
>
> — 박진환, 「獻花歌 散調」 부분[18]

---

16 같은 책, 216쪽.

17 실제로 트로이 전쟁의 원인이 되었다고 전해지는 그리스 미녀는 헤라가 아니라 헬레네이다. 헬레네는 스파르타의 왕 메넬라오스의 아내로서 트로이의 왕자 파리스에게 꾐을 당하여 트로이로 유괴된다. 그러자 메넬라오스는 아내 헬레네를 되찾으려고 군대를 일으켜 트로이를 친다. 이것이 그 유명한 트로이 전쟁의 시작이다. 이 전쟁에서는 신들마저 양편으로 갈려 서로 싸웠다고 전해진다. 마이클 그랜트·존 헤이즐, 『그리스·로마 신화사전』, 김진욱 옮김, 범우사, 1993, '헬레네(Helen)' 항목, 590~595쪽.

18 진단시 동인회, 『震檀詩』 9집, 민족문화사, 1986. 9, 73~74쪽.

아름다운 대상을 놓고 서로 차지하려고 다툴 수는 있다. 그러나 한쪽은 칼을 들어 십 년 전쟁을 벌이고, 다른 한쪽은 꽃을 꺾어 바친다. 어느 쪽이 아름다움의 정수에 더 가까이 닿을 수 있을 것인가. 판단은 독자의 몫이지만, 시인의 판정은 아무래도 "눈감고도 永遠을 환히 밝히고/千年을 꽃피워도 시들지 않는/신라 늙은이의/失明의 慧眼" 쪽으로 기울어 있다. 이 작품에서 '신라 늙은이'는 원래 수로부인이 어렸을 때 집안의 머슴이었는데, 처녀 수로의 아름다움에 반해 짝사랑을 했다. 그러다가 그것이 소문이 나서 수로의 남편이 될 순정공의 칼에 두 눈을 잃었던 것이다. 이 대목에서 순정공 역시 트로이 전쟁의 장본인들과 크게 다르지 않음을 알 수 있다. 여러모로 보아 상대가 되지 않을 연적인 머슴을 칼로 제압해야 했을까? 화랑의 세속 오계를 내세워 목숨은 살려 주었다지만, 순정공 역시 수로부인의 아름다움을 노래할 자격은 충분치 않은 것으로 보인다. 이에 비해, 아름다움에 대한 사랑 때문에 눈을 잃었지만 오히려 그로 인해 "눈감고도 永遠을 환히 밝히"게 된 머슴, 곧 실명 노인이야말로 수로부인의 아름다움을 노래한 「헌화가」의 진정한 주인일 것이다. 또 그 실명 노인이야말로 절대적 아름다움에 다가서려는 인간의 피할 수 없는 비극성을 암시하는 존재라 할 수 있을 것이다.

이에 비해 문인수의 「산철쭉」은 철쭉꽃보다 더 눈부신 수로부인을 대하는 견우노인의 내면의 흔들림에 초점을 맞추고 있다.

눈부신 그대 거기 서 있어서
그대 꽃 아래 서 있어서
늙은 몸 활 활 추슬러 입겠네

검푸른 소의 잔등, 저 바다 꽉찬 파도 소리의 수평선 콧김 자욱하게 부풀어 오르네 천길 벼랑을, 벼랑을 지나 벼랑 끝 철쭉, 철쭉을 지나

내 능히 그대에게 이를 수 있겠네

— 문인수, 「산철쭉 : 견우노인」 전문[19]

이 시에서 철쭉꽃은 견우노인이 수로부인에게 다가가기 위한 매개체로서의 구실을 할 뿐 그 자체로서의 아름다움은 별 의미가 없다. 견우노인에게는 철쭉꽃보다는 수로부인의 아름다움만이 눈에 들어오고 있기 때문이다. 이때 동해 바다의 파도가 부풀어 오르는 것은 곧 견우노인의 내면에서 일고 있는 수로부인에 대한 강렬한 욕망을 드러낸다. 수로부인의 아름다움에 취해 버린 한 남자로서의 그 욕망은 천 길 벼랑 끝의 철쭉꽃을 넘어서, 신분과 나이의 차이를 넘어서 수로부인에 닿으려 하는 것이다. 결국 이 작품 역시 『삼국유사』에 나타난 수로부인의 아름다움과 그 아름다움에 대한 인간적 욕망에 주목한 작품이라 할 수 있다.

3.2. 고뇌하는 수로부인

수로부인의 아름다움을 노래한 작품들이 대부분 수로부인 설화를 수용하는 데 머물렀다면, 또 다른 일군의 시인들은 설화를 변용하려고 시도했다. 먼저 홍해리의 작품을 보자.

그대는 어디서
오셨나요
그윽히 바윗가에 피어 있는 꽃
봄먹어 짙붉게 타오르는
춘삼월 두견새 뒷산에 울어
그대는 냇가에 발 담그고

---

19 문인수, 『동강의 높은 새』, 세계사, 2000, 86쪽.

먼 하늘만 바라다 보셨나요.

바위병풍 둘러 친
천 길 바닷가 철쭉꽃
바닷속에 흔들리는 걸
그대는 하늘만 바라다 보고
볼 붉혀 그윽히 웃으셨나요.

꽃 꺾어 받자온 하이얀 손
떨려옴은 당신의 한 말씀 탓
그대는 진분홍 가슴만 열고.

— 홍해리, 「獻花歌」 전문[20]

　이 시의 화자는 수로부인의 아름다움 그 자체에 관심을 두기보다는 수로
부인의 내면세계를 그리는 데 주력하고 있다. 이 시에서 '춘삼월 두견새'와
'천 길 바닷가 철쭉꽃'은 자연물일 뿐 아니라 수로부인의 처지를 비유하는
대상물이다. 봄 경치가 한창 무르익은 음력 3월, 그 아쉬움을 내포한 좋은
시절에 울고만 있는 두견새는 냇가에 발이나 담그고 먼 하늘만 바라보는
수로부인과 비슷한 처지이다. 또한 천 길 절벽 위의 철쭉꽃은 너무나 아름
다워 오히려 남편인 순정공마저 제대로 손에 넣을 수 없는 존재인 수로부
인과 닮았다. "그대는 어디서/오셨나요"라는 화자의 진술은 이제 수로부인
의 아름다움에 대한 찬탄을 넘어 그녀의 존재 이유에 대한 문제 제기의 성
격을 띤다. 때문에 "바닷속에 흔들리는" 것은 표면적으로 철쭉꽃이지만 비
유적으로 그것은 철쭉꽃으로 표상된 수로부인의 마음이다. 그래서 수로부
인은 누군가 자신을 상징하는 철쭉꽃을 꺾어 주기를 바라며 볼을 붉히는

---

20 홍해리, 『投網圖』, 선명문화사, 1969, 46~47쪽.

미소를 짓는 것이다. 이 시의 끝에서 수로부인은 마침내 '진분홍 가슴'을 열어 준다. 이때 짚고 넘어갈 것은 수로부인이 '가슴만' 열고 있다는 사실이다. 그 이상의 행동을 할 수 없다는 데서 강릉 태수 부인으로서 수로의 고민이 시작된다. 결국 이 작품은 수로부인의 고뇌의 한 끝을 열어 보였다는 측면에서 의의를 갖는다. 박제천의 「水路」 역시 같은 맥락의 작품이다.

> 하늘에서 떨어져 흩날리는 꽃잎들 사이로
> 그림자처럼 스쳐 지나가는 덫을 보았다
> 덫에 갇힌 꿈의 얼굴이 눈물에 젖어 번쩍이고 있었다.
> 아득한 벼랑 위에 한 무더기 꽃으로 피어나 있었다
> 돌아와 다오 소리쳐도 그 소리마저 돌아오지 않았다
> 뿌리째 뽑힌 한 아름의 붉은 철쭉꽃이
> 풀려날 길 없는 덫을 이끌고 水路夫人의 철쭉꽃이 온하늘을 떠돌아 다니고
> 있었다.

— 박제천, 「水路」 전문[21]

아득한 벼랑과 하늘을 배경으로 무서운 꿈을 꾸고 있는 듯한 분위기이다. 이런 정황 속에서 수로부인의 꿈은 '덫'에 갇혀 있다. 여기서 덫이란 물론 현실적인 구속을 뜻한다. 그것은 마치 사람들의 사랑을 받아야 할 꽃이 오히려 사람의 손이 쉽게 닿을 수 없는 아득한 벼랑 위에 피어 있는 것과 같은 형국이다. 더구나 그 꽃의 뿌리가 뽑혔다는 것은 수로부인의 꿈이 외부의 힘에 의해 크게 훼손되었음을 의미한다. 시의 끝 부분에서도 수로부인의 꿈은 덫에서 풀려나지 못한 상태로 하늘을 떠돈다. 이 시인이 파악한 수로부인의 상황은 이처럼 절망적인 것이다. 그러나 우리는 또 다른 시인들의 상상력을 통해 이러한 현실적 구속으로부터 좀더 자유로워진 수로부인을 만나 볼 수 있다.

---

21 박제천, 『달은 즈믄 가람에』, 문학세계사, 1984, 80쪽.

3.3. 음탕한 여자·창녀 수로부인

시인들이 상상한 수로부인의 자유는 대개 성적 일탈의 경향을 띠어 수로부인을 음탕한 여자 혹은 창녀로 그린 경우가 많다. 이러한 상상력은 어디서 비롯된 것일까. 먼저, 원전인 『삼국유사』의 기록에서 실마리를 찾을 수 있다. 바닷속 용에게 납치되었던 수로부인이 그곳에서의 일을 묻는 남편 순정공에게 대답하는 부분을 보자.

> 순정공은 부인에게 바닷속의 일들을 물어 보았다. 부인은, 일곱 가지 보배로 지은 궁전이 있고, 그 음식은 달고 부드러우며 향기롭고 깨끗하여 인간의 요리와는 전혀 다르더라고 대답했다. 그리고 부인의 옷에는 일찍이 인간 세상에서 맡아 볼 수 없었던 이상한 향내가 스며 있었다.[22]

납치된다는 것은 어디까지나 강제적으로 당하는 일인데, 수로부인은 납치되어 갔던 곳에서의 경험을 전혀 고통스러워하지 않고 있다. 오히려 그녀는 그곳에서의 음식이 달고 부드러우며 향기롭고 깨끗하였다고 말한다. 상식적으로는 쉽게 이해되지 않는 부분이다. 이에 대해, 수로부인의 바닷속 세계 경험은 제의를 진행할 때 겪는 무당의 엑스터시 현상이라는 해석이 있다.[23] 그렇지만 이런 해석은 수로부인 설화 전체를 제의의 맥락으로 받아들일 때만 가능한 것이다. 아름다움에 대한 인간의 욕망과 관련하여 세속적인 맥락에서 받아들일 때는 전혀 다른 해석도 가능하다. 이를테면 용에 의한 납치를 성적인 폭력으로 해석하는 문맥에서는, 수로부인의 정조 관념에 대해 다소 부정적인 생각을 가질 수도 있다는 것이다.

---

22 일연, 『삼국유사』 상, 이동환 역주, 삼중당, 1983, 132쪽.
23 최인표, 「『三國遺事』 水路夫人條의 歷史的 性格」, 『한국전통문화연구』 8집, 효성여자대학교 한국전통문화연구소, 1993. 6, 179~180쪽.

이와 관련된 또 하나의 의문은, 설화 끝부분의 '수로부인은 절세의 미녀라서 여러 번 신물들에게 납치되곤 했다'라는 구절에 대한 해석이다. 이 부분의 기록은 양면의 해석이 가능하다. 먼저 이 대목은, 수로부인이 남편인 순정공보다 월등한 권세를 가진 인물에게 유린당한 것에 대한 암시적인 표현으로 볼 수 있다. 수로부인을 성적 피해자로 보는 시인들의 시각은 여기에서 비롯된다. 다음으로, 수로부인이 납치되어 갔던 곳에서의 경험을 전혀 고통스러워하지 않았다는 앞서의 사실에 비추어 볼 때는 반대의 해석도 가능하다. 즉, 신물들에 의한 여러 번의 납치는 실상 수로부인의 거듭되는 성적 일탈을 암시할 수도 있다는 것이다. 그런데 여기서 성적 유린과 성적 일탈이라는 양면의 해석은 따지고 보면 서로 연관된 것일 수도 있다. 성적 폭력의 피해자가 그 충격으로 정조 관념을 잃거나, 성적 일탈이 어떤 사정에 의해 성적 유린으로 외부에 알려지는 일은 현실적으로 충분한 개연성이 있기 때문이다. 다음 작품은 수로부인을 음탕한 여자로 그린 예 가운데 하나이다.

> 어깨 떡 벌어진 산이나, 제일 훤칠한 바다쯤
> 터억 사로잡아서 넋 빠지도록 미치게 해야
> 고 맵고 야무진 직성이 풀리지 않겠는가
> [……]
> 불쑥 솟은 절벽 끝
> 하늘나라 꼭대기의 꽃이나 짐짓 탐내는
> 당돌한 실수를 저질러
> [……]
> 당돌한 실수를 저지를 줄 아는 위험한 여자에게는
> 바다나 태산같은 호걸들이 순정을 몽땅 바친다는 걸
> 천년 전에 벌써 잘 알아차렸던 水路여
>
> — 신규호, 「당돌한 실수」 부분[24]

이 시에서 수로부인은 '위험한 여자'이다. 타고난 미색에 성적 매력을 더하여 남자들을 유혹한다. 그녀는 "불쑥 솟은 절벽 끝/하늘나라 꼭대기의 꽃"을 탐낼 만큼 당돌하다. 여기서 '불쑥 솟은 절벽'은 다분히 성적인 이미지로서 남자의 성을 상징한다. 또한 그녀는 '꽃을 꺾어 달라'는 식으로 남성들의 욕망을 부채질하는, '잘 계산된 실수'를 저지를 줄도 안다. 정확히 말하자면 실수가 아니라 도발이며 유혹이다. 이런 맥락에서 천여 년 전의 수로부인이 "내 수컷을 끊임없이 충동질하고 있다"는, 인용된 시 뒷부분에서의 화자의 고백은 차라리 자연스럽다. 그런데 수로부인의 성적 일탈이 개인적 범주에만 국한되는 것은 아니다. 그것은 사회적 차원의 의미로 확대되기도 한다.

> 사내의 그것마냥 버릇없이 솟은 바위
> 벼랑 끝 핏자국처럼 핀 꽃들을 위해
> 내 음탕한 맘을 불사르고 싶다.
> 불살라서 가난한 풀잎들을
> 짓밟고 일어선 거룩한 사내들을
> 내 맘속에 오래오래 걸어두고 싶다.
> 파도여, 미친 척 춤이나 추는 파도여
> 내 미모에 빠져 자위행위하는 바다
> 바다보다 더 타락한 힘있는 자들의
> 걸음걸이를 바라보면
> 웬 일인지 나는 바람이 난다.
>
> — 정의홍, 「수로부인의 고백 1」 부분[25]

여기서도 수로부인은 음탕한 마음을 지닌 여인으로 그려진다. 그렇지만

---

24 진단시 동인회, 『震檀詩』 9집, 민족문화사, 1986. 9, 80~81쪽.
25 정의홍, 『하루만 허락받은 시인』, 새미, 1996, 53~54쪽.

수로부인은 자신의 속마음을 '짓밟힌 가난한 풀잎들' 쪽으로 바친다. "가난한 풀잎들을/짓밟고 일어선 거룩한 사내들"이나 "바다보다 더 타락한 힘있는 자들"은 물론 그 시대의 부패한 세력을 가리킨다. 그 부패한 세력에 대해서 수로부인은 "웬 일인지 나는 바람이 난다"라고 고백한다. 이때의 '바람'은 그러나 단순히 성적 일탈만을 의미하는 것이 아니다. 그것은 부패한 세력에 대한 저항의 의미를 띤다. 이 점은 같은 연작에서 반어적인 어법으로 반복된다.

> 나는 허이연 허벅지를 떡 벌리며, 어디론가 쓰러지고 싶어요. 사내의 그것마냥 불쑥 솟은 바위, 그것이 내 눈을 황홀하게 만들어요. [……]

> 내가 정말 좋아했던 남자는 우리나라형의 야성적인 사내였어요. 남의 눈이야 어떻든 자기 키만 자라고자 하는 사내, 대화조차 얼어붙은 계절인데도 그것이 아니라고 우길 수 있는 그 강심장의 사내, 힘없고 헐벗은 이웃들을 축구볼처럼 탁 차 버릴 수 있는 아주 통이 큰 사내, 우리 남편 순정공처럼 아내의 외박에도 아량을 베풀며, 임금에게 충성만 하는 그 도량 넓은 사내였어요.

— 정의홍, 「수로부인의 고백 2」 부분[26]

여전히 음탕한 여자의 모습을 띠고 있지만, 수로부인의 관심은 사회적인 문제에 있다. 그녀가 겨누는 비판의 화살은 '내가 정말 좋아했던 남자'라는 반어적 대상을 향한다. 남을 짓밟고 출세하려는 사람들, 남의 의견을 무시하는 사람들, 헐벗은 이웃을 외면하는 사람들, 아내의 정조보다 상관에 대한 충성이 더 중요한 사람들. 이런 사람들이 판치는 세상은 분명 살맛이 나지 않을 것이다. 이에 대해 수로부인은 인용된 시의 뒷부분에서 "어디 입이

---

26 같은 책, 55~56쪽.

있다면 말씀 좀 하세요. 어쩌자고 우리나라가 몸살을 하는지"라고 비판적인 질문을 던진다.

수로부인은 또한 창녀의 모습으로 변신해 우리 앞에 나타나기도 한다. '창녀 수로부인'은 먼저 홍해리의 「水路여 水路여」[27]에서 구체화된다. "종로 뒷골목/강남 새 거리/어둡고 깊은 이 거리마다/번쩍이는 그대의 아미/향내나는 몸둥아리"로 수로부인이 출현한다. 그때마다 "눈멀고 귀먹은 사내들/바보 바보 또 바보들"은 제정신을 못 차린다. 엄밀히 말해 제정신을 못 차리는 것이 작품 속의 사내들뿐일까? 이 작품 역시 수로부인 모티프를 빌려, 정상 궤도를 이탈한 현실 상황을 우회적으로 비판하고 있는 셈이다. 『삼국유사』의 「해가」 부분에 상상력의 근원을 둔 다음 작품도 같은 맥락에서 읽을 수 있다.

> 두 번째 파도가
> 발가벗은 한 여인을 덮쳐 껴안고
> 동해로 달아나 버렸다
> [……]
> 해질 녘 라디오에선
> 익사한 여인 이름을 밝히고 있었다
> 비키니 입은 水路夫人이라고,
>
> 그녀는 죽었다고,
> 시체가 발견되었다고.
> 걸레 같은 창녀였다고.

— 신규호, 「溺死한 女人 : 水路夫人은 이제 죽었는가」 부분[28]

---

27 진단시 동인회, 『震檀詩』 9집, 민족문화사, 1986. 9, 20∼28쪽.
28 같은 책, 83∼85쪽.

해변에서 한 여인이 물에 빠져 죽은 사건을 소재로 한 이 시에서 주인공 수로부인은 창녀이다. 자본주의 사회에서 자신의 '몸'을 파는 것은 매우 열악한 형태의 노동 행위이다. 자본이 없고 별다른 노동 수단도 없을 때 사람들은 자신의 노동력을 시장에 내놓는다. 그 노동력마저 제대로 내세울 수 없는 여성의 경우, 성을 파는 것은 최악의 선택이다. 그런데 어떤 이유에서든 그 성마저 팔 수 없게 됐을 때 마지막 도달점은 죽음이기 십상이다. 이 시에서 수로부인의 죽음이 자살인지 여부는 확실하지 않다. 다만 '두 번째 파도'는 분명 수로부인을 죽음에 이르게 한 외부의 힘을 뜻한다. 이 점은, 인용된 시 앞부분에서 '첫 번째 파도'가 아이들이 열심히 만들어 놓은 모래집을 부숴 버렸다고 한 것을 참조하면 더 명확해진다. 삶의 막다른 곳에 처한 창녀 수로부인을 또다시 죽음으로 내모는 시대, 우리는 그러한 폭력의 시대에 살고 있다. '수로부인은 이제 죽었는가'라는 이 시의 부제는 결국 시대 상황에 대한 시인의 날카로운 비판 의식을 함축하고 있는 것이다.

3.4. 전통으로서 되살아나는 수로부인

이 시대에 수로부인은 끝내 죽고 말았는가? 아니 그렇지 않다. 다음 작품에서 우리는 시적 자아의 내면에서 되살아나는 수로부인의 모습을 발견할 수 있다.

> 추풍령(秋風嶺)
> 산비탈에
> 이름도 모를 산꽃 한 무더기가
> 눈에 스친다.
>
> 모시 치마 저고리 차림의

옆자리의 아리따운 여인이
정겨운 목소리로

"아유 저 꽃 좀 봐!
아름답기도 하여라!"

수로(水路)부인의 탄성을 발한다.

나는 흰 턱수염을 쓰다듬으며
천삼백 년 전 그 노인을

오늘 이 자리에다 떠올리며,
오늘의 나를 천삼백 년 전
동해 산기슭 그 자리에다 떠올리며

달리는 고속버스 속에서
저혼자 섭섭해하고
저혼자 히죽거린다.

— 구상, 「추풍령」 전문[29]

    화자는 고속버스 승객의 한 사람으로서 추풍령 산비탈을 지나고 있다. 이때 승객 중의 여인 하나가 산꽃 무더기를 보고, 천삼백 년 전 수로부인이 그랬던 것처럼 탄성을 지른다. 이 순간 그 여인은 평범한 승객이 아니라 천삼백 년 전의 수로부인이 된다. 고속으로 달리는 버스 차창 너머 꽃을 보고, 그 아름다움에 남의 시선도 잊은 채 감탄사를 연발할 수 있는 여인의 마음, 그런 순수한 마음을 통해 '수로부인'은 다시 살아날 수 있다는 것이다.

    화자 또한 마찬가지이다. 옆자리의 여인이 '수로부인의 탄성'을 내지르는

---

29 구상, 『유치찬란』, 삼성출판사, 1989, 86~88쪽.

순간, 흰 턱수염의 화자는 문득 천삼백 년 전의 그 노인을 떠올린다. 천 길 절벽 위 철쭉꽃을 꺾어 수로부인에게 바치며 「헌화가」를 불렀던 그 노인의 마음은 그대로 화자에게 이입된다. 마지막 연에서 화자가 자기 혼자 섭섭해 하는 것은, 「헌화가」의 그 노인이 했던 것처럼 산비탈의 꽃을 여인에게 꺾 어 줄 수 없는 지극히 현실적인 정황 때문이다. 그렇지만 화자는 즐겁다. 천삼백 년이란 오랜 시간을 사이에 두고서도 다시 살아나는 수로부인을 보 았고, 자신에게도 그 멋진 노인의 마음자리가 살아 있음을 깨달았기 때문이 다. 끝 행에서 혼자 흐뭇하여 입을 슬며시 벌리며 자꾸 웃을 수 있는 것도 그 때문이다.

여기서 이 작품의 제목이기도 한 '추풍령(秋風嶺)'이라는 시적 공간 또한 주목된다. '추풍(秋風)' 곧 가을바람과 봄·여름에 많이 피기 마련인 꽃은 서 로 잘 어울리지 않는 의미 체계에 속한다. 이 점은 흰 턱수염의 나이 많은 화자와 모시 치마 저고리 차림의 아리따운 여인 사이에서도 마찬가지이다. 그런데 수로부인 설화의 경우처럼 그 안어울림 속에서 '수로부인'과 '노옹' 이 다시 살아났다는 데 이 시의 묘미가 있다. 시인은 결국 수로부인의 끝없 는 거듭남을 위해 중요한 것은 '노옹'의 순수한 열정의 전통을 이어 나가는 일이라는 사실을 강조하고 있는 셈이다.

4. 전통의 가능성과 시인의 상상력

수로부인의 아름다움에 주목한 서정주와 박진환, 문인수 등은 수로부인 설화의 내용을 대부분 수용하는 입장을 취했고, 수로부인의 현실적 고뇌를 읽어낸 홍해리와 박제천은 비로소 원전에 변용을 가했다. 또 음탕한 여자·창 녀로서의 수로부인을 그린 신규호와 정의홍은 수로부인의 현재적 의미를 사회 비판적인 지평으로 확대했다는 의의를 갖는다. 여기에 구상은 「추풍령」을 통해 우리 무의식에 자리한 수로부인을 현재적 공간에 되살려내는 가능성을 보여 주었다. 이때 미녀에서 창녀까지 이르는 수로부인의 다양한 변신은 작품 발표의 시간 순서와 반드시 일치하지는 않았다. 이 대목에서 우리는 위대한 시인이란 전시대의 시인들이 발휘하는 영향력을 무너뜨리려는 용기를 지닌 시인이라는 말을 다시 한 번 상기하게 된다.

　이처럼 수로부인 설화는 우리 현대시에서 끊임없이 변주되며 살아 있는 전통이라는 사실을 확인할 수 있다. 우리는 또한 현대시에서 고전 전통이 시인의 치열한 상상력에 의해 비로소 그 생명력을 얻는다는 명제를 구체적인 시 작품들을 통해 검증하였다. 다만 수로부인 설화를 제의나 종교적 수행의 맥락에서 해석한 연구 결과를 반영한 시 작품이 없었다는 점은 지적해야 할 것이다. 실로 이 점은 그리 단순한 문제가 아니다. 학자들의 연구와 시인들의 실제 창작 사이의 괴리 현상은 우리 문학 풍토에서 매우 심각한 상황에 이른 것으로 판단되기 때문이다. 다만 여기서 우리는 그 괴리 현상을 수로부인 설화에 남겨진 또 다른 창조의 공간으로 남겨 두고자 한다. 왜냐하면 수로부인 설화가 지닌 전통의 가능성은 어느 순간엔가 어떤 시인의 상상력을 촉발할 것이고, 그 시인의 상상력은 '잠자는 수로부인'의 입에 생명력의 입김을 불어넣어 또 하나의 전통을 창조할 것이기 때문이다. 따라서 이 글은 또 다른 전통으로 거듭나는 수로부인을 기다리는 글이기도 하다.

참고문헌

1. 기초 자료

일연, 『삼국유사』, 이동환 역주, 삼중당, 1983.
구상, 『유치찬란』, 삼성출판사, 1989.
문인수, 『동강의 높은 새』, 세계사, 2000.
박제천, 『달은 즈믄 가람에』, 문학세계사, 1984.
서정주, 『미당 시전집』 1~2, 민음사, 1994.
정의홍, 『하루만 허락받은 시인』, 새미, 1996.
진단시 동인회, 『震檀詩』 9집, 민족문화사, 1986. 9.
홍해리, 『投網圖』, 선명문화사, 1969.

2. 논문과 단행본

김경남, 「水路傳承으로 본 獻花歌 硏究」, 『관동어문학』 6집, 관동대학교 관동어문학회,
　　　　1989. 12, 5~25쪽.
김대식, 「「獻花歌」 解讀의 意味論的 接近」, 『성대문학』 28집, 성균관대학교 국어국문학과,
　　　　1992. 2, 19~37쪽.
김문태, 「「獻花歌」・「海歌」와 祭儀文脈 :『三國遺事』 소재의 詩歌 解釋을 위한 方法的 試攷」,
　　　　『성대문학』 28집, 성균관대학교 국어국문학과, 1992. 2, 110~135쪽.
김선기, 「곶 받틴 노래(獻花歌) : 신라 노래 일곱」, 『현대문학』, 1967. 9, 306~325쪽.
김열규・신동욱 엮음, 『三國遺事와 문예적 가치 해명』, 새문사, 1982.
김장호, 「헌화가에 대한 신화비평적 접근」, 『始林』 4집, 동국대학교 경주대학, 1984. 8, 18
　　　　~26쪽.
김종우, 『鄕歌文學硏究』, 삼우사, 1975.
김함득, 「上代謠에 나타난 女性과 사랑 : 箜篌引・黃鳥歌・迎神歌를 中心으로」, 『청파문학』
　　　　4집, 숙명여자대학교 국문학회, 1964, 67~77쪽.
김흥삼, 「『三國遺事』「水路夫人」條의 祭儀的 性格과 構造」, 『강원사학』 15・16합집, 강원대

학교 사학회, 2000. 2, 57~89쪽.

박노준, 「「헌화가」의 현대적 변용」, 『시안』, 1998. 가을, 71~88쪽.

박노준, 『향가여요의 정서와 변용』, 태학사, 2001.

박철희 외, 『現代詩와 傳統意識 : 震檀詩同人의 文學的 成果 硏究』, 문학예술, 1991.

서정범, 「수로부인은 살아 있다 : 현대 무녀들의 무의식 속에 그대로 계승되고 있어」, 『문학사상』, 2000. 2, 334~345쪽.

이성우, 「수로부인의 변신 : 『삼국유사』 수로부인 설화와 현대시」, 『비교문학』 31집, 한국비교문학회, 2003. 8, 159~178쪽.

이재선, 「鄕歌의 修辭論과 想像力」, 김열규・신동욱 엮음, 『三國遺事와 문예적 가치 해명』, 새문사, 1982, 42~63쪽.

이창식, 「'水路夫人' 說話의 現場論的 硏究」, 『동악어문논집』 25집, 동국대학교 국문학연구실, 1990. 12, 197~227쪽.

조동일, 『한국문학통사』 1, 3판, 지식산업사, 1994.

최인표, 「『三國遺事』 水路夫人條의 歷史的 性格」, 『한국전통문화연구』 8집, 효성여자대학교 한국전통문화연구소, 1993. 6, 161~187쪽.

현승환, 「헌화가 배경설화의 기자의례적 성격」, 『한국시가연구』 12집, 한국시가학회, 2002.8, 27~53쪽.

홍재휴, 「'水路夫人' 說話攷」, 『여성문제연구』 9집, 효성여자대학교 한국여성문제연구소, 1980, 249~282쪽.

그랜트, 마이클・존 헤이즐, 『그리스・로마 신화사전』, 김진욱 옮김, 범우사, 1993.

블룸, 해롤드, 『시적 영향에 대한 불안』, 윤호병 편역, 고려원, 1991.

이념의 아노미와 전환기적 모색
박노해 · 황지우 시인의 경우

1. 1990년대 시의 의미 맥락

21세기의 희망과 불안이 겹치는 시점에서 우리는 또다시 '길을 가르쳐 주지 않는 하늘의 별'[1]을 탄식할 것인가. 그럴 수는 없을 것이다. 어느 시대에도 인간의 삶의 좌표를 곧이곧대로 지시하는 하늘의 별은 없었다. 다만 길을 찾고 그 흔적을 남김으로써 스스로 이정표가 된 사람들이 있을 뿐이다. 1990년대 한국 현대시의 기저를 이룬 이념의 아노미 현상과 전환기적 모색의 양상을 고찰하는 이 글에서 박노해와 황지우 시인을 주목하는 이유가 바로 여기 있다.

1980년대가 자본주의와 사회주의 이데올로기 사이의 긴장과 떨림으로 추동된 변화의 시기였다면, 1990년대는 사회주의의 갑작스런 붕괴로 인한 이념의 아노미 상태에서 길 찾기가 거듭된 모색의 시기였다. 김병익의 지적

---

1 게오르그 루카치, 『小說의 理論』, 반성완 옮김, 심설당, 1985, 29~30쪽.

처럼 1990년대에 실천은 욕망으로, 정치경제학은 문화 연구로, 진보주의는 다원주의로, 지배—피지배 논리는 탈중심주의와 해체주의로, 계급에의 논의는 기호에 대한 탐구로, 민중은 대중으로, 민족은 세계화로, 마르크스는 푸코와 보드리야르로 이야기가 옮겨 갔던 것이다.[2]

이 변화와 모색의 시기에 박노해와 황지우 두 시인은 공통적으로 지배 이데올로기에 대해 비판적인 입장을 취하면서도 각기 다른 길을 걸어 왔다. 박노해는 1980년대 중반 자본주의 지배 체제에 맞서 노동자들의 현실과 전망을 형상화한 『노동의 새벽』(1984)으로 노동 문학의 새 지평을 열었다. 그는 사회주의 붕괴 이후 자본가/노동자의 대결 구도에서 벗어나 대중 속으로 스며들겠다는 자기 변모를 시도하고 있다. 이에 비해 황지우는 1980년대의 한 상징이 된 시집 『새들도 세상을 뜨는구나』(1983) 등에서 다양한 형식 실험과 해체 기법 등을 통해 자기 반성적이고 사유적인 지식인의 고뇌를 그려냈다. 그의 최근 시편들은 이념이 사라진 자리를 일상과 육체에 대한 관심으로 대신 채우면서 '다음번 생'을 지향하는 모습을 보여 준다.

격랑의 시대를 헤쳐 오다가 이념이 무너져 버린 1990년대의 아노미 상태에서 걷잡을 수 없는 자기 상실과 공황을 겪었던 두 시인이, 세기말의 끝자락을 어떻게 건너 새로운 천 년의 길목을 지나고 있는지, 그 전환기적 모색의 궤적을 고찰하기로 하자.

2. 노동의 해방, 또는 지식인의 초상

실제 노동자 출신으로 필명까지 '노동 해방'을 뜻하는 박노해의 첫 시집 『노동의 새벽』에서 시인의 자의식이 매우 분명하게 드러난 작품은 「손 무덤」이다.

---

2 김병익, 「신세대와 새로운 삶의 양식, 그리고 문학」, 『문학과사회』, 1995. 여름, 665쪽.

> 내 품속의 정형 손은
> 싸늘히 식어 푸르뎅뎅하고
> 우리는 손을 소주에 씻어 들고
> 양지바른 공장 담벼락 밑에 묻는다
> 노동자의 피땀 위에서
> 번영의 조국을 향락하는 누런 착취의 손들을
> 일 안하고 놀고먹는 하얀 손들을
> 묻는다
>
> —「손 무덤」부분[3]

여기서 핵심적인 시어는 '묻는다'이다. 동료 노동자의 잘려진 손(일하는 손)을 공장 담벼락 밑에 묻고, 또한 착취의 손(놀고먹는 손)을 묻는다. 이때 '묻는다'는 말은 이 작품 안에서 정반대의 의미를 동시에 내포한다. '일하는 손'을 묻는 행위는, 소중한 것을 잃었을 때 그 대상을 땅에 파묻어 장례 지내거나 가슴에 묻어 간직하는 일과 같다. 반면 '놀고먹는 손'을 묻는 것은 적대적인 대상의 존재를 없애 버리는 행위이다. 전자가 '사랑'의 행위라면, 후자는 '투쟁'의 행위이다. 노동자 계급에 대한 사랑과 자본가 계급에 대한 투쟁이 바로 이 작품의 형성 원리이다. 당시 많은 비평가들은 박노해 시의 이런 특성을 '당파성의 구현'이라는 말로 설명했다. 사실 박노해가 『노동의 새벽』을 발간한 것은, 이른바 민중시 운동에 획기적인 전환을 이루는 계기가 되었다. 생산 담당 계층으로서 노동자들의 세계관과 생명력이 생생한 육성으로 표출되었다는 점에서 박노해의 시편들은, 지식인 시인 혹은 전문 시인 중심의 시단과 독자들에게 큰 충격을 주었기 때문이다. "동료들 속에서 살아 움직이며 실천하는 노동자만이/진실로 인간이제/진짜 노동자이제"[4]라

---

3 박노해, 『노동의 새벽』, 풀빛, 1984, 85〜86쪽.
4 박노해, 「진짜 노동자」, 위의 책, 94쪽.

는 직설적인 구절에서도 드러나듯, 박노해는 세상을 읽는 데 주력하기보다
는 세상을 변혁시키는 데 뜻을 둔 시인이었다.

　박노해의 「손 무덤」과 비교할 수 있는 황지우의 작품은 「그날그날의 현
장 검증」이다. 황지우의 이 작품에도 '묻는다'라는 동일한 시어가 나온다.
그러나 황지우의 이 시에서 '묻는다'라는 시어는 박노해의 경우와는 사뭇
다른 정황을 내포한다.

　　어제 나는 내 귀에 말뚝을 박고 돌아왔다
　　오늘 나는 내 눈에 철조망을 치고 붕대로 감아 버렸다
　　내일 나는 내 입에 흙을
　　한 삽 처넣고 솜으로 막는다

　　날이면 날마다
　　밤이면 밤마다
　　나는 나의 일부를 파묻는다
　　나의 증거 인멸을 위해
　　나의 살아 남음을 위해

　　　　　　　　　　　　　　　　　　　— 「그날그날의 현장 검증」 전문[5]

　'어제/오늘/내일'에 걸쳐, 다시 말해 '반성/실천/전망'을 부정하며, 시적 자
아는 현실에서 살아남기 위해 스스로를 "파묻는다". 이 경우 '묻는다'는 말
은, "증거 인멸"이라는 단어가 지시하는 것처럼, 어떤 대상을 없애 버리는
행위를 뜻한다. 현실의 모순을 꿰뚫어 보고 비판할 능력을 지녔음에도 불
구하고, 그 능력을 실제 행동으로 옮기지 못한 채 스스로를 부정해야 했던
것이 당시 지식인들의 한 초상이었다. 그들은 달리 말해 '나는 나 아닌 것이

———————————

5　황지우, 『새들도 세상을 뜨는구나』, 문학과지성사, 1983, 26쪽.

어야' 안심하고 살 수 있었다. 생존을 위해 오히려 자신을 '묻어야' 하는 모순된 상황을 견디는 것이 당사자들에게는 어쩌면 전위적 실천 못지않게 고통스러웠을 것이다. 비평가들의 이목을 집중시켰던 황지우 시의 다양한 형식 실험과 해체는 결국 시인의 이율배반적 고통의 외피에 해당한다. 우리는 그 현란하기까지 한 외피를 통해, 아니 그 외피를 들추고 시인의 고통스런 내면을 들여다봐야 한다. "나는 왜 敵에 대해서 말하지 않고, 敵前에서 자꾸 뒤돌아보는가."[6]라는 김수영 투의 자기 질문을 던지고, 더 나아가 사막에서 낙타가 되어 모래 바람에 지워진 길을 찾는 시적 상황을 반복 설정하는 시편들[7]에서도 우리는 생존을 위해 부끄러움을 감수해야 했던 지식인의 초상을 거듭 확인할 수 있다.

3. 세상의 바닥으로 흘러내리기, 또는 다음번 생을 바라보기

1989년 11월 베를린 장벽이 붕괴되었다. 1991년 12월에는 소련이 해체되었다. 세계사에 굵직한 획을 그은 이 사건들은, 한 세기 넘게 자본주의의 대안으로 존재했던 사회주의 이념의 현실적 실패를 의미했다. 1990년대는 비판적 이념에 기대 왔던 많은 사람들이 커다란 좌절감 속에서 자기 정립을 위한 모색을 거듭했던 시기로 기록될 것이다.

"소련의 붕괴와 동시에 닥쳐온 사형 구형, 곧이어 닥쳐올 죽음 앞에 순명하면서 내 운명의 진상을 차근히 지켜보면서 느꼈던 충격"[8]을 담은, 9년 만의 두 번째 시집 『참된 시작』(1993)의 첫머리에서 박노해 시인은 역시 '묻는

---

6 황지우, 「박쥐」, 『겨울―나무로부터 봄―나무에로』, 민음사, 1985, 84쪽.
7 시집 『나는 너다』(풀빛, 1987)에 실린 「503」, 「126」, 「126―1」, 「126―2」, 「130」, 「60」, 「289」 등의 작품을 그 예로 거론할 수 있다.
8 박노해, 「삶의 대지에 뿌리박은 팽창된 힘」, 『참된 시작』, 창작과비평사, 1993, 229쪽.

다'는 말을 중심 시어로 사용한다. 대표적인 작품에 사용된 동일한 시어의 다른 쓰임은, 독자들의 주목을 끌기에 충분하다.

> 사흘 밤낮 몹시 아픈 날
> 스스로 치욕의 삭발을 하고
> 찬 마룻바닥에 모로 누워 회색벽에
> 무겁게 토해내는 신열의 부르짖음
> 무너졌다, 패배했다, 이렇게
> 흐르는 눈물 흐르는 대로 흘러
> 그래 지금 침묵의 무덤을 파고
> 나를 묻는다 나를 암장한다
>
> — 「경주 남산 자락에 나를 묻은 건」 부분[9]

경주 남산 자락의 '관 속 같은 독방'에서 시인이 묻으려 한 것이, 동료 노동자의 잘린 손이나 놀고먹는 착취의 손(앞서의 「손 무덤」)이 아니라 바로 시적 자아 '자신'이라는 사실에 주목할 필요가 있다. 시인은 왜 자기 자신을 묻으려는 것일까? 여기에 시인 박노해의 변모의 씨앗이 들어 있다. 이 작품에서 '묻는다'는 시어는 새로운 탄생을 위한 예비 행위라는 의미를 지닌다. 시인이자 '노동 해방 전사'로서 1980년대를 헤쳐 온 그가, '피투성이 목숨으로 품어온 씨앗 하나'를 경주 남산 자락에 묻는 행위는 새로운 생명 탄생을 위한 제의에 가깝다. 세상을 변혁시키기에 앞서 자기 자신이 새롭게 태어나야 한다는 깨달음이 그러한 의식 행위의 밑바탕에 자리한다. 시인은, "이 긴 침묵이/새로운 탄생의 첫발임을 굳게 믿고 있었"[10]다고 말한다. 이러한 인식 변화 과정을 염두에 둘 때 "나의 패배는 참된 시작이었다"[11]는 시구가

---

9 위의 책, 9쪽.
10 박노해, 「그해 겨울나무」, 위의 책, 17쪽.

비로소 설득력을 얻는다.

자기 변혁의 의지는 자본가/노동자 계급의 대결 논리에서 벗어나 '적'을 포용하려는 인식 전환으로 이어진다. 시인이 경주의 감옥에서 신라 진평왕릉을 통해, "한때의 적이었던 백제 문화의 감화를 자기 것으로 키워 낸, 열려 있는 사람의 따뜻한 가슴"[12]을 느끼면서 비로소 가능해진 경지이다. 이전의 박노해는 어떠했는가? 1980년대 후반에 발표된 한 작품에서 시인은 자본가 계급에 대해 "둘 중 하나의 눈에 먼저 흙이 들어가야 한다/결단코 한 하늘 아래에 함께 살 수는 없다"[13]고까지 외치지 않았던가. 시인의 변모의 씨앗은 이윽고 싹이 터서 '강철 새잎'으로 돋아난다.

> 썩어가는 것들 크게 썩은 위에서
> 분노처럼 불끈불끈 새싹 돋는구나
> 부드러운 만큼 강하고 여린 만큼 우람하게
> 오 눈부신 강철 새잎
>
> — 「강철 새잎」 부분[14]

땅속에 묻힌 씨앗이 다시 새싹으로 돋는, '묻는다—돋는다'의 역설적 상황, '강함—연약함'의 모순된 성질을 함께 지닌 '강철—새잎'이라는 설정은, 시적 자아가 처한 변화의 자리를 상징한다. 시인 자신에게서 부정적 요소는 과감하게 버리는('묻는다') 동시에 긍정적인 요소는 남겨서 발전시켜야('돋는다') 하는 '참된 시작'의 자세가 바로 그것이다. 옥중의 시와 산문들이 마치 한집안 식구처럼 섞여 있는 『사람만이 희망이다』(1997)에 이르면, 박노해의

---

11 같은 쪽.
12 박노해, 「삶의 대지에 뿌리박은 팽창된 힘」, 위의 책, 228쪽.
13 박노해, 「내 눈에 흙이 들어가기 전에는」, 위의 책, 111∼112쪽.
14 위의 책, 31쪽.

이런 사정이 좀더 분명해진다. 시인의 현재 모습은 '반쯤 타다 식어 버린 연탄'처럼 볼썽사납다. 게다가 "새 일꾼은 아직 떠오르지 않고 지금은 중심이 텅빈/무서운 진공의 시대"[15]이다. 이때 자기를 변혁시켜야 살아남을 수 있었던 시인이 선택한 길은 무엇일까. 이 물음에 해답의 실마리를 주는 작품이 「빙산처럼」이다.

> 폭풍을 거슬러 바다 깊숙한 흐름만을 따르는
> 빙산처럼!
> 지금 나는 시대의 진실한 흐름만을 따라
> 하루하루 꿋꿋이 진보하고 있는가
>
> — 「빙산처럼」 부분[16]

자기 몸의 대부분을 바닷속에 두고 있기 때문에 바다 표면의 바람이 아니라 바다 깊은 곳의 흐름을 따르는 빙산의 행로에서, 시인은 자신의 갈 길을 암시받는다. 어떤 의미에서는 새벽별처럼 가장 나중까지 어둠 속에 남아 있는 것이 진정으로 앞서가는 길이며, 변화만을 외치다가 자기 삶의 보다 중요한 부분을 잃는 것은 어리석다고 시인은 생각한다. 변화 속에서도 잃어서는 안 될 부분에 대해, 시인은 인용된 시의 앞부분에서 생활의 중심을 "저 깊은 심연에, 밑바닥 현장에 뿌리박고 있는가"라는 질문을 던진다. '현장'을 중시하는 실천적 운동가로서의 시인의 모습이 투영되는 순간이다. 그렇지만 그 모습의 생생함은 『노동의 새벽』 무렵과는 확연히 다르다. 노동자의 당파성을 내세우며 스스로가 한 흐름을 이루려던 시적 태도에서, 시대 흐름을 따르는 진보로 바뀐 것이다. 이러한 태도가 비겁한 '변절'인가 아니

---

15 박노해, 「반쯤 탄 연탄」, 『사람만이 희망이다』, 해냄, 1997, 276~277쪽.
16 위의 책, 267쪽.

면 내적 필연성을 갖는 '변화'인가를 판단하는 것은 의미 있는 일이지만, 그것은 이 글의 범위를 벗어나는 일이다. 대신 우리는 이렇게 물을 수 있다. 사회주의 종주국인 소련이 해체된 지금, 박노해 당신은 아직도 사회주의자인가? 아니면 자본주의로 전향했는가? 이에 대해 박노해 시인이 마련한 답은 이렇다. "나는 흑이면서 백이고, 흑과 백의 양극단의 떨림 사이에서/온 몸으로 밀고 나오는 까마귀의 세 번째 발입니다".[17] 고구려 쌍영총 벽화에 등장하는 세 발 까마귀[三足烏]의 비유를 들어 시인이 말하는 것은, 무엇보다 양자택일의 가치관에서 벗어나야 한다는 점이다. '까마귀의 세 번째 발'은 기존의 두 가치관 중에서 어느 한쪽만을 선택하거나 혹은 두 가치관을 적당히 절충하는 것을 의미하지 않는다. 그것은 두 가치관 사이의 긴장의 역학 사이에서 새롭게 생겨나는 세 번째이다. 색으로 치자면 흑과 백의 혼합으로 만들어지는 회색이 아니라, "단 하나의 절대진리 껍질 깨고/다섯 색깔 진리의 붓을 꺼내/직선 아니고 둥그스름하게 좌악/자연스레 한 번 그음!"[18]의 오색 찬란한 무지갯빛이라는 말이다. 그러나 이러한 시적 비유와 현실 사이에는 다소의 모호함과 거리감이 있다. '제3의 길'이라는 현실적 개념을 박노해의 시에 곧이곧대로 적용할 수 없는 것은 이 때문이다.

최근의 『오늘은 다르게』(1999)에 실린 시와 산문들에서도 '까마귀의 세 번째 발' 문제는 계속된다. 이를테면 시인은 "험한 비탈자리에/선분홍 꽃얼굴로 피어"[19] 있는 패랭이꽃의 '비탈자리─위급'과 '꽃얼굴─평정' 사이의 맞버팀을 통해, 양극단을 한 몸에 품고 사는 일의 지극한 어려움을 노래한다. 이 시에 나오는 '패랭이꽃'은, 앞서 시인이 경주 남산 자락에 묻었던 '피투

---

17 박노해, 「세 발 까마귀」, 위의 책, 109쪽.
18 박노해, 「무지개」, 위의 책, 285쪽.
19 박노해, 「패랭이꽃 얼굴」, 『오늘은 다르게』, 해냄, 1999, 40쪽.

성이 목숨으로 품어 온 씨앗 하나'가 싹이 터서 강함과 연약함을 겸비한 '강철 새잎'이 되고, 마침내는 '물과 불을 한 몸에 품은 힘의 꽃'으로 형상화된 것이다. 또 패랭이꽃이 간직한 물과 불의 이미지는, 좌·우 두 날개로 나는 새가 균형을 잡게 해 주는 '건강한 몸통'의 이미지(「새는 무엇으로 나는가」), 혹은 대지에 푸른 생명력을 불어넣는 이미지(「흑과 백 사이에서」·「내가 흘러 너에게 닿아야 한다」)로 변형된다. 박노해 시편들이 보여 주는 이 같은 이미지의 일관성은, 변화의 흐름 속에서도 자신의 주체성을 잃지 않으려는 시인의 내면을 대변한다고 할 수 있을 것이다. 아울러 시인 자신을 비유하는 패랭이꽃이 피어난 위치가 다름 아닌 '비탈자리'라는 점은, 우리의 또 다른 주목을 요한다. 가파르게 기울어진 곳은, 곧 위로도 혹은 아래로도 그 운동의 방향성을 바꿀 수 있는 가능성이 내포된 자리이다. 박노해가 이 선택적인 위치에서 어느 쪽을 지향할 것인가를 짐작해 보자.

> 이제 내가 흘러 너에게 닿아야 한다
> 나의 옳음이 너에게 스며들 때까지
> 너의 흐름이 나에게 사무칠 때까지
> 너와 내가 물처럼 불처럼 한 몸으로 흘러서
> 저 너른 들판 메마른 가슴에
> 푸른 빛으로 다시 살아 오를 때까지
>
> 너는 너의 길을 가라
> 내가 흘러 너에게 닿아야 하리
>
> — 「내가 흘러 너에게 닿아야 한다」 부분[20]

"너와 내가 물처럼 불처럼 한 몸으로 흘러서"라는 시행에는, 물/불의 상

---

20 위의 책, 151쪽.

반된 이미지가, '물이 흐르다'는 내려옴의 이미지 그리고 '불이 흐르다(타오르다)'는 올라감의 이미지와 한데 어울려 있다. 물론 이 과정에는 물과 불을 '한 몸'으로 보는 시인의 통합적 사고가 내재되어 있다. 이는 다시 한 행을 건너서 "푸른 빛으로 다시 살아" '오른다'는 올라감의 이미지로 이어진다. 여기까지만 보면 '내려옴/올라감 → 올라감'의 구조이지만, 마지막 연을 보면 시인의 지향점은 '너'에게 이르기 위한 흐름 곧 '내려옴'의 이미지에 있다. '타오르는 불'과 '흘러내리는 물'의 이미지가 하나로 합쳐져 마침내 '흘러내리는 물/불'이 된다는 의미의 흐름은, 이미지의 차원을 넘어서 박노해 시인이 추구하는 시적·현실적 운동의 방향성을 암시한다. 『노동의 새벽』 시편에서 확고히 유지되던 대립적 세계관에 입각한 투쟁적인 노동운동의 선봉으로부터, 시인 스스로가 일반 대중 속으로 '흘러내리는 물/불'처럼 스며들겠다는 대중운동으로의 전환을 예비한다는 것이다.

> 저토록 자기를 낮추어 절하는 사람을 내 안에 받아들이려면 나도 낮아지고 열려지고 너그러운 품이 되어야 하겠구나. 천 골짝 만 봉우리 물을 받아들이는 물둥지(저수지)는 낮은 곳에서 자기를 부드럽게 열고 있지 않느냐.
>
> — 「하늘의 발길질에 쓰러져」에서[21]

> 이 흐린 세상에 그래도 한 줄기 맑은 향기가 그치지 않는 건/이름도 없이 소리도 없이 자신을 낮고 작은 곳에 가두어 놓고/일생을 가슴 치며 온 몸으로 기도 바치는 사람들이 있기 때문이지요
>
> — 「자화상 그리기」 부분[22]

그래서 진짜 산을 아는 사람은 등산한다고 하지 않고 입산한다고 한다. 더

---

21 위의 책, 28쪽.
22 위의 책, 112쪽.

높은 곳으로 경쟁하며 오르는 등산(登山)이 아니라 산속으로 들어가 안기는 입산(入山)이라는 것이다. 산속으로 들어가려면 지극히 작고 낮은 자가 되어야 한다.
— 「아름다운 성공」에서[23]

　종자 한 줌이 식량 한 가마와 같듯/약한 쪽 낮은 쪽 그늘진 쪽으로/인간 문제의 무게 중심은 기울어 있어/미래의 나침바늘이 그리로 떨고 있는 거다
— 「바둑을 두다가」 부분[24]

　낮은 곳, 작은 것 혹은 그늘진 쪽에 대한 시인의 관심 자체가 새로운 것은 물론 아니다. 우리가 주목하는 것은 변화의 지향점이다. 노동 해방을 외치며 인식과 실천의 앞자리에 우뚝 서 있던 시인 박노해가, 이제 이름도 소리도 없이 자신을 낮고 작은 곳에 두고서(「자화상 그리기」), 내가 흘러 너에게 닿겠다(「내가 흘러 너에게 닿아야 한다」)고 자신의 위치와 운동의 노선을 바꾸고 있다. 이러한 변화는 바다 깊은 곳의 흐름을 따르는 '빙산'(「빙산처럼」)에서 운동의 방향성을 찾았던 시인에게는 필연의 결과인지도 모른다. 빙산은 표면적으로 그 모양새가 우뚝한 산과 같으며 딱딱하게 굳어진 고체의 상태라는 점에서 '낮은 곳으로의 흐름'을 추구하는 시인과는 동떨어진 이미지로 보인다. 하지만 빙산은 깊은 해류를 따르다가 마침내는 물이라는 액체 상태로 변해서 바다나 강의 흐름과 합쳐진다는 점에서 박노해 시인의 의도를 대변한다. 앞에서 살펴보았듯 박노해가 자신의 운동 방향성을 나타내는 시편들에 바다나 강과 같은 자연스런 흐름의 이미지를 자주 등장시키거나, 산이 나오는 글에서는 등산이 아니라 입산이라는 점을 강조하는 것 등은 이런 사정에 기인한다. 이 대목에서 우리가 확인하는 것은 '노동 해방'으로부터 '대중운동'으로의 방향 전환을 모색하는 변화된 시인의 모습이라 할 수

---

23 위의 책, 139쪽.
24 위의 책, 294쪽.

있다.

여기서 더 나아가 시인은 최근 시집 『겨울이 꽃핀다』(1999)에서 지난날의 대립이나 투쟁 대신 포용과 상생을 노래하기에 이른다. 이를테면 "때로 사랑은/서로 변할 수 없음마저 아프게 긍정하는 것임을"[25] 인식하면서, "일치된 한 길이 아니어도/서로 속 아픈 차이를 품고/다시 강물을 이루어야"[26] 하는 포용의 정신을 거듭 강조하는 것이다. 시인은 또한 숲속의 나무에 기대 앉아 아이에게 젖을 주는 여인의 모습에서 세상 만물이 서로를 먹여살리는 상생의 원리를 새삼 발견한다.

> 아름드리 나무 둥치에 등 기대고 앉아
> 젖물린 아이를 내려다보고 있는 여자
> 한순간 사람은 자취 없고
> 푸른 숲의 일부가 된 여자
> 장엄하구나 저 자연의 행위예술
> 숲은 나무에게 나무는 여자에게
> 여자는 아이에게 제 몸을 내어주며
> 커다란 한 몸으로 젖물리고 있구나
>
> ― 「젖물리고 싶어라」 부분[27]

숲-나무-여자-아이가 '젖줄'로 이어져 모두 한 몸이 되는 상황은 그들의 이타 행위에 기반을 둔다. 그것은 자신의 공덕과 이익을 남에게 주는 대승적 차원의 삶과 일맥상통하는 일이다. 인간이 자신들의 이익을 위해 자연을 파괴하는 대신에 자연과 한 몸이 되고, 인간과 인간이 분배의 문제로 반

---

25 박노해, 「그저 곁에만 있어도」, 『겨울이 꽃핀다』, 해냄, 1999, 17쪽.
26 박노해, 「새벽 강에서」, 위의 책, 64~65쪽.
27 위의 책, 54쪽.

목하고 투쟁하는 대신에 서로가 서로에게 '젖 물리고 싶은' 세상을 만드는 일이야말로 시인이 남은 생을 통해 추구하려는 것이다. 이에 반해 현실은 어떠한가? 사회주의라는 비판적 대안이 사라진 지금 자본주의 체제는 더 많은 상품, 더 많은 욕망의 생산을 가열하게 부추기고 있다. 현대인들은 욕망이 욕망을 낳는 악순환에 빠져 "서로가 서로를 물고늘어져/저 아스팔트 끝 벼랑으로"[28] 향하거나, "내 노동이 무섭다/내가 생산한 것들이 무섭다"[29] 라고 외치기에 이르렀다. 노동의 신성함을 말하기에는 이미 때가 늦었는지도 모른다. "플라스틱 물병 차고/지금 우리는 사막으로 간다"[30]라는 시인의 말은, 후기자본주의 사회의 불길한 미래에 대한 예언처럼 들린다. 공장 노동자 출신의 박노해가 전에 없이 농민의 삶에 가치를 부여한 「오 내 여자」, 「세기말 성자의 기도」, 「내 노동이 무섭다」와 같은 작품들을 이번 시집에 넣은 것은 이런 맥락에서 의미심장하다.

그렇다면 지금 할 일은 무엇일까? 시인은 뜻밖에도 이렇게 말한다.

> 푸른 새숨
>
> 드나들게
>
> 가만히 있어 다오
>
> — 「지금 할 일」 전문[31]

'가만히 있는 일 = 할 일'이라는 역설이야말로 박노해 시인이 도달한 성

---

28 박노해, 「차는 갈수록 밀리고」, 위의 책, 103쪽.
29 박노해, 「내 노동이 무섭다」, 위의 책, 94쪽.
30 박노해, 「지금 우리는 사막으로 간다」, 위의 책, 120쪽.
31 위의 책, 162쪽.

숙의 경지를 보여 준다. 시인은 투쟁의 시기와 묵상의 시기를 분별하여 지금은 투쟁과 변혁의 시기가 아니라 오히려 모색과 기다림의 시기임을 말한다. 현실을 변혁시키려는 조급한 열망과 작위로 일을 그르치기보다는 오히려 무위가 더 필요할 때가 있는 법이라는 것이다. 그래서 시인은 흰 모래밭을 보며 "해와 바람과 사람이/이렇게 알몸으로 와 뒹굴게 하기까지"[32] 얼마나 많은 시간과 아픔이 필요했을까를 생각한다. 그것은 혁명의 역사보다는 변화와 진보의 역사, 인간 중심의 역사보다는 자연과 인간이 하나가 되는 역사를 지향하는 시인의 변모를 드러내는 것이기도 하다.

그런데 박노해 시인은 이 시집의 마지막 작품에서 직설적으로 "이번 생이 너무 처절하다"며 다음번 생을 이야기한다.

아 난들 이렇게 살고 싶지는 않은데

나 다음 생에는
풀꽃이어도 좋고
짐승 몸 받아도 좋으니
다정다감하게 살고 싶어라

— 「나 다음 생에는」 부분

몸 바꾸지 않고도 한 생에 두 번 꽃피는 목화와 같은 삶을 지향하던 시인이 시집의 끝 부분에 와서 몸 바꾸는 다음번 생을 원하는 것은 분명 이치에 맞지 않는 것으로 보인다. 이 시에서의 진술을 단순히 시적 비유의 차원에서만 받아들여도 되는 것일까 하는 의문을 떨쳐 버릴 수 없다. 이와 견주어 볼 때 흥미로운 점은 8년간의 침묵 끝에 시집 『어느 날 나는 흐린 酒

---

32 박노해, 「흰 모래밭」, 위의 책, 70쪽.

店에 앉아 있을 거다』(1998)를 낸 황지우 시인 역시 이번 시집에서 겉으로 뚜렷이 드러나게 '바깥' 이미지를 강조하고 있다는 사실이다.[33] 인식의 영역이든 실제 생활의 영역이든 '바깥'은 '안'에 대해서 하나의 대안이다. 그것은 지난 1980년대까지 우리에게 사회주의가 자본주의의 대안으로 존재했던 것과 같은 이치이다. 이런 맥락을 고려할 때 우리는 비로소 두 시인에게서 공통적으로 나타나는 '바깥' 이미지의 의미 맥락에 접근할 수 있을 것이다. 황지우 시인의 경우, 특히 시집 첫머리에 놓인 작품의 제목이 '아직은 바깥이 있다'라는 사실은 주목을 필요로 한다.

> 아,
> 아직은 저기에 바깥이 있다
> 저 바깥에 봄이 자운영꽃에 지체하고 있을 때
> 　　　　　　　　　　　　　　　　　내
> 　　　　몸이 아직 여기 있어
> 아름다운 요놈의 한세상을 알아본다
>
> 보릿대 냉갈 옮기는 담양 들녘을
> 노릿노릿한 늦은 봄날, 차 몰고 획 지나간 거지만
>
> 　　　　　　　　　　　　　　— 「아직은 바깥이 있다」 부분[34]

'바깥'은 일차적으로 화자가 운전하고 있는 자동차의 '안'에서 내다보는 들녘이라는 의미에서의 바깥이다. 그러나 화자가 "아,/아직은 저기에 바깥이 있다"고 안도감 섞인 감탄사를 발하는 것은, '바깥'의 의미가 적어도 공

---

33 이 점은 시집의 발문을 쓴 이인성도 이미 언급했다. 이인성, 「'영원한 밖'으로 떠나고 싶은, 떠나기 싫은 : 그 길 위의 유랑극」, 황지우, 『어느 날 나는 흐린 酒店에 앉아 있을 거다』, 문학과지성사, 1998, 165~169쪽.
34 황지우, 『어느 날 나는 흐린 酒店에 앉아 있을 거다』, 문학과지성사, 1998, 11쪽.

간적인 차원에 머물지 않음을 드러낸다. 그 '바깥'은, 인공 개념인 '봄'이 자운영꽃이라는 자연물 때문에 '계절의 발걸음을 지체할 수도 있는' 조화로운 세계이다. 화자의 말마따나 "아름다운 요놈의 한세상"으로 인식할 수도 있는 그런 세계이다. '바깥'은 화자의 삶의 본거지인 도시의 바깥이며, 동시에 자동화된 인식으로 나날의 삶을 영위하던 화자의 인식의 범위를 넘어선다는 의미에서의 바깥이다.

　이 시에서 화자의 한계는 이러한 '바깥'의 구성원으로 참여하지 못한다는 데 있다. 그는 자동차를 몰고 차창 바깥의 세계를 바라보며 휙 하고 지나갈 뿐이다. 그것은 마치 활어관 안의 넙치가 바깥세상을 바라보기만 하는 것과 같은 정황이다.

> 활어관 밑바닥에 엎드려 있는 넙치,
> 짐자전거 지나가는 바깥을 본다, 보일까
>
> 어찌하겠는가, 깨달았을 때는
> 모든 것이 이미 늦었을 때
> 알지만 나갈 수 없는, 無窮의 바깥 ;
> 저무는 하루, 문 안에서 검은 소가 운다
>
> — 「바깥에 대한 반가사유」 부분[35]

　넙치는 활어관 안에서라도 '살아 있다'는 점에서 정육점의 죽은 고기와는 다르다. 그러나 유리를 사이에 두고 바깥과 격리되어 활어관 '안'을 벗어날 수 없다는 점에서는 정육점의 고기와 다를 바 없다. 날은 저무는데 바깥으로 나가지 못하고 문 안에서 울 수밖에 없는 검은 소 역시 마찬가지이다.

---

35 위의 책, 12쪽.

이때는 '검은 소 = 죽은 소'라는 등식이 성립된다. 끝없는 시간과 공간의 '무궁(無窮)의 바깥'에 대비되는 죽음과 때늦음 이미지의 문 '안쪽'은, 화자의 현재 의식 상태를 드러낸다. 점잖게 반가부좌하고 '바깥'에 대해 사유하는 것처럼 보일지 모르지만, 화자 역시 '넙치'이며 '검은 소'와 별반 다를 바 없다. 넙치가 담긴 곳이 수족관이라면 우리가 사는 곳은 공기족관이라 할 수 있다. 시인이, "나는 내가 담겨 있는 空氣族館을 느꼈다./거기서 나는 고기처럼 하품을 했"[36]다고 진술하거나, "바깥을 보니, 여기가 너무 비좁다"[37]라면서 '영원한 바깥을 열어 주는 문'[38]을 꿈꾸는 것도 무리는 아니다. 시인의 삶의 정황이 어떠하기에 이토록 '바깥'을 지향하는 것일까.

전시대와 비교할 때 눈에 뜨일 만큼 진전된 형식적 민주주의와 경제적 풍요의 확산은 막상 현실 변혁에 대한 열망을 시들한 것으로 만드는 결과를 낳고 말았다. 시인이 "아아, 옛날에 내 노래를 들어주던 아이들은 어디로 갔는가?"라고 탄식하며 "다시 탄압이나 받았으면!"[39] 하고 바라는 것은 그 때문이다. 이러한 정치적 의욕 상실과 무기력이 현실에 대한 권태와 부정의 시편으로 이어지는 것은 쉽게 짐작할 수 있는 일이다.

또한 우리는 사회주의 붕괴라는 동시대의 사건을 떠올리지 않을 수 없다. 황지우에게 있어서 사회주의란 자본주의에 대한 반명제로서, 1980년대를 관통해 온 그의 시적 사고의 한 추동력이었다. 비록 그의 거실 서가에 "폼으로 갖다놓고 읽지도 않은/카를 마르크스 『자본론』(모스크바, 프로그레스 출판사) 양장본 3권이/가로로 쓰러져 있"[40]다고 너스레떨기도 하지만, 불혹의 나

---

36 황지우, 「살찐 소파에 대한 日記」, 위의 책, 100쪽.
37 황지우, 「等雨量線 1」, 위의 책, 18쪽.
38 황지우, 「노스탤지어」, 위의 책, 84쪽.
39 황지우, 「서해까지 밀려 있는 강」, 위의 책, 132쪽.
40 황지우, 「살찐 소파에 대한 日記」, 위의 책, 96~97쪽.

이에 경험하는 이데올로기의 붕괴는, 시인의 말문이 잠깐의 반복 속에 더듬더듬 열릴 만큼 만만찮은 사건이다.

> 소비에트가 무너지던 날 난, 난
> 光州空港에서 일간스포츠를 고르고 있었지.
> 내가 이 삶을 통째로 배신할 수 있는 기회가
> 없어져버렸다고 할까? 처음엔 내가 마흔 살이
> 되었다는 것을 도저히 받아들일 수가 없드라고.
> "개좆 같은 세기"가 되어버린 거 있지.
> 물론 나더러 평양 가서 살라 하면 못 살지이.
> 그런데 왜 내가 그들보다 더 아프지?
>
> — 「우울한 거울 2」 부분[41]

'다른 한쪽의 선택'을 상징하는 소비에트의 붕괴에 직면했을 때 마침 시인이 이른바 3S(스포츠 · 스크린 · 섹스) 가운데 하나인 '스포츠' 신문을 선택하고 있었다는 사실은 아이러니컬하다. 그때 시인이 처음 떠올린 것은, 자신이 이미 불혹의 나이 마흔 살이 되었다는 사실이다. 시인에게 나이 마흔이란, 무엇에든 마음이 홀리거나 헷갈리지 않는다는 경지에서의 불혹이 아니다. 그는 자본주의적 삶의 방식 저편에 존재했던 또 다른 세계를 선택하거나 지향할 기회마저 상실한 중년의 사내에 지나지 않는다. 그것은 불혹이라기보다는 불능의 상황에 가깝다. 시인은 자신이 이 땅의 저편인 '평양'에 적응하지 못하리라는 것을 뻔히 알고 있다. 그러면서도 소비에트의 붕괴 앞에서 더 고통을 받는 딜레마에 빠진 것이, 불혹의 나이를 맞은 시인의 우울한 초상이다.

황지우에게 사회주의 이데올로기의 갑작스런 붕괴는 개인의 차원에서는

---

41 위의 책, 89쪽.

어쩔 도리 없이 삶의 텅 빈 공간으로 남겨졌음에 틀림없다. 그는 이데올로 기가 허망하게 사라진 자리를 무엇으로 메웠을까. 그의 시에서는 '일상'과 '육체'에 대한 관심으로 나타난다.

> 나는 오늘 아침 일어나 세수하고 밥 먹고 소파에 앉아서,
> 아내가 나갔기 때문에 하루종일 집에서 혼자 놀았다.
> 비계 덩어리인 구석기 시대 어머니상에 푸욱 파묻혀서
> 괘종시계가 내 여생을 사각사각 갉아먹는 소리를 조용히 들었다.
> 너무 많이 남아도는 나의 시간들이 누에 똥처럼 떨어졌지만
> 나는 수락했다, 이것도 삶이며
> 이제는 그것에 개입하지 않겠다는 걸.
>
> — 「살찐 소파에 대한 日記」 부분[42]

아침에 일어나 세수하고 밥 먹고 소파에 앉아 노는, 지극히 평범한 일상 의 동작이 그대로 시적 진술이 되고 있다는 점에서 이 작품은 의미의 영역 을 형성한다. 화자의 무의미한 일상 내용이 시작품 안에 들어와 오히려 문 제성을 띠는 것이 이 작품의 기법이라고 할 수 있다. 화자는 하루 종일을 '젖통이 무지무지하게 큰 구석기 시대의 다산성 여인상' 같은 소파에 파묻 혀 마치 젖떼기를 거부하는 어린아이처럼 시간을 보낸다. 화자는 그런 자신 을 같은 작품에서 '무위도식배'라 칭한다. 그는 누에가 뽕잎을 갉아먹듯 시 간을 갉아먹지만, '누에고치'를 생산하는 것은 고사하고 '누에똥을 떨어뜨 리는 일'을 반복할 뿐이다. 그는 그러한 삶을 수락하고, 그 삶을 변혁시키 려는 어떠한 노력도 기울이지 않겠다는 태도이다. 시인은,

---

42 위의 책, 98~99쪽.

> 누군가 감아놓은 태엽의 시간을 풀면서
> 하루종일 TV 앞에서
> 오른팔이 아프면 왼팔로 머리를 받치고
> 길게 모로 누워 있는 일요일 ; 이 내용물은
> 서서히 금이 가면서 점점
> 진흙에 가까워지고 있다
>
> — 「점점 진흙에 가까워지는 존재」 부분[43]

고까지 말한다. 태엽을 한껏 감았다 놓으면 똑같은 동작을 반복하는 인형처럼 화자는 '바보 상자'를 마주하고 시간을 보낸다. 그 모습은 진흙바위가 풍화작용으로 부서져내리는 것과 같다. 화자는 무미건조한 일상의 되풀이로 점점 쓸모없는 인간이 되어 가는 자신을 "진흙"에 비유한다. 이 시에서의 '진흙'은 앞선 인용 시에서의 '누에 똥'과 그 내포된 의미가 매우 유사하다. 이처럼 '진흙'을 부정적인 의미로 인식하는 것은, 지난번 시집 『게 눈 속의 연꽃』(1990)과 비교할 때 확연한 변모이다.

> 운주사 다녀오는 저녁
> 사람 발자국이 녹여놓은, 질척거리는
> 대인동 사창가로 간다
> 흔적을 지우려는 발이
> 더 큰 흔적을 남겨놓을지라도
> 오늘밤 진흙 이불을 덮고
> 진흙덩이와 자고 싶다
>
> — 「山經을 덮으면서」 부분[44]

진흙 이불을 덮고 진흙덩이와 잠잔다는 것은 이 세계의 병과 고통을 함께

---

43 위의 책, 25쪽.
44 황지우, 『게 눈 속의 연꽃』, 문학과지성사, 1990, 85쪽.

않는 삶을 가리킨다. 운주사라는 절에서 내려온 화자가 뭇사람들의 발길로 질척거리는 사창가에 들어선다는 설정 자체가 예사롭지 않다. 그것은 이 세계에 대한 유마힐적 삶의 수락과 같은 것이다. 그러나 이번 시집에서 진흙은 쓸모없는 인간이 되어 가는 화자 자신을 빗대거나, "어디까지 내려가나 보자, 아예 작정을 하고/맨 밑바닥까지 내려온 덩어리 ; 하품하면서/[……]/이것도 삶이라면, 삶은 욕설이리라"[45]에서의 '욕설'과 같은 의미를 지닌다. 유마힐적 삶에서 '욕설' 같은 삶으로의 급전직하를 우리는 목도하게 된다.

황지우 시에서 사회주의 이데올로기의 빈자리를 채우는 또 하나의 요소는 '육체'에 대한 관심이다. 황지우의 이 새로운 관심은 그러나 육체의 아름다움에 대한 것이 아니다. 그 관심은 육체에 지배당할 수밖에 없는 인간의 한계에 대한 새삼스런 인식에서 비롯된다.

> 뇌일혈로 떨어진 朴선생님은 입벌리고 멍하게,
> 곧 문상객이 될 옛 동지들을 바라만 보고 계셨다
> 때로 육체는 생의 格을 무참하게 회수해가버린다
> 일생 동안 쌓은 것을 한순간에 까먹고 있으니
>
> — 「저울 위에 놓인 바나나」 부분[46]

> 나를 이 세상에 밀어놓은 당신의 밑을 샤워기로 뿌려 씻긴 다음
> 흐트러진 머리카락을 빗겨드리니까
> 웬 꼬마 계집아이가 콧물 흘리며
> 얌전하게 보료 위에 앉아 계신다.
> 그 가벼움에 대해선 우리 말하지 말자.
>
> — 「안부 1」 부분[47]

---

45 황지우, 「점점 진흙에 가까워지는 존재」, 『어느 날 나는 흐린 酒店에 앉아 있을 거다』, 문학과지성사, 1998, 25~26쪽.
46 위의 책, 53쪽.

일생 동안 쌓아 온 것을 한순간에 무너뜨릴 수 있다는 점에서, 육체의 붕괴는 한 개인에게 불가항력의 폭력이다. 그것은 불혹의 나이에 소비에트의 붕괴를 경험해야 했던 시인에게 동병상련의 아픔으로 받아들여졌음에 틀림없다. 자신을 이 세상에 존재케 한 어머니의 육체적·정신적 무너짐 또한 시인에게 말할 수 없는 충격이었을 것이다. 시인은 어머니의 육체가 가벼워지고 있음에 대해 "말하지 말자"고 하지만, 그 말 속에는 이미 결코 가벼울 수 없는 생에 대한 안타까움과 연민이 담겨 있다. 시인의 마음에 남아 있는 이데올로기 붕괴의 허망한 경험 그리고 가까운 사람들의 육체가 덧없이 무너지는 것을 지켜보아야 하는 안타까움이 만나는 심정적 자리에서, 시인은 '먹는 일의 거룩함'을 말하기도 한다.[48] 먹는 일이 거룩한 이유는, 그것이 인간의 근원이면서 동시에 한계인 육체를 유지시켜 주기 때문이다. 시인은 그것을 '몸에 한세상 떠 넣어 주는 일'이라고까지 표현한다. 이런 측면에서라면, 황지우가 이번 시집의 뒤표지에서 "나는 환자로서 병을 앓으면서 병을 가지고 깨달음을 실행했던 유마힐 생각이 많이 났다"고 말하는 것은, 자연스럽게 받아들여진다. 사실 시인의 작품 바깥의 말에 기대지 않더라도, 그의 시를 유마힐적 삶의 맥락에서 이해하려는 시도는 결코 낯선 것이 아니다. 그러나 이번 시집에 실린 또 다른 작품들은 우리의 이런 생각과는 분명한 거리가 있다.

> 코로 숨만 쉴 뿐, 꼼짝도 않고 똥그란 눈으로 뭔가 간절히 바라고 있으면
> 그녀가 다 알아서 해주는 식물 인간이고 싶다.
> 가끔 햇빛을 보고 싶어하므로 창문을 열어줄 필요만 있을 뿐,
> 동정할 수는 있어도 책임을 물을 수는 없는 이 幸運木 ; 나는

---

47 위의 책, 37쪽.
48 황지우, 「거룩한 식사」, 위의 책, 50쪽.

이 病室에서 나가고 싶지 않다.

— 「살찐 소파에 대한 日記」 부분[49]

자신은 본래 병이 없음에도 불구하고 중생들의 병을 함께 앓은 유마힐과, 병실 속에서 현실 의식은 상실한 채 동물적인 생명만을 유지할 뿐인 '식물 인간'의 삶을 바라는 화자의 인식 사이는 썩 동떨어진다. 화자는 "病室에서 나가고 싶지 않다"라고 함으로써 미래에 대한 의지가 없음을 드러내는 것은 물론 소아병적 경향마저 보인다. 이 작품을 반어적 의미로 해석할 수도 있겠지만, 그것은 어디까지나 가능성의 모색일 뿐 타당성을 얻지는 못할 듯하다. 특히 '이번 생'에 대한 부정과 '다음번 생'에 대한 집착은, 황지우와 유마힐 사이를 한층 벌려 놓는다.

언제 이번 생을 나는 인정할 수 있을까.
'천지간의 끈'에 매달아
누구에겐가 별들을 선물할 수 있는
저 선한 이웃처럼 말이지.

— 「8월 16일」 부분[50]

가을 하늘을 바라보노라면
거대한 거울

이번 생의 온갖 비밀을 빼돌려
내가 歸順하고 싶은 나라

— 「거대한 거울」 부분[51]

---

49 위의 책, 98쪽.
50 위의 책, 27~28쪽.
51 위의 책, 63쪽.

나는 나에게서 느낀다
이것 아닌 다른 생으로 몸바꾸는
환생을 꿈꾸는 오래된 배롱나무

— 「나의 연못, 나의 요양원」 부분[52]

아, 죽음 뒤에 정말로 아무것도 없다면
어떡허지? 이거야말로 진짜 큰 문제 아녀?

— 「햄릿의 진짜 문제」 부분[53]

유마힐은 세속의 세계에서 이루어지는 사람의 행위와 노작을 긍정하는 태도를 견지하면서 깨달음에 이르는 길을 추구했다. 세속적 삶을 부정하고 오로지 내면의 적멸만을 구할 때는 오히려 깨달음의 길이 사라진다는 것이다. 그런데 황지우가 위의 인용 시편들에서 보여 주는 것은, 이번 생에 대한 부정과 다음번 생에 대한 기대이다. 그는 이번 생을 인정하지 못하고 있으며(「8월 16일」), 다른 생에서 몸 바꾸어 다시 태어나기를 꿈꾼다(「거대한 거울」· 「나의 연못, 나의 요양원」). 그에게 중요한 것은 '사느냐 죽느냐' 하는 실존의 문제가 아니라, "죽음 뒤에 정말로 아무것도 없다면/어떡허지?"(「햄릿의 진짜 문제」)라는 시구에서 드러나는, 다음번 생에 대한 집착이다.

다음번 생에 대한 집착은 앞서 살펴본 '바깥' 이미지와 무관하지 않다. 가령 「等雨量線 1」을 보자. "여기가 너무 비좁다고 느껴질 때마다/인도에 대해 생각한다./시체를 태우는 갠지스 강 ; /물위 그림자 큰 새가/피안을 끌고 가는 것을 보고/세상이 너무 아름다워/기절해 쓰러져버린 인도 청년에 대해 생각한다."[54] 인용된 부분에서 화자가 비좁다고 느끼는 "여기"는 곧 '안쪽'

---

52 위의 책, 66쪽.
53 위의 책, 146쪽.
54 위의 책, 18쪽.

이다. 그 '안쪽'에서 벗어나서 가고자 하는 "인도"는 다시 말해 '바깥'을 가리킨다. 그런데 화자가 '바깥'인 "인도"를 동경하는 이유는, 그 곳에 "피안", 즉 '다음번 생'이 있기 때문이다. 이처럼 여러 시편에서 시인은 '안쪽―이번 생'을 벗어난 지점으로서의 '바깥―다음번 생'에 대한 집착을 떨치지 못한다.

그가 첫 시집에서 "한 세상 떼어 메고/이 세상 밖 어디론가 날아갔으면"[55]하고 바랐을 때, 그것은 김현이 지적한 대로 이 세상 밖에는 여기보다 좋은 세계가 있을 것이라는 낭만주의적 세계관의 드러냄이면서도 동시에 "이 세상 밖 어딘가는 이 세상 안에 다름아니다"고 인정할 수 있는 범주에서의 시적 진술이었다.[56] 그러나 이번 시집에 나타나는 세상의 '바깥'은 여러 작품을 통해 '다음번 생'이라는 의미와 연결됨으로써 현재적 삶에 대한 진정성 문제를 제기한다는 데 그 변별점이 있다.

이러한 사정을 박노해의 경우와 비교해 보자. 박노해의 시에서 '바깥' 이미지는 앞서 살펴본 「나 다음 생에는」[57] 같은 예외가 있기는 하지만 대부분의 작품에서 스스로를 고양·발전의 단계로 이끌거나 안쪽의 세계를 바로 관찰하기 위한 일시적인 자리바꿈의 의미를 갖는다. 이를테면 "나를 키워온 건 늘 밖에서 왔다/나보다 더 크고 더 성숙한 어떤 존재와의 마주침에서 나는 열려지고 깊어져왔다"[58]라거나, "산에서 나와야 산이 보입니다/나, 다시 첫마음으로, 산으로 걸어갑니다"[59]라는 구절이 이에 해당한다. 따라서 이번 생의 실천과 노작을 인정하지 않으면서 다음번 생에 대해 기대를 걸고 있

---

55 황지우, 「새들도 세상을 뜨는구나」, 『새들도 세상을 뜨는구나』, 문학과지성사, 1983, 37쪽.
56 김현, 「타오르는 불의 푸르름」, 황지우, 위의 책, 122~125쪽.
57 박노해, 『겨울이 꽃핀다』, 해냄, 1999, 164~165쪽.
58 박노해, 「외계인을 기다리며」, 『사람만이 희망이다』, 해냄, 1997, 41쪽.
59 박노해, 「산에서 나와야 산이 보인다」, 위의 책, 91쪽.

는 황지우 시인이, '유마힐 생각이 많이 났다'고 말할 때, 우리는 그 말의 참뜻을 비판적인 측면에서 되새길 수밖에 없는 것이다.

죽음 뒤에 정말 아무 것도 없다면(「햄릿의 진짜 문제」), 말을 바꾸어 죽음 뒤의 생에 의지하지 않고, 어떻게 시적 여정을 꾸려 갈 것인가? 이것이 새로운 세기의 길목에 선 시인 황지우의 난관이다. 만일 그가 이 난관을 극복하지 못한다면, 이번 시집의 표제작에서 그가 다음과 같이 예언한 '우울한 미래'는, 그대로 시인의 자화상이 되고 말 것이다.

> 그러므로, 어느 날 나는 흐린 酒店에 혼자 앉아 있을 것이다
> 완전히 늙어서 편안해진 가죽부대를 걸치고
> 등뒤로 시끄러운 잡담을 담담하게 들어주면서
> 먼 눈으로 술잔의 水位만을 아깝게 바라볼 것이다
> — 「어느 날 나는 흐린 酒店에 앉아 있을 거다」 부분[60]

시인의 어법을 빌린다면, 남는 문제는 그런 "아름다운 廢人"을 시인 자신과 독자들이 과연 어떻게 견뎌낼 수 있겠는가 하는 점일 것이다.

4. 현실의 모순에 굽히지 않는 시인의 길

박노해와 황지우 시인은 1990년대라는 이념의 아노미와 전환기적 모색의 시기에 각각 길 찾기의 한 유형을 보여 준다. 박노해는 노동자들의 현실과 전망을 계급적 세계관에서 형상화한 『노동의 새벽』에서 출발했다. 그것은 「손 무덤」에서처럼 자본가 계급을 '땅에 파묻는' 투쟁의 시편들이었다. 사회주의 붕괴라는 역사적 변혁과 8년간의 감옥 생활을 거치면서 그는 적

---

60 황지우, 『어느 날 나는 흐린 酒店에 앉아 있을 거다』, 문학과지성사, 1998, 82~83쪽.

이 아니라 자신을 '묻는' 변모를 시작한다(「참된 시작」). 이때 박노해가 고심한 것은 변화의 큰 흐름 속에서도 변해야 할 것과 변해서는 안 될 것을 가려내는 일이었다. 「빙산처럼」으로 대표되는 『사람만이 희망이다』가 이 언저리에 위치한다. 작은 것, 나약한 것, 낮은 것에 대한 사랑과 인간의 본성에 대한 믿음은 변해서는 안 되는 것들이다. 박노해는 그것들을 '빙산의 뿌리'로 삼고서 시대의 거대한 변화 흐름에 동참하고자 한다. 최근의 『오늘은 다르게』와 『겨울이 꽃핀다』에서 그가 보여 주는 것은 '내가 흘러 너에게 닿겠다'는 대중운동가적인 모습이다. 남을 자신에게 끌어들이는 것이 아니라 오히려 자신이 몸을 낮추어 남에게 다가서겠다는 말이다. 다만 「세 발 까마귀」에서 제기된 것처럼, 그가 선택한 '세 번째 길'과 현실의 접점은 명확하지 않다. '대중운동가'로서 박노해의 새로운 모색이 필요한 부분이다.

황지우는 문제적 시집 『새들도 세상을 뜨는구나』, 『나는 너다』, 『게 눈 속의 연꽃』 등을 통해 지배 이데올로기에 대한 비판과 자기 반성적인 지식인의 고뇌를 함께 그려 왔다. 그의 과격한 형식 실험은 동시대의 다양한 삶에 대한 비판과 연민을 뜻하는 것이었다. 황지우의 변모는 사회주의 몰락 이후 긴 침묵 끝에 나온 『어느 날 나는 흐린 酒店에 앉아 있을 거다』에서 두드러진다. 이데올로기가 사라진 자리를 '일상'과 '육체'에 대한 관심으로 대신하면서, 그는 자신의 길 찾기의 결과를 '바깥'과 '다음번 생'이라는 시어에 응축시킨다. 현실 비판의 대안을 잃은 자가 새로운 길 찾기로서 '바깥'을 상정하는 것은 그럴듯하다. 그러나 '바깥' 이미지가 '다음번 생'을 뜻하는 순간 현재의 삶에 대한 진정성 문제가 제기된다. 시인은 '죽느냐 사느냐'를 입에 올리는 절박한 햄릿에게 '당신의 진짜 큰 문제는 다음번 생이 없다는 거야!'라고 외친다(「햄릿의 진짜 문제」). 현재적 삶의 절박함을 다음번 생으로 슬쩍 떠넘기는 시인 황지우의 변모가 드러나는 것이다. 이 점을 우리는 박노해의 '바깥' 이미지와 비교함으로써 그 변별성을 확인한 바 있다. 시인의 명시적 발언에도 불구하고 우리가 황지우의 시편들을 유마힐의 삶과는 상당한 거리가 있다고 보는 근거가 여기에 있다. 현실의 변화 속에서 스스로를 변혁하며 길을 찾을 때 끝내 간직해야 할 것들의 소중함을 우리는 황지우의 변모 속에서 반추하게 된다.

박노해와 황지우 시인의 부단한 길 찾기의 여정은 골드만이 말했던 '비극적 인간'과 '숨은 신'[61]을 떠올리게 한다. 골드만은 파스칼의 『팡세』 중의 단장들 속에서, 시선만이 있을 뿐 드러나지는 않는 신을 읽어내고 그것을 '숨은 신'이라 명명한 바 있다. '숨은 신'은 때로는 나타났다가 때로는 사라지는 그런 존재가 아니라, 항상 없으면서 또한 항상 있는 신이다. '비극적 인간'은 이렇듯 '숨은 신'의 영원한 시선 아래 살면서 세계의 모호성에 대해 자신의 절대적이고도 본질적인 가치에의 욕구를 대립시킨다. 신의 있음은 그로 하여금 세계를 받아들일 수 없게 만들지만, 동시에 신의 없음은 그로 하여금 세계를 완전히 떠날 수 없도록 만든다. 따라서 비극적 인간은 세계 내에서 그 세계 자체를 거부해야 하는 삶에 처한 인간이다.

물론 세상이 거짓과 부패 속에 빠져 있을 때 차마 현실에 굽히고 들어가지 못하는 사람들이 선택할 수 있는 길은 몇 가지 경우가 더 있을 것이다. 하나는 세상의 저 너머에 존재하는 초월적 진실을 추구하는 것이며, 또 하나는 현실을 진실된 것으로 변혁시키는 길이다. 그러나 이 현실 변혁의 길

---

61 '숨은 신'이란 성경 이사야서 45장 15절에 나오는 말이다 : "구원자 이스라엘의 하나님이여 진실로 주는 스스로 숨어 계시는 하나님이시니이다". 골드만이 말하는 '숨은 신'이란 질서가 파괴된 이 세계 속에서 침묵만을 지키며 그의 모습은 인간에게 보이지 않는 존재를 가리킨다. 가령, 파스칼의 비극적 의식은 그의 유명한 단장, "이 무한한 공간의 영원한 침묵이 나를 두렵게 한다"에 요약된다. 파스칼은 합리적인 사고 체계 속에서 무한한 공간의 발전에 영원한 침묵을 대비시켰던 것이다. 미리암 글럭스만, 「뤼시앙 골드만 : 휴머니스트인가 마르크시스트인가?」, 김억환 엮음, 『뤼시앙 골드만』, 세계사, 1991, 199쪽.

이 단절되는 경우 취할 수 있는 또 다른 길은 진실의 관점에서는 세상을 거부하지만 세상을 떠나서는 존재할 수 없는 인간이기에 현실을 받아들이는 비극적인 태도이다. 우리는 박노해와 황지우의 시에서 이 가운데 어느 한두 가지의 속성이 동시에 존재함을 확인할 수 있다. 그러나 두 시인이 지금 정확히 어느 길 위에 있는가를 단정해 버리는 것은 섣부른 일이다. 이제까지의 변모에도 불구하고 그들은 여전히 현실의 모순에 굽히지 않는 길 위에 있으며, 그들의 탐색과 변모는 아직 끝나지 않았기 때문이다.

참고문헌

1. 기초 자료

박노해, 『노동의 새벽』, 풀빛, 1984.
박노해, 『참된 시작』, 창작과비평사, 1993.
박노해, 『사람만이 희망이다』, 해냄, 1997.
박노해, 『오늘은 다르게』, 해냄, 1999.
박노해, 『겨울이 꽃핀다』, 해냄, 1999.
황지우, 『새들도 세상을 뜨는구나』, 문학과지성사, 1983.
황지우, 『겨울-나무로부터 봄-나무에로』, 민음사, 1985.
황지우, 『나는 너다』, 풀빛, 1987.
황지우, 『게 눈 속의 연꽃』, 문학과지성사, 1990.
황지우, 『사람과 사람 사이의 信號』, 한마당, 1993.
황지우, 『저물면서 빛나는 바다』, 학고재, 1995.
황지우, 『어느 날 나는 흐린 酒店에 앉아 있을 거다』, 문학과지성사, 1998.

2. 단행본

김종엽, 『시대유감 : 90년대에 대한 성찰』, 문학동네, 2001.
등에 편집부 엮음, 『박노해현상』, 등에, 1989.
맹문재, 『한국 민중시 문학사』, 박이정, 2001.
박혜경, 『세기말의 서정성 : 90년대 시의 내면 풍경』, 문학과지성사, 1999.
유종호 외, 『현대 한국문학 100년 : 20세기 한국문학 어떻게 볼 것인가』, 민음사, 1999.
장석주, 『20세기 한국 문학의 탐험』 5 : 1989~2000, 시공사, 2000.
하정일, 『분단 자본주의 시대의 민족문학사론』, 소명출판, 2002.
최동호, 『한국현대시사의 감각』, 고려대학교출판부, 2004.
황종연 외, 『90년대 문학 어떻게 볼 것인가』, 민음사, 1999.
골드만, 루시앙, 『숨은 신 : 비극적 세계관의 변증법』, 송기형 · 정과리 옮김, 연구사, 1986.
루카치, 게오르그, 『小說의 理論』, 반성완 옮김, 심설당, 1985.

3. 논문과 평론

강형철, 「90년대 우리 시의 흐름과 가능성」, 『문예중앙』, 1996. 가을.

강형철, 「90년대 리얼리즘 시의 향방」, 『시와사람』, 1997. 여름.

고형진, 「90년대 젊은 시인들의 신서정과 고전적 미학」, 『문학과의식』, 1999. 봄.

김병익, 「신세대와 새로운 삶의 양식, 그리고 문학」, 『문학과사회』, 1995. 여름.

김수이, 「시대의 전위에서 '아름다운 폐인'에 이르는 길 : 황지우의 시세계」, 『인문학연구』 3호, 경희대학교 인문학연구소, 1999. 12.

김외곤, 「전환기에 반복되는 탈근대의 문학사상」, 『한국문학』, 1999. 가을.

김우인, 「바깥의 사유와 초월을 향한 욕망 : 황지우론」, 『고대문화』 51호, 고려대학교 고대 문화편집위원회, 2000. 6.

김은철, 「심미적 현대성의 시학 : 황지우 시의 미학」, 연세대학교 대학원 석사학위논문, 2003. 8.

김정란·박주택·박철화 좌담, 「1990년대 한국시와 미래적 조망」, 『현대시』, 1999. 11.

김종회, 「1990년대의 사회사적 환경과 문학」, 『문학과의식』, 1999. 봄.

김주연, 「諷刺의 祭儀를 넘어서 : 황지우의 시에 관하여」, 『문학과사회』, 1988. 봄.

김태현, 「90년대 문학의 그늘」, 『리얼리즘의 아름다움』, 실천문학사, 1994.

김현, 「타오르는 불의 푸르름」, 황지우, 『새들도 세상을 뜨는구나』, 문학과지성사, 1983.

김혜순, 「90년대의 시적 현실, 어디에 있었는가」, 『문학동네』, 1999. 가을.

노철, 「박노해 시의 리얼리즘적 성격와 의의」, 『작가연구』 15호, 2003. 4.

박노해·김성기 대담, 「박노해에게 묻는다 : 지식인의 실천적 존재 방식」, 『현대사상』, 2000. 봄.

박덕규, 「중얼거리는 허깨비 : 도시 문명과 인간 소외」, 『시와사람』, 1996. 여름.

반경환, 「염세주의에서 새로운 휴머니즘으로」, 『문학사상』, 1999. 12.

성민엽, 「황지우의 길, 벗어남과 돌아옴의 변증법」, 『문학과사회』, 1991. 봄.

여지선, 「황지우론 : 시론(詩論)과 시작(詩作)의 연계성을 중심으로」, 『겨레어문학』 26호, 겨 레어문학회, 2001. 2.

오생근, 「황지우의 시적 변모와 '삶을 껴안는 방법」,『문학과사회』, 1999. 봄.
오태호, 「외연의 확장에서 내포의 길로 : 박노해론」,『고황논집』 20집, 경희대학교 대학원, 1997. 8.
오형엽, 「주름, 혹은 기억의 변주 : 2000년대 시의 한 양상」,『문학인』, 2002. 여름.
유성호, 「최근 진보적 진영 시의 변모에 대한 비판적 검토 : 박노해·백무산의 시」,『침묵의 파문』, 창작과비평사, 2002.
윤지관, 「80년대 노동시와 리얼리즘 : 박노해와 백무산을 중심으로」,『현대시세계』, 1990. 봄.
윤지관, 「90년대 정신분석 : 문학담론의 징후 읽기」,『창작과비평』, 1999. 여름.
이강은, 「민중시의 시적 주체와 객관현실 :『노동의 새벽』과 그 이후」,『문예미학』 9호, 문예미학회, 2002. 2.
이광호, 「'90년대'는 끝나지 않았다 : '90년대 문학을 바라보는 몇 가지 관점」,『움직이는 부재』, 문학과지성사, 2001.
이미순·고형진·장은수 좌담, 「새로운 세기의 한국시, 그 변화의 징후」,『현대시』, 2000. 12.
이성우, 「두 번 꽃피는 목화의 시학 : 박노해의『겨울이 꽃핀다』」,『시와시학』, 2000. 봄.
이성우, 「다음번 생을 바라보는 유마힐 : 황지우의 변모에 대하여」,『한국문학평론』, 2000. 여름.
이성우, 「1990년대 한국 현대시에 나타난 이념의 아노미와 전환기적 모색 : 박노해와 황지우의 시를 중심으로」,『한국문학이론과 비평』 23집, 한국문학이론과 비평학회, 2004. 6, 326~358쪽.
이숭원, 「90년대 후반, 우리 시의 가능성」,『서정시의 힘과 아름다움』, 새미, 1997.
이인성, 「'영원한 밖'으로 떠나고 싶은, 떠나기 싫은 : 그 길 위의 유랑극」, 황지우,『어느 날 나는 흐린 酒店에 앉아 있을 거다』, 문학과지성사, 1998.
이재복, 「몸과 노동의 언어 : 박노해論」,『현대시학』, 2001. 3.
이황직, 「'5월시'의 사회적 형성에 관한 연구 : 김준태와 황지우의 시를 중심으로」, 연세대학교 대학원 석사학위논문, 1997. 2.
임철규, 「평등한 푸르른 대지 : 박노해론」,『창작과비평』, 1993. 겨울.
전정구, 「저물면서 빛이 안나는 시인 : 황지우 시를 읽는다」,『현대시학』, 1999. 6.

정끝별, 「대중을 향해 쏴라! : 90년대 시를 둘러싼 신(新)문화대중의 정체와 그 전략」, 『문학
　　　동네』, 1999. 가을.
조강석, 「1980년대와 시적 윤리 : 황지우를 중심으로」, 『작가연구』 15호, 2003. 4.
최동호, 「산업시대의 시와 노동 : 80년대의 박노해·백무산의 시를 중심으로」, 『대학지성』
　　　4호, 한국대학총장협회, 1996. 11.
최동호, 「생이 왔다 가는 지점의 시학 : 황지우의 『어느 날 나는 흐린 酒店에 앉아 있을
　　　거다』」, 『서평문화』 33호, 한국간행물윤리위원회, 1999. 3.
홍기삼, 「産業時代의 勞動運動과 勞動文學」, 『한국문학연구』 10호, 동국대학교 한국문학연
　　　구소, 1987. 9.
글럭스만, 미리암, 「뤼시앙 골드만 : 휴머니스트인가 마르크시스트인가?」, 김억환 엮음, 『뤼
　　　시앙 골드만』, 세계사, 1991.

디지털 시대와 인터넷, 그리고 하이퍼텍스트시

1. 디지털, 보이지 않는 손

2000년 7월 일본 오키나와에서 열린 주요 8개국(G8) 정상회담의 첫 의제는 '정보기술(IT) 혁명의 빛과 그림자'였다. 이제는 그 누구도 거스를 수 없는 디지털 시대의 세계 질서 재편이 마침내 주요국 정상회담에서 맨 먼저 다뤄야 할 의제로 떠오른 것이다. 이로부터 5년이 지난 2005년 3월, 서울에서 개최된 아시안 리더십 콘퍼런스에 참석한 아시아 태평양의 재계 지도자들은 앞으로 디지털과 정보기술 산업이 아시아를 주도해 나갈 것이라는 데 의견을 모은다. 이 단적인 예들을 통해 알 수 있듯 디지털이란 말은 이제 과학 기술 용어에 그치지 않고 세계 질서의 틀을 다시 짜는 키워드로 확장되고 있는 중이다.

18세기 산업혁명의 원동력이었던 증기기관의 모습을 머리에 떠올리기는 어렵지 않다. 지금 당장 관련 서적을 들추지 않더라도, 검은색 증기기관차가 희뿌연 수증기를 내뿜는 자료 사진이나 영화는 누구나 한 번쯤 보았을 것이기 때문이다. 그러나 지금 정보혁명 시대를 이끌고 있는 디지털은 눈에 보이지 않는다. 디지털 기술의 결정체라 할 컴퓨터를 직접 뜯어 확인하더라도 '디지털'을 발견할 수는 없다. 디지털은 눈으로 보거나 손으로 만질 수 없는 하나의 원리이기 때문이다. 디지털은 이제 세계를 움직이는 새로운 방식으로서 달리 말하자면 '보이지 않는 손'이다.

디지털 시대에는 발터 벤야민이 말했던 의미에서의 복제본이 더 이상 만들어지지 않는다. 디지털 방식은 무한대의 원본을 만들 수 있기 때문이다. 디지털 사진이나 디지털 영화, 컴퓨터 그래픽 등 애초에 디지털 기술로 만들어진 예술 작품이라면 원본만이 지니는 아우라는 존재하지 않는다. 아니, 무한대의 원본들이 모두 아우라를 지니게 된다. 장 보드리야르가 말한 시뮬라크르들의 시대가 실제로 눈앞에 펼쳐지는 셈이다. 이런 맥락을 고려한다면, 풍요로운 인간성에 기반을 둔 자기 성찰을 통해서 디지털 시대를 뒤쫓는 말단의 소비자가 아니라 새로운 가치를 창출하는 소프트웨어의 운용자가 되어야 한다는 지적이 더욱 설득력 있게 받아들여질 것이다.

한국 문학에서 디지털 시대를 맞아 변화하는 문학 환경을 논의하거나 디지털 기술에 대응하는 문학 작품의 창작 필요성을 언급한 글들이 발표되기 시작한 것은 1990년대 초반의 일이다. 특히 소설의 경우에는 하이퍼텍스트 소설을 비롯해 버추얼 리얼리티와 판타지 소설, 디지털 스토리텔링 등에 관한 논의가 활발히 전개되어 왔다. 이와 함께 국내 작가들의 출판물 형태의 소설 작품은 물론 컴퓨터 통신망에 등록된 온라인 작품이나 외국 소설가의 작품들이 적잖게 분석되었다.

그러나 시의 경우에는 사정이 다르다. 디지털 문학 환경에 대한 반복적인 이론 전개에도 불구하고 그것을 뒷받침하는 구체적 작품 분석은 매우 미흡한 실정이다. 이론의 확대 재생산 또는 반복 재생산과 실제 작품 분석의 빈곤이야말로 디지털 시대를 맞은 한국 현대시 연구의 현주소라 할 수 있다. 이 글에서는 디지털 시대에 즈음한 한국 현대시의 변모와 영역 확장의 가능성, 그리고 전도된 가치관에 대한 대응 양상을 최근의 실제 사례와 작품들을 중심으로 고찰하면서 새로운 형태의 문학공동체의 필요성을 제기하고자 한다.

2. 디지털 시대와 현대시의 변화

1990년대 이후 우리 문학에서도 디지털 시대 또는 인터넷 환경을 반영하는 새로운 작품들이 발표되기 시작했다. 초기 텍스트 위주의 PC통신망을 통해 확산된 판타지 문학을 출발로 세계에서 유례를 찾아볼 수 없을 만큼 급속하게 보급된 초고속 인터넷에 맞물린 웹진(webzine), 이북(e-book) 등의 용어도 이젠 낯설지 않게 됐다. 또한 인터넷 웹사이트에 기반을 둔 문학 창작 활동과 온라인 강의 역시 가상현실로서의 온라인 공간 특유의 장점을 내세우며 그 적용 범위를 넓혀 가는 추세이다.

디지털 환경이 시인, 작가들에게 실질적인 영향을 주기 시작한 것은 무엇보다 글쓰기 도구와 방식의 변화이다. 원고지에 손으로 써 내려가던 기존의 방식에서 컴퓨터라는 디지털 기계를 사용하게 됨으로써 겪게 되는 변화는 단순히 물리적인 필기도구 교체 이상의 영향력을 발휘한다. 여기서 더 나아가 디지털 시대의 새로운 문학 환경 속에서 더욱 활성화될 것으로 전망되는 현대시의 영역으로는 하이퍼텍스트시, 멀티미디어시, 그리고 저작 지원 데이터베이스를 이용한 시쓰기 등을 꼽을 수 있다.

2.1. 하이퍼텍스트시와 시인·독자의 위상 변화

1993년 처음으로 그 모습을 드러낸 월드와이드웹은 기존의 인터넷에 하이퍼텍스트 개념을 도입함으로써 현재와 같은 형태의 인터넷을 만들었다. 그로부터 10여 년이 지난 지금, 통신망에 연결된 거의 모든 개인용 컴퓨터는 익스플로러나 넷스케이프 같은 웹브라우저를 통해 인터넷을 자유로이 이용할 수 있게 되었다.

인터넷의 기본 원리인 하이퍼텍스트의 핵심은 각 문서 간의 연결, 곧 링크(link)에 있다. 어떤 주제에 대해 더 많은 정보를 얻고 싶을 때, 우리들은 단지 링크된 해당 항목을 클릭하면 된다. HTML이라는 컴퓨터 언어로 이루어진 문서들은, 서로 다른 사람이 작성했음에도 불구하고 마치 한 사람이 만든 거대한 문서처럼 작동한다는 데 가장 큰 매력이 있다. 때문에 인터넷은 전지구 차원의 거대한 공동문서이자 지식공동체라고 비유해서 말할 수 있다.

컴퓨터 관련 기술이 하루가 다르게 발전함에 따라 인터넷은 기존의 신문, 방송 등의 매체와는 차원을 달리하는 성격을 갖는다. 인터넷은 사용자들의 요구에 대해서 거의 무한에 가까운 용량의 데이터베이스를 기반 삼아 실시간으로 반응할 수 있기 때문이다. 인터넷 사용자들은 또한 기존의 대중매체 수용자들보다 그 숫자가 폭발적으로 늘어난 것은 물론 정보의 일방적인 수용에 머물지 않고 양방향으로 상호소통하는 새로운 환경을 공유하고 있다.

이런 까닭에 인터넷에 기반을 둔 하이퍼텍스트 방식의 문학은 전통적 서사 구조와 작가·독자의 위상에 커다란 변화를 불러오고 있다. 일찍이 아리스토텔레스가 정의한 전통적인 플롯 개념은 처음, 중간, 끝을 지닌 통일체를 지향한다. 여기서 작가 혹은 화자의 이야기(narrative)는 스토리들의 시간적인 순서와는 상관없이 독자에게 선형적(linear)으로 전달될 수밖에 없다.

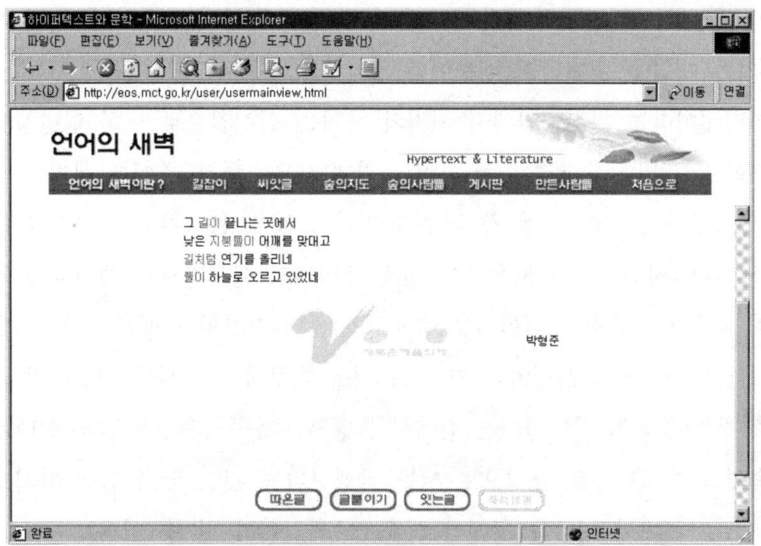

「언어의 새벽 : 하이퍼텍스트와 문학」 웹사이트의 일부

이에 비해 하이퍼텍스트 문학에서는 독자가 선택한 이야기가 마치 인터넷의 웹사이트를 이리저리 이동할 때처럼 비선형적(nonlinear)으로 전달된다. 따라서 하이퍼텍스트를 이용한 작품에서는 독자들의 취향에 따라 주인공이 달라질 수 있고 전혀 다른 사건이 발생할 수도 있다. 독자들은 자신의 선택 나름으로 각기 다른 작품을 경험하는 것이다.

돌이켜보면 롤랑 바르트가 「저자의 죽음」(1968)을 통해 텍스트에서 저자의 권위를 빼앗고 독자의 탄생을 선언했던 것이나, 그 이듬해 미셸 푸코가 「저자란 무엇인가」에서 바르트와는 시각을 달리하며 마르크스와 프로이트처럼 무한한 담론 가능성을 남긴 경우에 대하여 '근원적 저자'라는 유보 사항을 달아 두었던 것은 벌써 한 세대 전 일이다. 이제 인터넷으로 대표되는 새로운 디지털 환경 속에서 그들의 이론은 수정을 요구받는다. 디지털 기반의 텍스트는 바르트나 푸코가 대상으로 했던 문자 언어로서의 '원본'이라는 기존 개념을 벗어나기 때문이다.

인터넷이라는 가상공간에서 저자와 독자는 실시간으로 또한 양방향으로 소통함으로써 두 문학적 주체 사이의 경계가 모호해진다. 이때 저자는 자신의 텍스트를 끝없이 고쳐 쓸 의무가 있다는 점에서는 기존의 저자와 다를 바 없지만, 자신의 텍스트를 인터넷에 개방하고 실시간으로 제시되는 독자들의 요구를 최대한 수렴한다는 점에서 기존의 저자와 명백히 다르다. 또한 독자들은 저자에게 끊임없이 고쳐 쓸 것을 요구하는 동시에 텍스트의 의미 구축 작업에 직접 참여한다는 점에서 분명 새로운 독자이다. 결국 인터넷에 접속해 하이퍼텍스트 방식으로 시를 작성한다는 것은 달리 말해 아리스토텔레스 저편에서 새로운 형태의 시를 쓰는 일이라 할 수 있다.

최근 우리 문학에서도 인터넷이라는 가상공간에서 새로운 시인과 독자의 탄생을 알리는 문학 프로젝트가 진행되었다. 먼저, '2000 새로운 예술의 해' 문학분과위원회가 기획한 「언어의 새벽」, 「生時·生詩(Live Poems)」 등 두 편의 하이퍼텍스트시 제작 프로젝트와 2004년 11월 최동호·이성우 등이 주도한 「팬포엠(FanPoem)」 프로그램이 바로 그것이다.

2000년 4월 정과리가 주도한 「언어의 새벽 : 하이퍼텍스트와 문학」은 김수영 시 「풀」의 첫 시구인 "풀이 눕는다"를 출발점으로 삼아 여러 사람이 돌아가며 시를 써서 작품을 완성시키는 이른바 '릴레이 문학'의 전형을 보여 준다. 이 프로젝트는 특히 인터넷을 이용한 시쓰기에서 공동 창작의 가능성을 공개적으로 타진했다는 의의를 지닌다. 또한 이 하이퍼텍스트시는 각 어절 단위로 하이퍼링크되어 독자가 원하는 시구 단위로 선택해 읽어 나갈 수도 있다. 독자의 선택에 따라서 이 하이퍼텍스트시는 얼마든지 변형이 가능한 것이다. 여기에 저자의 권위 혹은 아우라 같은 말은 설 자리를

「生時·生詩(Live Poems)」 웹사이트의 일부

잃는다. 다만, 각 참가자들이 시구를 작성하는 과정에서 앞 단계의 참가자가 남긴 글의 일부를 반드시 포함해야 한다든가, 5~400자 분량 내에서 작품을 완성시켜야 한다는 인증 기준을 둔 점은 시인과 독자들 사이의 상호작용의 통로를 지나치게 제한한 것으로 판단된다.

같은 해 11월 김정란·이중재 등이 시도한 「生時·生詩(Live Poems)」는 시인들의 기존 작품에 하이퍼텍스트 기술을 응용해 영상과 음향을 덧입힌 일종의 감상용 웹아트이다. 이 프로젝트는 문학이 시도할 수 있는 다양한 가능성 중 하나를 구체화했다는 의의를 띤다. 그러나 인터넷의 큰 장점인 시인과 독자 사이의 상호작용의 통로가 마련되지 않았다는 결정적 약점을 지닌다.

앞선 두 시도는 인터넷에 기반을 둔 하이퍼텍스트시의 가능성과 한계를 동시에 시사한다. 가능성과 한계 여부는, 시인과 독자들의 끝없이 이어지는 시적 상상력을 어떻게 양방향으로 수용할 수 있는가에 달려 있다. 시인과 독자의 상호작용 가운데 일차적인 형태는 촌평·단평이나 전문적인 비평 행위이다. 온라인이든 오프라인이든 작품에 대한 비평 행위는 우리에게 매우 익숙한 것이다. 그런데 여기서 더 나아가 시인과 독자 사이의 가장 적극적인 형태의 상호작용을 상정할 수 있다. 다름 아닌 '읽는 시인'과 '쓰는 독자'라는 위상의 변화이다. 새로운 방식의 하이퍼텍스트 시쓰기 프로그램으로서 「팬포엠(FanPoem)」의 가능성은 이 지점에 놓인다.

최동호·이성우 등이 주도한 「팬포엠」은 최근의 디지털 문학 환경 속에서 시인과 독자들의 위상이 변화하는 양상을 실증적으로 고찰하기 위해 기획한 하이퍼텍스트 시쓰기 프로그램이다. 「팬포엠」은 「언어의 새벽」이나 「生時·生詩」 등 앞서 시도되었던 하이퍼텍스트시들의 특성을 수렴하는 한편, 동양 한시 전통에서 운자 맞추기 놀이로 전해지는 '사운(射韻)'의 맥을 잇고 있다. 팬포엠 프로그램을 통해 독자들은 황동규 시인의 「즐거운 편지」, 최동호 시인의 「어린아이의 굴렁쇠」, 장만호 시인의 「김밥 마는 여자」 등의 작품 본문에서 마음에 드는 구절을 마우스로 클릭, 선택하여 자신의 시를 짤막하게 지어 덧붙이는 방식으로 시를 창작할 수 있다. 이때 시인의 작품에 덧붙인 독자들의 팬포엠은 저마다 독립적인 작품이면서 동시에 하이퍼텍스트 방식으로 연결된 한 편의 연작시 성격을 띠게 된다.

팬포엠 프로그램은 하이퍼텍스트 문학 저작 프로그램에 필수적인 비선형성, 상호작용, 멀티미디어 기능 이외에도 무엇보다 사용자들이 팬포엠을 쉽게 작성할 수 있도록 하는 데 주안점을 두고 있다. 많은 정보와 기능을 제공하려고 지나치게 자세한 사용법을 나열하기보다는 꼭 필요한 사용법만을 일정한 위치에서 항상 참조할 수 있도록 화면을 구성한 것도 바로 이 때문이다.

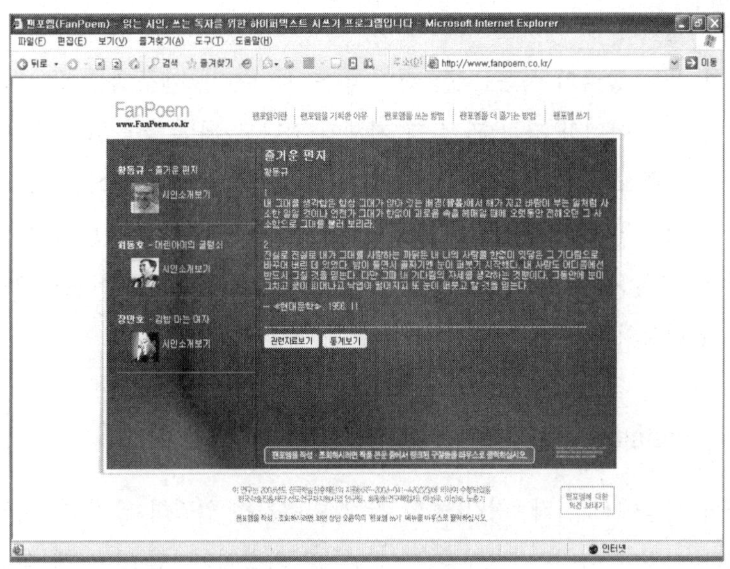

「팬포엠(FanPoem)」 웹사이트의 일부

　또한 팬포엠 프로그램은 시를 읽고 쓰기만 하는 것이 아니라, 팬포엠 작품들을 상호 평가하고 전체 진행 상황을 통계 수치로 점검하는 기능을 내장하고 있다. 덕분에 객관적인 통계 수치를 통해 팬포엠 기본 텍스트에 대한 사용자들의 반응과 팬포엠 이용자들의 기본 성향 등을 분석하는 것이 가능하다. 이 분석 결과를 종합하면 교양 수준의 문학 교육과 실제 창작 사이에는 아직도 상당한 거리가 있다는 것이다.

　특기할 만한 사실은, 하이퍼텍스트 시쓰기 프로그램을 구현하기 위하여 링크 단위별로 시구들을 짧게 끊어 놓은 것이 오히려 이미지들의 의미적 연관을 방해하는 측면이 있다는 점이다. 이는 앞으로 하이퍼텍스트 방식으로 시쓰기를 구현할 때 반드시 고려해야 할 사항이다. 또한 팬포엠 작품들 전체를 한눈에 조망할 수 있도록 프로그램을 구현하는 것도 기술적인 측면에서 해결해야 할 과제로 꼽힌다.

시를 쓰는 궁극의 목표는 한 편의 좋은 시이지만, 팬포엠 프로그램의 목적은 결과가 아니라 창작 과정 그 자체에 있다고 해도 좋을 것이다. 인터넷과 하이퍼텍스트, 멀티미디어 등으로 대변되는 디지털 시대에 문학 작품의 창작 과정을 굳이 신비화할 필요는 없을 것이기 때문이다. 디지털 기술은 유연하게 받아들이고 공유하되 개인의 창조성은 최대한 보장하는 맥락에서 우리 현대시의 새로운 형태를 모색해 나가야 할 것이다.

2.2. 멀티미디어시와 창작·수용 방식의 변화

문학 작품에서 시각, 청각 등의 감각 이미지는 엄밀히 말해 그 자체로서 존재하는 것이 아니다. 그것들은 독자들의 자발적인 '협조' 아래 심리적으로 재현되는 것에 불과하다. 이런 이유로 텔레비전이나 영화 등 소리와 이미지를 자체적으로 내장한 영상 매체에 밀려 문학의 입지가 좁아진 것은 엄연한 현실이다. 그러나 소리와 이미지 등을 '멀티미디어'란 용어로 한데 묶어 제공하는 디지털 기술의 등장은, 문학의 활로와 영역 확장에 매우 중요한 변수로 작용할 것으로 보인다. 일부 작품에 국한되기는 하겠으나 디지털 기술이 외부 환경에 그치지 않고 작품 내부에서 중요한 구성 요소로 작용하는 '멀티미디어시' 같은 새로운 양식들이 이미 그 모습을 드러내고 있기 때문이다. 1996년 9월 '멀티포엠'을 표방하며 장경기 시인을 중심으로 출발한 한국멀티포엠협회의 인터넷 사이트(www.multipoem.com)는 이런 움직임을 대변한다고 볼 수 있다.

이와 관련된 최근의 사례로서 HTML이라는 컴퓨터 언어를 그대로 시의 언어로 사용한 작품이 있다. 연왕모 시인의 「<html><head><title>뭘 찾는데요?</title></head>」라는 희한한 제목의 이 시는, 그 본문을 웹브라우

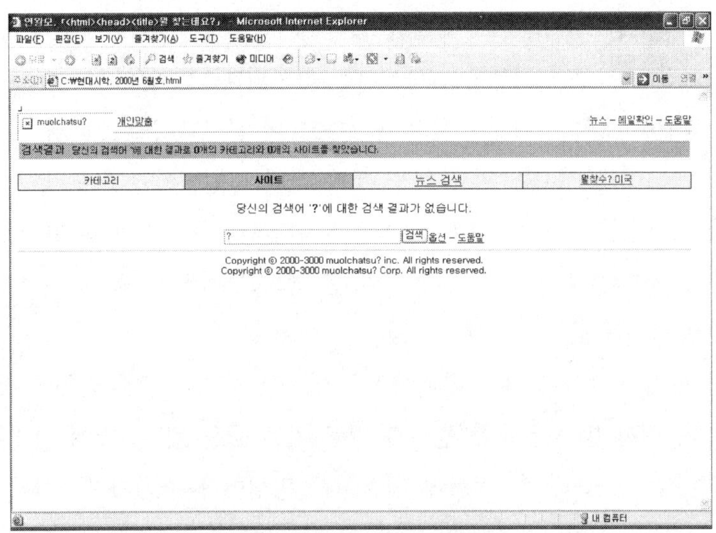

연왕모 시인의 작품 본문을 웹브라우저에서 읽어 들여 실행한 화면

저에서 읽어 들여 '실행(execution)'하는 것도 가능하다. 이때 주목할 것은, 시의 본문이 웹브라우저를 통해 읽히면서 텍스트를 보여 주는 게 아니라 일종의 컴퓨터 언어로 작동하여 실행 화면을 생성한다는 점이다.

이 화면은 '야후!'나 '네이버' 같은 인터넷 검색 엔진의 시작 화면을 본뜬 것이다. 거꾸로, 이 상태에서 작품의 본문을 읽기 위해서는 웹브라우저 메뉴의 '보기(V)', '소스(C)'를 차례로 선택하면 된다.

컴퓨터 언어의 일종인 하이퍼텍스트 작성 언어(HTML)를 잘 모르는 일반 독자가 위와 같은 이 시의 본문을 주어진 그대로 읽고 이해한다는 것은 사실 어려운 일이다. 다만 시행 사이사이에 끼어 있는 한글 표기를 찾아 작품 전체의 맥락에서 의미를 헤아리고 시인의 의도를 짐작해 볼 수는 있다. 화자의 어조가 다소 냉소적이기는 하지만, 이 세상을 살아간다는 것은 흡사 우리가 알아볼 수 없는 이상한 문자들 사이에서 무언가를 찾아 계속 헤매야 하는 일처럼 부조리하다는 점을 말하려는 것은 아닐까? 이렇게 어림쳐 헤아리더라도 시행의 대부분을 차지하는 하이퍼텍스트 언어가 독해되지 않는 한 찜찜한 구석은 여전히 남는다. HTML이라는 디지털 언어가 시의 언어로 사용되면서 이제는 시를 읽는 것이 아니라 실행시킬 수도 있는 상황에 이른 것이다. 이 시에 대한 문학적 가치 판단은 연구자에 따라 서로 다를 수 있겠지만, 이 작품이 우리 시의 한 변화를 대변한다는 점은 어느 누구도 부인할 수 없을 것이다.

이와 함께 저작 지원 데이터베이스를 이용한 시쓰기 또한 대두할 것으로 전망된다. 이는 방대한 문학 원전과 역사 자료 등을 네트워크에 연결된 데이터베이스로 구축해 시 창작에 활용하는 방식이다. 이를테면 『삼국유사』의 「수로부인」 설화나 『춘향전』 같은 작품을 원전으로 삼되, 등장인물에 대한 정보나 작중 사건에 대한 역사 자료, 원전에 관련된 이차 자료는 물론 원전을 수용한 각종 예술 작품들을 종합해 변형한다면 기존과는 매우 다른 성격의 작품이 탄생하게 된다. 이런 시도는 아직까지 개인용 컴퓨터에 저장된 자료를 단순 이용하는 수준에 머물고 있지만, 앞으로는 그 전개 양상이 훨씬 복잡해질 것이다.

3. 디지털 시대와 현대시의 대응

디지털 시대를 맞은 우리 현대시의 영역 확장의 가능성 못지않게 디지털 기술이 인간의 사고방식과 가치관의 측면에 미치는 영향 또한 간과할 수 없다. 그 영향은 한마디로 '가치관의 전도'라 할 수 있다. 이때 문학의 책무란 그 전도된 가치관에 대해 통찰력 있는 비판으로 맞서는 일이다. 우리 시대를 이끌고 있는 어떤 사람들은, "모든 정보는 당신의 손끝에 달려 있다"

고 말한다. 그러나 우리들이 주목해야 할 것은 '손끝'이 아니라, 그 손끝을 움직이는 인간의 사고와 가치관이어야 한다. 이러한 맥락을 끊임없이 짚어내는 일이야말로 이 시대의 문학이 진정 감당해야 할 몫일 것이다.

3.1. 디지털 기술의 가치중립성 문제

산업혁명 시대의 증기기관은 주로 제조업이나 교통수단 등의 동력원으로 사용됐지만 지금의 디지털 기술은 그와 다르다. 최초의 디지털 컴퓨터인 1946년의 에니악(ENIAC)이 미국 육군의 탄두 궤도를 계산하기 위한 방편으로 개발되었다는 사실부터가 디지털 기술의 가치중립성에 태생적인 한계를 느끼게 한다. 우리의 거의 모든 일상생활을 움직이는 기본 원리가 된 디지털은 실상 군사 분야에서 더욱 가공할 위력을 발휘한다. 이미 디지털 기술은 실제의 전쟁을 컴퓨터 스크린 위에 옮겨 놓는 수준까지 이르렀다. 우리의 뇌리에 아직도 생생하게 남아 있는 걸프전은 본격적인 디지털 전쟁의 시초였다. 첨단 디지털 장비로 무장한 미국의 전폭기들은 1991년 1월 이라크의 수도 바그다드의 밤하늘로 날아들었다. 미군 조종사들이 상대한 것은 그러나 실재하는 도시 바그다드가 아니라 전폭기의 컴퓨터 스크린에 나타난 이미지였다.

밤에 시작된 전쟁은
단 한 번의 융단폭격으로
모래의 도시를 저주로 가득 메웠지
포탄이 교회건 학교건 병원이건
한 입에 집어삼키고
개구락지처럼 뻗은 사람들을 뱉아낼 때
그 돈 주고도 할 수 없는 구경

얼마나 짜릿했으랴
하늘에 계신 우리의 조종사들이시여
죽음처럼 잠든 사막을 배경으로
CNN TV에 나와 웃으며 말했지
"…처음엔 좀 두려웠죠…
(사이, 껌을 씹고)
좀 지나니까 흥분도 가라앉고…
나중엔 아무렇지도 않았어요…
(사이, 껌을 씹고)
그저 게임하는 기분였죠…"

— 정한용, 「바그다드」 전문(『현대시학』, 1991. 3, 96쪽)

전폭기 조종사들이 "하늘에 계신" 것은 단순히 비행기에 몸을 싣고 있다는 공간적 차원의 이유 때문만이 아니다. 그들은 지상에 있는 사람들의 생사여탈권을 쥐고 있다는 점에서 하늘에 있는 신과 같은 존재가 된다. 물론 이런 상황을 가능케 한 것은 바로 디지털 기술이다. 디지털 기술은 그 이전 단계인 아날로그의 경우와는 비교할 수 없을 만큼 뛰어난 성능으로 깜깜한 밤에도 지상의 공격 목표물을 정확히 조준할 수 있게 해 준다. 전쟁에 참가한 사람들은 이제 상대방의 죽음을 현장에서 직접 보고 느끼는 살육의 죄책감에 시달리지 않아도 된다. 현실의 공간과 기술적으로는 연결되어 있으나 윤리적으로는 단절된 컴퓨터 스크린을 보며 버튼을 누르면 끝이다. 고도로 발달한 인간의 과학 기술이 오히려 인간 자신의 참모습은 제대로 볼 수 없게 만든 셈이다.

전쟁은 이제 텔레비전 인터뷰에서 조종사가 말하듯 '게임'이 되어 버렸다. 컴퓨터 게임에서처럼 조종사는 수많은 인명과 재산을 빼앗는 행위의 주체자이면서 동시에 '구경꾼'이다. 자신의 행위에 대한 책임 의식은 희박해진다. 그 유명한 책 『시뮬라크르와 시뮬라시옹』의 저자인 장 보드리야르가 이

걸프전을 두고 '그것은 실제의 전쟁이 아니라 텔레비전 전쟁, 다시 말해 대중매체적 사건이며 하나의 구경거리'라는 요지의 주장을 펼쳤다가 다른 이론가들로부터 무책임한 궤변이라 공격받은 것[1]은 무심코 지나칠 일이 아니다.

시인은 이 작품에서 겉으로 중립적인 태도를 취하는 것처럼 보인다. 특히 조종사의 텔레비전 인터뷰 장면을 전하는 작품의 뒷부분은 마치 희곡의 한 대목처럼 조종사의 대사와 행동지시문으로 이루어진다. 시인은 자신의 생각을 드러내 말하는 게 아니라 독자에게 텔레비전의 한 장면을 보여 줄 뿐이다. 이는 언뜻 과학 기술은 가치중립적이므로 다른 윤리적 가치 등을 고려해 그 개발 여부를 결정할 필요는 없다는 최근 몇몇 과학자들의 주장을 연상시킨다. 그러나 과연 그뿐일까?

이 작품에서 시인의 비판 의식은 오히려 겉으로 중립적인 것처럼 보이는 이 대목에 교묘히 내재한다. 단적으로 말해, 걸프전에서 민간인을 포함한 수많은 인명을 살상한 조종사가(그것이 비록 명령 체계에 의한 것이었더라도) 자신이 한 일을 껌을 짝짝 씹으며 전자오락을 한 판 하고 난 것과 같다고 인식하는 태도는, 얼마나 끔찍한 가치관의 상실을 대변하느냐는 것이다. 더 나아가 그 장면을 화면에 여과 없이 내보내는 세계 최대의 뉴스 전문 채널과, 그 화면을 받아 디지털 기술의 발달에 초점을 맞추는 또 다른 언론들과, 그 언론들에 길들여지는 사람들이 줄을 잇는 광경을 상상해 보라.

이로부터 12년이 지난 2003년 3월, 미국은 이라크에 대해 다시 군사 공격을 감행했다. 이와 관련한 가장 논쟁적인 화두는 동시대인으로서 이 전쟁을 지지하는가 또는 반대하는가 하는 태도 결정의 문제일 것이다. 그런데 최근의 작품 가운데는 전쟁의 정당성 여부에 대한 편가름을 넘어서 그 견

---

1 Christopher Norris, "Baudrillard and the War that Never Happened," *Uncritical Theory : Postmodernism, Intellectuals and the Gulf War*, London : Lawrence & Wishart, 1992, pp.11~31.

해를 표명하는 방법에서 남다름을 보여 주는 경우가 있어 주목된다. 이때 우리는 시인이 자신의 견해를 드러내는 방법 그 자체가 새로운 의미를 산출한다는 점을 눈여겨보아야 한다. 디지털 기술은 '가치중립적'으로 세계를 이어 놓을지는 모르지만, 그 연결 고리 안에서 인간적 가치와 책임 의식은 쉽게 실종되어 버린다는 점을 간과해서는 안 되기 때문이다.

> 우리들 뿌리는 튼튼하던가
> 우리들의 아이들은 내일도 안녕한가
> 우리의 새로운 신은 명령을 내리신다
>
> "δλ ο στξμλεμ δμσ εκ τκ δκΤεκ
> αηευ ρλρΟδμλ Φη ηεμ δλεκ
> δλ οηυχισμσ ρλΟρδ τυδπξξκ δκ οΤσμσΘ"
> 이게 무슨 망발이실까
> 좀더 쉬운 말씀으로 들려주세요
> 우리의 새로운 신은 천천히 입을 여신다
>
> "dlwp sjgmlemfdms ek wnrdjTek
> ahen rlrpdml vhfhemfdlek
> dlwpqnxj rlrPfmf djatnrgml tndqogkfk"
> 하늘이 무겁게 내려앉는다
> 먼저 언어가 사라지고
> 이어 색깔과 소리, 종이가 사라지고
> 지상의 풍경들이 조금씩 흐려진다
>   — 정한용, 「▐▌▌▌▐▌▌」 부분(『슬픈 산타 페』, 세계사, 1994, 87~88쪽)

이 시는 그 제목부터 바코드로 되어 있어 독자들을 당혹시킨다. 바코드 리더를 갖추지 않는 한 제목의 의미를 정확히 읽을 수 없다. 우리는 다만 그 바코드가 적그리스도(Antichrist)를 상징하며 종말론과 관련 있음을 짐작할 따름이다. 이 작품 속에는 또한 쉽게 독해할 수 없는 그리스 문자와 영어 알파벳이 잔뜩 배열되어 있다. 이 작품은 1930년대 이상의 실험시나 1980년대 황지우, 박남철의 형태 파괴적 작품들과 일면 그 맥락을 같이하면서도 중요한 변별점을 지닌다. 앞선 세대의 시인들은 그들의 시가 제 아무리 형식적으로 과격하더라도 결국은 사람이 알아볼 수 있는 기호나 언어를 사용하는 데 그쳤다. 독자의 입장에서도 그들의 시를 읽고 이해하는 일이 까다롭더라도 특별한 도구를 사용한다거나 하는 경우는 없었다. 이에 비해, 이 작품에 사용된 언어는 기본적으로 사람이 읽고 이해하기 위한 언어가 아니다. 그 언어는 컴퓨터라는 디지털 기계가 없으면 해독이 불가능한 기호일 따름이다. 월터 J. 옹이 지적한 대로 컴퓨터 언어는 어느 면에서 영어나 산스크리트어, 말레이어와 비슷하지만 그러나 무의식적으로 생기지 않고 미리 의식적으로 규칙이나 문법을 정하고 나서 만들어졌다는 점에서 사람의 언어와는 전혀 이질적이다.

이 작품을 제대로 읽어내기 위해서는 '훈글'이라는 워드프로세서 프로그램을 실행시키고 컴퓨터 자판을 그리스어와 영어로 바꾼 뒤 한글의 자판 배열을 참조하며 일일이 타자해 봐야 한다. 시인이 구태여 작품 끝에 각주를 달고 이러한 사실을 명기해야 할 만큼 이 시에 삽입된 기호들은 독자에게 낯선 것이다.[2] 아울러 인간이 알아들을 수 없는 기계 언어로 말하는 "새로운 신"이 결국은 컴퓨터를 가리킨다는 시적 설정은 디지털 문명의 발달이 가져올 인간의 미래에 대한 시인의 비판 의식을 드러낸다. 디지털 기술은 무한정 중립적일 수는 없으며 그러한 디지털 기술에 기반을 둔 인간의 미래 역시 결코 밝을 수만은 없다는 것이다.

---

2 시인의 각주를 읽어 보자 : "이제 너희들은 다 죽었다/모두 기계의 포로들이다/이제부터 기계를 엄숙히 숭배하라". 정한용, 『슬픈 산타 페』, 세계사, 1994, 89쪽.

3.2. 디지털 시대의 전도된 가치관에 대한 비판

우리가 일상에서 그 의미를 제대로 인식하지 못한 채 보아 넘기는 어떤 현상들이 사실은 근원적인 가치관의 전도를 드러내는 경우가 종종 있다. 가령 '당신을 사랑합니다'라는 제목의 이메일을 평소 알고 지내던 사람으로로부터 받았다고 치자. 이때 누가 그 이메일을 열어 보지 않고 배겨 낼 수 있겠는가. 내가 알고 있는 그녀가 또는 그가 나를 사랑한다는데, 그 막연한 기대와 호기심은 정말 억누르기 힘들 것이다. 지난 2000년 5월, 세계 매스컴의 톱뉴스는 단연 이 러브레터에 관한 것이었다. 이메일로 전송된 그 러브레터를 실제로 열어 본 사람은 전세계적으로 무려 4,500만 명이 넘었다고 한다. 문제의 그 러브레터는 그러나 사랑이 아니라 증오를 담았던 것으로 밝혀졌다. 진짜 러브레터가 아니라 컴퓨터 바이러스였던 것이다. '러브 바이러스'라는 이름의 그 컴퓨터 프로그램은, 이메일을 열어 보는 사람의 컴퓨터 파일들을 삭제하고, 그 사람의 주소록에 들어 있는 다른 사람들에게 그 사람의 이름으로 같은 제목의 이메일을 자동 전송하도록 프로그램되어 있었다. 막연하게 혹은 은밀하게 사랑을 기대하는 인간의 미묘한 심리를 이용해 그 컴퓨터 바이러스는 전세계의 네트워크로 삽시간에 퍼져 나갔다.

여기서 우리는 '러브/레터'를 '러브/바이러스'로 바꿔 놓은 가치관의 전도 현상에 맞닥뜨린다. '레터(letter)'라는 단어에는 컴퓨터의 'Delete'키로는 삭제할 수 없는 중요한 의미가 여럿 들어 있다. 인류 문화 발전의 기초가 된 문자로부터, 문학, 학문에 이르기까지 쉽게 버릴 만한 것이 없다. 그런데 그 단어가 비유적인 차원에서가 아니라 실제로 바이러스가 되어 버렸다. '러브(love)'란 말은 또 어떠한가. 긴 설명이 필요치 않을 것이다. 그런데 그 말이 비유적인 뜻에서가 아니라 실제 상황에서 바이러스를 담는 껍데기가 되어 버렸다. 이렇게 지금 우리는 가치관이 전도된 현실에서 살고 있다. 우리가 그 사실을 잊고 있을 뿐이다.

　　정월 초하루에 재앙이 온다는데, 아는 집은 생수를 여러 상자 사두었다는데, 이웃들은 가스와 라면을 다 챙겨두었다는데, 동생네는 그릇마다 물을 받아두었다는데 아내는 걱정을 했다 나는 반평생을 아파트에 살아오면서, 때때로 친절한 단수 통보를 마음 깊이 새겨 욕조 가득 물을 받아둔 적도 있었지만 옥상 물탱크가 다 비기도 전에 번번이 다시 물이 나와 받아둔 물을 아깝게 버렸다고, 혹 한나절 물이 안 나와도 크게 불편하지는 않더라고 웃으며 말했다 생수와 라면상자를 사서 집에 쌓아두고는 혼자 편히 자는 일이 별로 내키지 않는다고, 꼭두각시처럼 구는 수선이 싫다고 궁한 이유를 대면서 말하지는 않았다 이유가 있어서라기보다는 우선 내 방식이니까 우리가 무슨 대단한 컴퓨터 천국에 산다고, 몇 대의 컴퓨터가 망가진다고 밥도 먹지 못하겠느냐고, 컴퓨터를 모르는 놈들은 아차 하면 컴퓨터가 터미네이터가 되는 양 생각하지만 그건 한낱 기계일 뿐이라고 냉소하며 말하지도 않았다 세상 만사가 그렇지 않던가 아직도 모르는가 재앙은 만인이 알도록 서툴게 오지 않는 법, 진정한 재앙은 단숨에 적을 제압하여 숨통을 끊은 후 폐허만을 남기고 한숨 소리도 들리기 전에 흔적 없이 사라지는 법

— 이희중, 「재앙은 어떻게 오는가」 부분(『시와시학』, 2000. 봄, 259쪽)

밀레니엄 버그 또는 Y2K라는 이름으로 새 천 년의 길목에서 사람들을 불안케 했던 '과학적인' 재앙이 있었다. 불과 몇 년 전 일이다. 그때 재앙이 올 수밖에 없는 이유를 설명하던 언론들의 논리는 정연했다. 컴퓨터 업계 쪽에서 제공되었을, 적당히 전문적이고 또 적당히 대중적인 내용들은 일반인들을 설득시키기에 조금도 모자람이 없었다. 밀레니엄 버그의 발생 원인과 예상 시나리오, 게다가 대비책으로 연일 지면과 화면이 넘쳐 났다. 일반인들로서는 인류 역사 이래 처음으로 닥친 이 '과학적인' 재앙이 신기하면서도 또한 불안할 수밖에 없었다. 이때 발 빠른 사람들은 밀레니엄 버그 구급용품을 만들어 인터넷을 통해 판매하기 시작했다. 아울러, 밀레니엄 버그

의 근본 원인 제공자인 컴퓨터 업계가 이번에는 그 재앙을 빌미 삼은 소프트웨어를 상품으로 개발하기에 이르렀다. "컴퓨터를 모르는 놈들"을 "컴퓨터 천국"에서 계속 거주하게 하려는 듯, 컴퓨터 업계는 밀레니엄 버그를 해결할 소프트웨어 상품을 판매하고 언론들은 그 뉴스를 앞다투어 보도했다. 우리는 이 대목에서 컴퓨터와 인터넷으로 무장하고 거기다가 언론까지 가세한 자본주의 체제가 정말로 그 힘이 무지막지하다는 것을 새삼 실감할 수 있다.

그들이 말하고 우리가 믿었던 재앙은 그러나 지나치게 과장된 것이었음이 밝혀졌다. 그것은 재앙이라기보다는 컴퓨터 시스템상의 예측된 오류였으며, 떠들썩한 소문을 내지 않고도 수정할 수 있는 성질의 것이었다. 그럼에도 컴퓨터 업계-언론-일반인을 거치면서 재앙은 증폭되다가 급기야는 날조되고 말았던 것이다. 시인은 분명히 말한다. "재앙은 만인이 알도록 서툴게 오지 않는 법, 진정한 재앙은 단숨에 적을 제압하여 숨통을 끊은 후 폐허만을 남기고 한숨 소리도 들리기 전에 흔적 없이 사라지는 법"이라고. 「양치기 소년과 늑대」의 우화가 한바탕 거대한 논픽션 드라마로 우리 눈앞에 실제로 펼쳐졌던 셈이다. 원인 제공자와 해결자, 진실과 허위가 디지털 기술을 기반으로 자본과 은밀히 결탁하면서 말이다.

이제 Y2K라는 날조된 재앙은 한바탕 해프닝으로 역사에 기록될 일만 남겨 놓았다. 미국의 한 컴퓨터 전문가는 "종말론은 급격히 쇠퇴할 것이며 종말론자들은 완전히 신뢰를 상실할 것"이라 내다보면서 새로운 연구 주제로 '종말론에 대한 실망'을 계획했다고 한다.[3] 하지만 우리 인류에게서 재앙이 완전히 사라진 것은 물론 아니다. "날마다 길을 내느라 뽑히는 나무들과 밟히는 벌레, 물길이 막혀 길을 잃은 물고기와 함부로 버린 비누거품과 음식

---

3 리처드 리카요, 「Y2K와 세상의 종말」, 로버트 하젠 외, 『미래의 디지털 시나리오』, 해냄, 2000, 232쪽.

쓰레기가 몰래 데려오고 있는 진정한 재앙"을 우리들은 오히려 외면하고 있다. 그 진정한 재앙이 외면당하는 이유는 너무 분명하다. 지금 당장은 자본의 논리와 생태계의 원칙이 서로 어긋나는 것처럼 보이기 때문이다. 그 두 가지 논리가 마침내는 상호 보완적이라는 사실을 올바로 인식하지 않는 한 재앙은 오고야 말지도 모른다.

> 자판들이 먹통이다. 사내의 생을 입력시키던 방, 책, 문, 빛, 밥, 별, 혀, 눈, 달, 귀―따위의 자판들.
>
> 한 세기도 실행되기 전 사내는, 천년의 몽상 그 거대한 해커에 의해 지배당한다. 캄캄하게 닫힌 사내의 속. 헛것의 나무, 헛것의 길, 헛것의 창, 헛것의 계절, 헛것의 숲, 헛것의 아침, 헛것의 이름, 헛것의 헛것들이 뒤엉킨 채 헛날들이 실행되고 있다.
>
> — 배용제, 「밀레니엄 버그」 부분(『현대시학』, 2000. 9, 117쪽)

진정한 의미에서의 밀레니엄 버그란 단순히 1999에서 2000으로 넘어가는 숫자적 차원에서 일어나는 문제가 아니라는 것이 이 시의 전언이다. 일상의 삶을 우리들의 힘으로 통제하지 못하면서, 눈에 보이지 않는 "거대한 해커"에 의해 지배당하는, "자판들이 먹통"인 상황이 곧 밀레니엄 버그이다. "헛것의 나무, 헛것의 길, 헛것의 창, 헛것의 계절, 헛것의 숲, 헛것의 아침, 헛것의 이름, 헛것의 헛것들이 뒤엉킨" 하루하루란, 말 그대로 헛된 날들이며 헛된 삶에 지나지 않는다. 그런 상황에서라면 삶의 진정한 의미를 찾는 일 자체가 무의미해질 것이다. 그럼에도 불구하고 첨단 디지털 기술은 가상의 세계를 구축하고 사람들을 유혹하여 빨아들인다.

> 이곳의 사람들은 머리를 떼어놓고

머리 대신 모니터를 달고 다닌다

모니터 안에 페로몬이 주입되어 있는지

하늘이 자주 지퍼를 배꼽 근처까지 내리고

배경이 흘러내린 구름 속은 투명한

네트워크를 구축 중이다
— 이원, 「공중도시」 부분(『시와반시』, 2000. 가을, 49쪽)

"머리 대신 모니터를 달고 다닌다"는 표현은 주체적인 양방향의 사고가 아니라 수동적인 단방향만의 수용을 의미한다. 이때 페로몬(pheromone)은 사람들을 끌어들여 비판 의식을 마비시키는 모니터 속 세계의 온갖 유혹을 대변한다. 또한 네트워크라는 것은 애초에 상호소통을 내세우지만 어느 단계에 이르면 정보의 편중이나 불평등에 의해 실제로는 일방통행이 되기 십상이다. 고도로 발달한 네트워크 사회는 역설적으로 또 다른 차원의 전체주의 사회에 지나지 않을 수도 있다. "투명한/네트워크"는 바로 이를 가리키는 표현일 것이다. 이 시에 그려진 삶의 무대는 지상에 단단히 뿌리를 내린 것이 아니라 모래 위에 지은 다락집처럼 바탕이 허술한 '공중도시'이다. 시인이 의도적으로 한 행으로써 하나의 연을 만드는 구성법을 취해 이 시의 각 행들을 '공중'에 띄워 놓은 것은, 이러한 의미 맥락을 반영한다. 다소 과장된 느낌이 없지 않으나 섬뜩하도록 암울한 세계상이 아닐 수 없다.

왕자님
호박마차는 필요 없어요
초고속 인터넷망이 깔려 있는

테제베가 있잖아요
계모가 내준 일감들도
걱정 없어요
모래가 섞여 있는 쌀은
돌 고르는 기계에 넣으면 되고요
[······]

참
죄송하지만
오늘 밤 팁은 온라인으로
넣어 주시고
절 다시 찾고 싶으시면
제 홈페이지에서 회원가입하시고
메모 남겨 주세요
비밀번호 잊지 마세요

— 신미균, 「롤러스케이트 신은 신데렐라」 부분
(『맨홀과 토마토케첩』, 천년의시작, 2003, 65~66쪽)

"초고속 인터넷망이 깔려 있는/테제베"나 "홈페이지" 등 디지털 기술이 낳은 사이버스페이스는 한편으론 현실의 가치관이 손쉽게 전도되는 곳이다. 이 경우 첨단 디지털 기술을 이용한다는 사실 자체가 은연중 도덕적 면죄부의 역할을 한다. 자신의 행위에 대한 문제의식은 가상공간 속에서 흔적 없이 사라져 버린다. 사이버스페이스에 접속하려면 거쳐야 하는 본인 인증 절차에서 사용되는 아이디(ID)가 자신의 존재를 대신하는 순간, 우리들은 물리적인 현실 공간에서의 자아 정체성을 버리고 전자적인 가상공간에서의 자아인 이드(id)로 전이된다. 디지털 기술이 구축한 사이버스페이스라는 신대륙에 들어서면서 우리들은 아이디를 이드로 만들어 버리는 것이다. 실제와 가상, 자신의 공적인 정체성과 은밀하고 사적인 자아가 넘나들면서 혼돈을 일으키기 쉬운 곳이 바로 사이버스페이스이다. 이 시의 표제이기도 한 '롤러스케이트 신은 신데렐라'는 시적 자아의 아이디이면서 동시에 은밀한 욕망을 토로하는 이드인 셈이다. 그렇다면 우리는 이 디지털 시대를 과연 어떻게 살아가야 하는가? 반어적이거나 또는 냉소적인 어조의 다음 시편들을 통해 그 실마리를 분별해 볼 수 있다.

> h의 DNA에 내 유전자의 일부를 잘라 붙인
> 복제아기 신청서를 낼까 오욕칠정을 가진
> 키가 185cm까지 자라는
> 사내애 하나와 검은 곱슬머리를 가진
> 쌍둥이 계집애 둘을 주문할까
> 증발되기 쉬운 물질인 나를
> 일몰 무렵의 안락사로 예약해 놓을까
>
> — 이원, 「전자 사막에서 살아남기 위해」 부분
> (『야후!의 강물에 천 개의 달이 뜬다』, 문학과지성사, 2001, 51쪽)

> 이전에는 어떤 꿈도 꿀 수 없었던
> 무질서한 것들이
> 생명으로 태어나
> 또 다른 세상을 꿈꾸고
> 우주의 질서를 지켜
> 그 꿈 이루곤 했으나
> 오늘부터는 이 완벽한 지상에서
> 인간이 해체할 것이다
> 신의 블랙박스—엽기의 질서를.
>
> — 이승하, 「생명의 질서 : 인간 유전자 지도(게놈) 프로젝트가 완성되던 날」 부분
> (『동서문학』, 2000. 가을, 52쪽)

> 완벽한 시스템 속으로 길들어가는
> 인공지능 같은 것이에요

> 수만 볼트 사랑으로 달아오른
> 당신의 로딩 프로그램에 넣어
> 소멸해 버리세요
>
> 반만 년을 움트지 못한 사랑도 꽃으로 핀
> 사이버 그 입구쯤에서 몰래
> 심장의 셔터를 내려 버리세요
>
> — 정진경, 「사이버, 公無渡河歌」 부분(『시와사상』, 2000. 가을, 143쪽)

인용된 시편에서, 오류를 범하기 쉽거나 믿을 수 없는 화자(fallible or unre-liable narrator)들은 이렇게 말한다. 우리 자신을 복제한 생명을 주문하고 편안한 죽음마저 예약할 수 있는 세상이라면 재앙쯤 두려울 것 없지 않은가. 신의 블랙박스라는 인간의 DNA 구조마저 해체해 버린 이른바 전자유목민의 신분으로 전자사막에서 살아가면 그뿐 아닌가. 만일 그도 아니라면, 완벽한 컴퓨터 시스템에 길들여진 채 아무런 걱정 없이 살아가는 것도 좋지 않은가?

이렇듯 인터넷의 가상공간으로 대변되는 디지털 시대는 극단의 개인화와 경박하고 무책임한 상호소통으로 인해 인간의 가치관이 전도되는 부정적 결과를 초래할 수 있음을 우리는 그냥 보아 넘길 수 없다. 이런 맥락에서 인터넷과 문학 더 나아가 디지털 환경과 문학의 관련 양상을 면밀히 고찰하고, 그 부정의 측면을 비판하는 동시에 긍정의 측면을 더욱 부각해야 할 필요성이 대두된다. 만일 변화된 환경에 걸맞은 문학의 새로운 정체성을 모색하지 못한다면, 우리들은 디지털 시대의 끈적끈적한 거미줄(Web)에 걸려 방향 감각을 상실하고 말 것이다. 우리는 무엇보다 "http://www.나는.누구인가" 또는 "http://www.그리고.나는.어디에.있는가"[4]와 함께, "나는 그러나

---

4 강윤후, 「웹에서 길을 잃다」, 『현대시학』, 2000. 4, 105쪽.

어디에 있는가/나는 나를 찾아 차례대로 클릭한다"[5]와 같은 실존적이며 아울러 현장 적용이 가능한 질문들을 끊임없이 던져야 할 것이다.

4. 가치관의 전도에 대응하는 새로운 문학공동체

이제 디지털이란 말은 과학기술 용어에 그치지 않고 세계 질서의 틀을 다시 짜는 '보이지 않는 손'이 되었다. 이러한 정보혁명 시대에 컴퓨터라는 디지털 기계로 시쓰기, 하이퍼텍스트시에서 시인과 독자의 위상 변화, 컴퓨터 기술을 응용한 멀티미디어시에서 창작과 수용 양식의 변화, 그리고 저작 지원 데이터베이스를 이용한 시쓰기 등은 현대시에 나타난 변화의 시작에 불과하다. 비록 일부 작품에 국한되기는 하겠으나 디지털 기술이 작품 외부에서 응용되는 데 그치지 않고 그 자체가 작품의 내적 구성 요소로 작용하는 새로운 형태의 멀티미디어시도 이미 출현하고 있기 때문이다. 이제는 어느 누구도 디지털 환경의 가속화에 따른 시의 변화와 영역 확장을 근본부터 부인할 수는 없는 시점이다.

그런데 이에 못지않게 인터넷과 디지털 환경이 인간의 사고방식과 가치관에 미치는 부정적인 영향 또한 간과할 수 없다. 컴퓨터 바이러스의 하나인 '러브 바이러스'의 출현에서 단적으로 드러나듯 지금 우리는 가치관이 전도된 현실에서 살고 있다. 인터넷의 가상공간으로 대변되는 디지털 기술의 시대는 극단의 개인화와 경박하고 무책임한 상호소통으로 인해 인간의 가치관이 전도되는 부정적인 결과를 초래할 수 있음을 잊어서는 안 된다. 가치관의 전도가 날로 심화되는 현실에서 문학의 책무란 그 전도된 가치관에 대해 통찰력 있는 비판으로 맞서는 일이다. 이런 맥락에서 디지털 기술

---

5 이원, 「나는 클릭한다 고로 나는 존재한다」, 『현대시』, 2000. 5, 158쪽.

과 문학의 대응 양상을 면밀히 고찰하고 그 부정의 측면을 드러내는 한편 긍정의 측면을 더욱 부각시켜야 할 것이다.

시각을 조금 달리하면, 시와 소설 등의 영역이 확장되는 현실은 도외시한 채 다른 장르에 대한 '문학의 위기'를 입에 올리는 최근의 경향 자체가 우스꽝스러워 보일 수 있다. 지금 우리는 기존의 문학 장르에 견고한 성을 쌓아 두고, 과학 기술이 응용된 다른 장르를 견제하거나 심지어 무시해 버리는 데 익숙해진 것은 아닌가? 지금 우리에게 긴요한 것은 디지털 기술이나 지식은 유연하게 받아들이고 공유하되 개인의 창조성은 최대한 보장하는 지점에서 우리 현대시의 새로운 활로를 개척하는 일이다. 그것은 곧 문학 패러다임이 변화하는 시기에 변해야 할 것과 변하지 말아야 할 것을 분별하는 일이며, 그 분별의 과정을 통해 문학의 존재 이유가 무엇인가를 끊임없이 자문하면서 현대시의 새로운 정체성을 모색하는 일이라 할 수 있다.

디지털 혁명이라 불릴 만큼 급변하는 시대 속에서 현대시의 새로운 정체성을 모색하는 작업은 과거의 시에 대한 깊은 이해와 현재의 시에 대한 분별력, 그리고 미래의 시에 대한 포용력을 함께 갖출 때 비로소 온전하게 진행될 수 있다. 하지만 이 모든 능력을 어느 한 개인이 두루 갖춘다는 것은 현실적으로 매우 어려운 일이다. 따라서 전문 영역이 다른 여러 연구자들이 논의를 활성화할 수 있도록 디지털 환경에 기반을 둔 새로운 형태의 문학 공동체를 만들어 나가려는 실천적 노력이 더욱 요청된다고 하겠다. 물론 이 새로운 형태의 문학공동체를 구체화하는 것은 이 글의 범위를 넘어서는 방대하고도 실천적인 일이다. 이 글은 다만 그 일을 가리키는 하나의 '링크'일 따름이다.

참고문헌

권혁웅, 「새로운 세기의 새로운 글쓰기」, 『문학·선』, 2003. 하반기, 26~37쪽.

김병익, 「컴퓨터는 문학을 어떻게 변화시킬 것인가」, 『동서문학』, 1994. 여름, 254~264쪽.

김성도, 「하이퍼미디어 글쓰기의 몇 가지 기호학적 함의」, 『기호, 리듬, 우주』, 인간사랑, 2007, 641~679쪽.

김종회 엮음, 『사이버 문화, 하이퍼텍스트 문학·작품편』, 국학자료원, 2005.

김진량, 「쓰기/읽기의 비평적 성찰로서 디지털 담론」, 『리토피아』, 2004. 가을, 54~66쪽.

맹문재, 「인터넷 시대의 시문학 위상과 전망」, 『시선』, 2005. 여름, 12~27쪽.

서동욱, 「인터넷 시대의 소통과 책임성」, 『세계의 문학』, 2000. 봄, 30~61쪽.

이상숙, 「하이퍼텍스트 세상에서 길을 잃다, 어떻게 나갈까?」, 『작가와비평』 2호, 2004. 11, 373~389쪽.

이성우, 「디지털 기술과 한국 현대시」, 고려대학교 대학원 박사학위논문, 2005. 8.

이성우, 「밀레니엄 버그와 한국 현대시의 대응」, 『현대문학이론연구』 28집, 현대문학이론학회, 2006. 8, 169~182쪽.

이용욱, 「디지털 시대, 문학 연구 방법론의 새로운 모색」, 『국어국문학』 143호, 국어국문학회, 2006. 9, 189~210쪽.

장노현, 『하이퍼텍스트 서사』, 예림기획, 2005.

정과리·한기 대담, 「디지털 시대, 문학의 운명」, 『문예중앙』, 2000. 봄, 14~37쪽.

최동호, 「디지털 시대로의 환경 변화와 문학 : 새로운 세기에도 시인이 존재해야 하는 이유」, 『문학사상』, 2000. 12, 54~63쪽.

최동호·이성우, 「팬포엠(FanPoem)의 가능성과 실제 구현 : 하이퍼텍스트 시쓰기 프로그램과 시인·독자의 위상 변화를 중심으로」, 『어문논집』 51호, 민족어문학회, 2005. 4, 179~208쪽.

최유찬, 「디지털 문화로서의 국어국문학 연구」, 『국어국문학』 129호, 국어국문학회, 2001. 12, 57~75쪽.

최혜실 엮음, 『디지털 시대의 문화 예술』, 문학과지성사, 1999.

네그로폰테, 니콜라스, 『디지털이다』, 백욱인 옮김, 커뮤니케이션북스, 1997.

랜도우, 조지 P., 『하이퍼텍스트 2.0』, 여국현 외 옮김, 문화과학사, 2001.

리카요, 리처드, 「Y2K와 세상의 종말」, 로버트 하젠 외, 『미래의 디지털 시나리오』, 해냄, 2000, 219~232쪽.

Norris, Christopher, *Uncritical Theory : Postmodernism, Intellectuals and the Gulf War*, London : Lawrence & Wishart, 1992.

찾아보기

저자 **이성우** 1966년 충북 충주에서 태어났으며, 1992년 고려대 국문학과를 졸업했다. 1995년에 한국정보기술연구원(KITRI)에서 소프트웨어 엔지니어링 전문과정을 수료한 후 컴퓨터 프로그래머로 일했다. 1998년에 고려대 대학원 국문학과 석사과정에 입학하면서 문학으로 돌아왔다. 2000년 『세계일보』 신춘문예에 문학평론 「스테레오적 시점과 삶의 진실」이 당선되어 문단에 나왔으며, 계간 『애지』와 『시작』의 편집위원을 지냈다. 2001년에는 석사학위논문으로 「서정주 시의 영원성과 현실성 연구」를 썼으며, 2005년에 논문 「디지털 기술과 한국 현대시」로 박사학위를 받았다. 이 박사학위논문은 2006년 한국학술진흥재단의 저술 및 출판지원사업에 선정되어 곧 단행본으로 출간될 예정이다. 평론집으로 『시+인+들』이 있다. 현재 고려대와 한성대에서 강의하고 있다.

한국 현대시의 위상학

초판 인쇄 ｜ 2007년 11월 5일
초판 발행 ｜ 2007년 11월 12일

지은이 ｜ 이성우
펴낸이 ｜ 이대현
편 집 ｜ 양지숙

펴낸곳 ｜ 도서출판 역락
서울 서초구 반포4동 577-25 문창빌딩 2층
전화 02-3409-2058 ｜ FAX 02-3409-2059
이메일 youkrack@hanmail.net
등록 1999년 4월 19일 제303-2002-000014호

ISBN 978-89-5556-579-9-93810

정 가 18,000원

잘못된 책은 교환해 드립니다.